自由如风

流浪趁芳华

如风 著

中国文史出版社

序
积极旅行　积极生活

何谓积极生活?

艾默生说：首先是踏访已知环境的热忱；其次是探测未知环境的勇敢；其三是从自己和环境的斡旋中找到乐趣。

虽然谦虚是美德，但是不面对现实，是虚伪。我太会积极生活了，在我没有看到这条哲思时，我就已经这样对待生活了。

首先，踏访已知环境。每到达一座城市，我首先熟悉房子周边环境以及城市环境，不消一个月，我便形成自己的一套生活体系。后来，时间越来越短，变为一个星期，甚至一天。这不只是热忱，而是追逐美好的魄力。

其次，探测未知环境。我独自旅行，先周游自己的国家，包括西藏和新疆。不是蜻蜓点水，而是细致深入，住一月半月，或一年半载，甚至生活其中。这不只是勇敢，简直是不可理喻的疯狂。

第三，从自己和环境的斡旋中找到乐趣。啊，这个，我就更不必谦虚了，我岂止是能找到乐趣，简直是能找出幸福，营造出自由。

任何国家、任何季节、任何意外，我都能积极面对，迅速找到解决方案，让自己乐在其中。

比如尼泊尔，其落后、贫穷得超乎想象，我简直无法忍受，但竟然忍受一整月，还交了不少尼泊尔的朋友，和他们一起喝酒、泡吧，到喜马拉雅山上望月；又交了不少中国朋友，和他们一起在旅馆楼顶烧烤，徒步安娜普尔纳，用烧水壶煮鸡汤。

比如被禁锢在澳大利亚黄金海岸的小镇，小到除了一座超市和商场再没什么可逛，整整一个下午我就坐在太平洋边吃薯片、看人玩海，与海鸥抢食；比如被搁浅在新西兰的湖畔：没信号、没网络、没车，我就赏湖、拍湖、写湖，悠游一整天。

比如在柬埔寨，我遭遇车祸，又意外丢了除 ipad 之外的一切物品，便果断先找网络，用 ipad 上微信之后，让哥哥汇款五千，到暹粒找可以用支付宝兑换美金的华人，果断取消环游缅甸的原定计划，坐车赶回首都金边，补办归国通行证，准备好所需的一切资料，等待。等待时还不忘在旅馆的楼顶喝着滴漏咖啡，吃着越南米粉，教欧洲朋友说中国话。反正也是等待，不如乐在当下。

活在当下的理论，都知是好的，但拥有活在当下的能力却是极难的，我则是在积极旅行和理性生活中逐步磨砺出来的。

何谓积极旅行？（我大胆地仿哲人的哲思）首先，是拥有迅速疏离熟悉的生活的勇气；其次，是拥有迅速熟悉陌生环境的能力；再次，是能在未知的陌生境遇中找到美和乐趣，甚至让自己感到幸福和自由。

首先，疏离熟悉的生活。

我的勇气是天生的。我了解自己的天性，我无法长时间地在一个封闭的环境中重复单一不变的生活，这对我来说是一种压抑、折磨甚至是扼杀。所以，我必须主动逃离，制造变化。不顺应本性的后果很严重，对自己、对亲人都很严重。

对我自己来说，若按照既定模式生活，等于白活，我如果像行尸走肉一样地活，我有本事让身边的人变成僵尸。反之，我会带领他们进行积极生活，甚至更多。我一直在努力，尽我所能……

其次，熟悉陌生的环境。

我的方式是漂泊和旅行。我四处漂泊，从东北到江南，从西南到中原，山南水北，寻找一个真爱并愿意一世安好之处，无论城市还是乡村；我到处旅行，疏离长时间不喜欢却不得不忍受的生活的无聊和郁闷。

大学毕业五年后，终于积聚了多余的时间和金钱，不用为了生存而四处奔波，才有心情旅行。

很快，我就爱上旅行，一年至少要旅行一次；之后，又变成一年两次。如果不能，就延长旅行时间，每次旅行至少一个月。少于一个月的旅行，于我来说，只是度假。

再后来，有了旅行的经验，每次不仅要一两个月，还要去上三五个国家，此时的旅行，才是更加积极的旅行，真正自由的行走。

无论是积极旅行，还是积极生活，目的是获得理性的自由。

理性的培养需要知识、见解及思想，还需要胸襟、视野及修悟。

自由的获得需要时间、经验及能力，还需要勇气、热忱与执着。

拥有了理性的自由，才会拥有真正的快乐与幸福，并生活在快乐和幸福之中，每时每刻，一生一世。

目 录

001 序

积极旅行　积极生活

001 魔幻新西兰　速度与激情的奇遇（2015）

119 优雅的澳洲　自由与意志的浪漫（2015）

173 圣洁的阿里　灵魂与心神的洗礼（2014）

227 恬淡尼泊尔　喜马拉雅的月夜（2014）

295 融合的越南　火焰与冰山的碰撞（2016）

347 神秘吴哥窟　难以割舍的红尘（2016）

385 闲适的南洋　传承与凝聚的血脉（2017）

455 毛 里 求 斯　野性与自由的呼喊（2016）

魔幻新西兰

速度与激情的奇遇

（2015）

魔戒·魔界

The world is changed.

I feel it in the water.

I feel it in the Earth.

I smell it in the air.

Much that once was is lost. For none now live who remember it.

这个世界改变了。

我能从水中感觉到。

我能从地面感觉到。

我能从空气中感觉到。

过往的一切，早已成逝去的历史，而曾经发生的一切，也没人能感觉到。

世界各国的人坐在电影院，看这个始于魔戒的故事，把英文翻译成自己的语言。当电影谢幕，灯光亮起，人们没对魔戒感兴趣，却对拍摄《魔戒》之地心向往之，地球人同时 Google 着，四处打听着这个地球上天堂一般的神奇国度。

美国人因为《魔戒》，使人间魔界——新西兰，为世人瞩目。在这之前，它实在太渺小太无名。

也难怪，直到 10 世纪时，才有一叶独木舟来到这个不知住人还是住魔的小岛。1350 年起，才有毛利人在新西兰定居，那已是中国的元朝时期了。新西兰被国人广泛熟识，已是公元 2000 年。

那一年，我刚大学毕业，正在苦苦拼搏中，断然无心寻遇魔界。现实已像魔界，而我却是一个一无所有的小矮人。常为三毛可惜，她虽在笔下写感恩，却不懂真正的感恩，谁能像她一样生在大富之家，又有一对宽容的父母，可以终生不用过世俗生活，不用先赚取留学的费用就可以留学，不用积攒旅行的钱财就可以四处旅行，不用为生计所愁，去聊慰自己前世的乡愁。

从毕业起，我所花的每一分钱都是自己赚的，我旅行之日，是在赚取第一桶金之后，还是从国内开始。周游列省，之后，再周游世界。然后，再赚取留学的费用……毕业快 20 年了，也没赚明白，只好到图书馆里留学。三毛怎么好意思用自杀来酬谢父母和她的好命……

在电影院痴痴看完《魔戒》第三季，恨恨地拍着影院的扶手：新西兰，你等着！那是 2004 年，有钱了，没时间。这是社会这所大学的功课：第一，赚钱；第二，赚时间；第三，赚健康。有这三条，

才好意思开始周游世界。

我怀疑新西兰是彼得·杰克逊的前世乡愁，他比三毛还执着，导完《魔戒》三部曲还不算，又导演《霍比特人》。《魔戒》的今生故事没得拍了，混扯前世恩仇。

看完《霍比特人3》，我霍地站起来，对着电影屏幕咬牙切齿地说："欺人太甚！魔界，我来了。"

订了从香港飞奥克兰的机票时，才长舒一口气：君子报仇，十年不晚。心里舒坦完了，才想起捧起地球仪找新西兰，转了几圈，都没找到。便去找大洋洲，在澳大利亚这个巨大的金锁旁边，仔细辨认：所罗门群岛、新几内亚岛、斐济群岛、奥克兰群岛……找到了！就这个地球上的小点儿，外星人的靴子，还被砍为两半，能拍出《魔戒》中那史诗般的场景，宇宙般的开阔？让我瞧瞧去。

疑虑满车，也得乖乖地等签证，从中国的冬天等到春天，直把新西兰从夏等到秋，光签证就够去东南亚玩一个月，也好意思让人等这么长时间。

罢了，待我上魔界走一遭。

3月20日 斐济机场

斐济时间6点，乘客们被机舱内的灯光亮醒，空姐开始发早餐。打着哈欠眯着眼，看了下手表：啊，北京时间凌晨2点，谁会在2点吃早饭？美得像扶桑的斐济空姐，微笑着把早餐递到我手中，嗅了两下，还是给个面子，吃吧。虽然是睡觉时间，闭着眼睛咀嚼，两不耽误。

斐济时间7点，走下飞机，到斐济机场换登机牌。排了很长的队伍，半天不见人少，从窗户向外面打量，看不到什么风景，便转而看人。排队的人多为中国人，年轻人居多，排在我前后的都是女孩。

“嗨，你们好！你们从哪儿来？”

“上海。北京。你呢？”

“深圳。你们去哪儿？”我问。

“我们不是来旅行的，work holiday。”

“……什么意思？”

“打工旅行。”

“打工旅行！”

“是，在新西兰一边工作，一边旅行，时间一年。”

“还可以这样啊。”早知道有这种玩法，我早就出国了。

“是，不过，很难申请，我都申请两年了。要求很严格。”

“我申请了三年！还好，在二十岁的最后一年拿到了，不然再也没机会了。”

“还有年龄限制吗？”

“有。三十岁以前。”

青春还可这样度过！怎么没早知道？三十岁以前没见识，现在，只能见识别人的见识了。

我们聊了半个小时，队伍都没动弹一下，时间已是7∶40，还有一个小时飞机就要起飞。我走到前面去问工作人员：“Excuse me, I think it's too late.”

工作人员甜美地微笑，缓慢地回答，就像《疯狂动物园》中的树懒，每一个动作都用慢镜头去绽放，光展开笑容就用了两分钟，而英语又特别适合这种缓慢的发音方式，五个单词，她说了能有五分钟：“One moment please, In time.”

“Are you sure？”

她微笑着缓慢地点头，这又花去她五分钟时间。斜眼瞧坐着的工作人员，缓慢地打开护照，缓慢地翻看每一页，缓慢地扫描，缓慢地看屏幕，缓慢地合上。这间隙，我能扫十个护照。

回到原来的位置，女孩儿们瞧瞧我，我耸耸肩，“他们说来得及。可这若是在香港机场，肯定来不及。”

她们清脆地笑出声来，像百灵鸟一起和声：“见识了。中国要是慢成这样，我们就不用抢两年了，2000 个打工旅行名额，一放出来，瞬间就没。”

我们聊到 8 点，还是没动地方，我又跑过去问，工作人员还是说来得及。哎哟，我已经是个没有时间观念的了，他们是不懂何为时间哪，再小的机场，也得走几步路，上舷梯啊。斐济的飞机正点起飞过吗……

直到 8∶20，工作人员才开始着急，于是全部放行，直接上飞机，等我们刚刚坐在位置上，飞机就开始滑行。

窗外的荒凉以及这无视时间的慢，我是不会有心情再来斐济了。

一回头，“是你啊！”

“你呀。”

“加微信。”

“下了飞机后。”

“对，对。先记微信号。”

是刚才排队时的上海女孩木木。我们恨不得搂在一起，一看空姐过来了，立即安静地坐直身子，扣上安全带。

飞机在空中平稳之后，又开始发早餐。发就吃，谁怕谁，刚刚排了好久的队呢。

有纯牛奶，不错，这一点挺大方，中国的飞机上不备牛奶。

“嗯，这牛奶太好喝了！”

“好喝到以前从未喝过牛奶似的。”我跟木木一顿感慨。

“怎么办？”

“再要。”便每人又跟空姐要了一杯，又一口气喝干。再要时，空姐晃了晃牛奶盒，干脆把盒子给我俩了：喝光。

木木舔舔嘴唇，“还要吗？”

我点点头，又摇摇头，又扭头瞧瞧后面，“你觉得一杯牛奶和亚洲形象，哪个重要？”

“还是算了吧……”

飞机抵达奥克兰之前，又发了次午餐：新西兰时间11点，北京时间7点。

“木木，按照北京时间，今天早晨7点不到，已经吃了三顿饭了！还要不要吃？”

木木看看我，又看看便当，真是与众不同的便当，一挤眼一点头，“吃。”

吃就吃。

新西兰时间12:50，抵达奥克兰。

与多年不见的老同学雯热烈相拥之后，她带我去吃午饭。北京时间下午2点，又去吃晚饭。晚上6点，朋友拉着我在客厅里吃夜宵，喝红酒，聊天儿。

这是值得纪念的一天：整整吃了六顿饭。

按照他国时间都是正常的，按照北京时间全是错乱的。我竟然能吃得下……这身材能好就奇了怪了。

3 月 21 日　初见新西兰

奥克兰的初夜惊艳我了！

这是新西兰最大的城市吗？是经济首都吗？是富人区吗？

安静得像是中国的乡村，当下的乡村也没这么安静。白昼，没有隐藏于耳边的车声、噪声；夜晚，竟然可以听到蛙鸣、蝉声。

总疑心耳朵出了问题，而那一声声鸣响清脆悦耳，便凑到窗前，窗外的树丛里合奏着田野才有的交响乐。

北岸的 House 也惊艳我了，这种级别的别墅群，实在是影视剧中才能看到，真真儿是许多国人的梦想，却只有极少数富豪才能实现。

早起散步时，除了看能让人流口水的蓝天，还看让人流着口水的别墅。每一幢别墅都不相同，无论造型、朝向、格局还是色彩，没有围墙，没有栅栏，前后都有花园，外带私家车库。

昨天雯来接我时就告诉我："在新西兰生活，是不能没有车的，哪怕是二手车，哪怕只有一万纽币，也要立即买一台，不然，寸步难行。"她坐在右边，一边开车一边说，"新西兰人不像国人那么死要面子，你开老爷车还是二手车，没有分别。"

路并不平，时高时低，时弯时曲。路旁有些院子里还停着帆船。

我一边看一边拍。一个女人正在自家花园里修枝剪叶儿，看到我，立即严厉制止："No, this is a private space.（私人空间，严禁拍照。）"

"Oh, I see. Sorry." 我赶紧收起手机，一边离开，一边委屈地自嘲：

我只对房子感兴趣，你把隐私送给我，我都没地儿放，皮箱满了。

她像是欧洲人。

我跟雯道晚安，她惊讶地问：“你能睡着吗？”

“不是 11 点了吗？”我弱弱地问。

“可……现在才是北京时间 7 点。”

“入乡随俗嘛，按新西兰时间睡觉呗。”

“但你却按北京时间起床！”

“呃……那咋整？”

雯无奈地摇摇头：“其他朋友都一个星期调整不过来，你怎么想睡就睡？”

“对于睡觉，我是天才！不分时间、地点：火车上、飞机上、长途巴士上，甚至公交车，倒头就睡。最要命的是我陪爸妈到松花江边散步、健身，我躺在仰卧起坐器上，做了十几个，躺下就睡着了。”

“你不想心事吗？”

“呃……睡醒了再想。”

这么长的睡眠，还有空想心事，那得挤洗澡的时间：“晚安，宝贝。”

雯直犯嘀咕：“这个人，竟然没有时差反应……”

我活得像个孩子，能吃能睡。

3 月 27 日　热气球节

买了新西兰手机卡后，第一个添加了木木，木木也第一时间通过了。她又第一时间把我拉入打工旅行的微信群，问我："后天汉密尔顿热气球节，我们要去，你去不？"

"去！你们去哪儿我就去哪儿。"

"上午 9 点，奥克兰天空塔见。"

见面先拥抱，再欢呼，四个女孩上了大巴车。刚好来自北、上、广、深。

"奥克兰买票可麻烦了，要在网上预订，我们预订了几天才有的。"

"遇到你们太幸运了。随便你们怎么定，告诉我价格就行，发红包。"

"发纽币啊。"

"这你得跟腾讯老总说。"

正笑着，广东女孩说："哎，哎，车上竟然有免费 WiFi！哇，还有充电电源，不过是三相，谁带转换插头了吗？"

"带了，旅行包。"

"我只是随口问问。"

"我也是随口一说。"

"哈哈……"

90 后女孩，除了快乐就是快乐，不快乐的事儿，还远远没沾边儿。她们的快乐很纯粹，与我同频。

十年前，我就没法跟同龄人在一起玩乐了，她们的快乐不是来自老公，就是孩子，再就是工作。她们不懂何谓真正的快乐，并且正在逐渐丧失快乐。懒得跟她们说，说了也不懂，再说就给我扣一顶帽子——自私。

她们特别无私，因为怕孤独，怕老无所依，怕失业没人养活，所以为自己准备好后事，用当下侍奉未来，快乐就怪了。

我是一个自私的人，但是我快乐，越来越快乐。因为，我越来越懂快乐，越来越会快乐。我会快乐地拥有一切，用活在当下去迎接未来。

我们快乐地坐着车，去迎接未知的快乐。车是双层，座位是大红色，很窄，肥硕健壮的毛利人根本放不下，好在人很少，可以一个人占两个座位。车上竟然还有洗手间，我一路唱着歌——中文歌，下了二楼，打开洗手间的门，唱不下去了，我得侧身进去，先坐下才能关上门，一双长腿还得打开才能锁上门。这些强壮的毛利人怎么进得来？典型的杞人忧天，新西兰的车不考虑新西兰人的体形关我啥事儿？

新西兰人的体形真不是吹的，那是高热量、高脂肪的汉堡长年累月吹出来的。昨儿在奥克兰街头，看到一辆车停下，半天不见人下来，只见车身剧烈摇晃，晃着晃着车门开了，先伸出一条巨腿，有我的腰粗，又伸出一条腰状的腿，然后水缸一样的腰终于挤了出来，山一样的上半身突围出来。还是个女人。把我这个女人都看呆了，临出国时怎么好意思瘦身了 12 斤，我再吃 12 斤也比她苗条三分之二。

当我跟三个女孩们描述完厕所和肥婆，她们都笑疯了。

“前天，我老乡请我吃自助餐，我看到一个肥婆，都肥得快走不动，一手要扶着楼梯，一手还托着餐盘，上面填满了肉：牛排、羊排、汉堡、煎肉饼……”木木说。

北京女孩说：“新西兰可以不要求以瘦为美，胖成这样娶家里干啥呢？”

“吃！”我们一起大喊，然后一起大笑。

到达汉密尔顿时有些阴天。我先随她们去找旅馆，四人间，相当不错，还有免费咖啡。然后，我们步行去汉密尔顿大学，绿茵操场上已经坐了许多人，孩子们又吃又玩，还有现场乐队表演和不少所谓的美食，仍是那些毫无创意的炸薯条、汉堡、牛排、冰激凌，懒得吃。

天色渐渐暗下来，火焰燃烧起一个又一个热气球，五彩缤纷、无比绚烂，欢呼雀跃与热情如火的乐曲缠绕在一起，就像火缠绕着热气球。真正的黑暗来临后，反而使得热气球更加浪漫靓丽，那燃烧着的火焰使它们妩媚多情，真想乘着热气球飞上天空啊。

整个晚上，我们的快乐像热气球一样热烈而浓郁，差点睡不着。

3月28日　汉密尔顿花园

说好了早晨去看放飞热气球，不仅都没起来，而且外面下了很大的雨。

9 点，被广东女孩叫醒，说再不起来没饭吃了。大家才分着用洗手间洗漱。早餐质量还不错。北京女孩去罗托鲁瓦换宿。我们三个搭车去汉密尔顿花园。

公交车极少，定时定点，一个小时一班车。但谁都看不懂如此简洁的公交站牌，好容易来了一辆公交车，阔绰、豪华、冗长的车上只有三个乘客。我们问司机到 Hamilton Garden 在哪儿坐车。

她慢吞吞地停下车，慢吞吞地找出老花镜，戴了几下才戴上，又慢吞吞地从座位后面抽出一张地图，慢吞吞地看了好一会儿，让我们走到前面路口右拐，拐角处有车站。感谢过她之后，看着她慢吞吞地摘下老花镜，慢吞吞地踩了下油门儿：新西兰人真有时间哪！

这么宽阔的路，这么少的车，这么慢开车，应该用不到交警，能出车祸的一定是外国人，尤其是亚洲人——驾驶方向完全相反。才来半月，就已经听到几起游客自驾翻车事故，皆是不熟悉右驾、右拐、开车过快所致。

走到拐弯处，有车站，还是没那辆车，等了一会儿，问了两个人，又回到原来的车站。往回走的路上，车子停下来，我们挥着手跑过去。两站地，10 分钟，15 块人民币，等了大半个小时，咋说呢……

汉密尔顿花园正在举办热闹的南瓜节，农夫们围绕着南瓜做足了文章，把南瓜搭成雕塑：那边搭了一个长长的天梯，大圆南瓜在下面，小长南瓜在上面，小得根本不像南瓜；这边组建了一个怪异的南瓜人，巨大的脑袋，南瓜秧做胳膊、腿儿；还有的只把一个橙

黄色的南瓜画上眉眼，插上南瓜屁股做鼻子，戴一顶黑色的尖尖的小丑帽子；有把粉色的南瓜画成猪头；在南瓜前后插了两个轮子，做了个甲壳虫车，还画上窗户、司机和乘客，车顶却画着骷髅头；这辆车好，三个南瓜拼的，颜色、形状各不相同，车身上还扣出了一个驾驶室，一个金色头发，身材火爆的芭比娃娃开车，方向盘是大红色……

人们穿得五颜六色、奇形怪状，老奶奶身上赤橙黄绿青蓝紫都齐全了，却不像彩虹，像南瓜——没这么难看的彩虹，紫色的帽子、浅蓝色的围裙配梅红色的长腿袜……老爷爷一身绿色盎然，还绘着昆虫和鸟的图案，手拎一个女士皮包，夹一个圆耳钉，戴粉色的帽子，脸上涂着夸张的媒婆式的胭脂……啧，啧，怎么丑怎么打扮。不讲逻辑，只讲创意。

那边一排长桌上，孩子们在用南瓜和水果搭积木，满桌子残缺不全的水果，尸横遍野，没了形状。他们搭成各种动物、城堡，以及什么都不像他们却认为是的东西。就说这一个，一个土豆上插着一根竹签，竹签上插着一个黄瓜纽儿，横插两片胡萝卜，上面是半个红彤彤的苹果，苹果上还沾了两颗豌豆和一粒黄玉米粒儿，这是个啥……甘道夫都比它长得好看……宝宝们笑得星光灿烂，卖力地肢解着水果和蔬菜。

“哇！农民的生活也可以如此绚烂！”

“老了来新西兰当农民。”我说。

立即得到两个女孩的赞同，我们击掌盟誓。

汉密尔顿花园就像世博园，水准一般。罗马园还不错，中国园不够中国，竟然想到用繁体字的对联，那就应该上联在右，下联在左，横批要从右到左，不仅是反的，而且横批竟然是三个字……

从汉密尔顿花园里出来时，一群花白头发的老人们穿着自制的艳丽的裙子和礼服载歌载舞。那裙子，我穿着都嫌嫩，搭配着老奶奶们丰腴的身材和白发，竟然还挺多姿多彩。

一个老爷爷唱道："I got you, you got me, we got love!”白发爷爷、奶奶们跳起了交谊舞。

“这个好！这个好！这歌词太好了！I got you, you got me, we got love!”我和木木一起又重复了一遍，立即用手机记下这句浪漫无极的情话。一边记一边翻译着："我得到了你，你得到了我，我们得到了爱情。"

"换成拥有更好：我拥有了你，你拥有了我，我们拥有了爱。"

七十岁的花儿可以如此浪漫、如此灿烂。七十岁到新西兰养老，不，到新西兰当年轻人。

3月29日　加油中国

好快啊，转眼间已在奥克兰住了十日。

仿佛昨天才来，明天却要走了。每一次到达，仿佛与老友的约会，才一天，似许多年；每一次别离，仿佛只是普通的别离，离开了，又不曾来过。

每次旅行，都有这种感觉，好奇怪。不是我想有的，却是不可控的。

奥克兰不像城市，没有高楼大厦，没有便捷的交通，没有熙熙攘攘的人群和人山人海的夜市，南半球第一高塔也矮得可怜。如果没有车，等于瘸了一条腿，背包客们很快会发现这里真的是一个适合背包的地方——背着包无路可走，无车可坐，无地儿可去。店铺六七点就关门，公交车定时定点，还要在官网上预定。

作为新西兰第一大城市，它却有湛蓝如洗的天空，多如牛毛的云朵，残阳如血的夕阳，密布如星的帆船，没有围墙的大学，长长的海岸线，满天星辰的夜空。

白人的娱乐方式是扬帆出海，或是开着老爷车在大街上兜风。华人多聚居在北岸，那被称为富人区的地方，多数延续着中国式的生活，把自家老人弄来为他们带孩子，一边感慨着年轻的白人父母如何有大把的时间亲自教育孩子。

这些生活在豪宅里的华人们，却嫌这里的生活太无聊，而我则梦想能生活在一个如此天堂的国度，没有声色犬马的娱乐场所，却有着天然真诚的自然世界。

在街头闲逛，有人在跳街舞，拐过去却发现两边铺设了长长的围栏，一群选手跑过来，像是跑马拉松，速度不快，但像是跑了很久，突然看到中国选手，立即喊“中国，加油！”一直喊到跑没影了，才停下来，发觉只有我一个人喊……继续逛着，又一群人骑着赛车过来了，仍然有中国选手，环视一圈儿，喊还是不喊……这是什么比赛，一会儿跑步，一会儿骑车，铁人三项吗？哪三项呢？管它呢。

“中国，加油！”

4月1日　风城

一走进惠灵顿的机场，指环王的感觉扑面而来。甘道夫狞笑着趴在头顶，两只利爪抓着两条垂悬的大鱼，免费座位的椅背是弯曲的獠牙。甘道夫喜欢吃鱼？我怎么不知道。

推开机场的门，一阵狂风吹走了帽子。捡回来，戴上，又吹走了。又捡回来，戴上，把绳子拉到脖颈，还是吹到脑后。想找个避风的地儿，没有。

风不是一阵，不是一时，而是四面八方。

这才知道风城的厉害，这名字不是白叫的。

顶着风找到机场巴士，坐到市区，一下车，又是一阵风。这次吹走的不是帽子，而是我，风把我吹得向后退了两步。我可是重量级选手，这风得有多大？

逆风而行，寻找酒店，找着找着，就迷路了。被风吹得找不到北。

一个年轻男子走过来，便过去问路，问着问着，一阵风袭来，把我吹到墙边。他哈哈大笑，用英文说："惠灵顿什么都好，就是风大。你会习惯的。"

我一脸苦涩，虽然我叫如风，但风大如此，真是无语。如果我生在新西兰，一定不会叫如风，这里的风不是自由之意，有狂乱之态。

酒店很干净，前台很温暖。超大的休闲区域，CBD 中心区域。

进了电梯，按了"1"，打开却不是，瞧着"G"，应该是这个：Ground Floor。果不其然。

放下行李，先去找吃的。沿街随性乱走，华人店铺不少，广东烧腊也有，但必须吃西餐，干吗在中国吃中国人做的西餐，到了外国，却要吃外国人做的中餐？这没法原谅自己，走进了一家优雅的老餐厅，点了牛排，一杯新西兰白葡萄酒。

特意坐在外面，一面吃外国的牛排，一面看外国的街景。

今天是母亲生日，与哥哥视频，向他们展示了惠灵顿的街景。母亲一阵感叹："真好看！欧洲的房子。"

我笑着："妈，这不是欧洲，是大洋洲。"

"大洋洲……有这个洲吗？"

"呃……妈，新西兰你总知道吧。"

"呃，好像听说过……也好像没有。"

"好吧，你就当欧洲吧，反正这是欧洲人建立的国家，纯欧风。看这儿，广东烧腊，看这儿，这红色的建筑好看不？"

"好看！那写的啥字啊？新西兰字？"

“英文，那是……好了，妈，我饿傻了。吃饱了再聊，生日快乐！”

“你是快乐了，不管我了。”

“我没钱带你旅行，这种长途飞行，你也受不了。我特意买了新西兰的关节灵，专治老人腿疼。特别灵，当然，也特别贵。”我举着药给母亲看，她自然心疼，我买可不是让她心疼的，而是让她的腿不疼。

“别瞎买。注意安全啊。”

“嗯！”

正切着牛排，一个小伙子经过，用英文调侃着：“我饿了。”我做了一个请的姿势，指指对面的空座，他笑着说谢谢，就走了。

吃饱了之后，就拿着手机写行记。写着写着，一个黑人小伙子热情地跟我打招呼，手里拿着气球，暖暖地笑着。

生活在发达国家，是温暖的，这暖不只来自经济，还来自温暖的人的温暖的相处方式。

4月2日　90后老老奶奶

惠灵顿的CBD到处都有免费WiFi，真是强悍。一边闲逛，一边乱拍，一边发朋友圈。饿了，便要了一份薯条和一杯咖啡，一百多块，这消费也很强悍。

路遇一家书店，一定要去瞻仰下外国人的书店。其他店铺很小，书店倒是很大。英文书籍的封皮设计大胆张扬、五颜六色、不拘一格，《King's Counsellor》《NO ANGEL》《LOST》《11 HOUR》《Rivers》……看得我眼花缭乱。

竟有几排旧书架，抽出一本《HOLY BIBLE》，封面已被磨得斑驳淋漓，书页边角已露出时光的老痕，看价格竟合一百块人民币。还有一本《国王的顾问》，竟需要三百块。

欧洲作家应该不愁生计了吧，价格高，稿费也高。欧洲的读者也太有钱了，一本旧书就够从奥克兰飞惠灵顿的机票。我肯定选择机票，然后上网买打折的正版书，这个功利的实用主义者……

走到街道一角，墙壁上绘着美人图像，低眉颔首微笑，在一圈儿绿色的藤蔓中享受清凉世界，脸颊边是灿烂的粉红百合，映衬着她绽放的笑容。

这么别致的城市一角，就是引人拍照的，立即跑过去像她一样低眉俯首微笑，闭着眼捏了两张，然后悄悄问："嗨，美人儿，心中在想谁？"还得用英文问，她可是外国美人儿，中文听不懂。

步行至山顶缆车站，买票进入。

看到一个空位，坐着一位头发花白的老人，我问："有人吗？"

老奶奶呵呵笑着："For you。"

我小心翼翼地问她的年纪，她爽朗地笑着，说九十岁了，"我是你的老老奶奶。"

我很惊讶，这样的年纪怎可独自出行？

老老奶奶笑着说："我就住山上，习惯了。你喜欢惠灵顿吗？"

"喜欢！只是风太大了。"

“那是为让你更强壮。”

“我昨天刚到，明天就走。”

“太遗憾了，你应该多住几日，你会爱上这里的。你来自哪儿？”

“中国。”

“噢！ BeiJing。”

我竖起大拇指。

“‘你好’用中文怎么说？”

我就教她：“你好！”

老老奶奶很认真跟着学。她戴着耳钉，涂着鲜红的口红，琥珀色的眼睛特别清澈，满脸的笑意，浓浓的幸福感，一遍又一遍地说：

“你好！”

与老老奶奶合影，拍了她学说“你好”的视频，厚颜无耻地发到朋友圈，也没请求她允许，我没法用简单的英文口语跟她解释这是个啥，发这个干啥。

老老奶奶在中途一站下车了。

山顶上风更强，我得费劲儿地抓住栏杆，才能在狂风中勉强欣赏惠灵顿的全景。一座美丽的海港城市，却因为地处南岛与北岛的夹缝中，风异常猛烈。为了防止被刮到山下，我看两眼便赶紧下山。

下山时竟然听到二胡声，一位华人坐在麦当劳的楼下拉二胡，玫红色的墙壁映衬着他的帽子，曲子飘荡在五颜六色的城市中。我

站在他面前美美地听了两首曲子就跑了：事不过三。

偶遇洋人的夜市，逛之。

新西兰没什么特色美食，走到哪里都不过是汉堡、薯条、炸鸡腿——哇，洋人竟然还会包饺子、擀面条？欣欣然拍之，我可不想吃，吃面食长大的人，经不起洋人的打击。于是买了份薯片、沙拉，又去超市买了瓶红酒和川宁袋泡红茶，找个背风之处席地而坐，看街头表演。

在别的地方，这是我的创意，但这里的人都跟我一样随意，许多人坐在地上，边吃边聊边看。我可不是跟他们学，我是坐地上吃了半天，才发现身后一群人坐地上。石块很干净，这么多人用衣服擦完，更干净。

两个小伙子坐在椅子上，弹着电吉他，超专业的话筒，风再猛烈也奈何不了声音。这歌声悠扬美妙，陪伴着世界各地的人，享受着世界各地的美食和新西兰的秋夜。

4月3日　附近的人

一天潇洒完，该回旅馆睡觉了。转了一圈又一圈儿，又转回原来的地方：老毛病犯了——迷路。用Google导航，导来导去，还是迷路。这可怎么办？在异国他乡的街头，深更半夜，又迷了路。

抱着手机，会有奇迹发生吗？奇迹就是微信里竟然有几十个人要加我，人是哪儿来的？附近的人，可我从来没用过这个功能，从来不加陌生人，却无端自动显现。

反正也没事儿做，便选一个华人加了，粗略看了一下，大部分是华人。

“你好，美女。”他说。

“你没见，怎知是美女？”

“呵呵，看头像，不是美女不加。”

“你在惠灵顿工作？旅行？”

“工作。”

“噢！有一事相求，可否？”

“求之不得。”

“我迷路了，你在附近吗？”

“发位置给我。我去接你。”

没得选择，先回旅馆，再说下一步。

一辆并不豪华的小型车子停在我身边，他从敞开的车窗向我问候。我点头致意，并诉说迷茫，他看了下酒店地址，头一点："上车吧。"我就上车了。直觉：绅士。

绅士是广州人，在惠灵顿已经六年有余，被公司外派做生意。

“这里一切都好，就是没人。所以，找附近的人闲聊。只找中国人。”

我奇怪地反问，“在国内总嫌人多，这个潮、那个潮，堵房、堵车，来到这儿又嫌人少。我在奥克兰住了半月，见一些中国朋友，同样嫌人少。可是，人少不好吗？多安静，多清静，多纯净，你们多分裂。”

他瞧了我一眼，“你做什么的？”

我转了转眼睛：“编辑。”

“那就难怪了，你们写东西需要静。我们在国内热闹惯了，夜夜应酬，天天泡吧，不然就K歌、打牌、夜总会、吃夜宵……花样繁多。这里入夜后连个鬼都没有，如果不是复活节，更冷清。”

这是真的，虽然是节日期间，举国庆祝，惠灵顿的店铺仍然6点关门。下午，上山前路过一家服装店，试了件披肩，很炫酷，但不想拿着当行李，想下山再买，可是，却关门了，时间才6点。

“可是，你说的那些，反倒影响健康快乐，浪费钱和时间，不如吹吹夜风，看看天空。你看，这灿烂的星河，只有西藏才看得到。”

“天天看，也腻烦。”

我听到过许多这种奇怪的理论，无论是在天堂般的喀纳斯、九寨沟，还是玛旁雍错，“但是，天天看钢筋混凝土、高楼大厦、酒桌饭局、车水马龙，不腻烦吗？”

“新鲜的观点，似乎……好像……但有得玩。”

“如果一定要选择一样儿，天天看，终生看，我选大自然。”

“文人情怀。”

“非也，我的情怀。许多文人也见天儿地喝酒、摆局，白白的从事了文艺。”我能从写作和旅行中找到所有的乐趣，其他一切闲杂琐事，免。

车子停在酒店门口，“喝一杯吧。”

我眨眨眼："酒还是咖啡？"

他呵呵笑着："美酒加咖啡。"

"好，美酒归你，咖啡归我。"我豪爽地说。

他笑着："狡猾。"

我头一歪："对策。"

休闲区很大，很多人在游戏、闲聊。

咖啡与酒对饮："谢谢你送我回来。"

他喝了半杯红酒，"不仅如此，我还送你回去。"

"嗯？"我不解其意。

"明早你不是要赶 KiwiRail 吗？知道怎么去码头吗？"

"呃……没来得及想呢。"

"真够当下的，文艺女生有趣儿。"

我笑着："我是个异类，喝着咖啡不想酒，今天不管明天的事儿，明天变成今天再说。"

他举起高脚酒杯："老外都这样，我送你，你可否送我一杯酒？"

那还有什么可说的，又到前台讨了只高脚酒杯，注入红酒，与之对饮："干杯，绅士。"

绅士与我聊完他在惠灵顿的工作和生活，问问国内的现状，谈谈旅行，就回去了。

我回房间时，有人刚到，堆了满地衣物，见到我进来，便说"Sorry."

跳过行李，栽倒在床铺上，刚要合眼，又有人进来，把沉重的背包搁在轻飘的地板上。

住国际青年旅馆，这是常事。所有人的到达与离开都是世界时间，几乎 24 小时有人出入。选择就得出让睡眠自由，但会获得更多的自由作为补偿：行者的自由思维方式，自由的公共休闲区域，以及绝佳位置带来的出行自由。

有舍才有得。

完美的一天。晚安宝贝。

4 月 4 日　横渡太平洋

南岛的第一站是基督城。

本来可以从奥克兰直飞，为了横渡太平洋，才飞到首都惠灵顿。机票价格几乎相同，而一张观光船票价值高过两张机票的总和。订票时，发觉新西兰的可爱之处：机票是车票的价格，车票是机票的价格。

小小的新西兰竟然还分为南岛和北岛，横渡太平洋再乘坐观光列车，是对风景至情至性的亲近与尊重。

在码头，出示船票和火车票的订票信息后，换了登船证，行李会从船上直运到火车上。

好大的船啊！共有十层，上上下下也要半天时间。不一会儿，我就里里外外跑了十遍，最终发现第八层和第十层最好玩。

乘电梯直奔船顶室外观光区，一切都是那么美！唯一的美中不足是阴天。风从海上来，太阳藏在云层中，依然能够洒满金色的光芒，点燃被打盹儿的乌云遮盖的天空。

订票时没考虑天气，如果能够面面俱到，就不是我了，每次我能把自己安全带回国就已经谢天谢地谢自己了。

传说中的风景依赖晴朗，不然，只是传说。快乐靠自己，大船就变成了临时游乐场。

船上有巨大的休闲区域，十楼无障碍欣赏风景，八楼有临窗座椅，提供免费热水和柠檬水，这就为我上蹿下跳提供了能量，蹿累了，喝一杯，听歌手们现场演唱。

两位歌手，一男一女，看上去有五六十岁。男的头发已经半白，身材肥硕，在拨动琴弦时却活力四射；女的应该是跳广场舞、带孙

子的年纪，依然有青春的状态、年轻的味道。

这样优雅地老去，不好吗？似昨日傍晚，从博物馆出来，旁边咖啡厅的玻璃窗里，一对老人，优雅地喝着优雅的下午茶，那种对望的姿态与通身的气派是享受过生命、会享受生命、正在享受生命的人才能有的。每每遇到这样的老人，我必观之、赏之、赞之。

眼前的这对老人，不，在新西兰是年轻人，唱的实在好听。旋律优雅柔美，有乡村民谣的感觉。

谢天谢地，船上没有 WiFi，不然，又不知哪位朋友倒大霉了：此时是北京时间凌晨 5 点，夜游神刚刚睡下；上班族尚未醒来。无人骚扰，只好骚扰自己。喝咖啡，吃东西，拍照，发呆，躺藤椅上睡觉，听自己的歌，听歌手唱歌，玩电脑，玩 iPad，玩手机，聊天闲逛，看船上众生相。有人穿着黄色衣服和卡通衣服，印有“Kids Can 募捐”；有人看着孩子在楼梯上爬，多半做的事儿跟我一样。

满船唯一一个带酒的家伙，竟然是我这个奇葩！奇葩在不好酒、不能喝酒，却走哪儿都要买酒。这奇葩的习惯也不知何时奇葩地形成，喝两口就多，多了就耍酒疯，要么拼命刷屏，要么抓住朋友狂聊，直到手机没电。这才乖乖地拍拍屁股，从地上起来，却找不到 Hotel（找得到才怪）！但是，每次总能找到，于是，也就由自己乱醉乱逛。

我要是酒鬼，酒厂都倒闭了，一瓶酒能喝一个月。爱极了新西兰的葡萄酒，尤其是白葡萄酒，实在味美异常，价格又便宜得惊人，几十块钱却有几千块钱的味道。整个新西兰啥都贵，只有酒和牛奶最便宜。于是，走哪儿都背一瓶红酒，生怕想喝酒时无处买酒。喝着酒听着歌，生生地把咖啡厅变成了酒吧。

当然，我也干点正事儿，用手机写下旅行带给人的不一样的思索，正在前进的飞机、轮船或列车，更容易让我们倾听内心的声音。移动的工具刺激了我们的想象，变幻的世界带来宏阔的思考，壮美的风景使人的感受异常新鲜，新的理念往往产生于陌生的场景。

真正的旅行，应该是哲思和文化层面上的，行者的心灵与天地之间的默契与沟通，这才是旅行中最美的享受。许多美妙的意外滋生了这种享受，而我们要做的是，陪自己享受任何意外。

我巴巴儿地多飞一座城市，就是为了横渡太平洋时观赏绝美的风景，既然出现阴天的意外，就享受当下之乐，记下旅行中的思索。

船划了一个半圆的曲线，转了个大弯儿，甩掉一堆群山和白云，绝情而去。跷着二郎腿，半躺在这艘绝情的巨轮上，看着巨轮的绝情，看多了，绝情也系有情，有情莫若绝情。

有情无情，只为人生。

4 月 4 日 KiwiRail

这是尚未被传说的传说。

发现这个传说的过程也是一个不小的传说。

下了轮船，就询问火车站怎么走，工作人员说沿着门外的黄线一直走，五分钟。我走了十分钟，也没发现火车站。拐上一条路，看到了一小巧的博物馆，询问了工作人员，是个老爷爷，他往回指，说穿过马路，就在对面。可是对面只有 Subway。

转悠了好几圈，又拐上另外一条路，遇到一个国际青年旅馆，问了前台，她热情地出门指给我，又把我指回 Subway。这辈子都不愿进 Subway 了，吃汉堡吃到快吐了。

围着小店转了三圈儿，终于，发现了一个可爱的小牌子：Train Station 一个向里的箭头。疑惑着往里走了走，看到两根纤细的铁轨，壮汉用手一掰就断了。

火车站竟然在汉堡店旁边，只有一间小小的办公室，只有一个工作人员，一台电脑。哎哟，中国的火车站都建设得跟国际机场似的，找不到入口是因为太庞大；在新西兰找不到入口却是因为太小，小到只有一间屋子兑换车票，再没有别的了。等车在外头，爱站就站，爱坐就坐地上。

传说中的 KiwiRail，温柔地摇过来，拍了两张照片，便上车参观。

名副其实的观光列车，特别利于观光，车厢的玻璃窗宽阔落地，几乎铺满了整面车壁，座椅宽敞舒适到了一节车厢只有二十几个座位的地步。

走在传说中，很快就无路可走：总共五节车厢，一节半敞开无座观光车厢，一节餐车，一节行李车，就两节正常车厢，还没坐满。难怪火车票比没打折的机票还贵两倍。

坐在传说中的椅子上，陷进柔软中，贪婪地吮吸着窗外的诱惑，那漫无边际的碧海蓝天，那蜿蜒曲折的海边公路，空无一人。仿佛在看列车电影。

这个传说只能发生在新西兰。

“嗨，甜心！（Hello honey!）”

谁敢这么放肆？扭头一看，是穿着制服的列车服务员，用甜美的微笑望着我，虽然年纪已经不再甜美，得有四五十岁，却延续着甜美的状态。她先检票，然后递给我一块巧克力：“欢迎乘坐KiwiRail，祝您的旅途像巧克力一样甜蜜。”

“小兔子！”

“是，请您慢慢享用。”

一只超级可爱的小兔子，左看右看，啊呜，先咬掉耳朵。

内燃机车很慢却很摇晃，时时有车轮滑过铁轨的声音。左边是太平洋，右边是连绵不绝的库克山与一望无际的平原。

长长的太平洋的海岸线，长长的海边公路，长长的新西兰式的草原和山脉，精致、绵延、旷远。前面经过一片小巧的森林，穿过一个小隧道，来到海边，同样是长长的海岸线。

独坐四人位置，守着宽敞的茶几，茶几上一半放着食品，一半放着电脑，看着、吃着、写着、思着、美着，也还是挺忙的。

旁边坐着两对老夫妻，一路上有吃有喝，有说有笑，像年轻人一样谈笑风生，快乐旅行，丝毫未受天气影响，快乐地望着窗外的风景，偶尔朝自驾的人招手。

两边的风景自然有不一样之处，他们那边好时，我举起相机拍摄，他们立即向椅背坐直，笑着说：“Sheep。”

我也笑着说：“Yeah, this year is Chinese sheep year!”

他们笑着点点头，并跟我学着说：“羊——年。”

我穿了两件外套还觉得手一直冰凉，老奶奶却穿着短袖，爷爷穿着短裤凉鞋，还一人吃了一个冰激凌。我在拼命喝热水和红茶。一个下午，他们吃了汉堡、饼干、巧克力、冰激凌，买了四次 coffee，连厕所都没上，这身体真棒啊！看年纪至少七十岁。

列车到达一站，四位老人下车散步，我也下了车。散到最后一节车厢时，一个乘务员微笑地看着我说："你不是在这一站下吧？"我说，"不，只是散散步。"她微笑着目送我。

听到哨声，上车后，我对面坐着一位更老的老奶奶，在吃着刚买的红茶和点心。一看到我坐下，便说"Hello"，等她吃得差不多，我们聊起来。

老老奶奶戴了四个戒指，一对耳环，一个长长的颈链，我夸赞她的耳环很别致，她竟拿下来给我看，原来是凯旋门的图案。

我笑说："远远看上去，像教堂。"

她说："是。"

点心只吃了一半，老老奶奶吃不下了，便包起来。喝完红茶后，便用我递过来的纸巾把杯子擦干，把点心放进去，盖上盖子，装进包里，这才发现，老老奶奶的包十分 Fashion，脚底下还放了一个。

而她已经九十岁了！

旁边的四位年轻老人，在她面前变成了年轻人。她和他们说了几句什么，几个人立即像老友会面一样，热烈攀谈起来。惹得那位列车员也站着和他们聊了好久。老老奶奶想上厕所，站了几次都没起来，年轻老人刚想扶她，列车员忙搀扶她过去，再送回来。

一路上，白色的绵羊和黑色的牛悠闲地在悠闲的草原上旅行。

我在旅行车里，看牛羊旅行。

这样的列车，比家还舒服。

家里无风景。无邂逅。

列车无安稳。无长久。

4 月 4 日　玩笑

上车，是传说。下车，是玩笑。

一座空城，静寂无声。

刚才还有几辆车，接了人之后，就立即离开了。只留下我一个人，孤独地站在孤独的车站。

这是车站吗？没有拉车的，没有拉住宿的，没有商店，没有地摊儿，连只鸟也没有。别提人了。

南岛第一大城市，新西兰第三大城市，可整个车站就我一个人。

打电话给旅馆前台求救，他指引着我转了个弯儿，又走了一条街，又转了两个弯儿，来到一个不指引找不到、指引了也不好找到的公交站牌下，坐黄线。到站后，要左拐、右拐、再左拐，就到了。

我已经懵了。

求生的本能竟然使我听懂了这么复杂的英语对白，人的潜力无限……

新西兰的公交车像巴士一样是有时间的，有的一个小时一班，不到点不来。

运气很好，站了几分钟，就来了一辆巴士，“嗨！”司机跟我热情打招呼，“到哪儿？”

我要知道到哪儿，不就简单了吗？我把手机中的旅馆地址给他看，“好，我知道那儿。不过，一会儿我交班，我会告诉同事的。”

我假装听明白了，坐在空无一人的公交车上。

才走一站地，司机就下车，跟另外一个人热烈地交谈着，然后，他走了，那人上车了，开车。

“嗨！你好！你从哪儿来？”又来一遍，刚才那个司机都问过了。

“啊！中国！太好了，我有很多中国朋友。你——好。”

“你好！”

憋了半天，终于忍不住问：“这是城市吗？怎么没人啊？”

司机哈哈笑着：“现在是复活节，全国放假，都出去旅行了。”

这么好的旅行地，还要出去旅行。在新西兰人眼中，可还有风景？

“基督城有很多中国人。”

“噢。”

到站后，司机下车，给我指路：“这条路左拐，第一个路口右拐，再左拐，就到了。”

“谢谢。”

这是什么旅馆啊，交通如此不便。

一道并不引人瞩目的小门，包裹在绿色的藤蔓中，推开后，一个极小的房间，却五彩缤纷。

“嗨！”依然是热情洋溢的问候，我疑心他们很难看到人，所以对所有人都如此亲切。他看了我的预订信息，递给我钥匙：“旅馆里还住着一位中国人。”

才一位。但好歹还有一位。

从右边的窄门出来，却是一个极其宽敞、开放的院落，院子连院子，几幢低矮的建筑秋千、草坪和露天浴池，男孩们打开桑拿屋的木门，走到圆圆的浴池前面，揭开盖子，把自己泡进水中。

一个穿着比基尼的欧洲女孩也从屋里出来，跳进了水池。遥想皮箱里中国红的比基尼，把外套的拉链往上拉了拉，不下水了吧。怕羞是小事，关键是怕冷。

推开房间的门，竟然是六人混合间，空间很大，床铺很宽，地上堆着行李、背包和几本敞开的英文书。把行李归置好，该给自己喂饭了，看情形，是没得吃了，于是拿出咖啡、零食，随便塞塞，明天再好好慰劳自己。

门开了，一个个子很高、很瘦的女孩走进来。我瞄了一眼，立即扑上去：“你好！这么大的旅馆，竟然只住了一个中国人！还是女孩！还是一个房间！”

“嗨，你好。”她淡淡地打了招呼，“从哪儿来？”

最怕别人问我这个问题，对老外简单，对国人咋说？想真诚交朋友，就得说真话，真话就很复杂：“山东人，生在东北，工作在江南，来自深圳。”

“噢，我是青岛人，在澳大利亚留学，家在新加坡。”

“啊！那是纯老乡啊。”还有比我更复杂的，心下稍安。虽然我落户青岛，并无底气，统共才住一年多，又开始满世界流浪。

果然被她看穿："你不像青岛人，说话也没有青岛味儿。"

有就怪了……我在东北长大，能说一口正宗流利的菏泽话就不错了，不能要求过多。

"呃……你来旅行多久了？还要多久？接下来去哪儿？我跟你一起吧。"一见美女，就不能自已，必须黏糊，就像男人黏美女一样。更何况，接下来，除了皇后镇，我根本没有任何计划，还有半个多月的时间。

"蒂卡普。"

"行，你去哪儿，我就去哪儿。"虽然我不认识这地儿。

"好啊，你订票了吗？"

"什么票？"

"车票。来了这么久，你应该知道新西兰的车票不好预订，一天一班，没有就没有了。"

"是，马上预订。"

"这有个网站，100 纽币三张票……你等会儿，我帮你找找啊……"真是亲人啊。

我预定她那班车，她预定住宿，"哎哟，旅游旺季啊，房间很难定……"

"你英文一定特别好吧，你教我吧。"

"不好没法上课，多说就好了。"她头也不抬。

这状态，我判断："你是理科生吧。"

"嗯。"理科生对情感与生活的理性与淡漠，与文科生的随心随性完全不同，前者是天性，后者是选择。

唯一的同胞竟然同性、同房，还能同游。尽管一天舟车劳顿，还是美滋滋地睡，虽然旁边那个欧洲男孩打着地动山摇的呼噜，架不住我极度疲倦与睡觉功夫，一觉到天明。

4 月 5 日　南极馆

饥肠辘辘，站在街口，饭馆都关着门，只有一个小超市。进去转了一下，买了面包、牛奶、鸡蛋，对付了早餐。

在新西兰，吃饭一直是个问题。

这大半个月，牛排、汉堡、薯条、饼干、三明治，除了这些就没吃过别的，胃早已激烈反抗，我却无可奈何。这些伤胃的东西还很伤钱，中餐不仅难找，而且贵到不可忍受。一个肉夹馍 50 块，一碗面 100 块，如果赚纽币花纽币，倒很正常，前者 10 纽币，后者 20 纽币，可我花的是人民币，吃的却是新西兰人拉的面，却还敢叫兰州拉面，让人怎么甘心……

一起来，溪莹就不见了，理科生真是缺少情感，不等我一起早饭，只能自己找吃的，但是没得吃。在国内过节，所有的餐厅和超市都疯狂地打折；在新西兰过节，所有的餐厅和超市都疯狂地歇业。早知道这样，等复活节过了再来。

握着手机站在空无一人的街道，找吃的。我要吃。

又有附近的人加我，有前车之鉴，果断添加，说带我去吃中餐。

意外的惊喜，等车来接。一个北京大男孩，在基督城工作了五年。我们狠狠地倾诉了人少的凄凉，以及不得吃中餐的苦恼，直奔中餐厅，阿弥陀佛，营业中，只是菜品少。

“吃什么？”他问。

“只要是中国菜，真是没要求了。”看看菜单，都是我能做的，味道已经顾不上，能吃到番茄炒蛋、家常豆腐，已经美到无极。这在国内是一顿台塑牛排外加法国红酒的消费。

满足。

“去哪儿？”

“去哪儿都行。”满足地躺在座位上，稍稍思虑了不妥，马上改口：“基督城有哪儿可去的？”

“你不做功课？”

我委屈地：“不喜欢做，如风随行。”

“被你打败了，算你特立独行。”

“算？本来就特立独行。”

他哈哈大笑：“好几年没见着北方姑娘了，就是爽快。”

难怪总有人找附近的人，都是憋的。

于是，他给我停在一个更爽快的地方：国际南极中心。一进去，连灵魂都爽快了，立即租了防滑雪鞋和羽绒服，还是极爽快。南极馆内按照南极的气候与冰雪设计，这气候太南极了。哆嗦着乘坐雪橇在冰山、冰河上滑行，然后哆嗦着去看小企鹅，人家却自在地晒着太阳，喝着下午茶，扭搭、扭搭散着步。真想抱过来亲一口，我想企鹅的小嘴也是冰冷的，这吻也是爽快的。

来到这里，才知新西兰距南极那么近，但不知为什么去南极的旅行船却是从阿根廷的布宜诺斯艾利斯出发的。哆嗦着从零下 40 度回到零上 20 度的车里，问小北京时，“我也不知道。”

“去哪儿？”

我摇摇头，这回真不知道了。

打开手机百度，小北京说：“别查了，喝杯咖啡，取取暖。”

“太感谢了。这么善解人意，不像北京人。”

“像哪儿的人？”

“南方人。”

他呵呵笑着，好不容易逮着一个说中文的北方姑娘，长得还入眼，还有大把时间，得好好喝一杯。

咖啡也能醉人，不然，才两杯下肚，小北京就哭得一塌糊涂，诉说着他的伤心往事：“我女朋友劈腿了……她怎么能劈腿呀……他可是我哥们儿呀……”

原来，不只闺密抢闺密的男朋友，哥们儿还能抢哥们儿的女朋友，都抢到新西兰了。

“没有，她在河北……我哥们儿也是河北人，我本来想把她弄到新西兰的……她劈腿劈得太快了……”

有点乱。

“劈腿一个河北人，放弃来新西兰，这么弱智的女人，不要也罢，再找呗。”

“她可是我的初恋呀……”

“你初恋那么晚啊……不是，你的初恋那么长久啊？”

“八年了……抗战都结束了……”

看看他这年纪，八年，初恋也还是晚。这年月，十八岁以后初恋，都算晚的。

“女朋友劈腿你还哭，真是绝种好男人。”

旅行真是有趣儿，在距离南极最近的大陆、咖啡厅的玻璃窗下，一个旅行的女人听一个男人哭诉失恋，女人悠闲地喝着清咖，男人哭得一塌糊涂。

“不值得吗？”

“你说呢？”

“你没失过恋啊？”

“失过。都是我踹别人，有啥哭的？哭完了，该干吗干吗。”

“你是女人吗？”

“基本上可以不算。”

他泪眼迷离地打量我一番：“可你长得很女人。”

“上天的补偿，性情不像，长得就像。别相信自己的眼睛，你看到的未必是真实的。”

他很想笑，但是正在哭，得敬业。

“我哭，就是好男人了？”

“中国男人，从古到今，有几个为女人而哭的？二十岁以下，不，这年头，得十六岁以下。”

“以上呢？”他傻傻地问。三十岁上下的男人，还傻成这样，一定是在国外待得太久了。

“二十岁的男人会把哥们儿痛打一顿，然后再找一个；三十岁的男人会给女朋友一个耳光，然后再找；四十岁的男人嘛，他得先看是哪个女朋友劈腿了，劈腿的人是谁，她长得够不够美，如果很美，没多大点事儿，不美，就再找；至于五十岁以上的？我幻想一下……可能眼睛都不眨一下，继续喝茶，然后再找。”

“都是再找啊。”

“你说呢？中国男人把女人当回事儿过吗？”

“那好男人邀请你到我家里喝杯酒，行不？”

我坐直身子，“不行。”

“为啥？”

“因为我是好女人。”

“好男人和好女人不正好一对？”

这就是问题所在。

“好男人也是男人，你当我傻？”

他终于笑出声来。

“开心了吧，好受了没？”

“嗯，谢谢。”

“是我谢谢你。多好吃的番茄炒蛋呀，多冰冷的南极体验馆呀。”

“你真好养活。”

我狂点头，“给口饭吃就行，但必须要有自由。”

“你这是要中国男人的命。”

我哈哈大笑：“爱给不给，不给不要你。没理由要了你却失去自由。”

“你来新西兰，有自由。”

“这不是自由，这是没地儿可去。”

整个下午，我们开着车在基督城兜了三圈儿，实在没得兜了，又喝了两杯咖啡。一拒再拒，不去喝酒，就我这酒量，喝了就找不到北。男人遇见美女，不喝都想醉。失恋的男人，一直就没醒。

旅行不能没酒，只跟自己和女人喝，才能保持旅行的纯粹、理性的流浪，甚至生命的安全。

4月5日　花园晚宴

推开院门，玫瑰色的夕阳滑过草地，罩着正在俯卧撑的男孩身上。草地上摆着一个长方形的桌子，桌上摆了十几支蜡烛，烛光摇曳在五彩的黄昏之中。

路过公共厨房，香味儿争先恐后飘出来。进去一看，许多人在忙活，端着盘子放到院子里的桌子上。溪莹也在忙活，赶忙询问，她一边弄一边头也不抬：“他们要举行 Garden Party。”

“我可以参加吗？”

“可以。亲手做份美食就可以。”

哇，兴奋刚刚涌起便像风一样吹过。打开冰箱，我只有面包片、牛奶和鸡蛋，那还是早晨跑了两条街、三个超市淘来的早餐。怎么变成晚餐呢？还得是拿得出手的美食，跟西方人比做西餐……巧妇难为无米之炊，守着面包，能做什么中餐，连西餐都只是赠送的前菜。

有了，法兰西多士：把鸡蛋打散，加入牛奶，把面包浸入沾匀，偷点黄油，煎焦煎黄，切成三角形，端着去了花园。看着还不错……

派对已经开始，满桌子食物：有烤起司土豆泥、蔬菜汤、水果罐头和蛋饼，还有许多叫不上名字的食物。拿着自己的小盘子、叉子，自助餐。我不是来吃的，是来偷窥的，好奇老外们会聊些什么，哪里听得懂。只见他们一会儿哈哈大笑，一会儿手舞足蹈。

悄悄凑近溪莹，恳请她翻译："那个女孩说这是她平生第一次开罐头，开了半天，不知如何下手。"

"没了？"

"没了。"

"这有什么可乐的？"

溪莹乐了："外国人笑点比较低，一点点事情就很容易开心。我都习惯了。"我必须马上习惯起来。

他们还是不停地大笑，哎哟，也不能所有的都让人家翻译啊，看到好笑处，我就跟着笑，但实在没什么好笑的。下了几滴雨，大家纷纷端着盘子，转移到屋内大厅，继续着不好笑却笑得里倒歪斜的笑话。我没了兴趣，回到房间。

那个靠窗边的家伙仍然躺在床上看 iPad，他已经躺了整整一天，晚上还不停咳嗽；靠墙的在玩手机，隔壁上铺盘坐在地上看书。

我拎着笔记本坐到室外木椅上，两个帅哥正在聊天，见我来了，与我聊起来。

"欢迎你来加拿大玩。"

"你来自中国？噢，那里太美了！太大了！像加拿大一样大。"

“是的，你去过哪儿？”

“北京。”

“我去过西藏。”

“噢，啊。了不起，西藏又美又高。”

“是，太高了，我喘不过气来。”

聊着聊着，一个帅哥指着我的 iPhone6-plus，“这个很酷，最新的？”

我点点头，为了买它，已经等了三个月，还加了钱，这不用跟他说，中国国情他不会懂。他用的是 iPhone5S，另外一位用的竟然是 iPhone4，真勤俭节约。这个款式在中国快绝迹了吧。

又加入了几个女孩，分别来自英国、法国、意大利、美国。她们穿得很简洁，廉价的背心短裤，身材很胖，胖得不均匀也没有曲线，头发自然散乱着，有的只是扎个马尾，不知道是天生卷发还是烫卷，头发的颜色稀奇古怪，看不出年龄，却能看出生命状态，很自然、很简单。活得轻松自如，就不注重外在；内心压抑沉重时，才会关注品牌、装束。

随意加入，随意离开，打个招呼就行。

旅途中，我喜欢跟欧洲人相处，他们真诚而随性，休闲时一起聊天，其他时候只是一个热情的 Hi，各有各的小世界。

他们并不喜夜宴、娱乐，不在旅馆中彻夜狂欢，11 点左右，各回各的床铺，安静地看书或睡眠。总是把“Have a good journey.”“Nice to meet you.”“Good luck!”挂在嘴边，让人心情舒畅。

4月6日　绿卡的诱惑

信步至基督城的 City Center，进入一个休闲中心，地上两条长长的弯弯的轨道，缓缓驶来一列珞红色的复古电车，车上下来一位维多利亚时代的英国绅士，朝我彬彬有礼地点头示意。本来打算吃午饭的，却上了车。车比走路还慢，司机、售票员、解说员都由这个肥硕但优雅的家伙担任，他穿着白色衬衫领带制服，戴着黑色帽子，一副英国绅士模样。一看就知道新西兰被谁殖民过，深受哪种文化的影响。

复古电车行走在洁净的道路上，两边的建筑物各具特色，无论是教堂广场、艺术画廊还是博物馆都古意盎然，带着醇厚的古典文化气息。蜿蜒曲折的雅芳河（Avon River）绕着花园小城流淌，两岸树木翠绿，林荫浓郁，花团锦簇、草木繁盛，雅致恬静，偶有清澈的小溪缓缓流淌，可以听见小鸟的鸣唱，接受阳光、清风的抚慰，一切都是那么的自然、和谐。

复古电车车顶有莲花一样的淡黄色的灯，几根垂下的软软的皮绳。木窗是可以向上滑行开至半圆形的车顶上，车子前后都可以开动。车慢得像走路，声音像火车，优雅得像英国淑女。座位是可以前后互换的，车子停在终点，司机到另一头操作，乘客们要么换方向乘坐，要么直接把座椅扳到相反的一面。每辆电车的设置不大相同，相同的是咣当一声，开车了；咣当一声，拐弯了。慢慢吞吞地前进，慢慢吞吞地上车下车，慢慢吞吞地讲解。咣当，咣当，时间在咣当中缓缓流逝，并没有比忙碌时多出多少，却感觉多了许多。

每一分每一秒都能感受到它的流动，优雅而迷人的流动。

这么美的复古电车就是今天的风景，我得好好观赏一下，坐几个来回。举着手机拍车，各种角度，车顶上的淡黄色的莲花灯、滑动的木窗、实木的座椅、咖啡色的木车厢，怎么拍也拍不够。

止拍着，有人用英语跟我说话："可以帮你拍一张吗？"从英语的发音方式判断，大半是美国人。我回头一看，一个长着络腮胡子、身材肥硕的中年男人，冲这身材，美国人无疑。

"噢，可以，谢谢。"我把手机递给他。

他帮我拍了几张，"你看看，喜欢吗？不喜欢我再拍。"

"好。谢谢。"让欧美人拍照，他们都会请你先看过，得到认可再走，若是真的不喜欢，他真的会帮你重拍。

我接过手机，认真翻看，确实好，未必是他的拍摄技术好，这场景及景中人都很好。会拍照的人，到头来，都会发现，一堵墙、一片湖、一棵树是最好的拍摄之地，背景不花哨，才能拍出人的韵味和内涵。

我一边看一边下意识地微笑，然后抬头感谢："非常棒！谢谢。"

美国男人笑着说："我叫史密斯，来自纽约，请问您？"

我告诉了他。

"接下来，有什么安排？"他问。

我笑着摇摇头："我可能坐一个下午复古电车。"他哈哈大笑："我们可以一起闲逛吗？"

"为什么不可以？"

“谢谢。”

我们信步至大教堂广场，地震四年了，教堂仍未修缮，地图上的宣传图片就是这座教堂。发现一盘巨型西洋棋，我跑过去下棋，下不动，相当重，需要搬，我伸出双手，被史密斯拦住：“不，不，这不适合淑女，让我来。”他不费吹灰之力就移动了棋子，我头一歪，肩一耸，两手一摊。

史密斯帮我解围：“这是不公平的，女人不能跟男人比拼体力。”欧洲人绅士，善解人意，难得美国人也如此，可是比拼什么呢？可总要聊点什么。

“去过中国吗？”

“去过北京。”

“喜欢吗？”

“非常喜欢，尤其喜欢胡同、四合院。”这个单词他不会说，用手机中的翻译软件给我看，即使他会说，我也听不懂（英文词汇中没储备这两个，用不上）。

“噢，是的，浓郁的北京味儿，我也喜欢逛，但是不喜欢住。”

“为什么？”

“胡同太古老、太陈旧，我喜欢住都市，而且是市中心。四合院……人际关系太复杂，我喜欢独立的空间，像你们一样。生活是用来享受的，不是用来斗争的。”

“你说得太好了，可是，为什么会斗争？”

我自嘲地笑笑，跟美国人谈中国的百姓风格、家长里短、后宫内斗，怎么会懂，“就像……我喜欢看美国电影、看美剧。”

“噢！真的吗？太好了。”

“就像《权力的游戏》，美国人极少数人在玩、在斗。在中国，是家常便饭，除了有权力的人，一个家族也斗，一个家庭也斗，两个人都能斗……”

“真是遗憾哪。”

我也想知道为什么。

文化、历史、传统，美国没有，还是聊点它有的吧。

“我喜欢看《越狱》《女超人》《闪电侠》《绿箭侠》《尼基塔》……还有《生活大爆炸》《破产姐妹》《迷失》《绝望的主妇》《风中的女王》……”我不仅一口气能说出一串美剧的名字，甚至从未背过，能说出英文名字。尤其是《Prison Break》，开头时，帅得震惊世界的 Michael Scofield，对着空中“啪、啪”几声枪响，让我一口气看完三季，由不得记不住这个剧名。

“哇噢！这些你都看过。太棒了！”

“是你们拍的棒。我喜欢想象力超群、构思奇巧、剧情紧凑、出乎意料的影视剧。”至于那些复制生活，没完没了内斗、家长里短琐碎的电视剧，没有时间浪费。

“电影你喜欢看什么？”

“更多了：《碟中谍》《阿甘正传》《肖申克的救赎》《真实的谎言》《阿凡达》《泰坦尼克》……”

“哇噢！”

我还会唱《泰坦尼克》的主题歌呢，我把歌词念给他听：

Every night in my dreams, I see you, I feel you. That is how I know you go on. Far across the distance and spaces between us, You have come to show you go on. Near far, Wherever you are. I believe, That the heart does go on.

史密斯鼓掌："你的声音真好听。"

"谢谢。"

"你的鼻子真美。"

"谢谢。"

不是这些分部夸赞法，我还不知道，我的鼻子在亚洲人中算是高的，至少侧面能看出鼻梁。

走到雅芳河畔，"我们乘船如何？"

"好主意。"省得驳我的面子，一个中国人跟美国人谈她看的一串儿美剧。

沿着河边走了一段路，却没找到渡口。我斜眼瞄了他一下，一扬眉毛，表示无可奈何。

"你的眼睛真美！"

"谢谢。"

美国人这么夸人吗？刚才已经夸了我的头发和手，他不会夸脚吧……

散步累了，在河边木椅上小坐。本是露洞九分牛仔裤，裤腿还要挽起来以彰显时尚，坐下时，裤腿又往上蹿了一大截，露出整条小腿。史密斯由衷地赞叹："你的小腿真美啊！"

一地的无奈，这要是个中国男人，我扭头就走，可美国男人夸奖时的真诚、单纯，就像在夸维纳斯的胳膊，除了说“谢谢”之外，你能怎么办？

我用手扶住额头，并把头发掖到耳后，“啊，你的耳朵真漂亮啊。”

我“扑哧”笑了，被夸了小半生，没领教过这种夸法：新鲜、好玩又无奈，还不如整体夸法——美女。分批次、全方位无死角的夸赞，平生头一次面对。人家也没干啥，就是看哪儿夸哪儿。

无可奈何说“谢谢”，真想再来一句：求你，别夸了。这是美国风格吗？分局部、分步骤夸……会不会显得自己特没有国际范儿。

黄昏如期而至，晚霞洒遍雅芳河畔，为其穿上了五彩的纱衣。这牵扯出一件大事：晚饭吃什么。不想再吃汉堡了，超市又不开，买不到大米和蔬菜。

史密斯小心翼翼地请求：“可以请您……一起用晚餐吗？这么美好的下午，我的宾馆旁边有一家百年牛排馆，我一个人吃着无味。”

这还有啥说的，当然可以，牛排总比汉堡好吃。

在优雅的英伦城市，坐在优雅的雅芳河畔，我必须优雅地对待优雅的邀请：“多么美好的一天啊，一定会有一个更加美好的夜晚。很荣幸能与您共度晚餐。”

史密斯站起身，伸出胳膊，我便把手穿过去，就像英国淑女挽着绅士的手臂一样，优雅而缓慢地向餐厅走去。

一直隐隐作笑，为自己刚才那句陌生的对白，没这样说过话，尤其在东北，不过是吃个烤肉或杀猪菜，至于说这么绕口吗。原来，我也会装淑女，也会说淑女的话，做淑女的事儿，只是，没有可以淑女的氛围和绅士呀。

到餐厅门口，史密斯请我先进，侍者带我们到餐桌前，史密斯把椅子拖出来，先请我入座，等我脱下外套，他把外套挂在椅背上，再到对面的椅子上坐下。

侍者递上两份菜单，史密斯说："您请，不必客气，点您想要吃的。"跟一个花美金的人客气，那你真不了解我，谁让你请我吃饭的。

我让侍者推荐餐厅最特色的牛排和红酒，不看价格。对于美国人，这跟北京人吃顿东来顺没区别，再说，是侍者推荐的，又不是我点的。

我点完后，史密斯说："和她一样。"真是绅士。

当然，也只有吃西餐才能这样，若是中餐，我点了四道菜，他再点同样的四道菜，我不起身走人，除非他从火星来。

1863 年的餐厅，其环境之优雅，装修之品位可想而知。我只奇怪一点，连标志性建筑教堂都坍塌了，餐厅没损坏吗？还是迅速修好了？那教堂怎么不修，这要是一个会讲中文的，我一准儿问他。若说英文，我能用翻译和手语说明白，回答也听不明白。还是算了吧，我可是淑女，这可是一百多年历史的西餐厅，实在不适合手舞足蹈。

这还有工夫说？吃都吃不过来。

再说，西方人用餐时不聊天，所以，一道菜又一道菜，不只是为了吃，而且是欣赏，很快我就发现，还有创意。

开胃菜：一块四方的胡萝卜上两个乳白的奶油球，横亘着绿色的豌豆叶；餐前面包装在纸袋子里，打开只有两个小圆片，摆在小小的木托盘上；水果沙拉，洋葱、苹果、蘑菇等切片炸酥，蘸特制沙拉酱；炙烤鲍鱼。

侍者先给一根白色针管，然后端上一个白色骨瓷小碗，碗中盛放着琥珀色的固体，像龟苓膏，再然后，侍者注入开水，膏变成汤，最后，侍者示意我们自己推针管，白色的液体投入滚烫的汤中，变成粉红色的面条。

这是给人吃的，还是给人玩的？

就冲这道"医疗"菜，我得收回西方人不会吃的判断，他们在食材和烹制方法上十分寥落，但吃法和用餐形式上真是叹为观止，想象力都用在这儿了。史密斯要是会说中文，我能跟他说一个晚上，关于这个玩意儿。

侍者端上来一个白碟儿，碟儿中一个白巧克力球，一圈儿漂亮的绿叶围栏。咦，不对呀，西餐中的点心应该在主菜之后才上。

没想到侍者说："Soup, please." 如果不是因为英文，我需要几秒钟的反应时间，去分辨这个单词是什么意思，消解了惊讶，我下意识大叫："这是汤！开什么玩笑？在哪儿呢？"

偷偷瞄史密斯，只见他用勺子切开一口，盛出一勺儿汤来，放入肥厚的嘴中。与其说汤，不如说汁液。外国人的斗智斗勇都用在这儿了！西餐吃过很多，头一次喝巧克力球装汤。

主菜：白色盘子中摆放着一块厚实的牛排，一对鲜红的大海虾，一片黄色的柠檬附着上面，还有用小锡纸盒装的食物，上面堆的是奶酪，一个不锈钢小杯中的黑胡椒汁儿。

我的妈呀，这是满汉全席啊！这么多道菜之后，还有这么丰盛的主菜。我就够能吃了，已经七分饱，要是江南小女子，得全部打包。

史密斯客气地做了一个“请”的姿势：“您请！您觉得味道还好吗？”

好到天上了，这要是在我的地盘，早就手舞足蹈了。淑女，尽力安抚激动的情绪：“真是太棒了！环境也棒，食物也棒，非常有创意！我很喜欢，谢谢您！”

“请您品尝一下这里的牛排。”

我微微一笑，点点头：“谢谢，您请。”

我尝了一下，小锡纸盒装的竟然是土豆泥，很特别的味道和摆盘方式，在其他西餐厅，它大半作为前菜单独上来。上面的奶酪是咸的，我把它抹在切下的一小块牛排上，味道也很赞；切了一小点儿虾肉来配，也很美味。

侍者端来两张餐厅的名片，我以为此次用餐结束了，虽然少了道甜品，但是侍者做了个“请”的姿势：“您请用。”吃的！吃的？

我捏起名片，上面写着：“Creativity costs nothing, the ambition and desire to use it costs you the certainty of success.”

这坚决需要翻译。“这是什么意思，史密斯？”史密斯解释了半天，我大致明白了：创造力不需要花费什么，抱负和渴望的程度会最终成功。

解释完了，我们吃着“名片”，很甜，很美味。

我必须由衷地感慨和赞美：“Perfect! It's amazing！”

“您吃得愉快吗？”

“非常愉快。万分感谢。”

“可以请您一起散步吗？”

“当然！”

我坐等史密斯穿上外套，起身过来，我一欠身，他把椅子往后撤一步，我站起来，他把外套从椅背上拿下来，为我披上，“谢谢。”

穿上外套，与史密斯一前一后走到餐厅门口，侍者打开门，史密斯又圈起胳膊，我微微一点头，手伸进去，并对侍者轻声说：“谢谢。”

淑女表演结束，但还不能完全结束。此时，我多想在路边的草地上打个滚儿、撒个野，因为开心、自在，想要表达开心和自在，这就是我的表达方式，如果是我一个人的话。

史密斯显然也吃得很开心，竟然请求：“我可以背您吗？”

我犹豫了一下，“你可以吗？我很重。”其实我想问有没有别的游戏，可这怎么问？

“没问题！”

他俯下身来，我跳上他健壮的后背，他背起我走了几步，转了几圈儿。我们大笑着，对着这座花园城市，这个美丽的夜晚，以及这顿创意的晚餐。

他放下我说：“你很苗条。”对美国人而言，我再胖三十斤也是苗条的。

“你很强壮。”我只能这么说，不然还能说什么。

“I think I love you.”

我微微一笑，夜色中，他未必看得见。无论哪国的男人，目的是一样的，只是表达方式不同。

相对来说，我喜欢这种绅士表达方式，他尊重你，让你感觉舒服。有些人，在不请求女士允许的情况下，手已经不老实了，那种人，连饭也是不能吃的。绅士请女士吃饭，不仅是为了求爱，他同样享受这个过程，不然，一个人在房间吃汉堡有什么味道呢？

“What's love？”我反问。

“Feeling.”

这个回答，我还满意。

十年前，我会惊讶于这个快，一个下午外加一次夜宴，就可以谈情说爱了。这十年，人们制造的艳遇速度和高压锅婚恋，已经超越美国人了。我一直盼着，何时中国的软实力能够超越美国，让我在跟美国人聊天时，不再谈美国大片、美剧，而是影响世界的中国大片，那些能够代表中国五千年文化和底蕴、代表中国精神和中国力量的文学影视作品，我一说，外国人就知道。

“Nice. What’s true love？”（我不用中文，是觉得中文太正式了，突然之间聊这么深重的问题，我还没习惯。）

我自然不会认为从一个美国人那里能够得到答案，片刻时间，三言两语岂能说得清？我只是想了解——通过史密斯了解美国人对真爱的看法。

“那应该……比感觉更深、更远，你懂我，我懂你，我们彼此一望就知对方所想。还有自由，爱应该是自由的，让双方自由。”

我明白史密斯为什么会说爱我了，也明白他是在真心寻找爱，而不是寻找艳遇。更何况艳遇有许多层次，最低级的草木之遇和浪花之遇是肤浅的，最高级别的艳遇——钻石之遇，就是艳遇灵魂伴侣，我也一直在人世间寻求钻石之遇。至今未得。

史密斯想要的、理解的真爱与我想要的是一致的。我陷入沉思。

史密斯继续说："我四十一岁，总是在世界各地做生意和旅行，所以没有结婚，而且没有遇到一份能给彼此自由的婚姻。我在纽约有房子，有公司，如果你能跟我去美国，你可以做任何想做的事情。如果你选择爱我，你仍然是自由的，而你又多了一份爱情。"

我不得不说，如果他是华人，我一定会投降，或者长得像《越狱》男主角，也会来一场风花雪月之旅。

我要求太高了，不只是艳遇的级别，还有艳遇男主人公的级别：他要像英国人一样绅士，法国人一样浪漫，德国人一样哲思，美国人一样有钱，意大利人一样帅，才能让我抛下所有的传统、道德和原则铤而走险。

但是史密斯，还差了一大截，人长得像六十一，至今未发现其才华与哲学之处。

史密斯终于说出了那句俗话："许多中国女人都想嫁到美国，拿绿卡，有些女人甚至嫁老头子……你……"

我不屑一顾，机智反问："一张绿卡就可以得到真爱和幸福吗？"

"这个，肯定不会，我有美国护照，还没找到真爱呢，何况绿卡。"

我嘲讽地一撇嘴，被嘲讽的人却看不到："这就是追逐物欲的人的肤浅选择，失败是必然的下场。能不能得到真爱与幸福，完全在你自己，与生活在哪国无关，国内得不到，国外更得不到。张爱玲就孤独地死在美国。”

我像是对他说，又像是对空气说，他懂不懂，我不在乎，只是当下想到了，就说。这些话，中国男人更不懂，懂也装不懂，追名逐利是正统，来得容易，又可买除健康、真爱、幸福之外的全部物欲，足以让他们逍遥一世。

史密斯说："我会努力，给你真爱和幸福。我保证，你的绿卡是幸福的。”

他还是没懂。

幸福必须来自内在。依赖于外在，只是一场太虚幻境，彻头彻尾的石头梦。

至于真爱……我能够让自己得到仰仗自己奋斗可取的一切，但需要另外一个角色时，我也无能为力。我只能主宰自己，主宰不了别人。史密斯肯定与真爱无缘，到现在都没让我怦然心动，这不符合真爱的特质。真爱，应该一见倾心，不可能需要培养，培养的只是类似爱情的亲情。

“你不了解我，那些人也不了解中国。目前，美国绿卡最值钱，要不了几年，最值钱的会是中国护照。外国人拿中国护照的难度不亚于中国人拿绿卡。我永远不会改变我的国籍，但我会取得某个国家的永久居住权，比如新西兰。我爱我的国家，即使她和我现在还有许多缺点。美国也不是完美的呀！”

这一点，谁敢犟嘴？史密斯说："你说得对，美国没有历史。我喜欢中国，也喜欢中国姑娘。那你可以不要急于选择，多点时间给我们，了解一下美国。”这个要求是合理的，只是两个外国人相遇在第三国……

“你说得对。但是……”史密斯牵起我的手说：“我们去看中国电影吧。”

“嗯？新西兰有中国电影吗？”

史密斯不好意思地笑笑：“中国字幕的美国电影。”

“太棒了！哪个电影院有？马上就去。”

我拉着他就走，也就是我，有时理智得像老者，有时幼稚得像个孩子：新西兰电影院怎么可能放中国字幕的电影。

“在宾馆，我的电脑里。我可以把字幕调成中文。”史密斯嗫嚅着说。

宾馆，单身男女，看电影……那是拍电影，但我不是演员，这不是片场。

这是人生。我的人生，我要对它负责。

我松开他的手，抬头望望天，低头看看河：“谢谢，太晚了，我该回去了。”

史密斯掩盖着失望，“我送你回去。”

“谢谢。”他打了个电话，一会儿车就开过来。我说满大街不见出租车，原来需要电话叫，这不是难为亚洲人吗？

“明天我包了车去拍摄《指环王》的基地特威泽尔，邀请你一起去，请不要拒绝。”

如果他没伸出橄榄枝，我可能会去；如果他住国际青旅的多人间，我也会去；如果他符合条件，我一定会去——一场真正的爱之旅。

“谢谢，史密斯，那里一定很迷人，我很想去。只是，我已经答应了旅馆的中国女孩，一起去蒂卡普湖。我不能食言，很抱歉。”

虽然他是美国人，但我用中国方式婉拒，特意说是中国女孩，不是中国朋友，以防止他多想和苦恼。也许是我多想了，美国人应该没有这么拐弯抹角的思维习惯。

“噢，那太遗憾了。”史密斯极度失望。

基督城本就不大，说话间，就到了我的旅馆，我下车，史密斯也下来。“我可以拥抱你吗？”拥抱本是国际礼仪，更何况我们度过这么完美的一天，我张开双臂，与史密斯拥抱作别。

“谢谢你给了我一个美好的夜晚，你很美。”史密斯说。他终于不再分步骤、分批次、分器官夸赞了，时间不允许。

我看着他的眼睛，真诚地说：“谢谢你，完美的一天，谢谢你的晚餐。”

史密斯要我的Facebook，我说没有，中国不能用。他把他的留给我，我递给他手机。

他很认真地写下来。

我也很认真地等他认真地写下来，虽然我知道这是永别。但要尊重相遇，尊重缘分。

史密斯把手机递给我，上了车。我对着车窗挥手，直到他看不见我。

刚进房间，溪莹正在收拾物品：“你才回来呀，明天7点出发。快点收拾吧。”

“遵命！女王。”

溪莹笑了笑，继续整理背包。

我先拿洗漱包和浴巾去公共浴室洗澡，回来后整理皮箱，洗漱包留在外面，爬上铺位，睡觉。一闭上眼睛就是雅芳河和那顿创意无限的西餐，那根白色的针管，那个白巧克力球汤，那个能吃的名片……

4月7日　蒂卡普湖

就这个小屋，铁皮房，一天600块，小到两个人得搂着睡，我和溪莹进去，除了躺在床上，背靠背，就没地儿待。这是典型的"黄垄雕阘裘，逆族同逼仄。"这么贵的逼仄小屋，也就香港的劏房可以媲美了。

必须得给皮箱找个位置，"桌后。"皮箱摞皮箱，然后，大义凛然地去大木屋用晚餐。一早，就在基督城赶车，半下午才到，折腾到晚上，也没正经吃饭。

大木屋太热闹了，有看电影的，有做游戏的，有烤牛排的，有跳舞的，就没一个安静的。窗外的库克山已准备在落日的怀抱中安静地睡去。

不用说，电影放映的一定是《指环王》系列。一路上，任何一家旅馆播放的一定是《指环王》，世界各地的人从世界各地来到新西兰，大都是因为《指环王》。

遥想发生《指环王》故事的地方，史密斯正在其中悠游，但凡他长得好看点，不是美国人，我不也能看到真正的《指环王》了吗？何苦在这个小木屋挨肩并足，在大木屋隔靴搔痒。

人太多，得拼桌儿，能找到两个人的空位就不错了。

溪莹和旁边的学生聊着，她一边聊一边跟我翻译："他们班级组织来玩。"

"难怪这么多人。"

我刚把汉堡塞进口中，溪莹崩溃的捂着脸："他竟然说你比我年轻。我可是90后，姐，你到底是八几的呀？"

"呃……八八。"为了安慰她，也为了好好吃汉堡，留学的女孩也在乎这种俗事吗？大小有啥用，我但愿是60后，寻求艳遇者自动销声匿迹。

"那也是你大呀。"

真相更可怕。我塞给她一块巧克力："好了，小妹妹，旅行是甜蜜的。"

接下来的旅行就不甜蜜了，溪莹已经定好了去瓦纳卡湖的车票，两天内的票已经没有了，我只得预订去皇后镇的车票，还是后天。这意味着，我将被独自滞留在蒂卡普湖边的小木屋。

别以为这是美的，没餐厅、没信号、没WiFi、没朋友、没班车、没风景。你美个试试。

就湖边这几个小木屋，要上网或打电话，需要步行20分钟，去镇上的旅游中心，那里也只有一个小超市、小咖啡厅，外加一座小教堂和小停车场。其他时间：睡觉、发呆以及不呆不睡的真空状态。

本来可以聊天，可是，理科生都不善聊吗？没她在，我跟自己和陌生人聊个没完；有她在，拨出大半时间陪她，她不说话，我也就不说话。

湖不说话，山也不说话，小木屋就更不会说话。

4月8日　乐在当下

早餐后，送走溪莹。我因她来到这里，她走了，我却留下来：没信号、没WiFi、没朋友、没班车、没风景，只有一片湖。

湖是美，可再美，能看一天？从这头到那头不过半小时，再往这头的那一头，不知去哪儿，怕回不来。一准儿回不来。在城市还迷路，何况乡野？

只能守着湖做文章。

拍照，拍到不愿意拍为止。写文章，写到没词儿可写。发呆，呆了一会儿凉意涌上心头。

赏湖，坐在湖边，拄着下巴瞧，瞧着瞧着就打起盹儿来。快要睡着的时刻，胳膊肘儿滑落膝盖，把自己弄醒了。晚秋的清晨，在湖边睡觉，是要冻出病来的。

干啥呢？在一个啥都没有的地方，还非得干点啥。

一个白人女人带着便携桌椅，竟然还有茶，穿着冲锋衣裤，也在赏湖，一动不动。冲她的背影伸舌头、翻白眼，装备如此齐全，真是过分。

回到大木屋取暖。电视里播放着英文MTV，这一首是《Let It Go》(《冰雪奇缘》的主题歌)。

“I like it！”我大叫一声，从沙发上一跃而起，边唱边跳。连下意识的激动都喊出英文，是怕新西兰的空气和上帝听不懂吗？手握拳头当麦克风，跳上长长的圆形的沙发，又挥手又扭腰，沉浸于幻想中的T台表演。音乐一停，我立即停，安坐在沙发上。幸好没人。有人也唱，只是不扭罢了。

回屋睡觉。一个人睡这张床，还是能平躺的。

在吉他声中醒来，站起来，鼻尖儿就碰到屋壁了。踩着鞋，到屋外提上。门根本不用锁，即使锁了，一踹就开。

声音来自旁边那个小屋，小屋猥琐得像个早餐售卖亭，竟然可以住人，里面的人还有心情弹吉他！我都没心情去敲门。吉他弹得不错，虽然我不懂吉他。

太阳出来啦！哇，再去湖边散步，拍照。拍完一套衣服不够，再回去换一套。

刚走到湖边：一位女士举着相机：“打扰一下，可以帮我拍照吗？”有什么不可以，正需要人玩，美美地拍完美美的她们，她们又拍美滋滋的我。

只要站在这里，不用搔首弄姿，不用调光调色，拍出来就是大片。这是一对母女，来自洛杉矶，女儿在奥克兰上大学，母亲来看她，顺道来南岛玩。

风光无限好，只是近黄昏。黄昏一来，亮色全部消失，都变成五颜六色，若夜晚都是如此，也是好的，但这五彩的黄昏，很快被漆黑的夜替代，不得不去找有光的地方了。人类喜欢光。

我向着光走去，钻进湖畔餐厅，竟然开着电暖器。叫了杯咖啡，坐在暖器旁就不肯动弹。一蹭蹭到想睡觉时。

昏黄的烛光摇曳着对饮的老人，他着迷地望着她，她着迷地望着他，我着迷地望着他们。看他们的年纪远在我父母之上，父母生平从未如此安静地相对过，成年累月没完没了的对抗甚至对战，至于对饮，还是算了吧。一言不合，瓶子、杯子都能当武器，摔地上算好的，若摔在对方身上，我打谁好呢？

中国老人何时能够像这对老人这样享受当下、享受爱情、享受人生呢？与这样的人携手一生，此生才是圆满。吵吵闹闹、舌头碰牙的日子，只是过日子，不是过人生。

这半月，无论何处，总能遇上这样的老人，花白的头发，掩饰不住一往情深的眼神；一世的沧桑，刺激不起上善若水的安好。那浓重深远的情意让我感动，却又不得不无奈地说：有多少中国老人，能活出这种状态呢？

4 月 10 日　火焰比萨

终于可以离开了！

退了房，拎着袋子、拖着皮箱去湖屋。门拉不开，惨了，进屋要刷卡。四处张望，没人。等了好一会儿，服务员来打扫房间，忙蹭进去，放下皮箱，准备烤比萨，昨晚特意在湖畔超市买的。

“退房后不能用厨房，如果老板来，会收费。”服务员说。

五星级宾馆的价格，车站旅馆的标准，当然，风光无敌。住两晚都不能用个厨房，要是在东北，看我不把比萨盘扔他脸上，但这是新西兰南岛的东北，只得被迫挤出一脸笑容，可怜巴巴地说："速冻比萨，晚上才能到皇后镇，你说怎么办呢？"

他思索了半天，才说："噢，那就先做好，带走吧。"这么勉强又过分的回答，竟然让我开心地蹦起来，连声说谢。这要是在我的地盘，我坐你面前吃给你看。

斗争完毕，瞧着这专业的嵌入式烤箱，全英文字母，还有另一种斗争：怎么把比萨鼓捣熟了。我思索了半天：

第一步：打开烤箱门，拽了半天，没拽开。我回头瞄了一眼侍者，背对着他，脚蹬着柜子，使劲一拉，门开，搞定。

第二步：把比萨放进去，轻松搞定。

第三步：设置，开烤，怎么都搞不定。

一堆选项，一堆单词，若要一个一个翻译，一定误车，而且我也没这样好心情。好吧，随便点，点了几个，关门，灯亮。

聪明！这么聪明可怎么办呢？优哉优哉地泡杯红茶，坐先前的位置边喝边等。

茶还没凉，就闻到一股煳味。回头一看，烤箱里冒烟："Oh my God！"跳起来救驾，从哪儿救起？

还是求救吧。

照例堆出笑容，有时候，微笑胜于吵闹："这怎么了？怎么办？"侍者点了两下，烟不冒了，本来是他欠我人情，弄成我欠他的了。那就聊天吧，作为回报，中国式聊天法：从哪儿来的，来干吗的，干了多久，觉得怎么样。

“我是印尼人，在新西兰工作七年。”

真会找地方，我怎么没想到来这工作。

他年纪并不大，一说就笑，“我经常去中国，我父母在那儿，我去过北京、上海、郑州。”

哇，不得了，去过郑州的外国人可不多。

“我喜欢河南。”更不得了。

“我喜欢吃中国菜，我妈妈会做不少中国菜，很好吃。”

那还用说，不只好吃，还好看，丰富，世界三大菜系之一，岂是你这种小国寡民能懂的。

烤箱报警，义务聊天结束，拽开门，呆望着它，这绝对是我平生吃过的最特立独行的比萨：一圈儿都冒着烟，散着煳味儿。戴上手套，拿出火焰比萨，塞进盒子，拖着皮箱，拎着红酒、红茶、比萨走到湖边，精心摆上午餐，摆成花儿，盘腿坐下，拍个照，等有信号再发朋友圈，开吃！

库克山腰系了一条柔美的丝巾，静静地依偎着湖水，浓浓的云层，厚重地裹住山肩，太阳试图冲破一切，挤出一道金光。最终，还是太阳胜利了，光耀天地间。只要有阳光，湖水就是蓝的，近处的淡蓝，中间的白蓝，远处的深蓝，一直蓝到山脚下，蓝色连着山脚下的黄色，黄色连着赭红的山脊。

整个世界五彩缤纷，但却静若处子，安静得只有鸟鸣，还有我吃比萨的声音。平生烤的第一个比萨，中间有点生、四周有点糊，就着这样美艳的调料，吃什么都是美的。

举杯向天：“干杯！”

4月10日　走向传说

这一路上舟车劳顿，都是为了传说中的皇后镇。它是南岛的魂，甚至是整个新西兰的魂。天堂中的天堂，会是什么样?

卖油郎攒了许久的钱终于要见花魁了，几年的恋爱长跑终于要去登记了，独守寒窑十八载的王宝钏终于要见薛仁贵了，心情反而异常平静。如果不是发动机的声音，我都能听到血液流动的声音。

道路绵延曲折，贴近山体。山是淡黄色，不时冒出些淘气的绿，让山黄也不是，绿也不是，索性黄绿相间。银灰色的天阴沉着脸，像因循守旧的族长压抑着新生的大地，断了人对蔚蓝的念想。

一排排艳黄色的树木摇曳着秋的波澜。

空旷的草原，孤独地矗立着一棵树。

草原像梵·高笔下的麦田，金光闪闪，洋溢着生命的热浪。

黑色的牛、白色的羊，镶嵌在艳丽的草原上，悠闲地吃着下午茶，在天空与大地之间悠闲地发呆。

几棵绿树，白鸽飞来，绕树三匝。不求依托，但求自由，坚守本心。

山似乎开了一个口儿，漏出一张老爷爷的脸，笑眯眯地给我讲着指环王的故事。讲完问我是否疲惫，我笑笑："不，追梦、逐美，享受这绝美的风光。"

车子停在瓦纳卡。

瓦纳卡是一个精致的湖畔小镇。简约的建筑，绿色的植被，悠闲的节奏，给瓦纳卡湖增添了一些生活的味道。

瓦纳卡是外向的，蒂卡普是内向的；瓦纳卡是热情如火的汉子，蒂卡普是优雅含蓄的美人。而我，一半是瓦纳卡，一半是蒂卡普。

不用说与他人和世界好好相处，能与自己和平相处，已是巨大的人生课题。旅行，是我亲近自己的方式。我在处心积虑地发现自己，爱上自己，活出自己。

这最不容易。

那些发疯、自杀的天才，都无法与自己相处。他们降不住自己的心灵这匹脱缰的野马，他们像一个初学滑雪的人，没学会拐弯、减速，就到阿尔卑斯山最高的雪道，除了成为急速下滑的火箭人，让天意选择停下来的方式及摔跤的惨烈程度，没有办法。

自己，是天底下最难驯服的野马。

行进在画一般的风景中，竟使我思索着静止时想不到的事情，意外地让我进入深邃的思考，倾听内心的声音，与天地进行宽阔的沟通。如画的风景中，一张如画的脸庞，在沉思。我常常感动于镜中的自己——写作和旅行时——思考的女人最美丽。美不胜收。

人世间的美，不是来自他人的夸耀，而是美到感动自己。是的，只有这种时候，我才会承认我是美的，一种丰盈智慧、沉静雅纯的美。

想起“美人迟暮”的话来，一丝嘲笑涌上嘴角：美人，若美在内心，并无迟暮之说；若美在灵魂，则绵绵无绝期。

从瓦纳卡开出来约 50 分钟，进入山里，深远的山峰，蜿蜒的山路，去向一个传说中极美的小镇。

4月10日　传说中的小镇

黄昏时分，到达皇后镇。下车后，一阵冷风吹来，把我从传说吹到现实：这里正在准备入冬，而我刚刚在中国挨过冬天，还没来得及享受春天，就又回到冬天。哆哆嗦嗦地拖着皮箱，走在清冷孤寂的街头，虽然小镇的建筑让人欢喜，但这气候也真悲摧。

拦住一个路人，给她看了地址，问怎么走。

“噢，这里，不错啊，又是镇中心，又在湖边。”

一下子把我说活了，我两眼放光：“真的？”

她认真地点头，告诉我怎么走，“皇后镇非常美，你一定会爱上这里的。”

“你爱吗？”

“爱。非常爱！爱极了！再见。”

哇，快流口水了。

旅馆很小，楼梯很窄，上楼一推门：这么小的房间，竟然能放下两张上下铺，竟然还有冰箱。又推开一道窄门：竟然还有独立卫浴。以为又是公共浴池呢。相当不错。

放下行李，拿出干净衣服，准备美美地洗个澡，美美地睡一觉。刚要睡觉，进来三个女孩，大声说笑，还一起碰杯，说待会儿去蹦迪。

反正睡不着了，便坐起来，和她们一一打了招呼，直奔主题：“带我一起去蹦迪吧。”

“好啊。”她们笑着。两个英国女孩Kate、Kathy，一个希腊女孩Lucy。我穿好衣服，跳下床，与她们去迪厅。

一进去，Kate 便跟好几个人打招呼，似乎相识已久，相当热情地把我介绍给他们。Kate 问一个男孩："你的工作期限还有多久？"

"两个星期。"

"之后怎么办？"男孩耸耸肩："管它呢，到时候再说吧。"

我们便滑进舞池，跳起来。

刚跳到兴奋处，Kate 凑近我的耳朵大声说："我们要去另外一个酒吧，你是在这里跳舞，还是和我们一起去？"

虽然不明白为什么要换地方，但我要跟着她。

又见了 Kate 的几个朋友，又喝了一杯酒，又跳了一会儿，又换了一个酒吧。这真是稀罕事，外国人都这样，还是她们这样，一个晚上要跳三个酒吧。这个酒吧实在太劲爆了，地方很大，舞池上面是空的，仰头则见满天星辰，我被燃烧了，疯狂地跳起来。

跳着跳着就停下来，哇哇，舞还可以这样跳？怎么描述呢？Lucy 的舞姿疯狂、性感、摇曳、妩媚，她半躺在空中，剧烈地扭动腰肢、甩着长发，真是迷人，我都想冲上去揽着她的小腰亲一口。

Kate 和 Kathy 都很美，临出门时，Kate 在睫毛上刷了好半天，才能让又长、又弯、又密、又翘的睫毛雨露均沾，只是她俩都有一个东北爷们儿似的肚子，尤其是 Kathy，人高马大。偏偏 Lucy 又美又瘦又错落有致，舞又跳得这样好，真是要男人的命了。

我们一直嗨到凌晨 2 点半，然后哼着歌儿回去。俩人唱英国歌，一人唱希腊歌，一人唱中国歌，哼着歌去吃新西兰夜宵。夜宵还是薯条和汉堡，她们一人要了一个汉堡，想着马上睡觉，我就要了份薯条。Kathy 吃完竟然又要了一个汉堡，天哪！凌晨 2 点半，两个汉堡，难怪高大健壮、肚子肥硕。

哼着歌回旅馆，为了国际和平，大家统一唱英文歌，只是谁的都不一样。别小瞧我，我会唱《My heart will go on》，能背下整首歌词，还自己翻译过，在大学里可是花过功夫的，没想到若干年后，在新西兰派上用场了。

这么开心，就差哼着歌睡觉了，唱着唱着睡着了。很想知道，睡梦中，若说梦话，说的是中文还是英文……若是说英文，还用思考句法、单词、发音和中英差别吗……说个梦话都要想这么多，还是说母语吧。

4月11日　美丽邂逅

10点前要退房，大家都忙起来。Kathy要与男朋友一起住，退了房；我在宾客预定时，今天是满房状态，只得更换；Lucy要去福克斯冰川玩；只有打工旅行的Kate留下，我们相拥而别，我送给她一盒大大的冰激淋。

退完房，出去找早餐，顺道转了一小圈儿，在瓦卡蒂普湖（Lake Wakatipu）畔，买了份新鲜水果沙拉，坐在光晕下。

阳光透过层层叠叠的树叶过滤，落在人间，变成浅浅的、淡淡的、微微摇曳的光晕。一碧如洗的青天，蹁蹁跹跹的云朵，白雪皑皑的库克山，金黄色的树木，湛蓝色的湖水，魔幻的山峦，街头艺人的吉他声……人们踱着方步，悠悠地优游着，连跑步的样子都像是在散步，像树懒，却不是因为慵懒，而是因为自在。

这样的地方，吃阳光就饱了，喝空气都醉了。

空气清爽得仿佛吹弹可破，像夏夜里的荷叶上的露珠儿，像美人裙边怡人的薄荷味儿。湖边有Weekend（周末）集市，摆了许多手工绘制的陶器、画布，形形色色的Backpacks（背包客）来来往往却潇潇洒洒、不匆不忙。

生活在背包客手里是流动而鲜活的，青春在背包客身上不是数字而是生命状态：数字的青春在不懂青春之时转瞬而逝，心态的青春可以青春到你想要的年纪。

我在等待一个青春的中国女孩——鱼刀刀。她一定是青春的，因为她在新西兰打工旅行群——飞机上偶遇的木木把我拉进了群，群里都是 30 岁以下的女孩子，我是鱼目混珠者（貌相勉强过关，千万别看护照）……

昨儿个晚上，我往群里发了几张皇后镇的照片，她就问我今天是否愿意去一个什么镇上的什么节。去，那还有不去的？美人邀请，一准儿答应。

一抬眼，一颦眉，一凝眸，一浅笑，蓦然回首，那人就在美景深处。

确实是个小美人，长得像年轻版的王菲。个子竟然比我还高，这是极少发生的事儿，高习惯了。一见她我就把头靠在她肩膀上，佯装小女人，其实是两棵大树。

见面就问她的网名的由来：鱼刀刀——怪异又可爱。

刀刀喝了一口咖啡，甜甜一笑："源自一个漫画人物刀刀狗，我喜欢的男生特别喜欢那个漫画，我自己比较喜欢鱼。就把它俩结合了一下。"

"现在呢？那个男生？"

鱼刀刀不屑地："孩子都有了。"

连我都震惊了："25 岁就当爹！这么快，当孩子当够了？我想当一辈子孩子。"

鱼刀刀笑着："就是，没追求的。Let him go！"

"你的追求是？"

"今年在新西兰打工一年，过渡一下。明年去美国留学。"

口水飘荡在皇后镇的空气中：我也想留学，可到现在都没赚够留学的钱。90 后怎么那么幸福啊！擦了擦嘴，没好意思跟人家说。

人家命好，关我啥事？

鱼刀刀说搭车，搭就搭，谁怕谁？只要跟着她，搭飞机都行。怕的是没车，本来车就少，又是早晨，半天来一辆车，却视而不见。这要在国内，两个绝色美女搭车，估计得停一排长龙。

我们手牵手，站在路边，刀刀举起右手大拇指，我老是想笑。我开车时怎么没遇上搭车的？只要是女人，我一准儿停下。

“刀刀，《爸爸去哪儿 2》中，那些星爸搭车好像蛮容易的。”

“剪辑呗。”

“不是说新西兰特别容易搭车吗？”

“传说呗。”

“你搭过车吗？”

“经常。”

“安全吗？”

“白天，短途，选择安全的车搭呗。”

我变成了 90 后，跟闯荡江湖多年的“大姐”取经，搭车还有资格选车，真牛掰。

刀刀看了看酷得一塌糊涂的腕表：“算了，要不，我们坐公交车去，回来再搭车。这里活动开始得很早，结束得也早。”

“遵命。”

我是一个遇强则强、遇弱则弱的家伙，当对方某方面强于我时，我立即弱智得跟白痴似的。刀刀在皇后镇已经工作了五个月，听她的话一定有好果子吃。

听刀刀的话，提前准备好了车票 12 纽币，上车后投票。没有售票员，投币箱旁边就是一些零钱。

公交车上人依然不多，我们依然坐在最前面。下一站上来一个中国人，投了20纽币，看司机正在拐弯，便自己在一旁找零。司机反应很激烈，用英语大声说："不，不，这是我的地盘，你不可以动！请稍候。"他画了一个圈儿，包括投币箱以内的范围都属于他。

氛围很尴尬，也不知乘客听懂了没有，反正不敢反对。

我们完全明白怎么回事儿，互瞄了一眼，用口型说："国情差异。"

都怪我英语口语太差，不然一准儿跟司机解释：人家只是怕给你添麻烦，看你正在拐弯儿，怕你分心，又没有售票员，帮你找零，没有其他意思，更涉及不到侵犯你权力的问题。而且，在我们国家，你得说谢谢，不谢也不能斥责人家……

我的英语要是能说成这样，不如去当翻译，还写什么作呀。

4月11日　箭镇金秋节

这是一个镇？村子都不如，却魅力四射，热闹非凡。

我们一下车就直奔美食街，各种叫得出的、叫不出的但却能塞入口中的，都往嘴里塞，塞时还不忘搭配新西兰白葡萄酒。瞄了一圈儿，没座位、没杯子，只能对瓶吹。一口烧肉，一口酒，惹得游客们不看美食，专看这俩美人，轮番举头向天空，对瓶喝白酒，一个喝完另一个喝，一个喝时另一个拍照。那照片，真是侠女下凡。

“酒还可以这样喝？”

真难为了江苏女孩刀刀，估计她们村没人这么喝酒，这能怪我吗？也不看我出生在哪儿。

“东北人都这样喝，不过……大半吹的是啤酒。咱高档嘛，吹红的。来，给我喝一口。”

我们只是品尝美食，专拣没吃过的或平日不常吃的，谁若发现了新大陆，就欣喜若狂地向另一个招手。“哇！羊肉配汉堡，要不要这么无厘头。刀刀！鱼刀刀！有情况！”

刀刀如风一般飘来：“如风姐，什么情况？”

我一努嘴：“呶。羊肉汉堡！你待了五个月，吃过没？”

“听说过，还没吃过。两个！”

“别吵，已经叫过了。”

“噢，噢。”

只见老板掀开一个白布帘子，拿出喷香酥脆的长形汉堡，用刀从中间切开，夹入羊肉，夹得满满的，用纸一裹。

“你先。”

“一起。”

“等等吧……”

另一个羊肉汉堡已经出炉，我们一人拿一个，拦腰一碰：“干杯。”

“咯吱”一咬，“哇。”我美得蹦了起来，又转了三圈儿，一边转一边咬，“汉堡夹羊肉，怎么想的？绝了。”

吃完了，用手摸摸小肚子，瞥着白布帘子：“再来一个不？再来，就来不了别的了。可是，真的好吃……”

纠结中，看到鱼刀刀在吃一个城堡一样的蛋糕，如风一般刮过去，舔舔舌头，“要吃！”

刀刀也不说话，直接把一个勺子盛了巧克力蛋糕塞我嘴里：满足！找别的好吃的去喽！

天空湛蓝湛蓝的，几架小型直升机在天空中绘图，一架画了一个大大的问号，却一拐弯、一合拢，变成了心形。一架拧了一根大麻花，这个好，不花钱，就是够不着。

哇，有够得着却碰不着的，地上开来一辆又一辆老爷车，真是精致巧媚、造型独特、颜色鲜丽，与古巴哈瓦那有得一拼。

吃饱、喝足，吃到实在吃不下，沿着箭河闲逛，竟然发现了中国村，在五颜六色的树林中间，竖立着一块又一块木板，这里竟然是一个古老的淘金基地。19 世纪下半叶，有 5000 多华人劳工在此淘金，他们的住所阴暗、低矮，进去得低头弯腰，地板凹凸不平，烟囱上刻有“如意吉祥”字样。这让我想起西藏日喀则帕拉庄园奴隶们的住所，一般无二，只是多了生死的权力。

华工竟然能够远涉重洋至此，真是神奇。

回去时，与刀刀在路边搭车，车一辆一辆开过去，一辆车主动停下来，一位美丽的女子将头伸出来问：“是中国人吗？”

“是，是。”

她的头优雅地一点：“上车！”

“哎！谢谢！”指望着通过搭车感受新西兰人的热情，没想到，最终热情善良的还是自己人。

“不是中国人，我们不让搭。外国人的风格、想法捋不顺，不找麻烦。”

这是一对自驾旅行的小夫妻，他们一直把我们送到瓦卡蒂普湖旁边。

一再感谢，下车时由衷地说：“还是中国人好！”

4 月 12 日　山林别墅

回旅馆后，最重要的任务是换旅馆。取了行李箱，按照导航找另一家旅馆。看距离不过两公里，便没叫车，看看街景。走着走着，发觉不对了，忽视了海拔，一直向上，皮箱从拎变成拉，直至变成拖，才发现站在半山腰。这才明白“山林别墅”的含义，这名字真没委屈，可是，仅剩下不到一公里的距离，打的变成了玩笑，咬牙坚持。

坚持不住就在路边小憩，望向天边，仿佛被女神泼洒了一瓶葡萄酒，涂抹出一片伊甸园的颜色，连雪山也是酒红色了。不知何处，飘来一阵爱尔兰风笛，夕阳西下，自由人在天涯。

这片刻的黄昏一角，消解了所有劳累，尽管到达山林别墅的最后一段路是半个直角的坡路，生生把皮箱拖了上去。走进山林别墅的院子，另一种画面震撼了我的眼睛，巨大的院子里一个圆形的温泉浴池，几个穿比基尼的白人女子在水中嬉戏，一圈儿木屋嵌在山脚下，看着美人沐浴、狂欢。女人都沉醉了，男人可还站得住？

在前台登记、拿卡，进房间。四人间，仅剩下靠墙的上铺，一头栽倒在下铺，先歇歇脚，然后需要预订去弗朗兹冰川的车票。这家公司没票了，换一家，山顶上的网络很不好。

过于沉醉，不知何时，三位室友进了房间，好像一位男士在开我心爱的白葡萄酒，结识着四位室友。我没心思分辨他们在说什么，必须得先订票，距签证到期的日子不远了，冰川是一定要去的，据说是蓝色的。我听到那位男士说："这位朋友在忙着……稍后。"

当我抬头时，一个英俊得一塌糊涂的帅哥，他笑得像天堂一样："I'm Kiwi. And you？"

"嗨，"我站起身："不好意思，网络很差，不订票明天走不了，你知道的。认识你很高兴。"

"我也一样。"另外两位也走过来和我打招呼，我们一起碰杯——法国男孩布里埃尔，日本女孩雪子，新西兰男孩萨特，和我。

认识了之后，我就可八卦了，新西兰那么小，还需要旅游吗？

“我从北岛来，自驾环游南岛，南岛好美！”

“北岛也美！你生在天堂，真幸运。”

“谢谢。”萨特呵呵笑着，笑时特别像外国电影的男主角。就是那个……一时想不起来。

“我嫉妒你。”他哈哈笑着，与我碰杯，“中国也美。”

“当然！只是……人太多，国太大，钱太少，活着太累。”

他们依然笑着，法国男孩笑得很优雅，日本女孩很腼腆，她特别瘦小，像江南小女子，但我能感受得到她身上那股潜在的日式的力量，能够独自周游世界的女子都不会弱。

我一手举着高脚酒杯，一手揽着她，她才到我的腋窝：“日本为什么对中国那么不友好？”

雪子没想到我会问这么严肃的问题，急得手忙脚乱，与我一样，英文词汇显然没那么多：“我不懂政治，那是政党的事情，但是，我们日本的百姓，至少我的朋友们都很爱中国，很爱中国人。我去过北京、上海，很美，国际化大都市，又不像东京那样拥挤和生活节奏极快。”

能比北京、上海速度更快的城市也只有东京和纽约了。

这问题实在是太外交，我马上改口：“日本很干净，很多中国人去日本旅行，至于他们为什么连马桶盖儿也买，我死活也想不通。”

三个国际友人笑得前仰后合，雪子说：“中国人有钱。”

有钱不能没品，想想影响国际形象，还得换话题。

“欢迎来中国自驾。干杯。”干了之后，才发现：“不过，中国太大了，自驾环游至少一个月，还累得吐血，未必能上得了西藏。”

“西藏！西藏太神秘了！太高远了！”三个人大笑后立即称赞起来。

西藏是我的撒手锏，凭你来自哪里，没人敢跟世界屋脊叫板。

实在投缘，如此开心，众议后，蹦迪去。嘻嘻哈哈地下了楼，来到萨特的车旁，我去开右边的车门。

他们一阵大笑，“你要开车？”

噢，忘了，右驾车：开就开，谁怕谁。

我坐在右边的驾驶室，主动坦白，“我第一次右驾，在中国是反的。你们相信我吗？”

“相信。”

萨特给车打着火，我轻点油门，开走没问题，问题是前进和拐弯。我一直右行，萨特指示我靠左车道，拐弯时我要打右转向灯，结果左灯亮了。布里埃尔和雪子在后座笑得上气不接下气，我总习惯性右拐，萨特急了：“不，不，回左车道，左拐！”好奇怪呀。

拐过去，我又靠最右面行驶，后面又是一阵大笑，雪子的笑声能把车窗震裂，此时完全不像日本小女人，那个小小的躯体能爆发出这么大的能量，把我吓回了左车道。

就这样，七拐八扭、左右交替，竟然开到了镇中心。停下之后，我长舒一口气，“总算到了。”

刚轻松又大叫起来：“我的天哪！酒驾！”

他们忙问怎么了，我自然是用中文叫的，“酒驾”这个单词不会。那就不让他们担心：“首次右驾！完美！”与三个国际朋友一一击掌，下车。

如果不是酒，我还不敢驾驶呢。

守着两位绅士，你什么都不用干，外套帮你脱去，放在椅子上，酒买好端到面前，跳舞前要邀请，还要说请。请啥呀，来这不跳舞，难道唱歌？红酒外加威士忌，我连右驾房车都敢开，只要他们敢坐。

我跳得过于欢畅，碰到了右边的人，忙说“对不起”，一抬头，人家正在亲吻，没空儿理我。一会儿又碰到左边的人，是个庞然大物的男人，结果把我弹回来，萨特张开怀抱，我刚好到他肩头。他们三个人大笑，我也笑。

他长得像谁呢？一个晚上也没想起来，喝多了嘛……

我们约好第二天一起去山顶缆车，午餐，纵览整个皇后镇。回去时，不敢造次，萨特开车。开心至此，四个人排队洗澡、洗漱，倒头就睡。

4 月 13 日　速度与激情 7

运气不好，阴雨。

房间竟然给了暖气，我便去洗衣服，洗完了搭在暖气上。布里埃尔和雪子不知去哪儿玩了，萨特一直在睡。我洗完三筒衣服，他还是睡。我坐他床边，叫醒他。

他问：“雨停了吗？”我沮丧地摇摇头。

“他们两呢？”

我又摇摇头：“一早就没影了。”

“怎么办？”他问。

“你先起来，下山再说。”

天气很冷，走到车边这么短的路程都觉得寒凉，山顶是别想去了，饕餮吧。我们驱车去米其林上排名第一的餐厅。

人很多，仅剩下两个位置，正好。我们点了牛排、红酒。我的那份牛排上来后，傻眼了：妈呀，这是东北风格，摞了一堆肉，还有两根香肠。

萨特给我指着：“这是牛排，这是猪肋。”

我要把猪肋夹给萨特，他说：“不，谢谢，我够了。”

这是我见过的全天下最霸道的牛排，整整切了一个小时，吃完后快走不动了，还得假装一切安好。

天气依然阴冷，只得找个咖啡厅闲坐。我叫了双份意式浓缩，指望能快点消化，坐着舒服些。

聊到我觉得说英语说得手忙脚乱，我看我的微信，他看他的FaceBook。

哥说今天是他的生日。

“噢，北京时间是几点，现在？”

哥笑着告诉我。

“你等会啊……”

我请求萨特：“今天恰巧是我哥哥的生日，你可否跟他说句‘happy birthday’？”

“当然可以！”

我点着语音，萨特很真诚地说：“Happy birthday！”

“哥，我的新西兰朋友。”

哥开心极了，连声说“Thank you！”

萨特问：“中文怎么说？”

我教给他，他很认真地学，一字一顿地说：“生—日—快—乐！”

哥哥很快乐，我也很快乐。

快乐了几个小时之后，需要寻找新的快乐。

风景看不了，“看电影吧。”萨特提议。

“好主意！”只是要委屈我当动画片看，这么高深的英文对白哪能全听懂。

萨特用他的手机软件查电影信息，翻给我看，“动画片。”我摇头。

“Fast and Furious 7.”我摇头，都七了，一到六还没看过呢，更不懂了。

“海报有点眼熟……”我一边自言自语，一边百度，立即叫起来：“《速度与激情7》！中国第一天首映！就看它，就看它！”

萨特笑着，“好，就看它。请冷静点。”

我怎么冷静，《速度与激情7》在中国首映之日，和长得像保罗的新西兰帅哥在新西兰看！有激动不激动，那怎么受得了，什么天性能冷静？

原来是保罗！他像的人是保罗！

速度带来的激情，也不如帅“保罗”带给我的强烈。唱着歌看完了整部电影。这么激烈的剧情，我还有闲情逸致瞧萨特的侧面，越看越像保罗。哎呀，这要是在中国该多好……他要是邀请我一同自驾南岛，我一准会去，哪怕我去过……

原来女人也是好色的……

没想到，保罗死了！在这部电影中，扮演保罗的演员死了。萨特，只有你了……

这看的哪里是电影，而是奇缘。如果不是旅行中真实发生的奇遇，我是连编也编不出来的，尽管未来想从事编故事的职业。

这就是旅行的魅力，屡次在路上的原因，你不会预料到何时何地遇见何人、发生何事，而这些遇见会燃烧整个激情澎湃的旅途。

未知的奇遇是自由旅行中最独特的风景。

让给保罗的萨特——难怪觉得他的名字似曾相识，我曾经也认为让·保罗·萨特的名言“他人即地狱”是真理。除非出家，否则无法避免与他人相处，如果处理不好这种关系，会抑郁、发疯甚至自杀。现在觉得，他人是否是地狱，要看相处的方式：在独行中，他人是奇遇，是快乐，是自由。

“自由就是选择的自由，这种自由的选择是无条件的，不需要什么根据和标准，因此人愿意自己是什么，他就能成为什么。”我有自己的根据和标准，他人的存在，要使我能够幸福和快乐，不能，就不让他存在，不存在委曲求全、忍气吞声。如果到了这种地步，还没有能力摆脱他人的束缚，没有选择的自由，活着是无趣的、可怜的。

我要我成为自由的风，要我自由如风，我就能自由如风。

谢谢你，萨特，你不懂我在想什么，谢谢你让我想到了什么。

与萨特作别时说的不是“See you later”，而是“See you again”。

4 月 14 日　这个冰川不是那个冰川

一想起那蓝色的冰川，欢天喜地下了车。捏着手机找旅馆，车站后面是一个大宾馆，便进去问。新西兰小姐瞄了一眼："那是弗朗兹冰川，这是福克斯冰川。"

"啊！"翻译不同？还是，新西兰有俩冰川，相距 20 分钟距离？

答案是后者。这么过分，新西兰！（其实有仨，三年后才知道。）

那我怎么办？

异国他乡，乡间小镇，岂止是举目无亲，还带着一个不长脑子的自己。没人跟我说过有俩冰川，昨儿定车票时 Sam 也没说，当然，我也不懂得问。我的英语词典中没有"冰川"这个单词，现学的，拼了好几遍，刚才用上了，反而糟糕。到福克斯小镇时，风景如画，一些背包客在等车，我估摸着差不多，便问司机大叔："Glacier？"大叔说"Yeah"，我才下的车。

可是，这个冰川不是我要去的冰川。这也是冰川，人家没说错。

碧空如洗，风光旖旎，秋意深浓，天高云淡，这么美的天堂，坐着一个跟自己生气的傻女人。行了，别跟自己拧巴了，干活！

第一步：退掉弗朗兹冰川的住宿预订，损失 20%。这就不错了，还有全额损失、不能退的。

第二步：预定福克斯冰川住宿——住宿全满。

举头望天空，低头想办法，噘着嘴想：有了，扫街，怎么也得扫一张床位出来。新西兰治安是好，问题是睡在大街上，如风会冻成如石——这是冰川脚下，又是初冬。

竟然在车站发现了一个熟悉的身影：“溪莹！”我大声叫道。溪莹竟然淡淡地笑了一下，一动不动。

这么大的缘分，都没反应，我也忒失败了。我们在基督城相遇，在蒂卡普同眠，各自开启旅程：她去了瓦纳卡，我去了皇后镇，今日竟然重逢于福克斯冰川，前提还是我走错了。我的灵魂都兴奋了，但被淡漠的反应给熄灭了。

被感情的冰雨淋了一阵后，溪莹上了一辆车，消失了。当幻影，想她想的，这可能吗……

拖着箱子去找旅馆，已无暇去想弗朗兹冰川和福克斯冰川的区别，那跟我有啥关系，安全都成了问题。

拐到车站对面一条小路，一个温馨的小院，一看就是民宿——咱是没头脑，但有经验。屁颠屁颠儿去前台，一个慈祥和蔼的奶奶：有房间！立即交钱，啥都不挑，有床就行。

四人间。把皮箱一放，到厨房里泡了杯咖啡，坐在小院儿的木桌椅上小憩一下。刚跟自己打了一场仗，很辛苦。

一个男孩正在做午餐，做好后端出来，放在我面前，自己吃起来。该午餐了吗？我好像还没有，也没得做。但是也忍饥挨饿先打招呼：荷兰男孩，大学生。

自然是独行，独行这种事儿在欧洲是常态，跟团游才是小众。他们自由惯了，无法忍受与众多人的相处，那会耗费太多精力和时间。

吃饭去喽。

得吃一顿馨香绵软的饭，才能慰藉自己刚刚受到的小磨折，当然，皆因自己不注重细节、大大咧咧、胆大如天。独行世界的路上，会出现各种小意外，类似于这种情况，我已经习惯了，因而，我解决意外的能力相当强悍。

饭后，还有一件大事要做，那就是立即步行回车站旁边的旅游信息中心，预定明天的冰川徒步。

一个白人女孩递给我一本小册子，用英文详细介绍了与冰川有关的所有项目。我支起灵魂的耳朵紧张地听着，纠结地看着每一个英文单词，大多数都不认识，但能组合出一个意思来，就是不知道对不对。我问了一些特别傻帽的问题，她呵呵笑着，递给我一本中文手册：早点儿给我呀！

贪婪地看着介绍及注意事项：识字儿真好，旧社会的女人们睁眼瞎怎么活一辈子的……啥都看不懂，不发疯啊？

我想选择冰川攀岩项目，女孩儿很真诚地推荐我那款四个小时的飞机观光行程，价格反而少了二百纽币，可以飞到冰川腹地，然后在冰川的肚子上徒步三个小时。直升机！这个魅力也很大，可我还是想在冰川身上爬行八个小时。

女孩说："这需要超强的体力。"

我举起没有一两肌肉的手臂："No problem！ I'm strong！"只有我这么认为，站在欧美人面前，立即似弱柳扶风。

女孩哈哈大笑："但这需要专业的指导，谨遵教练的口令，而教练们都是纯英文服务。No 翻译。"她善意地提醒我。

她赢了。

我连个英文宣传册都看不太明白，需要查翻译软件、组合、拼凑，最终明白，咱们做了十年的阅读理解、完形填空不都是这么干的吗？攀爬冰川时，每一步都是致命的，教练哪有工夫跟你慢慢说，等你理解了，估计也掉冰川缝儿里了。

被复杂的英语打败了，只能选择简单的方式。

学英文！摩拳擦掌，信誓旦旦！但也只是发个誓。一遇到挫折便发誓，一回国，就忘脑后了。

4月14日　又是邂逅

今天大事完毕，去超市买了晚餐，一路唱着歌回到旅馆——解决了住和玩，该解决温饱问题了。旅行就这点事儿，都是开心的事儿。

坐在院子里喝下午茶，泡了红茶，配上三文鱼饼干，真自在！天空依然精美绝伦，不时飞来一架直升机。

没逍遥多久，天边一片嫣红，黄昏的马车还未开来，荷兰男孩便开始准备晚餐，神奇地变出一些蔬菜、烤肠和意大利面，顷刻之间上桌。真是不能跟西餐比速度，只要弄熟了，咋都能吃。我看着他吃，我这么贪吃的人，此刻竟毫无食欲。

西餐，再吃都要吐了，可是，超市里只有能做西餐的东西，厨房里也只有能做西餐的锅具，酱油、醋等调料一概没有。

一辆车开进院了，下来五个人，搬下来许多行李，进了旅馆。

不消一刻钟，两个男人走向我，一个戴着眼镜和一顶鸭舌帽，一个相对高大挺拔，散发着浓郁的男人味儿，年纪都在四五十岁。

“你好，你是中国人吧。”一口浓浓的上海腔。

“你们是上海人？”

“是。”

“这是你男朋友？”鸭舌帽问。

我看看荷兰男孩，又看看鸭舌帽——这是眼神问题，还是智商问题，看不出我年纪比他大出一大截？头摇得像飞机螺旋桨，“怎么可能！他还是学生。”

鸭舌帽问：“你一个人旅行？”

“嗯！向来一个人。”

高个子男人问：“不孤独吗？”

我歪着脑袋：“人多才会孤独。”

两个男人无言以对。

“这车是你们租的？”我问。

“是。”

上海人旅行，极多；自驾，不多，我来了兴致，认识了他们：阿斌、阿华和阿米豆腐，上海男人；广西女人莹莹和广东女人水水（路上捡的）。

“你们自驾啊。”

“嗯，从奥克兰一路租车开过来。”

“过库克海峡时怎么弄的？”

“车子可以过海，放在底层。”

难怪，船上那么多车。

“你们怎么那么多行李啊。”

“人多，东西多。”

阿斌一边回答我的各种问题，一边从后备厢里拿出锅碗瓢盆、油盐酱醋。

我两眼放光：“自己做饭哪？”

“是啊，天天西餐，不发疯啊？”

“我已经疯了。”

我立即用挪移大法黏到他身边：“帅哥，能拼饭不？多少钱都行。”望着可爱的电饭锅、慈祥的炒锅，咽着口水：“只要让我吃米饭炒菜，任何要求，提！”

阿斌瞄了我一眼：“洗碗。”

旅行近月余，洗碗都是幸福的奢望。

“成交！”如果不是初次见面，我会一蹦三尺高。

一个女人洗菜，一个女人切菜，一个男人焖饭，一个男人炒菜，一个男人在清理照片。我插不上手，负责摆盘。

饭菜上桌：“喝酒不？”

“哎哟，是个小酒鬼？”

“我跟鬼就不沾边儿！新西兰什么都贵，就是牛奶和酒最便宜，而且相当醇正，总不能请你们喝奶。”

他们哈哈大笑：“这一定是个北方女孩。”“哪里的？”

我为他们倒上酒：“要多北有多北。”

“漠河？”

“漠河也是我们家的，只是我没去过。”又是一顿笑，不吃都笑饱了。果然，南方人吃得少，一个人一小碗米饭就够了，锅里还剩下一大碗，目的达到。

“都不吃了？”

所有人点头。

“都吃饱了？”

所有人又点头。我假装勉为其难，“米饭归我啦，否则浪费。”说着就盛到碗里，一粒米都不剩。

“真香！米饭真好吃啊！”所有盘子里的汤都被倒到我碗里：“泡饭。”

阿斌刚要说什么，我接过话茬：“我知道上海人用白水泡饭，北方人用菜汤泡饭，这多有滋味啊。”说话间，吃了个精光。

我吃了两碗米饭，仍然稳如泰山，哥哥姐姐们定力实在强，又实在仁义，竟没让我洗碗。这是我最不爱干的活儿，为了米饭，忍辱负重，现在好了，生命不能承受之轻。

回房间时，荷兰男孩在客厅里烤着电暖器看碟片，看了大半夜。我的房间离客厅最近，于是，我在男人或破坏、或拯救世界，女人或驯服、或对抗男人的声音中半梦半醒，管它男人是否征服世界，女人是否征服了征服世界的男人，睡饱，喝足，明天，起飞！

4 月 15 日　蓝色冰川

这是一个值得庆幸和期待的日子！平生第一次乘坐直升机去冰川徒步。

下了碗新西兰方便面，吃起来跟老北京炸酱面似的。搭配三文鱼配饼干——这是在箭镇学到的吃法，把真空包装的三文鱼肉涂抹在饼干上，味道好到不坐飞机已有飞的感觉。

洗好餐具收拾好自己，9点半，坐在院子里晒太阳，节省体力，等待徒步和Fly。湛蓝的天空中，许多直升机，来来往往，去往冰川。

世界上有许多冰河因为不再移动而渐渐消失，福克斯冰河却在拥有了亿万年寿命之后仍在悄悄“移动”着。正是因为速度极其缓慢，缓慢到似乎不再“移动”，才使得人们有机会在冰河边攀援、徒步和探险。也正是因为移动，所以充满危险，不是所有的人都有福气登陆冰川腹地，要看运气和天气：一年中只有三分之一的机会。

徒步冰川需要提前一天预订，若是旺季，还要更早，若因天气原因不能登陆，会全额退还。时间都是在早上7点、8点、10点，下午气候变化更大，不允许进入。可巧，与阿斌一行五人都选择了8点的行程。

一下子，徒步队伍从一人变成六人。天气晴朗得让人感动。晒着幸福的太阳，等待幸福的飞翔。

其实抬抬腿就三五分钟的事情，大家还是早早来到旅游公司。外面的木桌椅上坐着来自世界各地、各种肤色和种族的人，都只为了那心仪的蓝色冰川。所有人都很激动，这种地方，这种价位，作为行者，一生一次。

向导耐心地将大家分组，每组六人，教大家穿上特殊装备和冰川上使用的特殊手语，然后熟知安全事项，分组乘坐直升机。旅游公司提供户外防水鞋、厚手套、厚帽子和防水背包，还提供厚冲锋衣，如果游客衣服不够厚的话。

到户外分组排队，翘首企盼着直升机的到来。当它带着 12 级大风呼啸而来，所有人被风刮得倒退两步、能刮跑的都刮跑时，大家才发现：有些期望的到来，带着未曾期望过的附加品，未必会让人愉快。

一开始，不知道它的厉害，阿米豆腐看到直升机即将降落在距自己不足三米之处，狂喜地拿出相机来拍，却被狂风推回去好几米远。

陆续飞来四架直升机，大家瞬间学会自觉靠到安全位置，然后再拍摄。

我被分到最后一组，流着口水看着前面四架飞机飞离视线，想象着他们能够提前到达冰川是多么幸福。

终于轮到我啦！本想一个箭步窜进副驾驶的座位，工作人员却礼貌有加地为游客指定座位，我被强行安排在后座里面——不错，靠窗。工作人员示意大家戴上耳麦，微笑着预祝大家有一个美好的旅程。

飞机飞离地面时，心里欢呼一声，乘坐无数次大客机都没有坐几分钟小飞机过瘾，只是短暂的有点像开玩笑，才五分钟就被告知要降落。我发誓：如果我会开飞机，一定“劫机”，飞到没油为止。

这是名副其实的“遥看瀑布挂前川”，一条精彩绝伦的冰瀑斜挂在雪白的山体上，在蓝天下熠熠生辉，时而雪白，时而莹蓝，仿佛在流动（其实是飞机在动）。妙不可言！

飞机即将降落冰川，所有人在教练大拇指向下的指示下下蹲，防止螺旋桨刮起的巨流伤人。先到未必是福，最先到达的那批人要不停地蹲下、起来，这瞬间淹没了先前的艳羡之心。

站在冰川之上，像是身处南极，又像回到冰河世纪，那是君临天下的感觉，是《冰雪奇缘》中的艾莎公主，用特殊法力把一切变成了冰的世界。

“哎哟。”美得失去理智，却发现动不得，一动就要滑倒。

教练赶忙叮嘱：“请不要移动，很危险。”

然后一人去领一只冰镐，一副冰爪。教练教大家如何把冰爪绑在户外鞋上，并挨个检查是否牢固。

重新分组、分教练，竟然还有女教练，我刚要跟过去，被这个男教练揪住：“你是我们这组的。”

一点自由都没有。我暗自翻了个白眼。

教练已经开始自我介绍：“我来自尼泊尔……”

“啊，我去过。”

教练欣喜地说：“噢，喜欢吗？”

我能说不喜欢吗？我是含蓄、善良的中国人，微笑着点点头，心里的对白却是：“喜欢就怪了。”反正尼泊尔人点头和摇头的意思是相反的。

尼泊尔教练教我们徒步技巧和注意事项，英语说得很印度，大约能听到一些熟悉的单词。

徒步开始。教练带我们寻找幽深的冰洞、断层，有些很深厚、很狭窄，有些深不可测，偶尔有条小小的冰河。一根长长的绳子横在冰洞里，大家拽着鱼贯而入。

阿米豆腐大叫:“哎呀，湿身了，湿身了。”

只有中国人在笑，我用登山杖指着阿米：“别用中文污染新西兰冰川，说点好听的。”

阿米豆腐做了个鬼脸。别看他平时戏谑，拍照时却正经而投入，仿佛是在拍一幅千年古迹，怕一不小心，它就氧化消失了。

阿米豆腐说:“真想生活在这里啊。”

莹莹接道:“冻成僵尸。”

阿米豆腐为我抓拍了几张照片，拿给我看：白中泛蓝的冰川上，一个穿着黑色冰爪、梅红色冲锋裤、金黄色冲锋衣、大红色休闲帽，戴着香奈儿太阳镜的年轻女子，长发飘飘。

我不禁叹道:“这样绝美的风景和底板，谁拍都好看。”

阿米豆腐撇撇嘴:“跟不懂摄影技巧的人说话，对牛弹琴。”

我反抗道:“这里很适合把豆腐变成铁板烧。”

“用冰加热吗？”莹莹问。

“用冰当铁板。”

阿米豆腐的皮肤跟尼泊尔教练差不多一般黑，蓝天下，两根黑柱子抱胸，插在白色的冰川上，黑与白，反差极大，经典绝配。

教练很享受在冰川上曝晒，这里太美了，像在童话世界里一样。而且，不是每天都可以待在上面，遇上阴雨天，冰川颜色昏暗，非常危险，不定哪里暗藏冰冻裂带，会吞噬生命。“有时候，冰川会上升到山的那个位置。”教练指了一下。

大家都习惯了在冰川上行走之后，教练问:“要不要来点挑战？”

人们立即欢呼雀跃。于是，教练先去探路，侧着身子挤进一处

冰缝，然后招呼人下来，一个一个进入。我首先滑入冰隙，用冰爪探路。深入冰洞，回望身后，天空变成狭长的一道蓝，抹在洁白的冰雪世界，世界就只剩下那一道蓝色的线，一切都消失了，包括我。

冰川变幻着不同的颜色，临近正午时，冰川闪耀着纯粹的蓝色，白色的世界立即涂上了蓝色的漆，美得无法呼吸。

四个小时瞬间消失。我们依然分组离开。起飞后，驾驶员故意呈S形路线飞行，突然上下起伏了几下，在一个漂亮的弧线中，飞离冰川，返回人间。

4月16日　镜湖

如此妙不可言的上午，得有一个同样的下午来匹配，不然，这一天就虎头蛇尾了。但这很难，什么可以与乘坐直升机、徒步蓝色冰川匹敌？

也许只有镜湖。

“停！”当阿米大叫时，阿斌已经开出一段距离，车停在路旁，阿米背着相机跑回去。隔了一会儿，又气喘吁吁地跑回来：“就那个角度！那个光线，真棒！”

爱摄影者与爱写作者是一样的，在旅途当中，首当其冲是用自己最擅长的方式记录旅行当中最美的瞬间和感受，一个是用镜头，一个是用文字。镜头依赖时间，文字需要空间。

镜湖有一个绝美的角度：湖中倒映着库克雪山，黄昏时分，金色布满山尖儿、湖面，各种颜色交织在一起，静谧得出神入化，不禁灵魂出窍，用心感受大自然的魅惑，那极为珍贵稀有的时刻——最美的总是易逝。

难怪叫镜湖，像镜子一样的湖，本色而挚诚地映射出世界的真实面目，甚至比世界更清晰，让它看到自己的美，那些被忽略的美。

这种时刻，文字输给镜头了，最适宜的方式是拍摄或者写生。

不知画家可否在这么短的时间内画下这迷人的景致，还是先勾勒个大概，将其深印脑海，再回忆；或者，拍下来，对着照片画。我已被美震慑得魂飞魄散，无力描述。

黄昏，是太阳投给地球最后、最美的一笔，却收得很快，瞬间就淡漠无痕。

只有“咔咔”声和呼吸声。“咔咔”声很快掩盖了呼吸声。天人合一。无我之境。

瞬间，夕阳收走最后一点残红。

大家顺着木栈道徒步回停车的地方。

同行的还有一位孤独的行者水水，孤独已经深入她的血液，散发着强烈的孤的色彩、独的味道，像我一样。我只在写作时静若处子，行走时动如脱兔，交友时浓如盛夏，热烈开朗的天性消解了几分孤独的颜值。水水不同，她从里到外、从头到脚都是静谧的孤独，孤到有些发冷。

正是新西兰秋冬交季之时，她竟然穿了一条长裙，戴了一顶礼帽，更加特立独行。她不大主动表达，别人问什么，答什么。

经常旅行吗？

是的。

独自旅行？

是的。

去过哪些国家？

很多。

印象最深的国家是？

印度。

待了多久？

56天。

一个人？

是，一个人。

你真大胆！

安全吗？一个女人？

我觉得还好。她淡淡地回答。

瞧她的年纪，应该在 45 岁之上，但在印度，似乎是女人都存在危险，那种女人最害怕的危险。

印度的印象是？

她倒吸一口冷气："当真是一半天堂，一半地狱。那条被视为圣河的恒河，既浸泡着死尸，又为婴儿受洗。"

她终于多说了几个字。

无论开到哪里，阿米总能发现最适合拍摄的角度，抓取着天空中最后的彩色。车刚开动，阿米就激动地喊停，引起全员激动，所有人拿起各种电子设备，对着如血残阳笼罩着的圣洁的雪山尖儿狂拍不止。

我是手机、相机一起上阵，手机可以立即发朋友圈儿，相机则可以拍出适合印刷的照片。

晚餐时，互相炫技，以前还觉得自己拍的不赖，从没有过任何学习和培训，总被人这样夸。当看完阿米豆腐的照片之后，我被震撼了，同样的天空，同样的风景，他拍出来的是天堂，我拍出来的是人间。

阿米豆腐一边翻看我的照片，一边火上浇油："你的相机比我的要好一些！"

我"啪嗒"一下扣下筷子："阿米豆腐，能不能不这么骂人？"

“不能。除非你给我吃豆腐。”

“吃你自己吧。你不就是豆腐吗？”

“吃不着。”

“回去开豆腐坊。躺在豆腐堆里睡大觉。”

“你说的是贾宝玉吧。”

“别理他，他从来没正经。”莹莹在旁边圆场，担心我刚与他们结识，会对口无遮拦、嘴巴天天过年的阿米感觉不好。

不到一天，就发觉，我需要保护的是自己。

阿斌给我夹菜：“多吃点啊，不是一个月没吃米饭了吗？”

“谢谢。可以再来一碗吗？”

“可以，米饭管够。”阿米豆腐抢着说，“豆腐要吃不？”还恶心吧啦地挤了个媚眼。

我假装头疼，干呕。

“怎么了嘛？人家可是小鲜肉。”

“小鲜肉都不敢这么放肆，何况你是老腊肉。瞧你一脸褶子，还有抬头纹。”

所有人哈哈大笑，阿米豆腐竟然死乞白赖地撒起娇：“你闻闻，人家还鲜呢。”

我把眼睛白到天上去：“老实眯着点儿，小心我把你变成豆腐渣，搁在受贿的官员手中，你就变成豆腐渣工程。”

阿米豆腐撇撇嘴：“你真高明，骂人不带脏字。”

我说：“不会说脏字，但一样骂得你抬不起头。脏豆腐。”

阿米豆腐诡异地笑笑：“我是豆腐，再脏也是白色。”

“臭豆腐呢？”

“我是没变臭之前的脏豆腐。”大家哄堂大笑。

“离臭不远了。”我一边大笑一边大声说，大家笑得更厉害了。

“你们呀，棋逢对手，将遇良才。”阿斌笑着说。

我也是奇怪，遇什么棋，走什么着；遇什么兵，变什么将。本是正儿八经一人，遇不正经之人，也能插科打诨。

4 月 16 日　不想说再见

临行前，我把阿米豆腐拉到一边，弱弱地问了一句，没抱什么希望，是因为怕失望。“阿米豆腐，跟你说个正经事。”

他不正经地说：“喜欢上吃豆腐了？”

真不知道，他这辈子正经过没。

“我本来就喜欢吃豆腐：家常豆腐、麻婆豆腐、红烧豆腐、农家水煮老豆腐，都爱吃。”我得顺应一下他的痞子气，他一点也不像上海老弄堂的产物，倒像是北京胡同的余孽。

“阿米豆腐呢？”

“说正事！我有一本书，将要出版，需要许多高质量的照片，你的照片……怎么收费……”

阿米豆腐瞬间收敛放纵，眸子中闪过惊奇而又艳羡的光芒，端正态度，反倒蛮吓人的。他没有马上回答，稍停了一下：“我们都用自己最爱与最擅长的方式记录着旅行和人生。我们拥有同样的梦想，但你比我先行实现。祝福你！我的照片是为有梦想的人预备的。能够用在你的书中，我很荣幸。”

还没等我适应这罕见的正经态度，感恩他，阿米豆腐瞬间变脸：“我不收费，收另外一种费……”他假装色眯眯地流着口水瞧着我，撅起嘴来等待Kiss，还扭着小青似的水蛇腰，都快扭脱胯了。

我风情万种地挽着袖子，国色天香地看着他，这种收费方式也还算合理，不费钱，但得费点力气。

我一拳打过去：“你信不信，我立即废了你，把你变成豆腐脑！”

他头一偏，一边推眼镜，一边抱头鼠窜。边跑边喊：“救命啊！打人了。东北女人打上海男人了。”

其他人已经笑断了气，莹莹捂着肚子：“你这个濒临灭绝的火星物种，是男人不？”

“是！”阿米豆腐一梗脖子：“就因为是男人，才不打女人。宁可被女人打，尤其是美才女，那是一种幸福。”原来，这是上海男人软弱的哲学根基呀。“打是亲，骂是爱，踢一脚，谈恋爱。我们恋爱吧！”

懒得打他。这人，本来可以收获满满的感恩与谢意，偏偏讨人嫌。这是什么江湖风格？哪个门派？大半是没事找抽派，小半是吃饱撑着了的派，但我可是名门正派，什么派……理想门，自由派。嗯，好派，自然不跟这些歪门邪派计较。

派系争斗完毕，依然是做饭、吃饭、洗碗；然后，各奔前程。

挥手道别时，彼此都明白：此去经年，山高水长，天南海北，能否再聚，全靠缘分——缘分，既要天定，也要人为。

不想说再见，因为怕永别。

4 月 16 日　未知的旅途

该来的人来了，该走的人也走了，又剩下我一个。这么小的镇子，一眼就能望到头，一小时就能转三圈儿。

距离回皇后镇的车还有三个小时，做什么呢？一个人在院子里发呆。

前台爷爷刚好出来，对我说："嗨，出门往右拐，有一条小路，可以徒步，风景不错哦。来回大概两个小时。"

"谢谢您！您真是太好了。"

爷爷呵呵笑着，又进了屋。这还有啥说的，立即脚底抹油。朝未知的小路徒步。

山泉汩汩，溪水潺潺，绿树茵茵，阳光灿灿，鸟鸣啾啾，不时飞来一架直升机，带领人们去往冰川腹地。

昨天，我在天上；今天，我在地上看天上。

昨天，在蓝色冰川徒步；今天，在林荫小路徒步。

旅途中的日子，每一天都不同，而且是未知的、不可预测的。

树木自由地生长，身上挂满岁月的绿苔，叶子像伞一样随性张开。一切都是天然的，自由的，自由得让人忘记追求自由，却享受着自由。

听着歌，唱着曲儿，在山林小路上跳跃。生命变成了奇幻游乐场，我是那个骑着旋转木马的小孩儿，一忽儿，又是驾着金色马车寻找自由的公主，如果能够邂逅王子，将邀约他同行一世，品尝爱情与生命的金色味道。

但，永远别指望，公主会为了爱情放弃一切。梦想与自由高于爱情！当然，如果公主有梦想的话。

树木周身植被，像中土世界的种子，长在现实世界里的土壤，一棵倒下的大树仿佛是树精爷爷智慧的头颅，“What do you want talking about me? ”（你想对我说什么？）

下意识地与他对话：“Wait, please, Can you speak Chinese?”（等等，你能说中文吗？）说英文我可听不大懂。

独自走在森林里，没有任何恐惧。反倒希望突然冒出来一个精灵或霍比特人，抛来一只魔戒，告诉我：“你可以主宰和改变整个世界！”我回答："我只想主宰我自己，我就是我的整个世界。"

出了老树林，是一小段公路，牌子上写着往左回小镇，往右是一条河，一座桥，半小时。

转弯处，一条长长的铁索木桥横亘两岸，桥下流水叮咚，远处是库克雪山。这些日子没少与他幽会，在各个小镇，各个湖畔，用各种方式亲吻他，他也努力地向我展现着不同的丰姿百媚。

索性盘坐桥上，正对着他，写他、拍他、爱他，因为即将离开他。不能因为注定要分离，就冷漠无情；相反，为了别离，应更加珍惜当下，相守时真心真意，离别才不会伤感，乃至于冷冷清清、凄凄惨惨戚戚。

看看时间，回到客栈，背上背包，到路边小店，点了烤三明治，要了杯开水，泡了袋红茶（自带）。

巴士准时而来，同一辆大巴，同一个司机，同样的副驾位置。他还记得我，票也不看，直接在他的手机里点了一下。

司机满头白发，穿着牛仔裤、休闲衬衫，开车时，不停地吃零食。白发大叔一边看路，一边伸手到袋子里抓食品，忍不住想帮忙，但都忍住了——想起去箭镇的公交车上——这里风格与国内不同。他的手像小仓鼠一样窸窸窣窣，一会儿揪一个，一会儿摸一个填进嘴里。吃得高兴了，还突然唱起了歌儿。每次停车休息，他都会要杯咖啡，吸一支雪茄，遥望湛蓝的天空。

往皇后镇走要先进山再下山，山脊上的路蜿蜒曲折似长龙。转弯时突现灿若烟花的晚霞，映红了整个天空，润色了整个世界。

乘客还没尖叫，白发大叔先叫起来："Look! So nice!"许是自言自语，许是跟我说：“看了几十年，依然觉得很美！”

什么样的女人，能让男人说这样的话？绝美得像大洋洲，丰盛得像欧洲，朴实得像亚洲，坚忍得像非洲，热烈得像赤道，冷静得像南极。

整个皇后镇一览无余，夕阳西下，彩霞满天，华灯初上，但灯火全然不如夕阳之火。

难怪新西兰不需要现代化的设施，再豪奢的建筑都不抵绝美的风景。一路上的桥都是简单的栏杆铁索桥，但立在蓝天、雪山、牧场、溪流间，怎么看都是美的，都是浑然天成的。

4月18日　皇后镇的厨房

自从第一次住国际青年旅馆之后，就离不开它了。不管有钱没钱，都要住国际青旅。算来也住了十年有余，几十家国际青旅了，若说中国的青旅与国外的青旅的不同，竟然在于厨房。这事儿弄的，民以食为天竟然反映在国外了。

分析起来，应该是国情及旅行概念的差异，住青旅的国内小年轻们已经算是旅行中的时尚者了，但还没时尚到自己做饭、享受当下的程度，也因为国内的饮食大半是善良、理性的，没必要把时间花在做饭上。我住过的国内的青旅没有配备厨房的。

到了新西兰，这是第一个大发现，不仅配备厨房，而且厨房相当宽广，厨具相当齐全——当然都是烹饪西餐的，少数旅馆提供调料，说不清是旅馆的，还是客人的，反正冰箱里有，贴标签的都是有主的，没签的随便用。

从北岛到南岛一路国际青旅，别以为省钱，多人间的一个床位就要二三百块，图的是个悠然自得与意外惊喜。住宾馆，关上门，只有自己，一直是自己。住青旅，关上门，一群人，世界各国的人，形形色色，像一个微缩版的世博园。付出的代价是睡觉时有人刚刚抵达，清晨起来时，有人要退房。

从惠灵顿开始，便有一个神奇的发现，每一家国际青旅竟然都配备厨房，许多人在厨房做饭，一般是煎、烤，西餐家常菜也就这点东西。起初觉得特别神奇、搞笑而多余，吃了半月西餐之后，强烈怀念中餐，这才觉出厨房的妙用。而且，即使是西餐，自己做的也比餐厅经济、美味，更何况有些特殊场合，比如花园晚餐，需要自己烹饪一种美味才能参加，买现成的是不顶用的，要自身配备厨艺才行。

到了皇后镇，就天天在厨房里看风景了，原因：一、餐厅极贵；二、找不到中餐；三、天气极冷，懒得出门；四、小羊排太好吃了，超过任何西餐，必须自己煎。

住了一星期，下了四天雨，这还有啥说的：做饭，还能取暖。从早餐开始就往厨房里钻。

因为是镇中心的旅馆，厨房很小，但麻雀虽小五脏俱全，连烤箱都有。我先是煮新西兰方便面，骗自己是中国面条，一吃，口感不对。就到处找中国超市，希望能买到真正的面条，应该有，反正我没找着，就买意大利面。

一进厨房，发现老干妈辣酱，立即两眼放光，口水快流到锁骨了，忙蹭过去：“您好！您这是在哪儿买的老干妈？”

“北京带来的。”阿姨一股浓浓的北京味儿。

“哎哟，您真是太聪明了，西餐真折磨人。”

“闺女做的攻略，说一定要带老干妈。您来点不？”

“呃……这个……我还真想，我给您面包片，交换行不？”

“不用，瞧你跟我闺女差不多，吃几口老干妈，还要交什么换呀。”

北京阿姨一边说一边拨给我，“闺女，你的朋友呢？”

“我一个人。”

“你一个人！安全吗？”

我的头点得像拨浪鼓，“必须安全。”

“你真厉害，我闺女可依赖我了，非要我陪她来玩，才放心。”

“您闺女真幸福！”

结果，这顿晚餐，是意大利面拌老干妈，权当老北京炸酱面了：“这酱，没治了！这面，有点变质，从白变黄，不过还挺筋道。”

吃饱了，嘴一抹，盘子一刷，到超市里散步，寻觅中式美食。发现了小羊排，价格竟然便宜得要命，三块羊排不过才30块人民币，先买一份尝尝。欣欣然回旅馆，盼着太阳落山，其实一天没见着太阳。盯着手机，一到5点，立即弹起来蹦进厨房，煎羊排。

几分钟呢？羊排渐渐变成咖啡色，五分钟，翻篇儿，再五分钟，出锅。刀叉、红酒侍候着，切一块，嫩、香、软，哇！我要对羊肉重新定义，怎么会有像豆腐一样嫩，又像烤肉一样香的羊排？

似乎生平第一次吃羊肉，瞬间就熟却滋味浓郁的羊排。敢情新西兰的羊见天儿在天堂般的草原上散步，肉都是醇厚、地道的天堂的味道。吃到了飘飘欲仙的地步，那个当下，羊排满足了我作为人的所有本能欲望，连美景都不要看了。

自此爱上小羊排，顿顿吃小羊。“怎么会有这么好吃的羊排呢？”难怪新西兰的羊胎素、绵羊油好，原来是羊好。

羊生活得快乐，羊肉都是好吃的，人呢？人若生活得快乐，浑身的细胞都是快乐的，身体自然健康，生活自然幸福，日子自然滋润。快乐就是天堂，原来如此。

4 月 21 日　又是离别

离开皇后镇——也是离开新西兰的前夜，念念不忘小羊排的美味，虽然下着雨，温度异常寒冷，还是顶风冒雨到快出小镇的超市买小羊排，就近超市只卖烹制好的羊排，味道远远不如那个腌制过的、煎了就可以吃、吃了仿佛变成神仙的小羊排美妙。

顶着阴凉的秋雨，步行几条街，只为腌羊排。迷路，导着航也迷路，这是常事儿。想问路，四处一看，没人。新西兰到处找不到人，时常行进了几个小时，前后只有一辆车及美到魂醉的大自然。在国内，没人的地方大约只有阿里。

一辆车慢吞吞地驶过来，我挥了下手，车子停在我身边，玻璃摇下来，管它是哪国人，直接用英语先道歉后问路，他说：“噢，我送你过去，这么冷，又是晚上。”这么绅士，应该是法国人，一问果真是，绅士特意把我送到超市门口。想做的事情只要强烈，上天都会帮你，哪怕是这么小的事儿。

哼唱着《See you again》，把沉鱼落雁的小羊排请回旅馆：三份，连明天早餐都是吃羊排，民以食为天，到了这种程度，真是一个好民。

煎小羊排是告别新西兰的仪式大餐。

整整一个月，环游新西兰，品味人间魔界，会见老同学，邂逅新朋友，开启诸多平生第一次，自在又圆满，干杯！当然是自己跟自己干杯，自己跟自己说祝酒词。反而有人的场合我是不会说了的，觉得说了吃不下去。

环游新西兰最难忘的事情：坐直升机，冰川徒步，与两个英国女孩一晚上蹦了三个迪；与三个国家的室友一起开右座车；哥生日那天与新西兰帅哥一起看《速度与激情 7》；惠灵顿傍晚街道上的演出、醉酒、迷路；基督城的电车及求爱的美国大叔；迪卡普湖边的宁静；箭镇的美食与老爷车以及搭车。

哎，对了，怎么忘了刀刀呢？请她一起来享用小羊排，煎了四大块羊排，刀刀也吃得忘乎所以，“这么好吃！我也要买来煎。”把我们兴奋的一定要用某种仪式庆祝，干点啥呢？拍着肚子说。

“我们吃冰激淋。”刀刀说。

“啊，羊排配冰激淋，这不搭吧？”

“管它呢。就在旁边，手工冰激淋，好吃得不得了。”

站起身后，发现有点走不动。两个人嘻嘻哈哈的打趣对方没出息。

“还说！吃成这样还吃？”

“吃冰激淋，帮助消化。”

“没听说过……喝茶才帮助消化。”

“皇后镇人应该没听说过……”

“哈哈……”

反正，我们一人一个冰激淋球儿，刀刀要的是蔓越莓，我要的是朗姆酒，她还拿一个我从未用过的软件拍了视频。

这是90后的玩意儿。

“我看看。哇，电影就是这么一个镜头一个镜头拍出来的呀？”

“是的呀。你看看你，好妩媚呀。”

“没有哇，不过是吃个冰激淋，挤了下眼。”

“你看你那个媚眼，你特别妩媚，不知道吗？”

“不知道啊，一直拿自己当男人用啊。”

“就你！长这么女人！自欺欺人！”

“小点儿声，注意国际形象。干杯。”

“中国见！”

“我要去美国留学，美国见吧！”

两只美丽的冰激淋倾斜地交错在一起，两个美丽的中国女孩在美丽的皇后镇作别。

“多情自古伤离别，更哪堪，冷落清秋节。”那应该是古人，一别，此生难见。今人的离别和重逢皆在一念之间，一飞冲天。看你想不想见。此去经年，应良辰美景快乐，必有万种风情，不消与何人说。

优雅的澳洲
自由与意志的浪漫
（2015）

4 月 22 日　你好澳洲

一下机场大巴，哇，从天堂回到人间：有轨电车，高大的建筑，满街的巴士和人。

Google 了一下市中心国际青旅的位置，距离很近，近到不用车，拖着皮箱在大街漫步，顺道观赏一下正常的国际大都市。

墨尔本，美。当代时尚繁华都市的美，却掺杂着浓郁的古老的欧洲味道。

美滋滋地走进旅馆，美，窗户边一个榻榻米，可以观望市景，好，我要坐在这里休息。在前台办了手续，上楼要刷卡，进电梯要刷卡，进房间要刷卡，比起新西兰的锁不锁都一样的小木屋，真是烦琐。

放下皮箱，背上随身包，先参观旅馆。说是参观，实在没力气，睡得太晚，醒得太早，又坐了三个半小时的飞机，很累，很饿，直奔厨房。

哇！要不要这么大！有皇后镇的厨房十倍大，这个大冰箱，放

两个在那边，就满了。那里是香港的中环，这里就是阿里的公路，可以开一个盛大的舞会了。

哇！要不要这么好！竟然有生抽、酱油、醋，只要有油，各种炒菜都够了。只要有菜，心里有数，找食吃去。

沿着街边闲逛，拍拍街景，吃了份小吃，塞了塞牙缝儿。下雨，竟然下雨，踮儿回旅馆取伞外加取暖。跟前台确定去大洋路的行程，一个已经满了，一个没有接电话。

傍晚时，步行20分钟，去超市购买这几日的饭食，发发微信，喝喝小酒，鉴于在新西兰旅行得稀里哗啦，信誓旦旦，一定要做一个完整、天衣无缝的行程，但也仅仅是定了墨尔本的住宿及从墨尔本飞往悉尼的飞机，及悉尼的住宿而已，再就定不下去了。

如果一路预定下去，万一哪班飞机取消？万一哪座城市不想多待？全是英文订票系统，定了就难改退，我又没有时间观念。

这就是做计划的痛苦，明知计划不如变化快，还是要计划。计划还没变呢，我就先开始变了。这就是守着一个不靠谱的自己的无奈，跟谁讲理去？能换人吗？

眼下就在承受不做计划的痛苦——南半球正是秋冬季，越来越寒冷。一切都是反的。

正是欧洲最好时节，本想拿申根签证，环游欧洲三个月，却因为老友而来大洋洲，正是最冷季节。出生在一个半年都是冬天的地方，此生再不喜欢冬天。

人若不定性，别说没有家，就连流浪都要多吃苦头。

就这么着吧，大路线已经清晰，留点选择自由，喜欢，就多留，不喜欢，就走。反正签证有三个月时间，随便错过飞机，走错城市，无论澳洲再大，粗略环游一圈儿也够了。

只要把自己安全送回国，其他都是小事！

4 月 23 日　又是初见

墨尔本阴雨。

早起，做早餐，煎松饼，无油，锅又差，煎好了，又倒掉。

“你需要黄油。”一位好心的阿姨说，并把黄油递给我。

“是的，谢谢。”

“你是亚洲人……”

“中国！”

“噢，比澳大利亚还大。”

我一边煎着松饼，一边呵呵笑着：“是的，单单周游自己的国家，我就用了五年。”

阿姨一边煎面包，一边微笑着：“哇噢，游完我的国家，只需要五个月。”

“您来自哪里？”

“新西兰。”其实五个星期也够。

“噢！我刚刚游完新西兰，从皇后镇飞来。”

“喜欢新西兰吗？”

“岂止喜欢，我爱！我还会再来的。”

“谢谢，你用完了，就放在公共食品区域。其他人再用。”

“嗯！”

早餐后，先到前台报名大洋路旅行团。

大洋路没有巴士，只能自驾或者跟团，团期还有限制，只在周一、三、四出行，幸亏多留几天，留时并不知有大洋路，来后却听人人都提它——世界最美海洋公路。

来墨尔本不去大洋路，等于没来。我怎能不去？

自驾坚决打住，没有国际驾照，以我的水准，能拐进海里，导航都能迷路，很有可能开到新西兰去。

有两种团可选，一是华人旅行社的纯中国团，二是墨尔本旅行社的世界团，全程英文服务。毫不犹豫选择后者，就算听不懂，可以用心感受。

前者是眼睛团和嘴巴团，坑多、购物多就不说了，团队的人只要不睡觉，嘴就说个不停，无外乎家长里短、工作房车，只会拍照，不会欣赏，又不尊重个性与时间，再遇上一两个极品，就能破坏整个行程，白白浪费两天宝贵光阴。虽然价格低了五百澳元，但浪费掉的心情和时间不可估量。

一个中国留学生退房，他英语超级棒，他主动跟我聊，便聊了几句。

“可以把行李寄存在你房间吗？”退房后，寄存行李需要付费。毫不犹豫地答应了他，告诉他房间号。他不好意思地说：“你得帮我打卡。”没卡不能乘电梯和上楼，“噢，对，好吧。”

我这个做事从不三思而后行的家伙，就没想过，放行李时，我需要跟他一起去；取行李时，必然一样，结果我正在维多利亚女王市场悠游，却要赶回来帮他刷卡取行李。才下午 3 点，美好的一天被他干扰了半边。被迫，憋在大厅里写游记。善良，有时候也要付出点小代价。

刚才，他带我去乘坐了免费有轨电车，我陪他取了在这里定做的西装。他在堪培拉留学，却在墨尔本定制西装，懒得问为什么。取完后，我们分开各自闲逛。

在商场里，又看到 T2 这个连锁店，在新西兰的几座城市都有这个品牌店，想象着自己做一个茶具店铺，将中国的景德镇瓷器引入进来。

合上电脑，直敲桌子，上哪儿任性去呢？厨房。对！锅碗瓢盆敢跟我叫板，你等着，油煎火烤！先去超市买菜。

4月24日　墨尔本的蒸饺

仍然阴雨。早餐仍然是煎松饼。饭后去博物馆、图书馆。还是冷，回旅馆裹着被子睡午觉。醒来已是2:40，饿，奔厨房，有人在打扫卫生，暂时关闭。

十分钟后，一群人涌进去做饭。

打开冷藏室，坏了：速冻饺子融化了。忘了：速冻饺子要冷冻。这么庞大的冰箱没有冷冻室，真过分。这可怎么办是好？

煮是不可能了，回头煮成一锅咸饭。只能蒸。

墙上挂了一排锅，柜子下面压着一堆铁器，竟然没有蒸锅。西餐没有需要蒸的吗？

双手抱膀寻觅武器，巧妇难为无锅之炊，我可是智妇，这点小事能难倒我？

有了！过滤通心粉的筛子！敲打一下，不锈钢的，蒸不烂。找一个能够放下筛子的锅——当然是平底锅，稍微深一些的，外国人是否蒸食物不知道，但肯定不会炒菜，炒菜能炒出一片天地来，多好吃、多丰富呀　　锅中放水，小心翼翼地把饺子一粒一粒排在筛子，不，蒸笼上，找了一个大盖子，盖上，点火！完美。

在墨尔本蒸台北饺子，看墨尔本风景，吃台湾美食。又想唱歌

了，苦于人多。

一个人将一整盒巧克力脆麦圈倒入碗中，然后加入一整盒（1L）牛奶。我直勾勾地盯着这个庞然大物手里的庞然大物：难道他要一次性吃完吗?

他看着看傻了的我哈哈大笑，然后，端着那个巨大的像盆一样的碗，云淡风轻坐在餐桌旁，三下五除二吃完了。这袋麦片，我能吃一个月。

饺子完工！ Oh, yeah！

我把滤篮端出来，直接放到平底盘子上，把一只只饺子夹到盘子里，不仅费功夫，而且容易烂，还是直接吃吧。

我在看别人，别人在看我。我奇异着别国的奇异，外国人奇异着我。

一个盯了我好久的白人帅哥忍了半天还是忍不住问：“这是什么？”

“这是……”这才发觉，没有储备“饺子”这个英文单词，用不上啊。可是太饿了，实在不耐烦擦干手，再拿手机去查翻译，一边用叉子叉饺子，一边胡乱说：“一种特别的中国食物，非常美味，里面有蔬菜、海鲜、肉……”这么一解释，还能吃下去吗？

“这样也能熟吗？滤篮能做饭吗？”

哎哟，这么复杂的工艺和历史，跟你这个外国人能说清吗？你们国家有历史没？

“你来自？”

“法国巴黎。”噢，有历史，但你依然不懂饺子，更不懂蒸饺了，还是聊法国吧。

没准儿，我对法国的了解比法国人对中国的了解更多，我几乎读遍了整个法国文学史中的所有作品，跟普鲁斯特学会了吃小玛德莱娜点心浸红茶（《追忆似水流年》），你会吗？一问，果然不会，他连这本书都没摸过。

至于中国美食，远至碧粳粥（《红楼梦》），近到烂肉面（《茶馆》），他这辈子能懂一二就不错了，这饺子立即变成玛德莱娜小点心，浸红茶算了吧；来点饺子汤，拉倒吧，这是蒸饺，哪有汤啊，靠点谱行不。

正叉着饺子，一个清洁人员走过来，用娴熟的中文问：“你从哪里来！”

我爽朗地大笑：“既然你跟我说中文，我就来自中国。”

他说：“我看你像。”

“我就是。你中文说得很好。”

“谢谢，是 Lucy 教我的。”

Lucy 是旅馆前台，曾在北京工作过一年，汉语说得很棒。

聊了几句，他说：“你漂亮。”就走了。

如果他说“你很漂亮”，我会继续叉饺子，少了一个字倒让我愣了半天，总觉得少点什么，可主谓都有了，也能成立，只是汉语不会这样表达，如果有人说：你美。啥都没有了，就是别扭……

不过，中文的普及率居然这么高，好开心，一开心，把一筛子蒸饺都叉完了，这才想起来：笨，我有便携筷子。

外面依然风雨交加，把所有的衣服套在身上还是不能御寒，只得待在旅馆里，好在这个旅馆够大，足够我上蹿下跳、东跑西颠儿，有热水和红茶，美酒加咖啡，有免费 WiFi ，虽然时不时会断，还想要啥？

世界各地的人陪着我：一些人在做饭，一些人窝在沙发里看电影，一些人上网，一些人闲坐发呆，一些人在打乒乓球。大家都很安静，自得其乐，除了“乒乒乓乓”及电影中的爆炸声。007 炸翻一切能炸该炸的东西，用破坏世界的方式拯救世界。

这个世界真奇怪，人类创造了世界，一些人破坏它，一些人拯救它，一些人隔岸观火，一些人无关痛痒，一些人助纣为虐，一些人修身养性。

但我爱这个世界。

4 月 25 日　爷爷男朋友

步行至南十字星车站，从 Finder St Station 出发，坐市内火车，这才发现墨尔本的市内火车很复杂，不仅多列车在同一个站，而且有长、短途洲际列车，城市列车，长途巴士，机场巴士，这不是跟外国人打哑谜吗？

买票时说是二站台，结果上了一列不是，又上一列还不是，又倒了一列车，问了五个人，整整一个小时，才到达 Belgrave！

我怀疑这几种都坐过了，列车加地铁，长途跟短途，轨道都一样吗……欣慰的是，列车和巴士能分得清。

窗口卖票的是一位白发奶奶，告诉我只有 12∶30 的火车了。

很快，这列澳大利亚最古老、世界上保存最完好的蒸汽火车打着哈欠准时而来，一停下，就被乘客们围观拍照。

我站在那里看，一个穿着牛仔背带裤的老爷爷从车头下来，呵呵笑着："嗨，你好，你一定是中国人吧，我给你拍照。你们喜欢拍照。"

我哈哈大笑："我是那个不喜欢拍照的中国人，我用另一种方式赞美风景。"

老爷爷可不管那个，已经走过来准备接手机了，赶紧双手奉上，不拍也得拍。

"谢谢爷爷，您多大年纪了？"

"70。"

啊，这个年纪，第一，在中国找不到工作；第二，找工作全家人会被骂死；第三，他干不动了；第四，不用在家带孙子吗？种花、养鸟、跳广场舞？

这个老爷爷一直快乐地笑着，笑得像个老哥哥。

很快，我就习惯了，车站及蒸汽火车上所有的工作人员全都是老爷爷、老奶奶，让这列古老的火车更加古老。这比蒸汽火车本身更值得参观，他们的内心是年轻的。

这列叫喊着、冒着烟、吐着气、没有玻璃的超级原生态火车，让内心更年轻的我很兴奋。座位是长条的，正对着窗户，窗外的树木和人家触手可及，没谁正经地坐在座位上，而是坐在窗户上，双腿搭在车窗上，双手抱着栏杆。

当火车走在弯曲的桥上时，能看到列车划着美妙的弧线，左右的乘客们，像是坐动画版的过山车。乘客们欢快地叫着，不是因为风景，而是这无与伦比的乘车方式，树枝轻拂在身上，叶子亲吻在脸上，伸伸腿儿，回归人自然，天人合一。

这种乘车方式极其卓尔不群，也极其冰魂雪魄。天气时阴时雨，我穿着极少，又没有带伞，火车四面透风，冷得我无处可逃。便在车厢里走来走去，走也没用，没窗户，在第三节车厢竟然发现两件厚衣服，窗户上坐着两个壮男，真是浪费，这凄风冷雨的初冬季节，还热怎么着？还等什么，衣服搁在那儿，不下手，资源浪费。

“嗨！你们好！”两位男士回头看我，我一定笑得像朵花一样，不然，这花快被寒风凋谢了。“我不知道下雨……穿得太少，你们的衣服，可以借给我吗？谢谢！”

“当然可以！美丽的女子，你来自哪里？”这种说法太外国了，

为了衣服拼了，温饱问题，温暖是第一位呀。我立即拿起衣服，套身上：暖和！

“香港。”为避免被问来自哪座城市，还得解释，我常常直接说香港，反正与深圳一墙之隔，与我家两站地铁。

“哇，那里是天堂。”

“当然，欢迎来天堂。”哇噻，此时，坐在窗户上，欣赏墨绿的森林，欢快的小溪，才是真的身在天堂。

列车每到一站便停留一段时间，让游客随心所欲闲逛，因而，你不知道前面有什么，车停，你就下车赏景；车走，会响铃，反正走得很慢，即使错过，跑着也能跳上车。

这一站，走进一个静得可以听见心跳的公园，满地金黄，一树秋色，秋之色彩，秋之韵味，秋之深沉，秋之浓郁，唯秋独有。为何中国文人多喜悲秋呢？秋是值得赞赏与沉迷的。

踩着金黄色的叶子，走在金黄色的秋中，满地黄花堆积。（憔悴损，如今有谁堪摘？丰润暖，如今可堪赏玩。）

列车到达终点，将衣服还给两位绅士，大加感谢。然后欣赏着墨尔本的深秋，迷失在秋色意浓之中。

返回时，找不到两位绅士了，我又身处风刀霜剑中。一直走到车厢的尽头，也没发现。但发现了老爷爷，是他先发现了我："嗨，中国姑娘，你好。"

"您好，爷爷！"车厢里一个巨大的火炉，两个老爷爷轮番填煤和操作方向盘。这我可走不动了："爷爷，我帮您填煤。"

爷爷呵呵笑着，一看我穿得如此单薄，招手让我进来，站在火炉前："车头是不允许游客进来的，不过，你过来吧，漂亮的女孩。"

"谢谢！"这才发觉，国内的女孩拼死拼活去韩国整容，漂亮有诸多好处，问题是我见天儿忙着赚钱、流浪，从来没拿脸当回事儿。

两位爷爷正在吃汉堡，喝咖啡，还有酥脆的点心，他递给我一个汉堡："你吃。"

"啊！谢谢！"

这种时候，吃烂的汉堡也是救命的仙草。吃人的嘴短，占人的车头腿短，吃完汉堡，我拿起铁锹就去铲煤，老爷爷哈哈大笑，夺过来："不用你，你看风景吧。陪我说话就行。"

这简直就不是要求，"您想听什么？"

"唱个歌吧。"

"中文歌？"

“行，我听得懂。”他用中文说，说得很新疆。

我随口就唱，“想眼中，能有多少泪珠儿，怎经得秋流到冬尽，春流到夏。啊——”一首凄婉的歌却被唱得轻松欢快。

“真好听。”

“谢谢。”

“‘男朋友’用中文怎么说？”我告诉了他。

老爷爷竟然说：“我是你的爷—爷—男—朋—友。”而且用中文，一字一顿，拐着弯儿说。

轮到我哈哈大笑了，笑得头发丝儿都颤抖了。

这要是在我的地盘，敢有老爷爷说这话，我一脚给他踹成脑瘫。

自然不是我攘内媚外，这是原则问题，中外传统、思维方式迥异，外国爷爷是真的开玩笑。

老爷爷能开这样的玩笑，我是心服口服，七十岁，活成这样，真是不得了。车头里的火炉，让我在春意盎然中观赏秋景，自是不同，明艳动人，国色天香。

到站后，老爷爷认真地写下他的 Mail，并与我合照，让我把照片 Mail 给他。

分别时，他说："记得你的爷—爷—男—朋—友。"

我哈哈大笑，这在中文里，倒过来，男朋友爷爷——男朋友的爷爷，这一切便是常态的了。一再感谢男朋友爷爷，使我温暖了一路，挥手作别。

一路哼着歌，回去了，尽管又倒错车，又迷路，最终到达旅馆。每次都是这样，不用着急，小插曲影响不了主旋律。

睡前想起：爷爷男朋友！爷—爷—男—朋—友，尤其他那墨尔本味儿的普通话，太搞笑了。怎么想的！

外国人的创意是超乎规则的，中国最好的小说家都编不出来，人老创意不老啊。据我所读，没谁写过这个另类的词组和故事。

谁拿爷爷当男朋友，疯了还是活够了，"恋爱"十年直接养老送终。这是真爱呀，爱你爱到坟墓里噢。

一个人躺床上笑，简直太搞笑了，笑着笑着就睡着了。

4 月 26 日　世界旅行团

7 点，斜靠在飘窗前等车。门口停下一辆巴士，司机进来找客人。我起身迎他，他问了我的名字，说不是。疑惑中，又进来一个司机，胖胖的，穿着短袖，热情地叫着 Sunny，并把我的小背包拿到车上。车上已坐了许多人，副驾驶的位置依然为我留着，这是我最爱的位置，于是欣欣然地坐下。

司机热情地介绍着行程，他的英语说得很地道，地道的有点听不明白，他说得太快又太多，我来不及组词造句、同声翻译。大致听懂会到一个什么岛，晚餐是 BBQ，他叫托尼，再就没了。

托尼耐心而热情地询问每一个人的国籍。从最后面开始，一个一个自报家门：马来西亚一家四口，一对韩国小情侣，一个菲律宾男人，一个法国男孩，两个英国女孩，一个爱尔兰女孩，一对来自悉尼的老夫妻，两个意大利男人，两个德国人，一个印度人，两个美国的独行者。

美国女孩刚刚介绍自己来自洛杉矶，另外一个男孩就跳起来，头顶距离车顶只有一厘米："真的嘛！我来自休斯敦！你好吗？"

"哇！真的！太好了！你好啊！"

两个互相击掌，就差拥抱了，不太方便，不是怕我们，而是座位离得有点远，两个人伸出长长的胳膊越过世界各国的人，手紧紧握在一起。又说了一些什么，以表达偶遇的狂欢，让人感觉是初恋在异国重逢。那叫嚣、夸张的美式英语，盖过了车上所有的声音。

休斯敦男孩就坐在我身后，后面的洛杉矶女孩介绍时，他已经在惊喜中介绍完自己，最后一个是我，因为我坐在副驾驶的位置，能压住他们的也只有香港了。果然我说完来自香港，男孩说："哇，太棒了，香港很好，我去过。"

"当然，自由的天堂，国际之城。"总算让他俩不再叽叽喳喳。

天空依然紧裹着大地，云朵依然很低，低到车窗前，包裹了我们。不少早起的人们，有骑着自行车身着专业骑行服的人，穿过横亘的天桥，身后是大朵白云和蓝天。

虽然天气阴沉，但能够想象出晴朗时的绝美。托尼一直向大家介绍着沿路的景观，包括澳大利亚特有的桉树和其他植物，就像跟老朋友们聊天一样。他会细心地提醒大家去关注任何一个值得关注的细节，到了观景处，他会让大家自己去观赏风景，并同大家一起，帮独行侠们拍照片，跟大家聊天。

英语世界的人取名字，总喜欢取自《圣经》故事，无论是节日还是风景："十二门徒石"，在看到它之前，就已经联想到《最后的晚餐》了。来到它身边，眼前只有蔚蓝的大海和褐色的岩石，巉岩林立、怪石奇峰、鬼斧神工：有的似一座孔桥，有的像一个画壁，有的像一堵巨大的墙，有的像一根石柱，有的酷似人面，有的像凯旋门，一座座突兀的砂石岩，一个个孤独的思索者。经过日积月累的海浪腐蚀，海风雕琢，12 座岩壁，只剩下 8 个。

据说，在伦敦断桥突然被海浪穿孔崩塌时，有一对新西兰恋人刚好在那里，后被直升机救走。

你所见的每一刻，都可能会成为历史。有花堪折直须折，莫待无花空折枝。

在每一个观景台，世界各国的人用自己喜欢和习惯的方式，表达醉心于大自然的感受：长相纠结的印度男人拿着一个长长的自拍神器，走哪儿都自拍，拍到不可理喻的地步：长成那样，还有心思……

帅气的法国男孩 Le Goff 却只拍风景和他手中照片，我实在压制不住好奇心，忍不住问："她是谁？"他微笑着，笑容像太平洋的温柔的风："这是我女朋友，她因为工作太忙，不能与我同游，但我要与她的照片同游。"

"哇噢！真浪漫！"

马来西亚一家子也喜欢拍照，走哪儿拍哪儿：先拍家人，再拍风景，然后拍风景和家人的合影。

韩国小情侣都很内向，一路沉默，韩国男孩是唯一一个穿短裤和凉鞋的人。

大家彼此之间和谐、尊重，谁也不会因为只相守两天便永远分离而彼此相恶。亚洲人不太能听得懂英文，经常出错儿，他们会大笑，但不嘲笑，笑完马上告诉你不是这样的，要那样。

大家非常守时，约定的集合时间，都会回来，偶然迟到一两分钟，必快速奔跑，上车前先说"Sorry"。如果大家同时回来，在门前，自动排队。上车后，除了音乐，偶尔聊天之外，大家都很安静。

12 个小时的车程之后，到达一个小镇，直接入住旅馆。托尼帮独行者拿行李，安排房间和床位，大家有条不紊地入住。

我与马来西亚一家子（母亲带三个女儿）和那个爱尔兰女孩住一个房间，我们进入房间归置行李物品，旅馆老板亲切地走进来，

“如果有什么要求，可以找我。”顺手把钥匙给了英国女孩。

我到院子里时，一些人已经坐在长长的木桌旁。托尼搬来三个大箱子，一箱子餐具，一箱子肉食，一箱子蔬菜。他简直像一个三头六臂的机器人，把餐具摆在桌子上，把蔬菜洗干净，切成大块，放到烧烤台上，然后去清洗肉。

司机、导游、厨师，托尼身兼数职，还如此强壮能干，我实在心下不忍，便帮他翻烤肉和香肠，法国男孩帮他烤蔬菜。我估摸着快烤好了，便要往蔬菜里放盐，托尼不让；放胡椒，也不让，那怎么吃啊……但愿那肉是腌制过的……

香飘四溢，BBQ 竣工，大家排着队依次来取，手拿盘子和刀叉。托尼用手划着圈：“这些是羊肉，这些是猪肉，这些是牛排，这是羊肉香肠，这是牛肉香肠，还有鸡肉肠。”看到马来西亚一家人过来，他特别强调：“那些是猪肉，不能吃。”

大家拿出各种啤酒、红酒、洋酒，一起碰杯，一起吃肉。桌子上摆满了琳琅满目的酱料，托尼又神奇地摆上两盆蔬菜沙拉。我取了些蔬菜沙拉，烤羊肉、牛排和羊肉香肠。看到大家拿各种酱料往烤蔬菜和肉上撒，才明白原来外国人烧烤时不放调料，吃时放酱料。

羊肉的鲜嫩程度不亚于新西兰，于是眼中再无其他肉，一口气吃了三块，搭配新西兰白葡萄酒。从皇后镇飞墨尔本时，我带的新西兰礼物是两瓶白葡萄酒，现在派上大用场了。

托尼也坐下来和大家一起吃，但不忘照顾他的客人们：“还有几个鸡腿，谁还需要？”

我问:“还有羊肉香肠吗？”

他立即夹了一块给我:“最后一块，给你了。”

“谢谢。”

大家与身边的旅伴边吃边聊，韩国情侣坐在我对面，旁边是菲律宾人，法国男孩坐在我旁边，到过哪些国家，旅行路上有什么奇遇。恨自己英语不过关，发誓回国好好学英语，又很快遗忘在烤羊排的美味当中了。

4 月 27 日　金色的快乐

似乎刚睡下，就被一道光射醒，迷迷糊糊睁开眼，四个披着长长头巾的人趴在地上。我惊坐起来，原来却是马来西亚人在做晨祷:才凌晨 4 点。自此再难睡着，有人的手机一直在响。

6 点起来，洗漱后来到休闲区，一个矮小的日本人在做早餐，丰盛得像午餐一样:牛奶、培根、荷兰豆、炒散的蛋。

“早！”

“您早！”他点头哈腰着，用日本口味的汉语说 :“我的名字叫太一郎。”并用手指在桌子上写着。

“我叫如风。”也想蘸水写给他，他谦卑地拿出笔纸，我写完后，他恭敬地收起来，仿佛得了什么宝贝。

他拿起牛奶，问我:“喝吗？请您。”

他用一种无法拒绝的诚恳邀请，我被迫仁慈地喝了一杯。他开心极了。赶紧与他道别，谨防他待会儿邀请我一起用早餐。

托尼已经摆满一桌子：面包、牛奶、鸡蛋、咖啡、麦片、面条、黄油以及各种口味的酱料……我走过去帮他。

他把切好的香蕉放在平底儿锅中，加入 Brown sugar、黄油，煎熟；又把面包夹了黄油，两面再抹上黄油，放在烤盘上烤；松饼粉加水、蛋，打散，煎黄；然后烧开一锅水，下面条。

他说："这是专为亚洲人做的，你们不爱吃面包。"

我说："你一个人做这么多事情，太辛苦了。"

他说："我很享受。因为，大洋路太美了！每一年、每一个季节、每一天都不一样。还有人，来自世界各地的人都很精彩。"

我帮他煎香蕉泥、烤面包，一边聊天。

他说："我 38 岁，一个人生活，很享受现在的生活和工作，工作两天休息两天，很满足。"

无论谁走过来，他都热情地说："嗨！早上好！"然后把早餐内容全部介绍一遍，喜欢吃什么，有什么新吃法，也可以告诉他，他再做。

欧美人一来，先倒牛奶或果汁，配黄油面包；亚洲人，先盛一碗热汤面，夹了两个煎蛋。法国男孩舀了一勺水果罐头，放在松饼上卷起来吃，引起我的好奇，也试着卷了一张水果松饼，好吃极了。我又把烤香蕉泥放在松饼上，好吃得无与伦比。

吃完早餐，继续曼妙的旅行。车子经过海边，有人在跑步，有人在遛狗。天空宽广，空气清新，树木辽远。树干光滑无物，树枝曲折婉转，燕语莺声。

进入一个美丽的小镇，托尼把车停在海边，让大家下车上船，

他则直接把车子开上船。

大家到甲板上面，一起合影，一起开怀大笑。

我既不知道这船是从哪儿来，也不知道到哪儿去，只相信这个世界旅行团一定会让世界各国的旅人享受大洋路的魔力和魅力。甲板上风很大，便进船舱，咖啡厅非常酷，两侧设有超大落地玻璃窗。一杯咖啡，窗前静坐，看太平洋，看透纯的蓝天，看洁净的祥云，与世隔绝一般，想一直漂荡在海上，生活在船上。

很快，船又到达一个小镇，托尼接上大家，把车停在一个大超市边，给大家一个半小时的时间吃午餐。我到超市买了海鲜沙拉，带到海边吃。

海边有许多露天桌椅，有几个当地人在石桌上吃午餐，成群的海鸥在他们头顶上盘旋，或者在桌子上吃食。

我看着，笑着，吃着，没承想印度男人过来和我聊天。“嗨，你下一站是哪儿？”

“悉尼。”我一边看海鸥，一边说。

“噢，太好了。你哪天来？”

“我也不知道。”看他出奇的热情，我给看了订票信息，他竟然拍了个照。拍照这么上瘾！

“我在悉尼有公司，也有公寓，就在海边，你来时，我去接你。”

“噢……谢谢……只是……”

“我一个人住，房子很大。门口不远就是沙滩。”

那就更不能去了，换个其他国家的帅哥，还可以考虑一下，至少可以吃个饭，去看悉尼歌剧院，印度人绝无可能，他们有不尊重甚至折磨女人的传统，我不赌命。千恩万谢外带婉拒，不好使，那我就装听不懂，外带逃离。

抓住法国男孩，不停地拍照和聊天，很快，聊够了休闲时间，上车。

车子又开了很长时间，一直从下午开到日落。托尼把车停在一处高地，特意让大家看夕阳，为大家拍了合影。金色的余晖洒在每个角落，人是金色的，大海是金色的，整个世界都是金色的，连快乐都是金色的。

在一个景区入口处，托尼告诉大家两个小时之后在门口集合。我随着一群人坐在海边，听到广播用中、英、日文播放了注意事项，我才知道，我们这一天的舟车劳顿就是为了这一刻：看小企鹅回家。我们所在的岛是菲利普岛，又叫企鹅岛。

海风非常冷酷，我瑟缩在冷风中，韩国男孩仍然穿着短裤和凉鞋，这是什么修炼方式，看到他不是更坚强，而是更冷了，我把拉链拉到脖颈下也不顶用。

有人尖叫："快看！来了！"我仔细看了看，却什么也看不见。已是傍晚，海边仅有几盏昏暗的小灯，小企鹅却怕光，偏要在黑暗中回家。又等了一会儿，还是看不见，却听见那边在低声欢呼着，便跑过去，这是专为小企鹅设计的徒步栈道呀。

一群小东西扭搭、扭搭往家走，走一步，扭二扭，摇三下，就这么着，还时不时地掉队和摔倒，摔倒了也不叫，爬起来再扭，扭着扭着又摔倒了。有的小企鹅扭着扭着，一回头，发觉没有同伴跟在后面，前面又落了很远，它停在那里，不知该怎么办，身高仅有30厘米的小东西，不知道怎样保护自己。

这是世界上最小的企鹅，比平常见到的南极企鹅小很多，像小猫崽一样，白色的肚皮却那么大，在夜色中异常耀眼。人群中爆发出笑声，仅仅因为小与萌，就让人感到幸福和快乐，一看到这些小家伙，嘴角不由自主地咧开，下意识地笑起来，就像看到美丽的小婴儿一样。

晚上7点，又冷又饿，企鹅馆里有餐厅，但我的钱包放在车上，还有半个小时集合，只得在商场里转了又转。遇到法国男孩和英国男孩。英国男孩把各种各样的企鹅帽子戴在头上，然后做出各种古怪的造型，又吐舌头又鼓腮。人家整蛊别人，他整蛊自己，他递给我一顶企鹅帽，三个巨型企鹅合拍了几张。

拍完后大家互传照片，英国男孩用的是 iphone4s，没有无网空传功能，我便留下了他的 E-mail。一路上，遇到太多仍然使用 iphone4s 的外国人，而我来之前抢最新的 iphone6-plus 抢了三个月，守着香港都买不到，最后还加了几百块。

7 点半，托尼到餐厅找我们，说到门口集合。一出门，竟然发现台阶上摆放着十几盒打开的比萨！哇噢！我奔过去，问哪一盒是海鲜比萨，爱尔兰女孩直接拿了一块给我。

托尼仍然热情地介绍着："亲爱的朋友们，每一盒口味都不一样：新奥尔良烤肉、海鲜、牛肉、田园沙律水果、麻辣、黑胡椒……"他还特别提醒哪一盒是麻辣的，不能吃辣椒的不要吃。我

偏要尝尝外国的麻辣比萨什么味儿，又要了一块，一手一块。

看到马来西亚一家过来，他另外递过来两盒蔬菜素比萨，专为他们准备。难怪报名世界旅行团时，前台会问宗教信仰，一路下来才明白，是为了尊重。

在海边冻了两个小时之后，这是我吃过的世界上最好吃的比萨。

回程的路上，大家都昏昏欲睡。我盯着外面的天空，依然很美，头上的云像宇宙飞船，似要接我去火星，可我没时间，地球太美，值得用一生去追寻和欣赏。

托尼按照路线把每一个人送回旅馆，热情地跟每一个人说再见。

下次，再到其他国家旅行，要特意报当地旅行社的世界旅行团，享受真正的、完美的服务。

4月28日　错过飞机

懊悔定了早班飞机，6点就起来，走在大街上，却发现到处都是行者和拖箱一族，还有不少花甲背包客，心里安宁了。这些白头发的爷爷奶奶，像年轻人一样，背着硕大的旅行包，行走在世界各地。这在国外，习以为常。我时常在国际青旅混合多人间，成为他们的上铺或邻铺，他们不把自己当成老人，也不让别人把他们当成老人，吃穿住行都是一致的。在背包客的圈子里，不必尊老爱幼，不必女士优先，所有人都一样，谁也不给谁背包，谁也不用让谁先行。

自报家门时从来不报年龄，花白头发，只是缺少激素而已，但无他尔。18 岁不必额外尊重 48 岁，58 岁也不可以让 28 岁给他背包，背不动，就不要做背包客，更不要住国际青旅。这里是绝对平等的。

我这个伪年轻人，从 18 岁时就不爱负重，去西藏时做背包客，累得呼哧带喘，死活不背包了，改换策略：走背包客的路，拖自己的皮箱，让别人去说吧。即使如此，许多时候，仍然需要背包，比如：转山、徒步、溯溪、探险，抱着皮箱穿山越岭那不是提前变尼采——疯了吗，所以，必须准备一个 17 升左右的登山包，必须要世界顶级品牌，不为虚荣，只为安全与舒适。

这个包不仅背起来舒适，还要能装五天内所需生存物资，防水、防雨、夹层之类不用你考虑，世界顶级品牌已经考虑到了，太多超乎想象的功能会在登山的路上被你发现。即使这样，我仍然不愿意负重，人生的担子已经够重了，徒个步、登个山还要负重，真是的，我会想方设法用美食、美酒贿赂同伴，代为背包，我只需要拿着手机、相机、护照即可。每次都会成功。

所以，我是清晨街头唯一一个拖着皮箱的背包客，拖时得意自己的聪明，没路时就傻眼了，抱着皮箱登山，那是要累吐血的。到机场巴士售票处，我把手机里的订票信息出示给工作人员，这是一个中年女人，她给了我一张巴士票。

快到国际机场了，我发觉不对，订票时得知，墨尔本有两个机场，我从新西兰飞来时，就停在这个机场，飞悉尼的是另一个机场：Avalon（阿瓦隆），因为中英文都很拗口，查过就忘了。

我马上给司机看订票信息，他哈哈大笑：“坐错了。你需要回去。”

风尘仆仆奔进售票处，大声质问她为什么卖错票给我，马上给我 Avalon 机场的巴士票。那个女人强词夺理，拒不认错，我厉声说："我不是要你承认错误，我需要你的帮助。你必须帮助我！"

我们的争吵声引来另外一位年纪稍长的女人，她马上对那个女人说："你不要说话了，我来处理。"然后问我有什么需要帮助的。

"这是我的订票信息，刚才我来买票，给她看了，她却给了我国际机场的巴士票，你帮我看看，怎么办？"

墨尔本女士立即看了信息，又看了看时间："我代她向您道歉。"她一边把巴士票钱退给我，一边说："只是，可能来不及了。上午到阿瓦隆机场的巴士没有了，打的去都要 50 分钟，的士费是机票钱的两倍不说，也未必能赶得上。"

"啊！那我怎么办？"

女士又叫来一位男士，跟他说明情况，那位男士带我到一个免费 WiFi 区域，看到我用手机查询很慢、很辛苦，便跟一个办公室的人说了说，让我用电脑退票、订票。退是没得退了，国外的订票系统不似国内如此方便、快捷、人性化，查询了今天的航班，最早是下午。

我傻眼了。

这位先生好心地指给我火车票办公室，说五分钟后有一班到悉尼的列车，而且一天只有一班。

我刚要开心，又气馁了："五分钟！"这是跟谁开玩笑呢，在国内只是等车的时间，但这毕竟不是国内。这位先生神奇地开来一辆神奇的小货车，送我到火车旁的站台上，跟列车员说明了情况，让我上车补票。

我上了一辆神奇的列车，从飞机改坐火车，仅仅五分钟，没有做好任何准备，就开始了长途火车的旅行，从墨尔本到悉尼，12个小时！

车上的工作人员很绅士，服务也绅士，我本来想选一等座，慰藉一下自己受伤的心灵，他说二等更安静些。

到了车厢一看，果然人不多，哎呀，有得睡了。12个小时，可以穿越整个新西兰，没准儿都能坐到斐济去，这是在大国旅行的辛苦，好在大国来人已经习惯。

长长的车厢，长长的旅途，瞬间觉得：可以睡个好觉了！真棒！连日来赶飞机、赶巴士赶路，多人间又不安静，有人打呼噜，有人4点起来点灯晨祷。

睡，睡醒了吃，吃饱了再睡。实在不行，吃着睡，睡梦中吃。

澳大利亚的火车有着动车的设施、绿皮火车的速度、航空公司的服务。没有单独的开水锅，需要到餐厅跟服务员要，开水免费，每次倒时，都像雪山一样微笑着，餐厅食物价格很便宜，与城市里一样，有些甚至更低些。

沿途小站小得只有一排古典的长廊和几个房间，稀稀落落的人群分散在各个地方。新西兰国小车站小不奇怪，澳大利亚面积这么大，车站还这么小，为什么呢？我们总是喜欢把机场、车站建设得气派豪奢，进个站需要转上好半天，出站口也得找啊找，先把你圈起来，圈晕了，再放出去，好奇怪呀……

好奇怪呀，主人，你都累成这样，还胡思乱想，睡觉。睡一个长长的长得像中国机场一样长的觉，就到悉尼了。

再舒服的火车也是火车，12 个小时都会累成一摊水。

简直是闭着眼睛出了站，闭着眼睛叫车到旅馆，仅眯一条缝儿，一下车立即睁大眼睛：满街的华人，满街的汉字，满街的中国餐馆。

旅馆比墨尔本的还大，上楼时路过休闲区和厨房，不仅更大，炒锅、生抽、盐都有，那根中国筋立即兴奋起来：酷！我要吃中餐！

放下行李，抹把脸，就到旁边的中餐馆吃饭，上车饺子下车面，点了碗海鲜拉面，几口面汤下去，哇，滋润。中国人最会养生了。一天的舟车劳顿，如果再来份汉堡薯条，死的心都有了。

22 块，也还不错，首都的消费不高。等等！ 22 澳元，手机换算了一下，108 块人民币，抢钱啊！我只在澳门赌场外被抢过一次，这味道：如果 22 块人民币，太棒了；108 块，太差了。

都累成这样，还算什么钱哪，小家子气，回去睡觉。

这个觉睡得也很贵，在一碗面 100 多的地方，一张床，那得三碗面才能买回来。这还是床位，要是住宾馆……有完没完了，旅行，就别心疼钱！要知道，咱不好虚荣，不好珠宝首饰，不好名牌鞋包，就好旅行。女人花在外表上的钱我全都花在旅行上了，嗯，这么一算，还是旅行省钱，我这个女人最好养活。

4 月 29 日　悉尼

昨天累成那样，今天自然以睡眠为主，多人间自然不会让你如愿以偿。醒来了自然要吃，去旁边的超市买了手擀面，吃了一餐幸福飞扬的面条。吃饱了自然想着去玩，去哪儿玩还不知道，先去街上逛。

我是不喜看攻略游记的，最多只看一两篇言之有物的，那些只带眼睛和嘴巴旅行的人去的地方一定不是我要去的，我旅行时只带头脑和心灵，喜欢发现、寻觅、偶遇，享受意外的惊喜、莫名的惊诧、突现的惊奇、生命的神奇。

好处是这样的旅行滋养心灵，每次旅行回来会发觉这个从不关注外表的女人，皮肤又滑润了，笑容又清朗了，才发觉，心滋润，外表自然滋润。养心的女人，如陈年老酒，愈久弥香，每个年龄段都是美的，并且是超越年龄的美丽。

坏处就是无目的闲逛。我就在悉尼的街道上无目的闲逛，嘴角却下意识地上扬，悉尼真美，建筑、街道、空气、环境都是美的。我就沿着这美一直美下去，走进美的深处。也不知道最终去哪儿，只要记得旅馆地址，随便去哪儿，想去哪儿去哪儿，想吃啥吃啥。

走到一个极其优雅浪漫的咖啡厅，实在被其雅漫诱引，要了杯咖啡和西点，坐在窗前，咖啡中的悉尼清香醇厚，咖啡中的如风怡然自得。坐到不想坐为止，起身，用纸巾擦嘴，继续闲庭信步。

走着走着就走到了悉尼歌剧院，惊呆了：在这里！它就在这里！它怎么在这里？我怎么散个步就散到了悉尼歌剧院？对着这朵绽放的莲花微笑，微笑着走近它，从海的这一边转到它身边，需要点时间，不着急，我有的是时间去亲近它。

坐看夕阳西下，灯火辉煌。

不必言语，那张开的片片贝壳，早就悬在心中，此刻映入眼帘。

的确美，很美，非常美，美得无法呼吸，无须多言。

更美的是我来到它的路上，一路的欢笑，一路的坚持，一路的执着。

为了与它静守一个黄昏，我花了 15 年的时间，让自己有闲、有钱、有资格拿到签证，有能力独行世界；为了一亲芳泽，在错过航班后改乘 12 个小时的火车。许多像我一样的人，来自世界各地，如我一样，付出各种辛苦和代价，来到它。它是有力量的。

它不知道，我所做的一切；它也不知道，我是谁，来自何处，将往何处去。

我知道它是谁，它没我那么复杂，它是没有生命却被赋予了生命的建筑，它是没有灵性却展现着灵性的艺术。而我需要花小半生的时间才真正知道我是谁，将花大半生的时间去活现这个真正的自己。我百年之后，它仍会存在。我会在何处？或是如风般消散……

木椅，静默，独坐，凝视，思想。恍惚间，某个时空里，我也能成为一个让全世界瞻仰的什么。人世有轮回吗？人，一定要轮回为人吗？轮回成建筑可以吗？山或大海可以吗？如果有来世，我可否成为喜马拉雅山，成为悉尼歌剧院……

就这样，守着它，与情人桥一起，相爱一个晚上。

一晚，足矣。一生，一世。这是，真爱。不必，相守，但却，永恒。

第二天中午，搭免费巴士去环形码头。天蓝得密不透风，无一丝云彩，空气清新得仿若水滴凝露一样，只要呼吸着，就很满足了。

艺术中心门口坐满了发呆的人，孩子与白鸽嬉戏，土著人全身涂抹着白漆，演奏着从没见过的乐器，长长的牛角做的象鼻，旁边一张兽皮。流浪艺人在弹吉他唱歌，交相辉映，琴瑟和鸣。

漫步至歌剧院脚下，海边露台咖座上，许多人在观赏良辰美景，而悉尼总是良辰美景，大海使其一直良辰，歌剧院呈现极致美景，美食、美酒配美景，长空、长海偎长椅。

白鸽，也是常客。

人走，鸽来，抢食；食毕，鸽去，人来。

斜倚栏杆听海语，壳坐红尘看人间。

只要在悉尼，不来歌剧院，不是罪过，也是错过，没有谁比它更值得倾心相守。更何况，能待几日？

摸着大贝壳，感受它的经脉与心跳，看它有什么，想告诉我什么。天空下起小雨，还没来得及躲回咖啡厅，突降瓢泼大雨，来不及离开和买票进入的游人便瑟缩在门口。

我立即用手机拍照，书写当下，不亦乐乎。一些白色的冰球砸到地面上，竟然下起了冰雹。

工作人员打开大门，礼貌地请游人进去避雨，并告诉大家从地下通道可以走回到酒吧区域。

雨停后，坐守悉尼歌剧院，守至黄昏日落，守到华灯初上，守到月出东山，守到它圣洁的姿态深印在我的心上。

5月2日 大姨妈的弥撒

本人，荣幸生为女人，天不怕，地不怕，就怕大姨妈，她来，我就得坐月子。这是名副其实的坐月子，人家一生一次，我一月一次。我这月子坐得相当高、精、尖，专业、专注、专一，除了睡就是睡，连吃都靠后。你想，一天要睡十六七个小时，哪有工夫吃？

今天的任务：睡觉，恭送大姨妈。

早晨被吵醒，喝了杯牛奶，吃了手擀面。别废话，牛奶可以配手擀面，牛排也能配生大蒜，你管？姨妈来访时，想咋地就咋地，瞧见了吧，别的亲戚来访都是和颜悦色，只有姨妈来势汹汹，势不可当，为了保护他人，我得在家坐月子。

一睡睡到下午。不用看时间，去个洗手间，回来继续睡。只有下午，房间人最少。该玩的出去玩了，玩到一半还没散场。

听到清脆的钟声，“当，当”，铿锵有力，余音绕梁，就把自己绕进去，睡不着了。其实是睡多了，闭着眼睛穿好衣服，闭着眼睛出门，朝着那神奇的声音走过去。

睁大眼睛：一座肃穆的教堂。弥撒时间，正犹豫着，门口有人用上帝般的微笑朝我微笑，还发给我一本小册子，中间夹着基督书签。这还有啥说的，得给面子。笑得像朵花儿一样，再不进去，就生根发芽儿成树了。

教堂里一尘不染，地上铺着黑白方块交叉的地板。侧墙挂着一些画，每幅上面都有十字架。两排对称的立柱，其间吊着长长的灯。正前方是耶稣和门徒们的画像，画像下是一个十字架，两边各燃着五支蜡烛，右面半空有个小阁间，放着钢琴，坐着两位钢琴师。

木质长条板凳背后放着许多垫子，我拿了一个垫到屁股下面。放眼望去，白花花的后脑勺和金色的头发，会不会有人望着黑头发的我，环顾一圈，我多虑了，都在看金发耶稣。有些人进入座位前，先冲耶稣半跪，跪前先把垫子垫在膝盖下面。原来这些垫子是祈祷用的，我赶忙把垫子拿出来，想想那该死的姨妈，还是委屈垫子吧，又放回屁股底下。大姨妈折磨我时，谁都别想好过。

男士们西装领带，女士们端庄优雅，着装都很正式。低头看看自己，还好，黑色小夹克，千鸟格长裤。幸亏是初冬，不然穿着热裤可怎么得了。

音乐响起，全体起立。刚坐下，又起立。人家坐，我跟着坐，人家站，我跟着站。从没这么听话过……

走来一群穿黑袍白衣的人，为首的举着十字架，两旁是两个举着蜡烛的女孩，后面一群红袍白衣的人，最后是身着金色袍子的神父。唱诗班分列两旁有序站立。

真像拍外国电影，但是却比电影真实——废话，这是真实的生活。

几句开场白，美妙的歌声。清雅脱俗。通透明亮。歌声停止后，几句话后，集体合唱。我找出小册子，跟着一起唱。神父与一个黑袍白衣、一个红袍白衣男子在蜡烛前进行着某种仪式。黑袍白衣男子用一个点燃的香炉在空中划着弧线，顷刻之间，殿堂烟雾缭绕，幽香扑鼻。

一段唱辞后，众人单腿下跪，我也跟着下跪，但看到有人依然坐着，我便也坐了起来。外国的神，别乱跪，女儿膝下有黄金，腰下有姨妈，还是肉身舒适至上。

整个礼拜活动中一直在唱歌，讲话很少。我自然听不懂，但非常好听。

一个牧师站在侧台讲话，然后又是起立唱歌，四位拿着筐的老人家募捐。随喜。然后他们拿上前台。

在国内许多城市都有教堂，我也偶尔参与过教堂弥撒，但没有一次如此正式、如此隆重、如此本色。因为大姨妈，得以偶遇，所以，这是大姨妈的弥撒。

5月2日　悉尼大学

今天不能再睡了，再睡就睡傻了，更何况，在悉尼睡大觉，太奢侈了吧。更何况，明天就走了，此次一别，再次亲晤，却待何时？

临近晌午，出去闲逛。到歌剧院有点远，于是，便往相反的方向走去。大概是远离市中心，特别安静，但依然不失优雅，走着走着，看到一座欧式庄园，想来必有百年历史，那古朴厚重的气息已扑面而来。

“悉尼大学！”—— The University of Sydney. 走到大门口，这四个长长的英文单词一字排开，粘在栅栏上，使我兴奋起来：“城堡一样的大学！”还有啥说的，袖子一撸，逛之。

校园更加静雅，绿树成荫，花团锦簇，校园里的建筑有的像古城堡，有的像教堂，有的像庄园，就是不像教学楼。难怪，这样的校园，能培养出七位诺贝尔奖得主、八位澳大利亚总理以及百位法院院长，我若在这里留学，一定会成就我另外一个梦想：法官。

对着这一百多年的古老的院门，自拍了一张如风式经典笑容的照片，得留个全景，等了好一会儿，有个学生走过来，忙迎上去：“打扰一下，能帮我拍张照片吗？”

“你是中国人吧。”我说的是英文，他说的是中文。

“是！”

“北方人！”

“是！”

“有多北？”

“最北。”

“东北！老乡！”来自东北的强子一把握住我的手。

“呃，你是哈尔滨人？”

他的头点的像捣蒜。

你真不了解我，我跟东西南北的人都论得着老乡。

“学姐，你也在悉尼大学留学？”

想，你给我钱哪，“不是，来旅行。”

“噢，到悉尼大学旅行真特别。来，我给拍几张。”

如果留学，我一定会选择英国，修习英国文学，顺道研习德国哲学，还有奥地利戏剧。可是，等我自己赚够去欧洲留学的钱，四年昂贵的学习费用，学的全是不赚钱、甚至找不到赚钱工作的专业，我的世界要不把我弄疯，它自己就得疯。这是一个多么疯狂的世界，我自己赚的钱，还得安置好整个世界，才能去留学。还是拉倒吧，摆平人比摆平钱更难……旅行简单。

“学姐，你看看好看不？我看特别好看。”

“好看。你拍的能不好看吗？”

“人好看，怎么拍都好看。”

两个东北人在悉尼大学，放声大笑：“得，像说绕口令。”

“我带你转转。这是主楼，这是办公楼，这是教学楼……”

我十分感慨：“你真幸福！你们90后可以提前20年实现80后、70后的梦想。”

“你不也是90后吗？”

得，又换了个数字：“怎么可能，都快人到中年了。”

“怎么可能！”

每次我想真诚一把，不想让别人被眼睛蒙骗，就是这效果，这个游戏玩够了。

“姐最多八八年。”

得，换个话题。你认为我28也好，48也好，随你，反正不影响我的快乐。

“叫我如风就行，你是东道主啦，跟我说说悉尼有什么好玩的。最好说说黄金海岸，明天我就去那里了。”

“真的啊！”强子又一把拉住我的手：“缘分哪！”

女孩因为大姨妈折腾风一阵雨一阵的，男孩子怎么也这样啊：“我明天也去黄金海岸，我有个学哥毕业后留在那里工作，我去找他玩，一起吧！”

可行，两个中国留学生，一个在校，一个毕业，有故事。

“行！微信，电话，我只有中国号码啊，回国Call我，你要愿意花国际流量费，it's your freedom。”我张口说了句英文强调一下。

“哈哈，你可真逗，就这非要把自己往大里说。”

我那么不像一个中年人吗？不在家上养老、下养小，中间养公司，左边养关系，右边养孩子，却在家养梦想，出来养旅行，简直不像话，像画，应该挂客厅墙上，而不是圈在厨房和办公室。白活38年：沧桑呢，世故呢，狡黠呢，琐碎呢，哪儿去了……

"黄金海岸我还没去过，法学院课程太紧凑，毕业回国前得去一趟。"

"你是法学院的？"轮到我兴奋了："那是我曾经梦想的专业！"

"为什么曾经啊？"

"没本事考中国政法大学呀，上师范是绝大多数文科生的宿命。"

"哈哈，那就留学呗。"

恨得我咬牙切齿，"你们90后咬着宝玉落草，要啥有啥，我们得自己赚钱留学好不好，尤其一无所有的农村孩子，你觉得50岁以前还有可能吗？"

"有啊，嫁入豪门。"

"咦，你在国外留学也这么俗啊？"

强子呵呵一笑："不是我俗，你这么光鲜亮丽，有这个条件呀。"

我谢谢你，我是活成这样的好不好，我25岁——富豪最喜欢的年纪，完全没有现在漂亮、鲜活、快乐和有味道。

"我傻，我选择自我奋斗。这不，刚奋斗到澳洲来。"

站在一道咖啡色的古门前，强子说："那我就更佩服你了。我去取点东西，还有点事要办。黄金海岸见。"

"好。"我伸手打算跟他握手。

他把我的手一挡，给了一个国际范儿人拥抱："握什么手哇，弄得跟社会人似的。”

这孩子，我就是个社会人啊，死活把我当学姐，有学姨的称呼没？

“再见！黄金海岸见！”

5月3日　黄金海岸

本来是因为澳大利亚距离新西兰太近，顺道游一下，来的前一天看地图傻眼了，仅比中国小一圈儿，顺道游，那就是蜻蜓点水也点的很辛苦。应该反过来，主游澳洲，顺道游新西兰，但是已经拧巴了，怎么办？

这么大的国家，一次肯定游不完，除非在最好的季节，游完签证的三个月时间，才称得上蜻蜓点水。但根据周游中国的经验，国家太大，东西南北季节反差很大，即使是夏天，也会有像西藏一样的地方需要穿着军大衣，烧着牛粪炉。

不爱做计划、不看攻略的我傻眼了，我只知道墨尔本和悉尼。我的出版商得知我来新、澳旅行，极力推荐黄金海岸，说他上次去那里度假，如何如何美艳动人，如何如何心旷神怡。就冲这个名字，去。

飞到黄金海岸上空时，知道它为什么叫这个名字了：漫长的银河系般的金色的海岸线，横亘整座城市，金色的一边是碧蓝色的海水，一边是乳白色的沙滩，整个海岸洒满金粉，金灿灿的阳光下，那金色更加辉煌，金得耀眼，金得富贵。成群结队的海鸥飞来飞去，海水清浅透彻，海风轻摇树影，金色公主裙套满整片沙滩。

到机场后，查询去国际青年旅馆的巴士，竟然发现仅有十分钟路程，但到市区却有一个小时车程。机场旁边的旅馆，那得多荒凉啊，拖着皮箱走在空无一人的机场大道上，国土面积比新西兰大了几十倍，人没多呀，到处不见人，美景留给谁赏啊。

旅馆还不错，相当不错，这就是我住国际青旅的原因，每一家都完全不同，唯一相同的是那个标志。独自旅行，住连锁酒店，那是要发疯的，整月都是一个色彩，一个布局，推开门，闭着眼睛就知道床在哪儿，那还是回家算了。

旅馆有免费班车到附近一个小镇，既可以美食购物，又可以观海赏景。但要预约，出发和到达时间都是固定的。我放下行李，洗了澡，11点，准时出发。

乘客只有我一个人！司机就是前台女孩儿，她微笑着点点头。一个人，也要发车！车已经开了，我还在想这个弱智的问题。15分钟就到达小镇，她亲切地问我："选择几点回来？下午返程时间有两档，一是2点半，一是5点半。"我自然选择后者。她微笑着："祝你玩得开心。傍晚我就在这里接你。"

可是，小镇实在是太小了！十几分钟就逛完了。我也不打算购物，还要转两个国家，买得起，行李拿不起。于是，打包了海鲜沙拉、薯条到海边看海，时间是中午12点半。很快就吃完了午餐。散步，散步，还是散步。小睡了一下，睡醒了也才2点。没有网络，没有手机卡。

只能慢下来，无论是心灵还是身体，慢下来，静静地看人们与海的各种狂欢，情人间的约会，人与动物的和谐相处。吃薯片，掉了两片出来，引来一群海鸥，迅速抢了去。原来它吃薯片！于是喂海鸥就成了新节目，就像是喂孩子一样，虽然没喂过孩子。

5月3日　乐在当下

又撒了几片薯片，飞来更多的红嘴鸥，还有黑嘴、黑脚的，尽管没那么赏心悦目，也可勉强一观。于是，我坐镇龙庭，挥洒着薯片雨，更多的红嘴鸥飞来，抢夺着意外的美食。才扔出去，便不见踪影，瞬间被抢了个干干净净。

红嘴鸥们为了果腹，开始引起内讧、同室操戈，几只鸥开始互相啄掐，便不敢引起国际事端，于是，手一挥："去吧！"却有红嘴鸥以为又在撒食，张开美丽的翅膀，媚人地飞翔，却什么也没捞着。再挥手，便不再妄动，先看空中是否有物。哎哟，真是功利，没食物就不飞了。岂有此理。

我吃梨，红嘴鸥们看着、等着。好吧，梨核送给你们。它们却犹犹豫豫地啄了几下，不肯吃，不知是不喜欢，还是吃不动。免费的午餐，还要挑拣，这习惯可不太好。

起身散步，带着一臀细沙，竟有几只红嘴鸥不离不弃地跟着，痴等着天降美食，一只等得不耐烦了，还叫了起来，提醒我："别忘了，我还等着呢！"我大笑："我拿人民币买澳洲的食物喂澳洲的鸥是多么昂贵，你可不可以叼一条鱼给我吃？公平交易。”它们却不理我，一味叫着：“Chips, I want chips.”

只好拿出薯片，一只红嘴鸥悄悄地走来：小眼睛好尖呀。扔出去两片，又飞来一群。我走，鸥走；我坐，鸥看。看着看着就陆续飞了，只剩下七八只红嘴鸥静候。

红嘴鸥在沙滩上留下了长长的、伞形的脚印。

与鸟抢食儿抢累了，躺在沙滩上，躺得长长久久，睡个香糯绵软的觉，一睁开眼，白色的沙滩上，睡着几只海鸥，沙滩外面是蓝色的海洋，海洋尽头是天空。几只大海鸥从天空掠过，飞翔的样子极其性感，翅膀好神奇，只要轻展，上下煽动，便可飞天。摸摸自己的脊梁，只有筋骨皮肉，却是坚强的。

“我想要一双翅膀，像海鸥一样飞翔，徘徊在长长的、长长的金色的海岸线，从东到西，从西到东，飞过来，再飞过去。就只是飞呀、飞呀。”一个粘牙。

两个拿滑板的人走进视线，两个散步的人走进眼帘，一个跑步的人跑入瞳孔，还有一个人在逗狗玩儿，有人拿着冲浪板，从海里冒出来，一忽儿又消失在浪里。

不远处，七八只海鸥围着我睡。有的跷着二郎腿，有的金鸡独立，有的半眯着眼睛，有的干脆闭上，有的轻轻地叫着，有的卧在沙上：“吾与汝孰白？”有的脸颊贴在沙子上：“吾与汝孰美？”

沿着蜿蜒的海岸线找鞋子，沙滩洁白细腻，鞋是多余的，不知道扔在哪儿了。遇到三个澳大利亚男孩在玩飞盘。“Hi, girl, you want join us？”

竟然叫我“女孩”，本王不做女孩已经多年，原谅你们眼拙：“当然，为什么不呢？”

可是我的飞盘技术，亚根儿就没飞过，谈不上任何技术，一顿乱飞，飞到对方实在无语，我实在窘迫，还是踏浪吧。

沙很细，水很清，海水很温暖。把双脚埋入沙中，细腻光滑柔软，像婴儿的脸，用脚蹭啊蹭啊，任海水蔓延过双腿，然后回流，带走脚下的沙，深陷、深陷，深陷在南太平洋里。

天很蓝，风很凉，浪花一朵朵、一排排，一浪接过一浪，呼啸着来了，呼啸着又走了，只有在它喘息的瞬间，才安宁一会儿。

就这片海，我愣是能玩儿了一个下午。

5点，马上飞到车站，这边的人太守时，晚一分钟都不等。我到车站时，还有一个白人女孩在等。“嗨！”彼此打了招呼，一起等。

车子准时来，上了车，前台女孩挨个问我们：“今天玩得怎么样？”

那可是相当怎么样，换个人就得发疯，也就是我，一个人玩习惯了，跟海鸥也能玩，跟飞盘也能玩。

“很棒！非常棒！”

突然发觉中西方人的区别，中国人喜欢抱怨，西方人总是说好，不好也好。这要是自己人，我一定会说：“天哪！这也好意思叫小镇！啥都没有！一个下午啥都没干……”话又说回来，若是在中国，我能把自己扔在这里，一个下午啥都不干？不能，舍不得，也做不到。

行，一个特立独行的黄金海岸的下午。

5月4日　法学院留学生

“如风，你在哪儿？”悉尼大学偶遇的法学院留学生强子微信我。

“我哪知道我在哪儿？这个鸟——也只有鸟拉屎的地方。”

他哈哈大笑：“地址。”

我发个位置给他，“告诉我，我在哪儿？”

“哎哟，离市区真够远的。等着，我来找你。”

“快来拯救我吧。再这么憋着，如风成如疯了。”

“哈哈……”

直到两个小时之后，我才当面听到他的笑声。

“这么远！”我们同时叫道。

“你怎么住这么远啊？”

“谁知道啊，这家青旅评价挺高的。”

强子随我参观了一下，“旅馆不错，只是，进个城可费劲了。”

“不来不知道，一来吓一跳。在飞机上大致明白了黄金海岸的狭长地形，这跟尼泊尔很像，小国不大，从东到西可得费点劲。”

我们坐了一个多小时的车才到市区，“你说，在国内，一张公交车票二三十块，会有人造反吗？”强子问。

“不会。”

“为什么？”我哈哈笑着，“国内的房价比公交车票离谱万倍，大家不也过得好好的。”

“也是。”

“一会儿干吗？”

“先吃饭。然后去‘冲浪者天堂’冲浪，黄金海岸可是南半球的迈阿密。”

“功课做得挺足的。”

“那是。”

“得，跟您混了，安全回宫就行。”

“领旨！”

“哟，难怪你要亲自去接，哪儿淘一美女？”强子的师哥打趣他。

他没接茬，我先反抗：“把脸放下，叫我如风，咱是高素质的人，不看外表。”

他笑着为我们推开麦当劳的门：“有个性。”

在澳洲吃美国快餐，真当迈阿密了。这才叫有个性，我就是不好意思说。

吃完后，步行到海滩，天有些阴，灰色的云山一样地笼罩在天空上，使得海有些灰蓝，但那漫长的海岸线若是在阳光灿烂时，一定金黄耀眼。

“我们冲浪吧。”许多外国人在水里冲浪。一阵海风吹来，我瑟缩着，“我看你们冲浪。”寒冷消解了我的好心情。

时近黄昏，风平浪未静，“真是无风也起浪的地方。”我对着大海说。

“是啊，这里的海岸线长达 75 公里，各种世界顶级冲浪赛也在这里举办。”强子的师哥说。

强子说：“你别只看呀，我给你拍几张照片吧。”盛情难却，我脱去外套，搁在沙滩上，把手机给他。

风不大，浪很大，光着脚走在沙滩上，踏着清冷的海水，感觉更冷。

他给我抓拍了几张，我没看上，出版社看上了，被用做《特立独行》的封面照片，说放在办公桌上，老总们心情很好。我怎么没看出来：天不够晴，晚霞不够艳，海水不够蓝，头发不够飘，背不够直，人不够美。

阴雨黄昏中的黄金海岸，云压得很低，巨石一般搁在海平面上，但掩饰不住漫长无际的海岸线。

这使得我晚上回旅馆都很晚了，推开房门，一位奶奶在上铺探头往外瞧，我惊了一下："噢，对不起。"

"没关系。我睡得很少。"

"您……住这里……"见过花甲背包客，没见过古稀背包客，指不定是耄耋……我惊奇着，这乌黑奶奶肯定连包也背不动，这上铺是怎么爬上去的。

"呃，我就住在附近，房子卖了，临时住一下。"

"噢……"我一边拿洗漱包一边奇异外国人行事古怪，这么大年纪，为什么不住孩子家？外国不是福利好吗？黄金海岸房子不是很贵吗？卖了房子得多有钱啊，干吗不住宾馆？外国人也不把钱留给孩子呀……

时间太晚，还是不八卦了，更何况，我俩的听力都不很好，她是生理性的，我是技术性的。早知道有一天我会周游世界，大学不干别的，也得把英语口语考到八级。一边刷牙，一边刷自己："拉倒吧，你对折也没考到，一天到晚忙学生会那点破事儿，文学名著你读过几本？屈指可数……"

我发誓：回国，学英语口语。又发一次誓。

5月5日　回家

突然有一种解脱的感觉！再也不用操心吃啥、住哪儿、玩啥，怎么出门坐车，从机场到旅馆怎么坐车，总之，一天中所有的事情都要明明白白，还要说英文，累了。

细枝末节都要关注，细节往往决定一天的平安与快乐，甚至能否赶上飞机。就这么着，我还经常错过飞机呢。所有的订票系统也是全英文的，说英文跟吃汉堡一样，到极限了。

终于要回家了！

但还是不乖，网上查询了一下，澳洲签证经新加坡回国可以免签入境96小时。四天，足以在花园之城逍遥自在，从大洋洲过渡回亚洲，从冬季过渡回夏季。于是就从黄金海岸飞新加坡。

我身旁坐了一个神仙姐姐，我对她很好奇，她有一种超脱的气韵，安然的淡定，华人的五官，我猜她是新加坡人。一问果然。浓郁的新加坡味儿的普通话，她话不多，问一句答一句，我话多呀，足以说满整个行程，如果我不睡觉的话。不睡觉哪可能呀，七个半小时呢，我睡，她也睡，睡饱了，立即就聊。

"您到黄金海岸，旅行？"

"回家。"

"啊？"

"我定居黄金海岸了。新加坡太小了。"

"那倒是。可是黄金海岸空旷成那样，您习惯吗？"

"一开始不，慢慢就好了。"

"噢。那您的工作？"

"我已经退休了。"

她说得很淡定，我被点燃了："啊！您那么年轻！"

"有嘛……我都快五十了。"

我瞧瞧她，看上去没比我大几岁呀，而我已经比实际年龄年轻很多了。这个秘方，我得找到。

“可是，没有啊……您看上去不过三十几岁。”

她淡然一笑，应该已经习惯了这种惊讶，就像我也习惯别人把我猜小十岁一样。“退休了。”

“那您在黄金海岸做什么呢？”

“不做什么。享受生活。”

“噢！您的孩子……”

“我不想结婚。”她轻描淡写地说。

尽管英雄所见略同，我还是得代表中方传统观念八卦一下，“那您的父母，同意吗？”

“他们很民主。只要我开心。但是，我一个人很开心，一直开心。”

噢！就是因为开心，所以养心，所以，她显得那样年轻。

既然五十岁，我就可以谈点更多的东西，“您……肯定知道，李光耀总理刚刚逝世……”

“是……我哭了……我们都哭了。”

“噢，很抱歉。”

“没事，整个世界都知道了。”

“是的，尽管我一直在外旅行，都听说了。他很棒！”

“是，没有他，就没有新加坡。”

“我很好奇，这么小的国家，这么少的人，他是如何做到的？”

“他，就像一个严厉的大家长，他把我们每个人的力量都激发出来了。马来西亚不要我们了，我们必须自己寻找出路，国家小，只有靠人！”

“是，但看什么样的人。”

“要看什么样的制度。那时候，我刚刚出生，很小的时候，新加坡人的集体生存危机感异常强烈，大人们都是一个顶仨，我们长大后，也一样，靠勤奋在逆境中求生存。”

才五十岁就能完全退休，在黄金海岸买房子，安度所谓的“晚年”，这得多勤奋，积累了多少财富，还要多淡泊名利。我也想，我舔舔嘴唇，不用说别的，管你有钱没钱，五十岁退休，一准儿被亲友骂到重操旧业。

拉倒吧，五十岁能赚到出国买房就此享受生活的钱……我还是拼搏奋斗吧，人生能有几回搏，此时不搏何时搏？看着神仙姐姐超然物外的气质，又舔了舔嘴唇，举手按了服务铃。

“您好！请问您需要什么？”空姐花一样的出现在我面前，绽开花一样的微笑。

“酒。”

“请问您需要什么酒？”

“什么酒最烈？”

“威士忌。”

“两杯，谢谢。”

“好的，请稍等。”

我需要醉生梦死，才能平复这个差距。这纯粹是吃饱了撑的……

分别前，神仙姐姐留了手机号码给我，我没敢打给她，怕受不了刺激。

美美地在新加坡吃了三天，见天儿吃海南鸡饭、肉骨茶，晚上去看滨海公园的灯光秀，走《阿凡达》似的灯光天桥，遥望这座神奇的城市之国，阿凡达般的奇幻与美妙。

第四天，飞回深圳。

回家喽！

整整离家一个半月，在舷窗内俯瞰整个香港和深圳，遥想：“下次试试旅行一年半，会是什么样啊？”捶了自己一拳：“这是什么孩子！还没回家呢，又想离家，有本事你出家呀。”

圣洁的阿里

灵魂与心神的洗礼

（2014）

世界屋脊的世界屋脊

去阿里，是一个梦想。

是酷爱旅行、喜爱西藏的人的集体梦想。

它特别像真实的梦想，需要实现的条件，与其一样高远艰深。

越来越多的人都去过西藏，这些人的大部分人只是到过拉萨，只有极少数人才能够去阿里。

第一，高度：平均海拔 4500 米。

阿里是世界屋脊中的世界屋脊，其高度在整个西藏，甚至世界首屈一指，被西方医学界称为生命禁区。恐高的人，不敢去；有高原反应的人，不能去；体格不强壮的人，不敢去；年纪大的人，不去；没钱的人、没假期的人，想去去不了。

阿里大北线是世界上最高的旅游线路。

第二，远度。

西藏距离中原大地及东部沿海城市已是最远，阿里是西藏最远之地。从拉萨到阿里，南道，1100 多公里；北道，1700 多公里；必须开越野车进入，少则一周，多则十日。要挑战世界最高的旅游线路——阿里大北线，需要十三天。

2010 年才有飞机，从拉萨到阿里，需要两个半小时，价格比从北京飞纽约还贵一大截。钱是小事，大事是，直飞，没有一个不断上升的高原适应过程，很容易发生高原反应。

第三，难度。

吃：一路上，不是川菜就是藏餐，不是西北的面就是牦牛、羊肉，而且越来越贵、越来越难吃。

住：除了入住日喀则的第一夜可以洗个温馨的热水澡外，整个旅程极少有带浴室的旅馆。冈仁波齐山脚下的旅馆倒是有公共浴室，但在室外，不仅极其简陋，而且天寒地冻，不敢洗。

行：每一天，都要经历一年四季。每一天，体力都会消耗到极致。每天十几个小时的行程，每一天，地势不断上升，气候不断变冷，正午却十分燥热难耐，天天急行军。

另外，需要边防证。

如果到达塔钦后，你要转山，高度、远度、难度，各增加十倍。

这不是一个让人舒服的梦想。如果你实现了，你就知道梦想之外，几无梦想。

只有实现了，你才知道，梦想成真究竟意味着什么。

我在年轻力壮时，在拉萨生活过一年，并开过民宿，都没敢轻易去阿里。听过许多游人差点命丧阿里的故事，迎接过许多从阿里旅行归来的人，像迎接英雄凯旋一样。我终究未敢挑战。

八年之后，我挑战阿里。

挑战的结果是：我这一生，70 岁之前，随时可到阿里，只要我想。

因为，我来过，攀登过，转山过，九死一生过。在旅行的世界里，不再有极限和挑战。

8 月 1 日　阿里的承诺

人的梦想千差万别，实现的难度及远度也千差万别，K 的梦想是骑行川藏线。为此，他的付出也令人感叹。

K 是富豪家长子，拥有收入不菲的家族企业，父亲等着他接班，他在积聚条件骑行川藏线。欣闻有人把骑行川藏线列为四大俗，是因为近年太多人骑行过川藏线，它不再神秘诱人艰难。我不这么认为，再难，骑行川藏线，也不过一个月，但是，你可能需要准备一年，甚至十几年。

我看重的是这个准备。

K 要准备的其一便是体力。

他天生柔弱，6 岁时一场脑炎差点死去，之后不断生病，中学时又生一场大病与死神擦肩而过。这样的身体想骑行川藏线，可想而知。他遍游天下名山，溯溪徒步，丛林探险，历练体魄。

许多俗人羡慕富二代，他们生来拥有一切。未必。那是物质上的一切，但生命的生老病死、意外苦难，他一样要经历，他经历的这些病魔的挑战于我就是十分稀奇的。我生来一无所有，也一样没有多愁多病之身，若非外公去世我哭肿了扁桃体，必须手术休养，到中学，我都不知点滴为何物。

K 要准备的其二便是自由。

事业：他极早与父母交涉，他对管理企业毫无兴趣，厌恶各种订单、会议、设备，喜欢自由自在的生活，远离父亲事业，概不插手。

爱情：初恋是个传统的小女人，希望与他在家过相夫教子、妻贤子孝的生活，但他的心在远方，惧怕无边无际的家事束缚，多年磨合，商谈无果，他选择分手，初恋整整哭了三个月。

距离：他是徽商后代，为了梦想，来到重庆工作，一是距离梦想起点近，二是他要自己赚取实现梦想的钱。

于是，他成了我的重庆分公司的员工，底薪一千八，住在公司宿舍，独自负责万州市场。

他太优秀，由不得我不关注他，不到半年，他便握紧整个万州市场的命脉，将相关政府职能部门的关系牢牢牵制着。半年，就完成了全年任务的八成。之后，我才知道这是徽商本色，做生意、做人面面俱到，滴水不漏。

遇到一个重大项目，我到万州，带他一起拜访某集团总裁，也是当地最大的家族企业。女总裁对其工作能力及为人大加赞赏，只是集团公司一直在用一家同行企业的产品，之前，我们没有来。

是的，既然我们来了，就没有它的余地了。

两个致力于拿下梦想的人，拿下一个项目，算什么难事？

我们坐在长江边喝茶，嗑着瓜子儿，一定要吐到地上，才觉得痛快。就没有见过这样的女总裁，不好酒局，不好宴请，庆功宴摆在长江边上，赏景、赏江、赏月。

“想吃什么，你尽管叫，我有美景就够了。”这是长江，三峡腹地，一个东北人，能把生意做到这里，已胜过世间所有美食。

尽管我不用斜看，就知他惊奇地瞧了我一眼，立即知道了这个总裁，爱好与思想皆特立独行。

于是他提出了一个特立独行的要求：“孙总，如果我再拿下两个项目，我可否有个请求。”

“自然。”

“半个月假期。”

“噢，为何？”

“我要去完成我的梦想。”

这回我要看他了，而且仔细地看。

你的梦想，半个月就能完成！我的梦想，可能需要半生。这简直幸福的梦想！

我等着他说下文。

“我要骑行川藏线，十一黄金周连着半个月假期，21 天应该够了。”

我瞧瞧他再瞧瞧长江，缓慢地说：“去西藏，十一，时间太晚了，而且人多。骑行最怕过多负重，十一时的川藏线，你需要备最厚的冲锋衣裤，还有抓绒衣，不利于骑行。”他浑身放着光，照亮了长江，惊奇地说：“孙总，您这么了解西藏？了解旅行？”

我对着长江笑笑：“皮毛而已，在西藏开过民宿，像你这么大时。”

K 呵呵一笑："您没比我大几岁吧，万总私下里还跟我说：'你们老总怎么这么年轻，这么漂亮，一点不像老总。'"

我轻轻挥挥手，"难怪客户们都对你赞赏有加，夸人也借他人之口。不过，不必了，我不喜欢这些俗话，久了你就知道了。她说对了一点，我是不像老总，因为我不想做老总，只想做真实的自己，拥抱自己的梦想。"

"您的梦想是……"

"太高远了……高深莫测到我根本不知是否有力量实现，我能做的就是为梦想积聚所能的一切条件。还是你幸福。"

于是他告诉我上面那些话。为了他的梦想，他才来到重庆。

两个为了梦想而工作的人，在长江边上畅谈梦想。

然后我大笔一挥："我给你一个月的时间。明年 7 月，是骑行川藏线最舒服的季节。"

"真的？"

"条件是：明年上半年，完成全年任务。有了今年的根基，我想你能做到。"

"我能！"

他真的做到了。并超额完成。

一个执着于梦想的人，也许未必有机缘、有运气实现梦想，至少可以实现实现梦想的所有条件，向梦想出发。

对心有梦想之人来说，让梦想胎死腹中、庸碌无为一生，比披荆斩棘，无法梦想更恐怖。

为梦想而活的人，活的就是那个为梦想积聚拼搏的整个过程。

这就是人生。

没有梦想的人生，不过是一场战争中的士卒，死伤无所谓，既不影响整个战局，也不可能改变历史。只有敢于追逐梦想的人才能成为人生战场上的一代名将，既不可替代，又流芳百世，真正无愧此生。

我们实现了彼此的承诺。

今年 7 月初，他向着梦想出发。

届时，我已人在深圳，组建深圳分公司。我关注着他每一天的骑行，隔三岔五，晚上便发微信询问安危。只要两个字即可：安全。

K 向西藏的进军，勾起我对西藏的思念之情。离开拉萨已经六年。当年离开时，信誓旦旦，还会再去，至今未归。

K 到林芝后，距离拉萨近了，且已穿越途中所有的挑战与危险。便多聊了几句，“到拉萨后，你定要好好休养几天，转转拉萨附近的纳木错和羊卓雍措，记得坐车，别再骑行了。你都骑了 20 天了。”

他呵呵笑着：“知道。谢谢。我想去阿里。”

“阿里！那可是世界屋脊的世界屋脊，你确定你在骑行川藏线后，还有力量去阿里？”

“目前觉得还行，您知道，力量是愈用愈强的，许多挑战不挑战便不知道自己有多强大。”

“是！你说得对。我也有同感。你确定去阿里吗？”

“确定。我还想转山。”

“转山！冈仁波齐？！”

“是。据说马年转山，1 圈儿相当于 13 圈儿，挑战，自赎。”

“啊……一起去阿里吧，一起转山。” k 的壮志凌云激发了我。

“您？”

“以朋友的身份，不，是行者的身份，在路上，叫名字就好。”

“你确定去阿里吗？”

“确定！”

“你确定去转山吗？”

“待定……我对此一无所知，至少我可以陪你到冈仁波齐山脚下，等你转山。”

“一言为定！拉萨见！”

“一言为定！我在拉萨等你！”

8 月 2 日　转山准备

我不轻易承诺，承诺必兑现。搜索了一下去阿里的南线和北线，我的天哪，这个承诺有点难；再一查转山和冈仁波齐的相关资料，我的天神哪，这几乎是不可能完成的承诺。

怎么就一时气盛，说出口了呢？怎么办？还能怎么办？去健身房。

平时游泳半小时，此时游泳一个小时，外带器械训练半小时，动感单车半小时。

动感单车是我最讨厌的项目，房间又小又闷，汗水飞扬，才骑十分钟，我就想下来，K是怎么骑行了二十多天？一边擦汗，一边嘲笑自己弱智：人家可是在风景如画、山水绝美的川藏线。

原本每天到健身房一个小时，现在小半天都泡在这里。健身房都搞不定，怎么搞定冈仁波齐？

56公里，起点就是海拔4675米：沙石土路、沙砾石路、碎石路、沼泽和没有路的路，两天转完，这是跟生命开玩笑。若有红酒、羊排、巧克力，外带中医按摩师，一个星期能转完就不错了。

那是不要钱要命的地方，海拔6000米的卓玛拉山口，除了葡萄糖和氧气瓶，直升机都上不去吧，除了自己连滚带爬……

太可怕了，我还是到山脚下看看就行。

只要到阿里，就算信守承诺。

一边健身，一边查询阿里及转山相关资料，越查越感慨：承诺易，实践难。承诺只需上下嘴唇一碰，意气用事；实践却需要太多行动、条件外加时间。

我必须提前一周安排好所有公司事务，以及未来半月内可能发生的要事。

是时，却发生一件大事：重庆分公司总经理叛变、倒戈，带着资源和项目投奔竞争对手，公司乱作一团。三日内，少吃少睡，平整好所有人事，躺在老板椅上，又想起那个承诺。

问自己：要不要去阿里？

去，为什么不去？

立即一跃而起，带自己去吃了顿台塑牛排，向健身房散步而去。刚好可以散心，虽然去阿里有点像揪心——世界最高旅行线路，不是玩的，但只要离开公司乱事，心就是安宁的。

云上飘几日，远离人间，又当若何？

钻进健身房，举起杠铃：敢独闯世界，执掌人生，追逐梦想，还不敢转山？

总觉得准备不充分，若是早计划，早泡健身房，就连珠穆朗玛峰也敢攀登。不过半月时间，又是加紧健身，又是处理“政变”，又是安排工作，实在……

怕什么，再高的山，也不过是一座山，难道比读人心更可怕？

把杠铃一放，走进更衣室，换上比基尼，“扑通”一声跳入深水池。

人世间许多事就像学游泳，一个东北的旱鸭子，咬紧牙关，把自己扔进水池，愣是在江南扑腾会了。想不想做，做不做得到，全在自己。成功的人永远向前，失败的人才去找各种借口。

什么都没准备，人就呱呱落地，就要被迫学习如何活着，如何活得有意义，乃至活出这个意义。不去追问意义的人也要无意义地活一世，一样不容易。

已经游了三个来回，到游泳池的一头后，掉头，踹了墙壁一脚，继续游。

我们一出生，就是在转山——转人生这座山，谁装备齐全了？谁会转人生这座山？ 世界首富之子，一出生就会守住财富？皇帝嫡长子，一出生就会守住江山？释迦牟尼之子，一出生就能成为宗教之神？

谁一出生就懂得如何让自己乃至他人健康、幸福、快乐？

一无所知，才要去知；一无所有，才要拥有；一无所长，才要成长。

这就是转人生之山的意义。

不转山，不知何为转山。

不转山，不知自己是否能转山。

不转山，不知自己潜力究竟多大。

冈仁波齐这座山，转不转得出来，不过两天就能确定。

人生这座山，转不转得出来，暮年才能尘埃落定；能不能转出精彩，到死才能盖棺定论。

一头钻出水面，深深地呼吸着，瞄着墙上的钟表：一个半小时。

跃出水池，跳上台阶，散落一身水珠，走在花雨中：是时候了，出发！

8 月 20 日　出发

一走出拉萨机场，便被冷风吹得立起衣领，看雨洗过的天空，刚刚下过雨。在西藏的城市里，盛夏时分，即使不遇雨成冬，也会入秋。

打车到宾馆。独自旅行那么多年，唯一一次给自己订四星级宾馆，是因为阿里之高之难，我要让自己休息好，青年旅馆是不能住的，谁知道会碰到哪个呼噜打得像雷一样的将军，睡觉跟打仗一样。

宾馆非常漂亮，有罕见的博物馆，陈列着西藏罕见的酒具、茶具及装饰品，晚上还有藏式古老乐器演奏，十分赏心悦目。

因为是第二次到西藏，我便太自信了，进房间，打开暖空调，洗澡、洗头发。然后，躺在房间休息。

按捺了又按捺，终于不抵天性，穿上最厚的冲锋衣到布达拉宫广场看夜景。这是曾经令我心醉神迷的地方，每一次抵达，都有不同的感受和发现，每一次离开，都仿佛永别。

遥看了一会儿，便驱车回宾馆。

8 月 21 日　重疾

醒来，睁开眼，却觉得有些困难，头痛昏重：坏了，感冒！我要起身，竟然支撑不起自己：重感冒！真是坏透了。几年都难得一次重感冒，竟然在拉萨遇上了，这不是闹着玩的。

一定是昨天洗澡的缘故。我知道初到拉萨，三天内不洗澡的惯例，虑及在此生活过，经验丰富。这恼人的太自信，有时竟然带来这么大麻烦！

用双手撑住身体下床，洗漱了，赶紧电话前台，送感冒药上来。

“都是西药吗？”我用沙哑的嗓子问。

“是的。”

“西药不能空腹吃，能麻烦你搀扶我一下，到餐厅去喝碗粥。”

“当然可以！不过，您最好去医院打点滴，再不济，就吸氧。这是拉萨，您不能等闲视之。”

我虚弱地说：“我了解拉萨，也了解自己，不妨事。”

我举着那个盒子，“不消一盒，我就好了。”

饭后，赶紧吃了药，回房间睡觉，又要了一床被子，一个毛毯，把自己包围起来。

直睡到月上柳梢头，饭约黄昏后，才醒来。被子里被汗水浸湿了。打电话叫了蔬菜鸡蛋面到房间，吃下觉得好了一半。

K半个小时之前就微信我：什么时候出发？

我用语音回复：“昨天下午到拉萨，拉萨下雨。”

“噢，这么快。我还要三天。记得多穿点，西藏遇雨成冬，别感冒。”

“晚了。已经感冒了。”

“啊！难怪我听你的声音不对，又不好问。那你……还不去医院。”

“没事。”

“这不是闹着玩的，小心变成……”

“肺水肿是吧。我是谁呀？我可是女超人，钢铁侠，这点小病不算啥。”

“听你的声音，是重感冒。以往，我要是得了重感冒，得一个月才能好。”

“我不是你，你可能想象不到，我几年也不得一次，得了，不出四粒药就好，还是十块钱以下的药。”

“噢！如果我是你的话，会去攀登珠穆朗玛。”

“我在攀呀，我在攀登人生的珠穆朗玛。”

K 哈哈大笑：“多少客户都说你特别，总算知道了，你确实与其他，不，所有的老总都不同。”

“嗯，必须不同，道不同不相为谋。”

“可是……”

“将来你会知道的，我的梦想是什么。”

“嗯！”

“不提与工作有关的事情了。工作，全力以赴；旅行，全然享受——疯狂工作，疯狂旅行。”

“英雄所见略同。”

究竟是高原，真是不得了，一个小感冒，说这几句话竟然气喘，这可是从来没有的事情。

“快点休息吧。”

好，烧了热水，喝了三大杯，倒头便睡。

8 月 22 日　又见拉萨

许多人迷信，此次出发前，又是手下“政变”，又是几年不遇的重感冒，会觉得不吉利，不适宜去阿里。于我，却不信这些，承诺了，就必须遵守。我不忆过去，不想将来，只管当下。

疾病最怕的不是各种形色的药片和医生的手术刀，而是强大的意志力。这不，今晨一觉醒来，便觉已好七成。

洗漱好，到餐厅用早餐。

四川厨师笑呵呵地一边说，一边动手煎蛋："单面煎，两个。"我微笑着点头："谢谢。"然后去选酥油茶和藏式点心，坐下来，吃一份漫长的早餐，又病又冷，只得在宾馆里消磨时间。

用餐时，看到一个美女妈妈，带着女儿吃饭，女儿不过五岁，却让女儿坐在桌对面独自用餐，女儿时不时地跟妈妈说句话。

早餐后，回房间休息，时至正午，我觉得应该出去逛逛，更利于恢复。先到八角街转转，到雪域餐厅吃份丰盛的尼泊尔餐。

拉萨，已经不是从前的拉萨。

古朴的味道已淡漠，大昭寺对面琳琅满目的八角街不见了，取而代之的是八廓街商城。雪域餐厅也变了，还是原来的位置，但盖起了二层小楼，二楼楼顶处还放了一个豪华的小喷泉。曾经，它只是一个小屋子，却充满着浓郁的藏族味道，藏餐和尼餐都很赏心悦目。

一入门，还是被豪华惊了一下，想想它的地理位置和餐食质量，以及众多的行者、驴友们的光顾与口口相传，从茅屋变别墅也不奇怪。

坐在二楼窗边的位置，一边吃一边打量着曾经的这里。回忆着已不是这里的这里。

服务员还是原生态的，还是那么简单开心，一边干活一边唱歌，一会儿藏族歌，一会儿汉族歌，一会儿开怀大笑。某个女孩子突然来了一句："想你的夜！"然后没了下文。但真是好听，那嗓音真是中国好声音。

一定要来块酸奶蛋糕，仍然一如当年，酸甜白嫩的酸奶，与酥嫩鲜香的蛋糕，紧密结合出不一样的特别味道。

想当年，我常常为了半价的酸奶蛋糕，晚上9点骑车来雪域餐厅，蛋糕经常会售光，但只要有，一天都很圆满。我会把天南海北的客人介绍过来或亲自带过来，吃到的人也觉得与众不同。

时光荏苒，倏忽间，已经七年，拉萨已经变了，雪域餐厅也变了，我也变了，那里变了吗?

那就去看看吧，看看它的变与不变。

8月24日 偶遇《七十七天》女主角

当车子经过拉萨河边时，心弦被拨动了三两根，那是我曾经在西藏生活过的地方，是我曾经开客栈的地方，我的拉萨传奇，它还在吗？七年之后，是否一切依旧?

这里，依然有许多客栈。每一个客栈都是一个故事，每一个客栈主人都是一个传奇，我曾经是其中的一个。

西藏，本身就是一个传奇，是一个只要深入其中，就会浸染传奇的地方。

传奇之人聚集此处，制造新的传奇。

不管你找不找传奇，只要你够传奇，传奇就会找你。

每个人都是传奇，至少都有传奇之处。

在仙足岛随性漫步，经过一道门，看到一个坐着轮椅的女子，正在往头上戴魔术巾。一股强大的气场吸引着我，使不由自主地走进去。

“嗨！”她转过轮椅，笑着，笑容中散发着无尽的故事、莫名的沧桑与惊人的超脱，这一定是个传奇，没准儿是一部电影，至少是部纪录片，纪录人与命运之间的搏击。

她并不很漂亮，但十分有力量，气场非常强大，即使漂亮的模特儿站在一旁，也不会吞噬她的光芒，那是仅有漂亮的女人永远没有的内在的力量。

“你是这家客栈的老板？”

她笑着，两腮酒窝儿深陷，黝黑的面庞显示她必在拉萨久居：

“是啊。”

“噢，我可以看下房间吗？”

“当然可以啊。对不起，我不方便，你想看自己上楼。”

我笑着：“不管你方不方便，我都要自己亲自上楼。”

这是二栋小楼打通的客栈，中间的墙拆掉了，院落很大，种满了格桑花，有太阳伞、藤桌椅、小秋千，这些适合拉萨气质的物品，如果不出现在家庭客栈，是一大缺憾。大厅里有一个巨大的茶盘，茶盘上摆满了茶具和茶杯。

像模像样看了下房间，醉翁之意不在房间，在人。

故意赖着不走，讨茶喝。

“喝什么茶？”她问。

“什么茶都行。”目的也不是喝茶。

“我叫蓝天。”

“我叫如风。”

“好名字。”我四处打量着大厅，这里接待过天南海北的行人，“故地重游，不一样了，我曾经像你一样开过客栈，七年前。”

“那是前辈喽，请用茶。”

我爽朗地大笑：“岂敢。谢茶。”

“如果你不介意的话，能问问你的腿……”

“噢，”蓝天轻描淡写地说：“几年前，我与朋友们去墨脱徒步，夜晚在客栈二楼的阳台上仰望星空，贪恋月色，栏杆断了……腰椎以下都失去知觉。我用了好几年的时间接受这个现实，恢复生活自理能力。原本很简单的几乎被我们忽略的事情变得艰难而需要技巧，比如上厕所、洗澡……”

“啊！噢……”旅行原来真的充满危险，而且是意想不到的危险，仅仅是二楼，仅仅是看月色，我是一个从不考虑后果的人，我敢在楼顶上放风筝，在山顶上望月，从没考思过脚下的危险。

“你要住多久？9 月份，北京的一个剧组来拍电视剧，已经定下了所有的房间。”

“我不确定，此次专为阿里而来，其他，随遇而安。对了，你去过阿里吗？”

蓝天豁达地笑着：“哎呀，就是没去过阿里！所以，想做的尽快去做，谁知道，命运会带给我们什么？意外来临之后，所有的精力都用来对付意外了，已经忘记曾经的誓言。”

“是啊……”

墙壁上挂了几幅字画：“我最喜欢那一幅，莫名的喜欢，有毕加索之风。”

蓝天依然笑着：“那是我一个中央美院的朋友画的。这边这一幅，是我一个朋友半夜失眠时所写，哈哈哈。”

蓝天收到一个微信，她打开那个视频，和我们一起看，一段震撼人心的短片。“这是中国首部户外 3D 片：《七十七天》，主角是我的朋友杨柳松，他用 77 天的时间穿越羌塘无人区。”

漫天漫地的黄沙，无边无际的荒漠，随时可遇的野狼，难以承受的饥渴…… “这就是杨柳松……那里有他的书《北方的空地》。”

我到书架上抽出那本书，翻开序，“序是你写的？”她说就是她写的，她写的就是她做到的。与我一样。

蓝天呵呵笑着：“是，非要我写，我哪里会写作？只会画画。”

“很好，绝对真实。”

“这次，电影要以我做女主角，江一燕还要来和我生活一段时间，学习做一个残疾人。”

放下书，看着她，若有所思：做人，需要学习；做残疾人，也要学习；做一个成功的人，更需要学习。什么不需要学？做一个自由自在的人，不，真正的灵魂上的大自由，大自在，学得更多……

“蓝天，大多数人，不愿意生活在悲伤之地，你为什么还留在西藏？”

蓝天淡淡地：“西藏自由，你们不懂，作为残疾人，在城市里，到哪儿都受到莫名的、异样的关注，偶尔有些许歧视。只有在这里，大家不管你能不能用腿走路。”

“你后悔吗？那个夜晚，去了墨脱？”

“后悔无用。尽可能让自己活得自由吧。自由并非不能用腿走路，而是不能用心去生活。”

“说得好，以茶代酒，敬你！”两只杯子轻轻触碰，“多少健全人，心灵是残疾的。你会带给他们力量。”

蓝天又笑起来：“导演也是那么说。我没做什么，不过是在生命出现意外之后，一样好好地活。”

我们又干一杯：“为了活着！”

“为了活着，得吃饭哪，”我点了一下手机，“哟，1点了，走，门口，我请你吃饭。”

我站起来，就要去推轮椅，还没等我摸到把手，蓝天已经把它转了个儿，朝向门边，淡定地说:“我自己走。”

我立即意识到了什么，“对不起……一起走吧。”

蓝天点了拉条子，我点了份藏式凉皮，陪她吃。

“冬天淡季时，你还在这儿吗？可有点冷。”

“冬天我回深圳。”

“噢！我也在深圳，你回来，我接你。到地王大厦，请你吃早茶。”

“到时候电话，很多朋友要请我。”

“一言为定。”

边说边聊，一个人走进饭馆儿，“蓝天，你在这里？”

“噢，你，嗨。吃完饭啊。”我一看他们有事，便起身结账告辞：“认识你很高兴。”也很意外。

一出门，便是拉萨河，顺着河边散步：意外是中性词，有些意外是惊喜，有些意外是伤害。可是，是谁，决定突如其来的意外是天降美食，还是飞来横祸？

走着走着，看到布达拉宫的一角，是你吗？佛祖？不，不是，你来，就是化解生命之苦的，超脱意外之痛的，如果全世界的人都幸福、快乐，你就没有存在的必要了，布达拉宫也只是一座普通的建筑，不用负责任何神圣与佛性。

我们，普通人，负责的是什么？在意外来临之前，完成此生梦想？意外之后，涅槃重生，完成不一样的人生？

真相在何处……

8月25日　尼泊尔大使馆

早餐时，又看到那个美女妈妈，她看起来年轻瘦弱、楚楚动人，终于忍不住跟她搭话："你好。一个人带女儿出来玩？"

她报以甜美的微笑："是的。我打算带她去转山。"

"啊！你自己！抱着她？"想想我被转山恐吓了半个月，真是丢人。

"嗯。还有我一个闺密。"

"……她爸爸呢？"

"我就是带她去见爸爸。她爸爸在尼泊尔，我带她转山后，从樟木去尼泊尔，她爸爸在尼泊尔。"

"噢！……她爸爸是尼泊尔人？"

"不是。不过，他在尼泊尔很有名，你随便一问，阿勇，都知道。我们离婚了。"

"为什么？"一个震惊连着一个震惊。

她淡然一笑："他后悔了，没打算当爸爸。"

"……"

我不知道该说什么："你从哪儿来？"

"我上海人呀。"

该死，是了，我早听出她的上海口音了，只是，她坚强的似乎不像上海女人。

一个如此瘦弱的女人，抱着孩子转山，转山后还要经樟木去尼泊尔。我也要！无形中，我的旅行路线被一个陌生的女人给定型了。

顺道走到前台，问尼泊尔护照怎么办理。前台是一个穿着藏族服饰的藏族女孩："塌方了。得徒步。"这种说法也特别藏族，这没头没尾的，什么情况。

走过来一位汉族经理，穿着西装裙，微笑着说："您要去尼泊尔，恐怕得费点劲儿，尼泊尔近日大雨，临近中尼友谊桥的村落道路塌方，车很难走，得徒步过去。"

"多久？"

"要看公路塌方情况，只是听从尼泊尔回来的客人说，实情我并不知道，不好意思。"

经理一边弄手头的事情，一边说："您还要续房吗？"宾馆大门一开，一阵冷风袭来，我咳嗽了两声："嗯，先续两天。"

"好的。要是图省事儿，您可以直接飞到加德满都。"旅行，就是找事儿，哪有省事儿的旅行。

"确实是个舒坦的方案。待定，签证怎么办？"

"尼泊尔大使馆就在罗布林卡旁边，当天递资料，第二天就可以拿到了。""谢谢。"

当我到达尼泊尔大使馆时，门外已经排了很长的队。排到我时，工作人员用手画了一个圈儿："你们三个，一起进。"我站在第一个，回首望了一下，身后一个男孩，一个女孩，看气质外形，一定是南方人。

我弄不清楚尼方工作人员想干吗，反正他让干吗就干吗，反正是在我的地盘。让我们三人交了钱、照片、护照，然后给了一张表，"明天取。"

直到出了门还恍惚着，什么情况？

男孩说："好像人太多，三个人一组，一起取。"

"噢，这么有缘分，我们！"女孩说。

"是啊，那去喝一杯吧，八角街，我请。"我说。

上了的士，怕南方人爱多想，误会，又补一句："奶茶啊，酥油茶也行，管够，不是酒啊。"两个人笑起来。

"认识你们很高兴，我叫木里。"男孩首先介绍道。

"木里？这个名字很特别呀。"

"木子李，拆开，木里，里外的'里'。"

"噢！那我的姓一拆，我就如愿以偿地变成男人了。"

"怎么？"

"小子。"

两个人的眼球转了一下，木里说："噢，是了，子小'孙'。"他大笑起来，他招来的，他反而笑。

笑声中，已经抵达光明茶馆。

我们仨一出现在门口，立即吸引了所有人的目光，整座茶馆全是藏族，不仅没一个游客，而且根本没有年轻姑娘的身影，现在一下子来了两个。人满为患。

茶馆谈不上什么装修，简直没费任何心思，只摆上方桌和长条木凳，东横一条西放一个，藏民们一边喝着酥油茶一边打牌、聊天。好容易与一个藏族老爷爷拼了一桌儿，蹲坐下来，还得拽紧裙角儿。

自己拿着小杯，要几杯倒几杯，服务员叫"普姆、阿佳"，如果有整齐的零钱，搁在桌子上，他们倒完茶就拿走，不必过多交流。

“我们要一壶吧。”两位点头，我便到后厨去买，里面昏暗凌乱，两口巨大的铁锅，熬煮着茶，喷射出茶香。

茶馆儿内光线惨淡，很像苏州河两旁的上海老房子，大白天都看不清对方的面孔。也不见藏族人喝茶，都在聊天或打牌，自我们落座后，他们多了一项消遣内容：偷窥我们。说是偷窥，简直是明视，就差坐在我们面前，直盯着我们，问我们姓甚名谁，来自何方。

喝完奶茶后，女孩与朋友有约，先走了。男孩无事，我也无事，我们就一起去泡天堂书店。

我拿了一本《旅行的艺术》（阿兰德波顿），他拿了一本《徐霞客游记》。直看到夕阳西下，书一合，双目交错。

“你有什么创意？”年轻人总是有创意的，我的想法左不过吃和玩。

“转经。”

“转经？”

“转经八廓街。”

“好，转！”住了那么久，真没转过。

8月26日 转经

八廓街上已经有许多人在转经了，藏族老阿妈和阿爹们一手摇着转经筒，一手数着长长的佛珠；转累的人们便坐在木椅上，休憩；有些人在磕长头，对着大昭寺，对着布达拉宫的方向。游人们脖子里挂的则是单反，目标是转经的藏族人。

这是一条神奇的街道，不长不直不繁华，却像磁石一样吸引着全世界的信徒和游人，围着它一圈儿又一圈儿地转。

信徒，因为信仰；游人，因为信徒的信仰。

如若没有信仰，转一条普通的街道，谁会驻足欣赏？

如若不是信仰，谁会用身体反复丈量一条平庸的小路？

就是因为信仰，所有人认为这是一条神圣的道路；转了一千多年，仍然在转。

“可转可不转。”

“直接点。”

“你决定。”

“嘿！”这是南方男人的绅士呢，还是磨叽呢？

重感冒尚未痊愈，转经感到有些吃力，不禁又担忧起转山，相信佛祖！自己鼓励自己。转了两步，便翻供：相信佛祖不如相信自己，转山的人是我，又不是佛祖。没有宗教信仰的人就是这个状况……很快，我和木里就转了两圈儿。

“还转么？”我问。

“女士决定。”

“遥望东山顶上，升起皎洁的月亮，玛吉阿米的面容，时时浮现在我心上。”

念完，眼神一瞄那幢藏黄色小楼，木里立即会意：“玛吉阿米！”

“吃饱了再转。”

“噢，忘记了，该吃晚饭了。”

忘了啥也不能忘记吃，来干啥的，更何况我已经喝了三天粥了。

“一人点一道菜，再来一个汤，好不？”

“你来吧。”

我来就我来：藏式烤天然蘑菇、草原生烤羊排、人参果八宝沙拉、巴拉巴尼。

“等一下，巴拉巴尼是什么？”

“就是因为不知道是什么，所以尝尝是什么。”我对着菜单挤了个眼睛，伸了伸舌头。

木里笑着说：“你很有趣。”

我独自写作时更有趣，可惜世间人谁也不得见，除了我。

“会不会有点多？”木里问。

“吃多了，刚好转经，转到半夜。我请你。”

木里笑着，“不要，AA 制。”

这是行者的规矩。

“姐姐应该请弟弟。”我强词夺理。

“男士应该请女士。”木里反驳道。

“你赢了。”

我们呵呵笑着，以酥油茶代酒，碰杯，“干杯。为了遇见。”

虽然旅途中有许多遇见，珍惜每一个遇见是享受当下的最好方式，也是快乐的制胜法宝。

从二楼的小窗望去，就是刚才转经的路，秋风袭来，带着金色的味道，吹散了绿色的菠菜泥，汤面上用奶油滴着“卍”，这就是巴拉巴尼。

“味道不错。你很会点菜。”

“谢谢。你是直接去尼泊尔，还是？”

“是的。我和朋友约好了，先去日喀则玩一下，然后乘坐大巴直接去樟木。你呢？”

“我也和朋友约好了，我们去阿里，可能转山。然后，我再去尼泊尔，他去不去，我不知道。”喝了一杯茶之后，清醒过来：他有没有时间，是我决定的！我已经给他一个月假，他已经用掉了 23 天，再加上阿里九天，立即改口：“他不去尼泊尔。”

天底下有这么慷慨的老板吗？给员工一个月的假期去旅行，还陪他旅行！真是过分，再慷慨干脆撂挑子算了。难怪都拼命想创业，自己当老板，这多出来的自由决定权吸引力是不小。

“那我们尼泊尔见！”

还没开始旅行，就决定下一场旅行，我不只说走就走，是随心所欲想行就行。

8 月 28 日　会师

上午到布达拉宫广场旁边的国际青年旅馆参观，哎哟，这就是个贱骨头，住着四星级宾馆，还怀念青年旅馆。

“没有单间吗？”

“总共就两个，已经预定到月底了。”

“还剩下什么房间？”

“只剩下多人混合间 24 人。”

那别想好好睡觉了。

“可以参观一下吗？”

“当然可以。”

我也只是来参观的。我要看看这家排名顶尖的青旅会是什么样。

上到三楼露台，下意识地一丝浅笑，这就是青旅的魅力了，露台上可以遥看整个布达拉宫，红白色的圣殿镶嵌在湛蓝的天空下，耳边别着一抹云朵，经幡飘动，秋风轻抚，若再来一壶茶，坐看黄昏和灯光中的布达拉，即使连五星级宾馆都难有的享受，三五十块一个床位，难怪总是爆满。

今天，可以见到 K。我们在布达拉宫广场约见，我顺道参观一下青旅的风采，若非阿里，我一定会住这里。

下楼，步行至布达拉宫广场，一个戴着魔术头巾，穿着专业骑行服的人走过来。

“噢，好久不见。”

“您……你好。”

“让我看看梦想成真的人的模样。”

K 不好意思地笑着。

“啧，啧，一看就从川藏线下来的，而且是骑行。一路披荆斩棘吧，感觉如何？”

“太棒了！一切都是值得的！”

我赞许地点点头，坐在长椅上：“累吗？”

“身体很累，但精神是轻盈的，心也是幸福的。”

“梦想的力量。最大的收获是什么？”

“我可以！我竟然可以！我身体一向很弱，我战胜了自己。”

“这就是我为什么支持你的原因。如果你只是为了争强好胜、虚荣甚至赌，就不会有这罕见的带薪假期了。”

“非常感谢！您与众不同。”

“这个不用说了，未来你会懂的。走吧，我请你吃大餐，给你接风。是去玛吉阿米吃藏餐，还是去雪域餐厅吃尼餐？”

K 选择了雪域餐厅。

那个爱唱歌的服务员把菜单递给我，我一扬头：“给他。随便点，任何你想吃的。”

K 点完后，“只此一次，下次 AA。”

“好。”

我知道他不缺钱，而且旅途中，行者完全平等。但因为他工作特别出色，在报销销售费用时，我从来不检查他的任何消费和票据，他的单据贴有理有据、分毫不差。

“你感觉还好吗？”我问。

“什么？”

“身体状况，需要休息两天，再去阿里吗？”

“嗯，是的，而且，我没办边防证，需要补办。”

“啊，这个有点麻烦，现在。”

“那就一边等，一边休整。”

“好吧。吃完饭，你马上先准备资料，交上去。多花点钱，办加急。”

“没问题。”

“你去过纳木错吗？不，你没去过，你第一次来西藏。”

“是，听说是要去的。”

“下午，我们去东措青年旅馆找人拼车，我陪你去吧。”

“好。”

8 月 30 日　自驾纳木错

东措国际青年旅馆院子里有许多人在找人拼团，墙壁上贴了许多帖子、标签，寻找同伴。因为旺季，又因为出现几次旅行车事故，所以车子特别紧张。有人的找车，有车的找人，但总也对不上。

这两天的团都满了，K 和两个女孩都很着急。“只有一个办法了。”

“什么办法！”三个人同时问。

“租车，自驾。”

“我不会开车。”三个人同时说。

我一声叹息：“命苦。我来。”

“太好了！”三个人同时叫。

“哎哟，你们这么默契，自己找司机去。”我假装生气。

“哎，美女姐姐。”两个女孩溜须拍马。

我眼睛往天上一瞟：“需要按摩师。”

“没问题。我是医生。”

“我是护士。”

“成交，手法要温柔，点穴要准确。”

“我是胸外科实习大夫，胸腔内的部位我都拿捏得很准。”

我往门后一躲，探头道：“我觉得冷。”

他们三个人忙把我请出来——唯一的司机啊。

一个男孩凑上来：“姐姐们，我刚刚高中毕业，一个人来拉萨，能凑你们的车去纳木错吗？我什么都能干。”

“会开车吗？”我问。

“除了开车。”

“你问这两位姐姐吧，我是司机，这位刚从川藏线上骑行下来，让他坐副驾驶，后座坐俩最舒适，再加一人会挤些，她们同意就行。”

“两位姐姐求你们了，我会背包，会刷鞋……”

两位白衣天使已经笑弯了腰：“小暖男一个，去吧。”

一路自然欢歌笑语，我自然聚精会神。我说不清物理学原理，但在高原上开车确实完全不同，道路清晰可见，车子极少，我开到一百码，车子就开始飘，只得改为八十码。

到达纳木错后，先找好旅馆，把车子一停，便去瞻仰圣湖。

曾经的纳木错像海，现在，真的是湖了。

面积似乎缩小了一半，并被一条长堤分割为两面，小湖倒映着大湖的身影，大湖倒映着雪山的身影，各有所爱，却相得益彰。

银白色的神山依偎着蓝色的圣湖，守着无言的结局，却是为了无条件的爱。

每一座圣湖都有一座神山守候，每一座神山都眷恋着一座圣湖。

只要近黄昏，立即由夏入冬，赶紧回宾馆休息。藏獒的吼叫持续了一整夜，声声不息，分秒不停。穿衣外出，满天星辰，群星璀璨，摩挲了低矮的天空。

一丝浅笑，找把梯子，慢腾腾地上去，快了会有高反，伸手摸了摸天的肌肤，然后摘下一颗星，放入手心，亲了又亲，它那迷人的小脸儿泛起了红晕：我在工作呢。好吧，又粘回天空。

9月1日　阿里，我来了

所有的付出和准备都是为了阿里，当越野车正式出发那一刻，车上还是有不小的震动。

我照例坐在副驾驶的位置，后排是：流星、露珠和K。没一个正常的名字。

因为要朝夕相处十天时间，大家彼此介绍并友好相处，聊了一路，两个小时后到达羊卓雍措。

还是那摧眉折腰的蓝，抓心挠肝的纯，目酣神醉的净，超然远举的洁。若非西藏过于高远，在此啸傲湖山、梅妻鹤子，恍若仙人。

只是，恐怕要从与人斗改为与自然斗了。旁边旅游巴士上下来一群人，一个男人大叫道：“太美了！太美了！还有这么美的湖！”一边大叫一边向湖边跑去，跑着跑着就倒了。导游忙过去搀扶着，并拿着喇叭喊：“请大家注意，这是高原，海拔4440米。请大家观赏时不要激动、兴奋，要安静、小心……”

这喇叭声破坏了圣湖的安静，跟团来圣湖，看的是什么？跟不懂美的人来看美，浪费的不是美，是看美的时间和心情。

从羊卓雍措出发时，我礼貌地将位置让给露珠，她说："你坐吧，你一直坐吧。被帅哥包围多爽啊，左边哥哥，右边弟弟。"

"好。白天陪兄弟，晚上陪姐妹，你会很忙。"我打趣她。

露珠笑得花枝乱颤，东倒西歪，不是倒在哥哥身上，就是歪在弟弟肩上。到了下午，她就显现出喜爱与男人结交和混闹的风格，三个人仿佛变成两个人了。

她是那类靠取悦男人求得快乐或者生存的女人，她习惯而不自知，这充满灵性的旅途之中，所有的本色和固定模式，无论隐藏得多么高深，都会像羊卓雍措显露眼前，像镜子一样清晰光洁，至于她本人是否知道，是否能够看到，不得而知。但是，局外人，会看到。

尤其充满理性和智慧的局外人，不仅看到，还能举一反三，透过现象悟出本质。

我戴上耳机，便是一个清净至纯的内心世界。若是我自己来，一定独自包车，但有 K 在，我必须拼车，还必须指定一个女人，住宿方便。不巧的是，这是一个喜欢讨好男人的女人。

晚上入住日喀则。晚饭时，司机师傅说："这是全程唯一一个可以洗澡的宾馆，女士们赶快打理自己。"

"啊！为什么？"

"明天之后你们就知道为什么了，大漠高原，热水稀缺，而且洗澡容易高反，你们天天洗澡，反而不好。"

与露珠四目相对，皆感意外，顺道惊恐：八天不洗澡，做野人也没这么彻底吧。我立即放下碗筷："告辞了，洗澡去。"

四个人的笑声落在杯盘狼藉的饭桌上。露珠得稍后才回，她自告奋勇做财务总监，车费一人四千五，各自提前支付，但是十天的吃住——包括司机——另算，由她全面记录，最后平摊。

吹干头发后，靠在床背上，拿起手机，看到木里发的朋友圈，定位是日喀则。马上私信他："你在日喀则？"

"是。"

"我也在。"

"是吗？"

"是的。"

"奇缘。"

"是的。"

"必须见面。"

我一个人笑出声来，"你住哪家青旅？我来找你。"我知道他一定住青旅。哪怕是再廉价的青旅，一定别有洞天，哪怕是再昂贵的宾馆，也只是憋在屋里。

他发了位置，我装备齐全，瞬间出现在他面前，"嗨！好巧！"我们互相击掌，坐在秋千上，"应该跟美女拥抱一下。"

"少弄这套俗事儿，被两个俗人吵了一天，好歹清静一会儿。小孩子，别不学好。"

"我小？我都25岁了！"我觉得头疼，25岁就想装大："怎么着？想上天！我看你先上冈仁波齐吧。"

"如果不是先跟朋友约好，一定跟你去转山。"

“是否转山……我还没最终决定，太难了：56 公里，两天一夜，海拔近 6000 米，那不是要钱，是要命！”

“啊！这么厉害！早知这么挑战，我一定去转山！”

“嘿！ 90 后的思维方式，不难不挑战是吧。你要不要挑战一下露珠？”

“嗯？”

我把露珠的言行跟他一掰扯，他一摆手：“这不配称挑战，是浪费心情和时间。这十天有你受的。你看我的朋友？我们聊尼泊尔美食，聊喜马拉雅山徒步，聊转寺……”

我的神经都兴奋了：“快跟我聊聊。”

我们一直聊到 10 点多，才依依不舍地作别。“尼泊尔见！”

露珠在另外一个房间，闹到很晚才回房，我出去都回来了，她还没回。进房间嘴仍不闲着，“你不爱说话吗？一路上，你不大说什么。”

我说话时便没你说话的份儿了。“看说什么，打情骂俏的话我说不来。”

“咳，不过是逢场作戏，相处十天呢，得跟大家搞好关系。”

我从枕头上望着她，像望着扎什伦布寺：“去阿里，还需要搞关系？”

唱戏，不如在家，舞台熟悉，演员熟悉，剧本熟悉；搞关系，不如在单位和公司，关系套着关系，能上演一出好戏，没准儿，戏中戏，免费让家人参演。

“需要啊，人活着，哪能不通关系？风景是死的，人是活的，看一眼就行。”

“不，风景是有生命的，是有灵性的，可以开启你的心灵之门，在你心中作画，那画像羊卓雍措一样纯净圣洁，是城市生活缺失的。好容易来此，珍惜！珍重！”

“风景是像画，拍回去搁在家里就行。为了阿里，我动用了两年的年假，磨了领导三年，才能来，好累，刚好可让哥哥和弟弟慰藉一下。哎，你说，他俩谁更帅？”

我仅在16岁时，和后桌讨论过地理老师和化学老师谁最帅，她36岁了，还讨论这个问题，不是境界，是无聊，只长年纪，不长心智。

我关掉台灯：“前路漫漫，养精蓄锐，晚安。”对牛弹琴，浪费的是人的时间。而这种浪费，毫无必要。

她躺下了，关了台灯，还在嘟囔：“弟弟更帅些，但他不爱说话。你是他的朋友，他有什么喜好？”必须装睡着，而且很快睡着。

省事儿了，这一路上，相当于包车，阿里是我的了。

9月5日　阿里啊，阿里

所有的梦想，变成现实后都比做梦和胡想时难上万倍，因而，绝大多数人都选择容易的方式，躲在温柔富贵乡里在梦中触碰梦想，只有像我们一样的傻瓜会真的去实践。

即使是去阿里都如同扒了几层皮，更别提转山。每天12个小时左右的急行军，路越走越高远，越走越荒芜，越走越不像路，手要紧握车窗上的把手，才保证头不会触碰到前面的玻璃，扣紧安全带才不会被弹到车顶。

阿里的风，猛烈得像东北的冬天最冷时的大烟泡，只有在东北生活过的人才会懂，那种风割皮肉的难忍之痛，风刮脸庞的刺骨之痒，正午时却被晒得皮开肉绽，昏昏欲睡。

实在没力气写日记，好歹要写几句，不然会忘记细节，我是一个粗糙的人。

前天，不，昨天，管它呢，反正一路上经过了扎达土林、古格王朝和一些不知名的小镇，凡是午餐和住宿之地都是一些莫名的小镇，小到不称其为镇，条件之艰苦，不懂他们为什么生活在此处。其他时间都在一望无际的荒漠中行进，天地间似乎只有这一辆车，及车中的五个人。

车里也未必安全，因为车在海拔 5000 米的地方行驶。以弱示好男人的露珠显示出其根本性的脆弱，昨天高反了一天，停了两次车给她呕吐，却只是干呕，呕不出来什么。

哥哥和弟弟一个扶着她，拍她的背，一个给她倒热水。我坐在车中看戏，看了一会儿，下车例行问候，免得她挑毛病，而她一定会挑毛病。

“你心肠真硬。我都呕成那样，你也不过来扶我一下。”晚上，躺在一张床上，她还吹枕边风。这两天，不仅洗澡是异想天开，连正常的标间都没有了。

“第一，我过去了。第二，你有人照顾，我插不上手。”

“照顾人是女人的活儿，要是别的女人，准会体贴入微。”

“我不是别的女人。我从不干照顾人的活。”

今天，我竟然也出现一阵晕眩，打开车窗的一条缝儿，呼吸着新鲜空气。

流星在后面叫道：“把窗户关上吧，露珠觉得冷。”

露珠忙给了他一个空吻。

司机师傅看不下去了，“如风高反了，你需要停车吗？”

我轻轻地晃晃脑袋，塌在椅背上。

K 竟然没有说话，连例行的问候都没有。

天黑以后，终于进入塔钦县城，冈仁波齐的脚下。司机停下车，进镇就买转山的门票。

到宾馆后，吃了一顿牦牛肉，最最严峻的现实扑面而来：转山，转还是不转？

看着刚刚转山下来的人，听他们聊转山的经验：要穿最厚的冲锋衣；要带足热水；要带登山杖；晚上要睡足；要带电信卡和联通卡，实在支撑不下去，可以打电话向警察求救，坐车出山；千万不能吃凉东西，千万不要闹肚子，那不是难不难受的问题，而是活不活得下去的问题……

虽然坐在火炕上，却觉得身体越来越冷，越来越僵硬。

不只我打怵，露珠更是吓得哆嗦，“我还是不转山了，我在家里等你们回来。”

流星一把搂住她：“我拉着你转！不要怕，转山转的是意志力。”

一位刚下山的大爷说：“可是了，我都52岁了，还能转山呢。更何况，跟着你老公你怕什么。”浓浓的北京味儿。

大爷这么一说，他们反而不好开脱，将错就错，“无论你走多慢，我都等你，陪你，一定将你安全带出山。”流星说。

“关键时刻见真情！”

关键时刻见真情，K没有对我说任何话，我因他来阿里，因他而转山。

大爷身旁的一位北京大姐以为我是只身一人，把登山杖往我手里一塞：“姑娘，别怕，转山很神奇，转了你才知道多么神奇。这个你拿着，也是上一个转山下来的人送给我的。”

意外的关心从天而降：“这个……”

大姐说：“拿着，我留着再无用处。给你是鼓励，加油！”

到了冈仁波齐，不转也得转……

9月6日　玛旁雍措

无数次，听说过你的名字；无数次，遥想你的神圣；无数次，幻想你的绝美。因为，你在阿里，所以，见你，需要付出太多代价。所以，不常有人见到你。

而你，都在那里，来，或不来；看，或不看。

你就是你，不为任何人而存在的你。

你的美，绽放在世界最高的生存地，在你面前，谁再敢说傲然于世。

你是真正的傲然于世，这个词，形容其他任何美人、美景，都是低就，唯独于你，是俯视，是无奈之中的信手拈来。没有什么词能够概括你，只有四个字，或者两个词：绝美，圣洁；一个字：空，灵，无。

地球创造了人类，智慧的人类创造过无数种文字，只有汉字能够做到，用极少的文字去描写一个宇宙间的奇迹。

我站在这个奇迹面前。

我来到你身边。

就在你身边。

你看到了吗？

我也是一个奇迹，与你一样，宇宙间的奇迹。我能够来到奇迹身边，是个奇迹般的奇迹。

你是圣地，你是世界中心。

在我眼中，你是灵魂之水。之前不知道灵魂的模样，见到你之

后就知道了。灵魂当高、洁、净、空如此，才能支撑一个生命在人世间高洁地活着。

你是圣湖之母。

是永恒不败的碧玉湖。

一阵风吹来，帽子吹入湖水，我刚要去捡，司机叫道："让它飘走，那是好的！西藏人故意把帽子、衣服扔进玛旁雍错，就是把烦恼、痛苦丢掉了。"

"噢！丢掉烦恼，抛弃痛苦，远离霉运。"

谢谢你。你的存在给了人们如此之多的美好祝愿。

你让人类在此沐浴，洗去灵魂上的五毒；让信徒转湖，转出幸福与好运。

见到你，就能马上见到冈仁波齐。

你是冈仁波齐的妻，也是冈仁波齐的女神。

再见，女神，我去见你的夫。我要去转你的夫。

转冈仁波齐。

9月6日　冈仁波齐

你是世界公认的神山，被誉为神山之王。

雍仲苯教认为发源于你这里；印度教认为你是湿婆的天堂、主教的居所；耆那教认为你是其祖师得道之处；中国藏传佛教认为此山是胜乐金刚的住所；

你被这四种宗教同时认定为世界的中心。

据说佛教中最著名的须弥山也是你。

有这么多光环的你，还好吗？

你是幸福的，也是幸运的，不像耶路撒冷，被战争抢夺得千疮百孔。

你被人们尊重着，神往着，崇敬着，朝拜着。

人们以死在你怀里为福，以磕着长头磕到你脚下为荣。

人类如此自以为是，总要有神或山使他们心怀敬畏。

而你就是他们心怀敬畏的神山。

几个世纪以来，你一直是朝圣者和探险家的神往之地，至今却无人登上你，你并非世界十大高峰，却神圣得不可触犯。

人们只是用转山的方式亲近你：无论宗教信徒，还是探险者，或者好奇者。

信徒们认为：转山一圈，可洗尽一生罪孽；转十圈，可免受轮回之苦；转百圈者，便可以升天成佛。

我就是好奇者之一。

我们拥有同一个属相。我在我们的本命年转你。

我转你不只是为了你，而是为了我，我要看看我这个生命，究竟有多大的潜能。

你，岂是好转的？

沼泽、泥潭、乱石堆、砾石路，56 公里，两天，从海拔 4675 米上升至海拔 5630 米。

这简直是拿生命开玩笑，即使是在水平零点的，两天一夜徒步 56 公里，都绝无可能。

我想试试生命有没有可能完成绝无可能的重负。

我转你，不是 24 岁，是 36 岁。许多这个年纪的女人，已经开始认为自己走向衰老了。我没有时间衰老，那是三十年之后的事。这三十年，我要完成整个生命的绽放。

你再难，再险，再陡，我敢转人生这座山，就敢转你。

此时此刻，我站在你的起点，无论千难万险，无论九死一生，都要独自完成转山，活着走出你的胸膛。

你等着！

9月7日　转山

我已经尽心尽力了。我用尽了所有的手段，让肉身还能有力气；也用尽了所有的修悟，让内心还能有力量。

我微弱地呼吸，呼吸也极耗力气，抢到的氧气是如此稀薄，稀薄到无法支撑再次呼吸。

紧闭双唇。不是不想大口呼吸，而是，怕心脏跳出口腔。

心脏，已在咽喉处了。只要一张口，它就会迸出来。

我已经用尽了生命最后的能量。

上不去，却不得不上去；下不去，下去比上去还危险。

泪水流出雪山般的眼睛，簌簌下落，还有些许重力，在这与天齐高的地方。

我不敢挺直腰杆，怕头顶到天，额头触到山，我不是共工，也没有女娲的神力。我只想活着走出冈仁波齐。

此时，我才站在冈仁波齐的肩膀上，海拔5600米。生命的耐力到了极限。

我感受到了这种极限，那是再迈一小步，生命的高塔便会倾塌。

这是死亡之地。我已经亲吻到了死亡，再走一步，它就会带走我。我站在那里，准确地说是斜插在乱石堆里。手杵着地，站不稳。

天葬台上有许多穿着衣服的石头，和成群结队的玛尼堆。有一排四个穿着衣服的石堆，是一家子吧。

据说只要丢件东西就可以洗清罪孽，重新做人。信徒们会滴一滴血或留下一缕头发。

这个地狱坡几乎与天垂直，攀爬时鼻尖儿一直贴着地，却看不到地面，无数的嶙峋怪石毫无章法地铺在山坡上，深一脚浅一脚，脚与怪石抢着昂贵的缝隙，这不是爬山，这是攀岩，而且是在海拔5000多米的地方。

仅仅五公里的距离，却爬了四个小时。还没爬出死亡谷，已经接近死亡边缘。

世界只剩一座山，与天空齐高的山。山上只剩一个人，绝望地哭泣。

噫吁嚱，危乎高哉！蜀道难，难于上青天。转山难，难在上了青天还要下来。

这是转山途中最难攻克的生死难关——卓玛拉山口。

闭着眼，转身。一直不敢回看，疑心自己再无勇气前行。

缓缓睁开眼，灵魂被震惊了。我不敢描述那种美，那种在高原攀爬十个小时之后所见到的绝美。

世界白茫茫一片，无数的石头铺满山坡，石头上满是红色的六字真言，身披着五彩的经幡，有些披着洁白的斗篷。冈仁波齐的主峰像一座洁白的金字塔，遮着洁白的面纱，在碧蓝的天空下沉鱼落雁。两侧的冰川，像闪着光的钻石，明晃晃的刺了天眼。日照金顶，世界是金色的，山尖儿依然是白色的，闭月羞花。

泰山的高度为1524米，冈仁波齐的高度为6656米，我已经站在将近6000米的地方。孔子登泰山而小天下，我登冈仁波齐而小泰山，小尽天下名山。

如果，有力气写，该是多么美的文字。

那个特殊当下的心境：站在寥廓的天空，回望苍茫大地，世界尽在脚下，一步即可登天。

却再也没有迈一步的力气。

但必须有。必须想办法有。不是为了登天，是为了下山，上山必须下山，下山才能活命。

寻找最后一丝活命的力气，那个斜插在冈仁波齐上的人。

我站在寥廓的天空，回望苍茫大地，世界尽在脚下。

我倾听着世界的声音。那是闻所未闻的声音。

雪花飘落玛尼堆，苍鹰飞过天葬台，太阳亲吻雪山尖儿，地壳运行的波动，冈仁波齐的呼吸，如风般的风吹着如风的长发，哗啦啦作响。

如风般的如风与冈仁波齐融为一体。

冈仁波齐，露出了神圣的英姿，如水晶砌成的玉镶冰雕，又像佛坐的八瓣莲花，依稀可辨，由峰顶垂直而下的巨大冰槽与横向岩层构成了“万”字格徽记。

冈仁波齐，谁让你活成现在这个样子？

如风，你想让你自己活成什么样子……

冈仁波齐，你已经活得这样神圣，可还有朝圣的目标吗？

谁敢成为你的目标？

抑或是你自己。

嗯。你可以成为自己的神。

我们都可以成为自己的神。

可许多人尚未成为真正的人……

嘘，别告诉他们，他们不知道。

告诉了，他们也不信。哈哈一笑，说你是神经病。

冈仁波齐，你已经高高在上。高高在上你的魂，又在哪里？

宇宙苍穹？

你是一个被宠爱的孩子。

我想像你一样。享受宇宙的万千荣宠。

我想活成冈仁波齐。我可以吗？

那将是一生的朝圣。一个人的朝圣。

再长的长头也会磕到尽头……

9月9日　珠峰与鸽

盛夏，是去西藏最舒服的季节，却不是最好的季节。西藏的夏天是雨季，又像巴蜀一样总是夜雨，黄昏时起风，日落后降雨。在这个季节去看珠穆朗玛峰，需要极大的佛缘和福气。

在不是路的路上坎坷了几个小时，才到达珠峰宾馆。阴雨交加。

放下背包，便去观景露台，什么也看不见。打开电热毯，早早上床，期待明天太阳照常升起。

明天，总是意味着希望。

明天变成今天，晨起拉开窗帘，还是阴天。

默默地洗漱完毕，去餐厅吃早餐，却听到楼上露台有人欢呼，珠峰竟然露出迷人的一角。

看着珠峰，笑着喝粥。

回房间取相机，到三楼的观景露台。

珠峰完全显露无遗，峰腰上依然笼罩着乳白色的烟云，仿佛一面迎风招展的旗帜，有时如波涛汹涌，有时则如万马奔腾，有时又如行云流水。

一群鸽子飞来露台，举起单反——珠峰与鸽，特别的意境。没有安全感的鸽子都飞走了，只有一只道行高深的鸽子，优哉地等拍特写，一会儿啄啄羽毛，一会儿仰天舒展脖颈，累了，干脆发起了呆，随便你拍。

很快拍累了，我陪鸽子一起发呆。

9点左右，绒布寺的喇嘛们出来转经，拿单反当望远镜，看喇嘛们围着白塔转着，一圈儿又一圈儿。

我一边遥望世界上海拔最高的山峰，一边观赏世界上海拔最高的寺庙。

念经声，鸽鸣声，潺潺的溪水声，雪水融化声，合成了中国好声音。

几只雄鹰在旗云上空飞翔，“鹰击长空，鱼翔浅底，万类霜天竞自由。”为雄壮的珠峰增添了神秘的力量、自由的氛围。

自由的如风自由地看着自由的珠峰。

大自在。

西藏传说：见到珠峰旗云如同见到吉祥佛光、海市蜃楼，是大吉祥，大福气。

站在珠峰上看世界，和站在楼顶上看世界，世界是不同的。

看得多了，人也会不同。所以，我天南海北地到世界各大名山高峰上，看世界，看这个让我爱恨交加最终还是爱入骨髓的世界。

世界有多高，看珠穆朗玛；大地有多高，来青藏高原。人类有多强，站在青藏高原上看珠穆朗玛。

自然，最强大的表现是在宇宙飞船上俯瞰地球，作为普通人，能站在世界屋脊上看世界最高峰，已是就像阿姆斯特朗的一小步，却是全人类一大步一样，来到珠穆朗玛一个夜晚，可能需要十年甚至二十年的准备；在雨季看峰顶十分钟的光景，可能需要一生的运气和福分。

在藏语中，“珠穆”是女神的意思，“朗玛”是第三的意思。我想成为自己的“珠穆”，居于第一，必须第一，也是唯一。

早在 19 世纪初，珠穆朗玛就是登山家和科学家向往的征服之处，直到 1953 年，埃德蒙才成为世界上第一个站在“世界之巅”的人，他来自一个天堂般的国度——新西兰，登上了最接近上天的大地高度。

此后，无数人踏上征服“全球第一高峰”的旅途，但却可能是不归路，作为普通人，我们无法说清，是因为技术、装备，还是运气、天气，或是体力和意志力，有许多人长眠于此。因此，它有了“致命尖峰”的称号。

尽管尖峰“致命”，珠穆朗玛仍是登山爱好者们一生的宏伟目标。

我可以来看珠穆朗玛，不会登珠穆朗玛。人的使命不同，天赋不同，不必强求自己。

我要攀登人性的“致命尖峰”，征服心灵的珠穆朗玛。这并不比之容易，需要的准备并不比之少，某种意义上会更多。这需要同样的体能和毅力，同样的坚强和执着，同样的付出和隐忍，同样的未必达到巅峰，也同样面临死亡。

只不过，不是来自雪崩、高寒与海拔，而是来自无法与他人和社会相处，根源还是无法与自己相处，未能降服自己的心魔。

人性是最致命的尖峰，更甚于珠穆朗玛。

恬淡尼泊尔

喜马拉雅的月夜

（2014）

9月9日　搭车

我已经化成一摊水，还好有些骨肉，强撑着这个精神上的钢铁侠。西藏的日光直射在身上，再不上车，会把这摊水打回原形——微尘。

珠峰脚下的老定日，准备搭车去樟木口岸。

我不仅刚刚从冈仁波齐归来，而且转山之后又上珠穆朗玛，就算是钢铁侠，也会生锈，真不拿自己当女人看。这就不是个女人。

走到西藏交警设的限速绳旁，将沉重如山的背包放在椅子旁，暗暗流着口水盯着那张空椅子。路警已经坐累了，一直在伸着懒腰，围着椅子闲转，而我几乎已经没有力气站了，流着口水色眯眯地盯着这个全世界最珍贵的椅子。

“你，做什么的？”有些藏族人说普通话是很外国范儿的。

“我想搭车去樟木。”

他们很热情地邀请我坐下，我瞬间就用挪移大法，如风般飘过去，黏在椅子上，就不肯起来。

还不曾搭过车，瞬间的兴奋之后，随之而来的是惶恐。

两个路警热情地出谋划策，神奇地变出一张大纸，又画了一些笔画。

“这是什么？”

路警哈哈大笑：“‘樟木’。”

仔细瞅瞅那些被电歪了的线条，没看出来。

“你，笨。藏文。”他笑得快直不起腰了，虽然没腰。

此时，我能够活着，都是奇迹，智商已在长达十天的阿里急行军中严重损伤，您说啥是啥。

“你，下面写上你们的字。”

有道理。只是这种说法，有问题。

有车来此，必然限速，我便举着纸走上去，一边举一边笑：这个游戏好玩。

很快就不好玩了，难搭：从拉萨来的车，要么是四个驴友凑好的越野车，要么是小巴车，即使是私家车也人满为患。

来了一辆有空位的西藏货车，路警用藏语跟他交流着，他摆了摆手。路警说：“他不肯拉你，因为，出过事，车翻了。”

我说：“我是幸运星，到哪儿都安全。”

路警用藏族翻译给他，司机大笑，笑完，还是带着货车走了。没带我。

唯一的希望是从拉萨开往樟木的正规班车。需要运气。因为屡出交通事故，每辆客车只允许坐 18 个人，而且至少配备一名警察随同。能有位置的可能性很渺茫。

班车如时而来，钢铁侠立即从椅子上一哄而起，如风般飞过去：“请问，有位置吗？”

藏族司机看着我：“一个人？”

我郑重地点点头。

他呵呵笑着：“你运气好！定日下了一个人，就一个位置。”

“哇噢！”我立即一蹦三尺高，神速地拎着背包就上了车，上了车就不肯下来。

司机却宣布：“吃午饭，一个小时。”

所有的人都下了车，除了我，我倒在最后一排，呼呼大睡。

9月10日　樟木

以为离开阿里后，眼中再无风景，没想到，西藏处处是风景，景色各不相同。

从定日到樟木的路上，辽远的草原，皑皑的雪山，牦牛、羚羊、藏獒，风景不输阿里。

到达聂拉木县，全体下车检查证件之后，车子进入长达30公里的天险。车子仿佛走在天街，沿着像蜿蜒曲折的巨龙一样的半山腰贴山前行，车头稍微一偏，就会掉进无底的深涧。

山险峻、葱绿、挺拔而清秀，一条条瀑布自天而降，纤细而悠长，悠长又悠长地流入谷底。车子时不时从山泉和飞瀑中经过，天水倾泻而下，砸在车身上。车内人一阵狂叫，大呼过瘾。

不远的距离，却整整开了三个小时。

一进樟木，异域风情扑面而来。

小镇不大，狭长而向上，两辆车便塞满街道，艰难地错行。路边有许多售卖尼泊尔物品的商店，有许多穿着尼泊尔旁遮比的妇女，一个年轻母亲坐在门口奶孩子。

用手机查询国际青年旅馆，定了个单间。

车子停下后，不知该往何处去。

一个阳光、热烈、气质浓郁、气场强大的瘦弱女孩背着50升的登山包，声音洪亮润泽："你也去阳光吧，跟我走吧！"我就不由自主地追随她了。她叫了辆的士："上车！"

"哎呀，明天徒步很难吗？"

"有啥难的。有背夫。"

"背夫除了背东西，还背不背人？"

她把我一顿嘲笑，态度转冷，这不是行者应有的风格。她哪里知道我刚刚完成转山，才下珠峰。

到旅馆前台办理住宿，我热切地希望她能与我同房，她却毫无兴趣。她选择住17人间！额滴个神！17个想法，17个就寝时间，排队洗澡也得排到后半夜，今晚还想睡觉吗？

独立卫浴、热水，八天未见——整个阿里线上，根本没有带独立卫浴的房间，有也冻得不敢洗，洗了怕感冒，感冒就会得肺水肿，那就直接上了死亡战线。

洗澡原来如此之美！洗到没有力气再洗、再洗就脱一层皮的地步，依依不舍地离开浴室。

洗净色身之后，第一要义是喂饱色身。

晚餐时，结识了一群行者：相约明天一起徒步尼泊尔。很喜欢樟木小镇，且身心疲惫，夜晚又下了一场暴雨，想休整两天再出发，但已经有了约定，就要信守承诺。

晚宴口号是："去尼泊尔当土豪！"

"是……吗？有多土啊？"

"要多土有多土，吃穿住用行，一天 50 就够了。"

"啊！那真是又土又豪。"

一圈杯子碰在一起，各种颜色："当土豪！"

9 月 11 日　中尼友谊桥

一早起来，到口岸排队，10 点开门，9 点已经排了长长的队伍。虽然安检系统相对落后，但速度很快。过了中尼友谊桥后，就进入尼泊尔。

尼方连落后的安检系统都没有，纯原生态：人工翻包及搜身，浑身上下被女警摸了个遍。该摸的都摸了，不该摸的也摸了，对于女人来说，似乎也没有不该摸的地方，但似乎也不应该想摸就摸。光天化日之下，你得乖乖站着，被女人狂摸，不得有丝毫反抗。

被尼泊尔女警摸完，就到尼泊尔了，立即围上来一群尼泊尔人，他们却毫无经商头脑，车资从 300 卢布（30 元人民币）到 300 元人民币不等。

同样的路，同样的车，差别十倍的价格——也只有尼泊尔人能做得出来。如果不选300卢布的车，那是土豪，话又说回来，土豪不会徒步。十个人坐30块钱的车，都不好意思A，一个人给吧，其他人又不好意思。假如300元的车豪华、舒适些，A一下才不过30，也未尝不可，但那些车花里胡哨、浑身泥土，长得真都一样。

一辆小货车，载满11个人，浩浩荡荡出发，在蜿蜒的山路匍匐前进。

村落依山而建，狭长数百里，许多山泉与瀑布自山中落下。每遇一处山泉，车斗里的人便狂叫，引来车厢内五人心痒难耐，直到司机打开尼泊尔歌曲，五个人本来已经挤成茄子，竟然还能黏着扭来扭去，终于有比后边更嗨的了——一种报复的快意。

尼泊尔人十分悠闲，男人们聚集在门口发呆，不喝茶，也不打牌，排成一行，就是闲坐。

游人看他们，他们看游人。

他们看游人看得习惯，游人看他们很新鲜。

女人们走着，有种地的、放羊的、哄孩子的，但也很悠闲。孩子们背着书包勾肩搭背走在狭窄的路上，穿着漂亮的校服：衬衫短裙加领带，女孩大都长发，编着厚厚的麻花辫子，书包很轻。

女人们穿着各种尼泊尔服饰，样式不一，颜色艳丽，皆系“旁遮比”：长及膝盖的卡米子，上身宽松、裤管窄小的“朱利达尔”，一条长约三米的“杜巴尔达”（围巾）垂在胸前，两端分别垂于肩后，薄如蝉翼，随风拂动。

路上有许多中国援建项目，写着汉字，现场人员一看到中国游客便热情地招呼。尼泊尔人的英语很差，汉语说得很好，大多数人都会说：“你好，欢迎。”

没走多久，堵车。这才发觉，所谓的路烂到极致，根本不是路。泥泞的石堆，外加坎坷、陡坡、狭窄，错车十分困难。堵车处是一处大拐弯，巨大的石头错落有致地躺在泥土之中，所有游客下车走过去，车冲上去，再上车。

一个小时后，车停在一个小村口，又涌上一批尼泊尔人，争当背夫。有的要100元人民币，有的要500卢布，有人讲到300卢比，我也欣欣然将背包交给一个20岁的小伙子：20块人民币，三个小时，便宜到令人震惊的地步。

经过一道吊桥，堵人，山上下来许多人，包括当地人肩负重物、手拄拐杖，也要从狭窄的高空小径经过。

风很清凉，太阳很灿烂，四周绿树环绕，桥下溪水潺潺，小桥颤颤巍巍。桥头，世界各地的人聚集在一起。

这才知道，尼泊尔是山国，许多房子依山而建，接下来四个小时的路程全是沿狭窄的山路扭曲着前行。

9月11日　初见尼泊尔

从边境一路搭车、徒步、然后再搭车，一路上的好心情全部被刚进入加德满都时扑面而来的现实一扫而光：灰尘满天，摩托遍地，拥挤、嘈杂、混乱、肮脏，摩托车不让人，人不让摩托车，车和人交织在一起，没有斑马线，似乎也没有红绿灯，行人随心所欲，想横过就横过，想斜穿就斜穿，边走边嘻嘻哈哈聊天，戴着口罩。希望一点点远离，一点点消失，苦苦挽留却依然是个负心汉。坚强的好心情，佛祖般的好心态，在雷峰塔下撕扯了半天，还是被法力高强的法海带走了。

熊猫鼓励着："到了泰米尔就好了。那是加都最好的地方，也是世界背包客聚集中心，相当于泰国的考山路，拉萨的八角街。"

满心期待着，在夜色中抵达泰米尔，确实比浸在灰尘中的外城要好些，但也还是与好不相干。

为了迁就驴友们的财务预算，与他们一起入住400卢比的旅馆，门还没打开，就停电了！

我咳了两声："你们90后一定没尝过停电的滋味。"其实，我也只是在极小的时候，在农村偶尔见识过。

鸽子轻描淡写地说："我早知道啊，攻略上都写着，每天都会停电。"

每天！我才懒得看攻略。而且，我也没打算来尼泊尔，不是碰上你们了吗。鸽子顺手递给我一个手电筒——有备而来就是不一样。

我推开洗手间的门，人就愣住了：超级原生态水泥版本，无论是墙壁还是泥地；马桶像是使用了一百年而且从没刷过；洗手池一层土黄色的污渍。打开水龙头，水也是黄色的，流着流着，水也停了！

这是给人住的，还是给吸血鬼住的……

一行六人，饿得前心贴后背时，在旅馆老板的带领下，进入一家尼泊尔餐厅。拿到菜单后，三个人说："好便宜！"三个人说："看不懂！"

看懂的三个人便点了一堆：咖喱鸡，咖喱羊肉，沙拉，番茄汤，咖喱土豆。

厨师做了整整两个小时，大家饿得快暴动了，菜才一道一道上来。首菜是尼泊尔沙拉，大家一看，傻了眼，黄瓜、胡萝卜切成片挨个排放在盘底儿，没有沙拉酱，没有调料。

即便是这样，也瞬间一扫而空。咖喱鸡，一扫而空。无论上什么，都一扫而空。

回到古老沧桑陈旧的旅馆，还没来电。没有被子，只有一条薄毛毯，还没套被套，仅用一条被单隔着。仔细瞧了瞧分隔的被单，像是洗过的。

累倒在床上，却跳了起来，围着一个鞋盒子转圈儿："哇噻！这个是电视机吗？好大呀！我小时候的昆仑电视机也比这个大两倍。"

90后瞄了我一眼："少见多怪。"

这个鞋盒子让我笑了一个晚上，笑着笑着就睡着了。

9月12日　旁遮比

才来尼泊尔两天，似乎已经很久了。来时，没有目的，此时，仍然没有。

每天只是找食儿、闲聊、瞎逛。每天都下雨，道路泥泞，显得脏兮兮。不过，不用戴口罩了——灰尘变成泥土了。

每天都停电，当停电成为习惯，会自觉自动地将与电有关的事情在断电之前做好或在来电之后去做。

尼泊尔的网络都不太好，总是断断续续。上午打开一个网页，睡了一觉，还没打开，都已经忘了想打开什么了。

为了配合两个穷游驴友，住宿条件简陋到无法忍受。如果在这样的地方独居，更无法忍受。

最初的惊讶已经变成理所当然。

当旅行从猎奇与观景转变为生活与感悟，在院子里吹风闲坐是一

天，在街道上闲逛也是一天，为了做一套衣服走个来回，也是一天。

尼泊尔唯一让我动心的就是飘逸动人的纱丽。一条瀑布般宽大的红色纱巾，被绕来绕去就变成一件纱裙，漂亮，真是漂亮，相当高大上！就是不敢走路，万一开了怎么办？

而且，晚上摘下来之后，不知道该怎样缠绕。

于是选择比较实用的旁遮比。很少有卖现成的，试了两套，我的妈呀，看上去显得女性修长的服饰，裤腰大到可以装下最大高度的啤酒肚。

从杜巴广场绕到沙丽一条街，这里很像农村赶集的庙会。挑选了绿色的面料，绣着凤尾图案，花了 2000 卢比（120 元），又在老板的带领下，找到裁缝店，量身定做。手工费才 24 块人民币，真不好意思让她做，可我自己又不会。

晚上去取旁遮比时，与燕子一路问，却迷失在雷同的陋巷中，拿着裁缝店的名片，到处问人，指的方向五花八门。直到遇见一个戴着眼镜的女学生，她会说一点英文，热情地带领我们边问边走。

一路上，她热切地与我交谈着，就像好不容易逮着一个外国人练习英语口语一样。可是我的口语来源于自学，她的口语——如果她说的是英语的话——听起来很像印度语。最终，实现交流的还是手语：三双美丽的手不停地在空中划来划去，竟然能够领会彼此的意图，真是神奇。其实，比画了半天，我都忘了想说什么了。

终于，我得到了旁遮比，欣欣然地拎着回去，搂着睡着了。梦中，全是穿着绿色的旁遮比，转动着飘然的绿纱巾，留下了许多独孤媚影。

9 月 13 日　泰米尔的艳遇

泰米尔的早晨一定是清静的，安静如水，之于某些游人，夜才刚刚结束。于是，我下楼，在院子里用了早餐：一碗麦片粥，一份烤三明治，一个煎蛋。我在煎蛋上撒了些胡椒粉，我也只有在国外吃煎蛋时才会在上面撒胡椒粉，似乎国外的煎蛋伴侣是胡椒粉，那周遭异样的一切逼迫你拿起瓶子，撒上一些胡椒粉，当然，还有一个重要的原因，国外没有生抽。

走出旅馆，就近散步，你会被迫接受泰米尔的礼物——灰尘。不少商家们已经起来，打扫店铺和街道，他们把店铺里的灰尘扫向街道，使得街道上尘烟四起。我逃到另一条街，刚喘口气，看到一家店门刚打开，主人正拿着扫把准备让周围伸手不见五指，赶快再逃。

泰米尔不是散步的地方，是夜间狂欢之地。

找一处晨起的酒吧，坐在四方院子里喝咖啡，躲避一下泰米尔狼烟四起的清晨。只得接受这个事实：在泰米尔的生活需要从中午开始，早上结束。

中午，随便选一家餐厅，环境可以十分雅致，位置可以十分优越，吃上一份狼吞虎咽的牛排，你就会明白世界尤其是中国游客遍布尼泊尔的原因：极其廉价的消费，那一份霸道牛排，配着蔬菜、薯条、汤、沙拉、面包，不过十几二十块钱。吃饱喝足，逛不完的街，游不完的庙，连那一份尼式咖喱鸡饭，都透着寺庙的味道。

下午，沿着街道漫无目的地走，走着走着就走到杜巴广场，不用多问，哪里寺庙扎堆，哪里就是。还有成群结队的鸽子，优哉优哉地吃着它们的午餐，它们能吃一个下午。

庙墙上的人也能发呆一个下午，旁边的咖啡厅里，一杯咖啡，陪伴着尼泊尔人伴着神的发呆，呆到时间之外。在尼泊尔生活，不发呆，无事可做。

晚上，随性进入一家酒吧，要了杯红酒，环视一下，发现观赏的多是亚洲人，乐队身边疯狂舞动的多是欧美人，白皮肤、金头发的老外所在之处，一定会燃爆整场热点。他们活得坦荡，乐在当下。

不消片刻，目光被吸引过去，两个彼此不相干的人，都在用自

己的方式热情舞蹈着，年纪在中国被称为老男人和老女人。老男人花白的头发都在跳跃着，开心的仿佛正值如日中天的青年人，灵活的仿佛是一个徜徉在青春期初绽的花朵。老女人更领风骚，戴着礼帽，尽管是在夜晚的室内，但那顶帽子让她风情万种、魅力四射，还有那灿烂鲜艳的红唇及红唇边半涎的香烟，以及一身得体的英伦衣裤，都让她引人瞩目、熠熠生辉。她的味道很像那个在湄公河边等船的少年杜拉斯老后的模样，就是那个味道，湄公河的风骚的味道。

与男人相反，她跳得很安静，很自我，似乎全世界只剩下她跟音乐，与其说她在跟随着乐队的节奏，不如说乐队随着她的身姿在谱曲。看似她在随心所欲，我知，她有自己的心理节奏，她在为自己舞蹈，那由内而外的自信、自由与自在，浓浓地散播在乐曲的分子中，蔓延开来。多数时候，她都是仰着头闭着眼，身躯仿佛化为爵士乐，那乐曲也仿佛为她而奏，她们融为一体……

身旁几个嫩得滴水的年轻人，互相鼓励推搡着，想跳又不敢第一个上去，谦让了半天也还是一个没去。又来了三个亚洲人，一进来就跳上舞台，疯狂地扭动，仔细瞧那女孩眼睛的颜色，不错，这是中国女孩儿。想跳就跳，扭捏给谁看？在旅途中，若还如此，生活中可还有机会？

一见有人捧场，老男人跳得更加洒脱自然，刚劲有力，顺带有恃无恐。他边跳边下台邀请观众一同舞蹈，身边人纷纷摇头，嬉笑着往后缩。我跃身而上，翩翩起舞，已经欣赏够了，想舞蹈了。

人生没有闲暇拖延，许多被拖延的事情到头来却没来得及做，比如登长城、爬泰山这样简单的事，更别提跳舞这种微不足道的小事。衣袂飘飘中瞎琢磨，如果能够舞动人生，人生是多么简洁曼妙。

9月14日　博卡拉日落

从加德满都漂流到了博卡拉。

与木里热情重逢。便去泛舟费瓦湖。

喜马拉雅山谷地，鱼尾峰下，安娜普尔纳山峰环绕着幽静的麦田，安逸迷醉的湖水，苍翠繁茂的植被，此起彼伏的麦田，流水潺潺的小溪，白雪皑皑的山峰，倒映在费瓦湖中。鱼尾峰，无处不在，抬头可见，锐利如刀锋的尖顶。云中落日，缓行在云海中，慢慢地，慢慢地，沉下去，沉下去。

水中小舟，一对玉人，两个倩影，沐浴着喜马拉雅山的夕阳，共饮一湖水。湖很安静，山在湖中的倒影，使静更静，静到极处，便不敢动。世界，地上一个，水里一个，分不清，哪一个是真实的。

小舟静静滑行在梦幻般的湖面，淳朴憨厚的尼泊尔船夫安静地划着安静的水面，让安静的小舟安静地前行。

天边，飞来一个个滑翔伞，在为我们做飞行表演。那是我们明天要去的地方。飞翔。干杯。

“明天，你打算做什么？”

“徒步。”

“啊！又徒步！”

“你没做功课？”

我用无辜的眼神无声地回答：做功课就不是我了。

木里睁大双眼：“尼泊尔被誉为‘徒步者的天堂’，有世界上最多、最好、最美、最完善的徒步路线。这你都不知道！”

“来尼泊尔我都没想到，就是因为离阿里太近，就顺道来了。”

“那你就顺道徒个步吧。”木里喝光一杯酒，潇洒地说。

“啊！不是吧？”

“你不行啊？”

我的眼睛要斜到鱼尾峰上了，“你好意思说吗？对一个刚刚转过山，从珠峰上下来的人。”瞬间，眼睛又落在水面上：“就是因为刚刚徒步完世界两大名山，可还有力气……”我哪里是问他，其实是问自己。

“安娜普尔纳大环线被美国国家地理杂志评为世界十大徒步线路之首。你不去真是太可惜了，我们只走小环线，七天五夜。”

“……”我瞪着费瓦湖，喝光了一瓶红酒（小瓶），把瓶子往湖边的垃圾桶一扔：“有海拔吗？”

“比起冈仁波齐，没有。”

“有同伴吗？”

“有。还有三个：骆驼、熊、驴子。”

“有人类吗？”

木里哈哈大笑，笑声划破了这静，一划划破了整个天空。

“有人背包吗？”木里转了转眼珠儿，“没有……不过，有贿赂，也许有。”

我扬扬眉毛：“说。”

“霸道牛排。”

“请你吃双份。全程背。”

“成交。”

本是飞翔，又改为徒步。今年跟徒步结缘了，一辈子没走过这么难走的路，甚至不是路的路。走过了，就没什么可怕的了。

世界第一徒步路线，值得挑战。穿着单薄冲锋衣裤徒步雪山，夏与冬强烈的对比，一定好玩。

我可是转过山的人。还喜欢跟潜能较劲儿。

费瓦湖中，波光粼粼，微风荡漾，一只小舟，东飘西荡。

9 月 15 日 安娜普尔纳徒步第一日

从博卡拉打了个的士到车站，又坐了一个小时昏昏欲睡的破车到了起点，那破车只在小时候，在我们村儿里坐过。眯着迷醉的睡眼，看到了柔和而绝美的鱼尾峰，立即睁大双眼，流着口水盯了一路，直到看不见为止，这——就是传说中的艳遇。

穿着短袖看雪山，是一种很神奇的感受，刹那间会怀疑季节，很快，无聊的疑惑淹没在鱼尾峰绝世的姿色中。

阿里的雪山刚毅、坚强、厚重，尼泊尔的雪山则柔软、纤细、媚惑，前者是高大威武的汉子，后者则是娇俏灵巧的女子。相同的是，仅仅一瞥，便悬在心上，终生不忘！

刚入山口，一个尼泊尔女子在路边洗澡，胸前仅系了一条浓郁的尼泊尔风格的纱巾，下垂至两腿间，已经被水打湿，粘在身上，若隐若现。浅咖啡色的肌肤，吸附着大颗大颗的水珠，水珠映射着阳光，使得那咖啡色娇媚横生，真想吻上一口。一幅绝色美人山间沐浴图。

我看呆了。同伴也看呆了。我看了半天才发现木里在看我。我一边看美人，一边问男人：“你不看她，干吗看我？”

“这是女人！”他惊叫道。

“是啊。”

“女人看女人洗澡？”

“不是女人我还不看呢。”

我依然看着美人沐浴。尼泊尔美人背对着我们，既看不到我们，也听不懂我们。异国他乡的好处。

“你也是女人。”

“所以，才看女人洗澡啊。”

他琢磨了又琢磨，好像没毛病，但毛病又很大。“男人只会看女人洗澡。”木里终于迸出一句实话。

我哈哈大笑：“女人也只看女人洗澡。”真奇怪，“她怎么敢在光天化日下洗澡呢……”天浴一定很天然。

吹着明快的口哨，踩着清澈的小溪，迈着轻松的步伐，边走边唱，实在自在。不禁想起在冈仁波齐徒步，那可是九死一生啊。

飞流直下的清瀑边，一个尼泊尔男人在钓鱼，坐在山涧的巨石上，穿着红色衣服。我盘腿儿在地上，小憩，看人，看水。

徒步第一天最大的挑战是炎热。

那是一段长长的裸露的山路，没有绿荫，没有凉风，一个背包贴在后背上，增加了热感，很快就汗流浃背。流着流着就不知道汗水的存在了。

同样是喜马拉雅，这边，百花盛开，那边，一天四季。

9 月 16 日　安娜普尔纳徒步第二日

山间村落，连绵不绝，恬淡安详，优雅宁静，似欧洲小镇。色彩鲜丽、蓝白相间、干净整洁的木头房子，罗列在铺满石子的山路两旁。

一个小女孩儿坐在自家门槛上，双手拄着腮，看着路人。看了会儿，拿出指甲油，涂起了指甲，涂完还要吹两下，看着彩色的指甲，美美地笑着。另一个女孩睁着清澈的大眼睛，招手让我拍她，我拍她时，她也在拍我。我们互拍完，两个飞吻，笑着作别。

顺势而上，山间散落着许多木屋，依次排开。

木屋嵌在树中，树掩映着木屋，白蓝色的木屋，浅绿色的梯田，墨绿色的树木，村野之趣飘荡在山间，不需要信仰就变得恬淡少欲。这样天然自得的生活，还争什么、斗什么、抢什么。

真想留下来。

同伴却一直催着赶路。

“慢慢走，欣赏风景啊。”

“美景在前方。”

前方有前方的美，当下有当下的美。

山中的食物远没有景色美妙，昂贵而难吃，吃到后来不挑味道了，只要是熟的、热的，就往嘴里塞，为了给身体充电。好歹是牛排和咖喱鸡，虽然牛排是鸡的味道，鸡是鸡毛的味道。

热水也要钱，冷水——尼泊尔的水质差到极致，刚从饮水机里放出的水，就着阳光，就能看到丰满、自在的漂浮物，而有些矿泉水还似乎悠游着某些活物。

至于住宿，能够有个盖子遮风挡雨，有张木板横着，不用坐着睡，就阿弥陀佛了。外表漂亮的小屋，住起来却另一种感觉，就像一个年轻貌美的女孩，一张嘴，却浅薄无知、索然无味。

入住了山顶最高、最好的旅馆。山间旅馆很可爱，住宿不要钱，必须在旅馆吃饭，食物自然比山下贵三倍，但比起国内景区食物的价格已是相当宅心仁厚。自然，也因为老百姓一到尼泊尔，就是土豪。

吃饱之后，必须睡饱。明天凌晨看日出。结果吃得太饱，却睡不着。这么难吃的牛排，还能吃成这样，看来，我吃和睡的潜能相当无穷。也因此，徒步的潜能相当惊人。

9月17日 安娜普尔纳徒步第三日

凌晨4点，爬山，微冷。

为了给一排欧美人让路，站在一边。不经意瞄了眼天空，惊呆了。

这样灵性的天空，一定有天空之城。

这是空中之城的灯火，灿烂地布满天际。星光密布，闪耀迷离，深蓝色的幕布既承载着无数星辰，还有星辰中的女神——月，一轮弯月嵌入众星之中，显得孤艳清绝、傲然于世，弯得像雅鲁藏布江大拐弯处，细得像中国古代仕女的柳叶弯眉，亮得像白昼中的罩碰上巨大的帷幔的太阳，既保留了光，又去掉了刺眼的芒，恰到好处，一切恰到好处！

大概一个小时后，到达山顶，许多人在等候，等候着另一种美的到来，它会消解这种美。

天空呈现湖蓝色，星辰已经离岗，月还在坚守职责。雪山若隐若现，连绵不绝，站在夏季，遥望冬天。不多时，大地突然暗下来，天边出现一抹长长的彩霞，人与山都暗了下来，山尖儿披上了彩衣。

苦熬过这个黑暗之后，太阳一跃而出，大地亮了，人亮了，山亮了，一切都亮了！心也随着亮堂起来！

雪山从灰白色变为橙黄色，继而是朗姆酒的颜色，朵朵祥云，若即若离，美得消解了尘世中所有的不美。雪山绵延数百公里，一字排开，山下一片绿树黄花，不分春夏秋冬，恍若天上人间。

多年以后，依然会记起尼泊尔的星空，灿若银河，皎若白昼；也会记得喜马拉雅山的日出，美彻心扉，出离红尘。

9月18日　安娜普尔纳徒步第四日

下山时，我建议一天到达山底，回博卡拉吃喷香的霸道牛排，几个同伴觉得太急行军，七天的行程，五天走完，已是卓越，三天走完，是超越，但他们不想超越了。这么容易满足，真是的……

“唉，”我摇摇头，“转过山，你们就知道，这点小路，不是问题。”

“问题是我们没转过山。”骆驼说。

“去转！”

“不敢！”

这段路是原生态的湿地，路窄湿滑，加上些许小雨，分不清是汗水还是湿气。天地间，雾气弥漫，人走在水中。

下午3点，到达一个小镇，在讨论是留还是前行时，一个传说中的蚂蟥，造访了我的膝盖，我问熊，“这是什么？”熊摇摇头。旁边一个女人，瞄了一眼，一声尖叫，“就是它！就是它！我就说有吧！啊！”她尖叫着回了屋，硬邦邦地关上屋门。

这叫声吓到了我，这只小活物反倒没那么可怕了。

一位尼泊尔向导带领两位英国女孩，刚刚抵达，我冷静地求救于他。尼泊尔向导立即揪着蚂蟥的小蛮腰扔到地上。“这是蚂蟥。”

“这个……东西，真的那么可怕吗？”他点点头。说它不仅吸食人血，而且越钻越深。

后怕之余，一回头看到了骆驼和驴子。“我们已经小睡了一觉，你们才到！”

真是一处好地方，高高的山顶上，两排小木屋，一排是客房和浴室，一排是餐厅、厨房及主人的卧室，再就没啦！长长的台阶，通往山上、山下。

洗澡后，一开门，外面下起瓢泼大雨，反正头发也是湿的，三步并做两步跑到对面的木屋，把衣服搭在屋檐下。本来就没啥可做，不过是中间空地上来回散步，现在只能在屋檐下散步了。

黄昏迅速降临，连屋檐下都冷得待不下去了。屋内，只有床和柜子，没有转圈儿的空。驴友们传来喜讯，好心的老板在餐厅生起了炉子。

哇噻！抱着所有的湿衣服，踩着湿鞋，挪到温暖的房间，一屁股蹲坐在炉子旁边就不肯起来了。干啥都行，只有一件事情是明确的：不能离开火炉。

其实，这里根本不像遇雨成冬的西藏那么可怕，只是湿凉超出了单薄的衣服所提供的热量。

骆驼跟老板买了 WiFi，我付款。打开个人热点，五个人围着火炉刷微信、微博，半天也刷不出一条来，于是，时光回到五十年，改为围炉夜话，没话多久，停电了！再于是，时光再往前调五十年，改为秉烛夜谈！

但，其实，没有蜡烛，打开手电，刷地一束一束，跟鬼火一般，驴子便讲鬼故事，我正在强烈抗议时，连手电也没电了，一片漆黑。

“有没有感觉贞子向你爬来……”

“啊！”

“如果你再不停止，我就向你爬去。”笑声冲破黑暗，大家爬向各自的木板。

风声、雨声、呼噜声，辗转难眠，奋力入眠。

9 月 19 日　安娜普尔纳徒步第五日

一宿美梦，直到有人来敲两次门，才睡眼惺忪地起来，懒洋洋地拎着牙刷走到室外洗手池，一抬头，惊呆了！

镜中，蓝天之下，遥挂着青山如黛的雪峰；雪峰之下，是一碧千里的叠翠；蓊郁之中，镶嵌着精木华舍；华舍之间，横亘一张方桌，粉色细长桌腿儿，棉麻印花桌布，银色的铜壶，蓝色的盘子，沉郁的尼泊尔风格。

四个英俊男孩，懒散地分坐两边，欣赏着雪山。

我欣赏着他们。

“再不来，早餐都凉成雪山了。”

我坐在雪山对面，端起尼泊尔奶茶，以茶代酒，与鱼尾峰告别。

雪山，木屋，无限留恋；奶茶，刀叉，思绪万千。轻轻地，我走了，正如我轻轻地来，我轻轻地招手，不带走一片云彩。

在最深的旅途中最美的遇见最是此情绵绵无绝期的怀念。

放下刀叉，背上行囊：出发！

旅途中，最迷人的一点，是要面对无数次的别离与出发。这些离别无关生死，这些出发却关乎快乐。

9 月 23 日　尼泊尔酒吧

徒步五天之后，回加都休息了几天。两个驴友明天要去印度，晚上到酒吧里为他们送行。

喝一阵，笑一阵，吃一阵，跳一阵。英文歌曲结束后，响起尼泊尔乐曲，一时兴起，便跳起了印度舞外加肚皮舞，竟惹得酒吧所有的男人围着我跳。乐曲一停，我便停了。两个男人要请我喝酒。

他们等着我发话，我倒手足无措了，先来后到吧。

这是一个高大帅气的欧洲男人，碰杯之后，聊了几句，他是澳大利亚人，在尼泊尔工作了七年了。

我倒想八卦一下，从一个发达、洁净、庞大的国家，来到一个落后、脏乱、狭小的国家生活，感觉如何？

他哈哈大笑："还好，习惯了。我喜欢这份工作，它给了我一切，因而可以忍受。"

"家人也可以忍受？"

"我家就我一个。"

轮到我笑了："为什么？"

"我就是家，我在哪儿，家就在哪儿。"

"英雄所见略同。"（这么高深莫测的成语我可不会用英文说，与他对话时我说的是："Right！ Me too."）

他很绅士，我还没想到另外一个男人，他倒说别让人家久等，"明天，此时，此刻，此地，等你。"

"好吧。如果我记得的话。"我会记得这个约定，但不一定能找到这个地方。

这是一个尼泊尔男人，一看就是。他点了杯威士忌，问我要不要来一杯，我推说喝多了，便用手指着酒单上的 Raksi：一种尼泊尔饮料。

Raksi 像是米做的，闻上去有股刺鼻的味道，闻了半天，待鼻孔适应了，喝了一口，却像有一条天鹅绒铺在了咽喉处。

我们寒暄着，"你的舞跳得真好。"

"谢谢，你也不错。"

"我可是从小跳到大的，而你是中国人。"

我呵呵笑着："中国人很厉害呀，什么舞都会跳：爵士、恰恰、伦巴、肚皮舞。"

我就把我刚才用的招数都说了出来，也就会这一点，还是皮毛中的皮毛。

“在尼泊尔待多久了？”

“这个……”我掰着指头算了一下：“有半个月了。”

“玩得还好？”

“还好。就是还没乘直升机游喜马拉雅山。”

他笑着：“我就是开旅行公司的，明天……已经安排了要事，你后天到我公司来吧。”

“好的。”

“明天晚上我请你吃晚饭好吗？”望着他真诚的眼睛，又喝了一口这杯有着奇怪味道的奇怪液体，得与他搞好关系，没准儿直升机之旅能打个对折：

“好。泰山宾馆见。”

9月24日　尼泊尔商人

傍晚，我在门口等他，时间到了却不见他。他打我的尼泊尔号码，“我在门口。”

“我也在门口。”我四处观望，只有门卫，和一辆车。

他摇下车窗，一身西装。

还真是让我大吃一惊，在尼泊尔，能有一辆摩托车就不得了，开辆四个轮子的车，那相当于是尼泊尔的亿万富翁，折合成人民币，就变成百万富翁了。我一向只认车的性能，不认品牌，不知道是啥车，但从车里的配置及座位的舒适度来看，大概二十几万，这在一天吃住可以只花五十块的尼泊尔，那是相当昂贵。这是一个大人物啊。有故事。

“吃日本菜、印度菜还是法国菜？”

“都可以，你来选吧。”

只要不吃尼泊尔菜，吃啥都行，已经衣带渐宽了，再吃，我要绝食了。

他开出泰米尔，往城郊走去，很快进入一幢普通的小区，夜色中，看不太清，没看到幌子，倒像普通人家。

上了二楼，是一家地道的日本料理餐厅，像回转寿司一样，厨师就在你面前现场制作，一条半圆形的传送带，我们坐在吧台旁边。才坐下，大人物与旁边一个男人热情地打招呼，说是昨晚一起跳舞的朋友，我斜眼偷偷打量，他换了身行头，真没看出来。

大人物递给我菜单，不给也知道，日本料理就那点东西，不过是三文鱼和寿司，唯一吸引眼球的是价格，一份寿司要3000多卢比，一份三文鱼合人民币100多块一份，够穷游者吃住两天了，这在尼泊尔是高昂的消费啊。

大人物说：“这里的食物都是从日本空运过来的，请品尝一下。”

我微笑着夹了一块，就鲜美、醇厚而言，口感不如深圳万象城超市的三文鱼，芥末偏淡、没有辣味，呈粉状，放了好多，放得大人物心惊肉跳：“你喜欢芥末？”

“不……是的，很喜欢……”假装承认省得废话，就我俩的英文水平，估计解释整晚都弄不明白，没准儿，还弄出更多需要解释的毫无意义的问题。

大人物说他有两家公司、三家旅馆，并用 iphone5 为我展示了旅馆的外观、设施。真是个大人物，他每一样东西都让人惊心动魄，尼泊尔全民使用中国完全淘汰的、那种只能接打电话的诺基亚、摩托罗拉手机，他却拿着 iphone5，不烫手啊？

饭后，大人物驱车回泰米尔，进了一家酒吧，他点了杯洋酒，为我点了杯加了薄荷的冰饮，清润的薄荷叶漂浮在橙红色的冰水中，赏心悦目。

喝完这一杯，他说带我去看看尼泊尔人泡的本地吧。打了人力车，驶出泰米尔，在边际处停下。

一进去，我们就成了众矢之的，他的西装革履、我的异国风情都与当地风格格格不入，整个吧像……80 年代农村的戏院，看客们穿得与街上遇到的平民一样，台上表演的人穿的戏服估计也上了岁数，年过花甲是至少的，吧里有一股浓浓的尼泊尔的味道，我不喜欢的味道。所有人都盯着我们看。

“这里怎么样？”

我一个劲儿地摇头。不怎么样。

于是，大人物又叫了人力车去另外一个吧，他一进去，就有侍者热情地招呼，好像是常客，他给了 100 卢比的小费，侍者殷勤地打开电梯门。

哇噢，泰米尔还有电梯啊！也就四层楼。门开后，一个金碧辉煌的世界，似是来到了中东。

“这是迪拜吧？”难怪。

大人物还要点酒，我说："中东人爱喝奶茶，不如来壶巴基斯坦奶茶。"

"很好。"

一个精致、特别的孔雀中东茶壶，倒出醇厚的咖啡色的奶茶，飘着巴基斯坦豆蔻的香味，聊起大人物的创业史。

他出生在距离加德满都十几公里的地方，小时候，家里很穷，16 岁就到首都来打工。十年之后，兑下一个旅馆，再十年之后，创建了现有的一切。妻子领着女儿去美国旅行。问及他是否有一定要生儿子继承家业的想法，他粲然一笑："不。"

"你这样成功，那你未来的目标呢？"

"政治，"他说，"我想成为议员，改变尼泊尔落后的现状。"

一提及现实，他变得有些沉重："我去过许多国家：美国、新加坡、日本……也去过中国的香港，我知道，我的国家非常落后，急需改变，需要有热血、有责任感的政治人物去改变。"

"是的。这种肮脏的现状，我已经快无法忍受了，你怎么忍受了这么久？"

他尴尬地表示遗憾。

"要改变，首先：要先修路，治理环境；然后，重视国民教育；再次，发展商业、旅游业、服务业（工业还是算了吧，尼泊尔人懒惰、反应迟钝，做出来的产品十有八九达不了标）。"

他兴奋地说："我也是这么想的！你真厉害！"

这哪是我厉害，中国就是这么发展起来的，不过才三十几年，当年那些口号不会翻译：要想富，先修路；少生孩子多种树；大力发展第三产业；知识就是生产力……其中真义，我是可以将其肢解、凌迟，用现有的单词七拼八凑再组装起来。

大人物说："我了解中国的改革开放，读过许多此类书籍，还有《毛泽东传》。中国非常伟大，尼泊尔也需要一个像中国一样的发展历程……"

在迪拜酒吧，喝着巴基斯坦奶茶，听尼泊尔商人聊政治抱负，实在特立独行。

鉴于尼泊尔的网速，一天打不开一个页面，我就在他这里定了去斯里兰卡的机票，以及斯里兰卡飞泰国的机票。反正从斯里兰卡回国，要经过曼谷，刚好有优惠政策——免签，不如玩几天，玩够了再回去。

为了感谢我，大人物送了我一个大礼。

9月25日　喜马拉雅山的阳台

黄昏时，到达纳加阔特的宾馆，大人物让司机开车送我到酒店的房间，便离开了，告诉我第二天中午再过来接我。我请他感谢他的老板。

晚饭后，走上阳台，就再也不愿意转身了。这是个有月的夜晚。喜马拉雅山连绵不绝，触手可及，远处的雪山若隐若现，依偎着天空若即若离，狭长的加都星光点点，伴着凄美孤绝的圆月，尤显得孤月遗世独立。近处，几栋房屋点缀了山谷的灵性和生气，萤火虫叽叽喳喳地鸣叫，叫声凸显得山谷更加静谧。

久闻纳加阔特，这不只是喜马拉雅的观景台，简直就是喜马拉雅山的阳台。

我穿着绿色的旁遮比，捏着一杯红酒，举杯邀明月，对影成三人，我载歌载舞，但愿你听得懂。我吻着月亮，吻着喜马拉雅，却倍感凄凉：世上最凄美的吻，是触摸不到的吻；世上最迷醉的爱，是穿越时空的爱。

下意识地吟诵《水调歌头》，太适合此情此景了。

尼泊尔朋友刚好打来电话，问我“那里美吗？”

灵魂的发丝都在颤动：“岂止是美！简直是美醉了。我给你朗诵一首诗，中国最著名的大诗人，关于明月的最美的诗……”

“好哇，太好了。洗耳恭听。”

“明月几时有……”这是个外国人，我立即蒙了——把宋词翻译成英文，我的天哪，我是做不到了。可是，他在等着，我的面子，这可是中国面子。

真想恳求他：用中文读给你听，行吗？他这么绅士，肯定说行，但他肯定听不懂，等于没读。

人一喝多，就没有理性。我干吗不说朗诵莎士比亚的诗，省得翻译成中文了。

看着喜马拉雅，看着月亮，看着我仅有的那点英文词汇，在脑中疯狂地组织着语法、语序：

How long will the full moon rise？

Wine cup in hand, I ask the blue sky.

I do not know, What time of the year.

I want to fly, with the wind.

I'm afraid it's too cold in the sky.

I dance, like an angel.

我已经搜肠刮肚、累倒在阳台上了，“转朱阁，低绮户，”是死活都翻译不来，“照无眠”还可以不要“face”的翻译成：“I don't want to sleep.（我不想睡觉）”“不应有恨”，“I don't hate it，”但是，“何事长向别时圆？人有悲欢离合，月有阴晴圆缺，此事古难全。但愿人长久，千里共婵娟。”就是给我上大刑，我也翻译不出来！

“真美！这诗太美了！”

我从牙齿缝儿里迸出：“谢谢。”

这还叫美？这简直是作孽，这是翻译诗，还是翻译白话作文，白到令自己作呕的地步。手扶栏杆，望着明月，不断地向苏大学士忏悔：晚辈出身布衣，贫农后代，自小没读过书，陪锄头镰刀一起长大，无私塾，上了几年学，些许认得几个字，还认得几个英文单词，于是您那名垂千古的美词就变成这样了——

“起舞弄清影”——“我跳舞”；

“照无眠”——“我不想睡觉”；

“不应有恨”——“我不恨”；

“何似在人间”——“我像个天使”；

宋词所有的美感、押韵、意境、深义、味道通通消失殆尽。这简直连散文诗都算不上，唐诗宋词要是这么写，我也会成为千古大诗人，我说梦话都比这个美。

虽然，我把《水调歌头》给肢解成了白话顺口溜，还累得我呼哧带喘，但是，今晚意义重大：

平生第一次将宋词翻译成英文；

平生第一次把中国诗读给老外听；

平生第一次对着外国的月亮念中国诗。

远处的城市之光大半熄灭，只剩下星星点点，如希望之光，只要有一点，就能燃爆地球。再细细聆听，可以听到月移的声音和地球呼吸的声音。偶尔，传来失眠的狗吠声，空气清新得只剩下氧气。

舍不得那一地月光、那摄人心魄的山谷，情愿失眠，与月为伴，与山同在。

明月松间照，清泉石上流。

海上生明月，天涯共此时。

月上柳梢头，人约黄昏后。

露从今夜白，月是故乡明。

我端着红酒，念遍了我能想到的关于“月”的诗词，宋词都能那样翻译，也能这样组合，在喜马拉雅山脚下，在千佛之国，阿弥陀佛。

9月26日　巴克塔普尔

到了巴克塔普尔，就知道尼泊尔为什么被称为寺庙之国了，这就是座寺庙之城，旅馆是寺庙，餐厅是寺庙，民宅是寺庙，寺庙还是寺庙。

放下背包，便出去找食儿吃，已经饿到饥不择食的地步，却无食可择，满城寺庙。穿过陶器广场，一地陶器，尽在脚下，望眼欲穿，不见餐厅。

看到一家“中国料理”，这种叫法倒是第一次见，却没找到入口。走啊，走啊，快走出城了，也没有餐馆儿。

一个尼泊尔女子在摆弄黄色面团，中间捅个洞，扔进油锅里炸，好像能吃。

一个箭步冲上前去：“这是啥？”

“嘟纳特。”

“多少钱？”

“5卢比！”

这跟白送有什么区别：“来十个。”

鸽子叫起来：“咱能不能低调点儿，南方风格。”

我正在忍饥挨饿，还要低调？咬牙切齿地问：“你说来几个？”

“先来六个。”

我扑哧笑了，这个内蒙古人，装淑女都装不像，南方人只会来两个。

在一块适合做猪圈门的木板上，放着许多面团，尼泊尔女人一边揉面，一边捏了块煤球放入炉子，也不洗手，然后把几个面团扔进油锅，待一面呈现金黄色之后，翻到另一面，再用一根类似于炉钩子的铁棍，将嘟纳特一个一个串起来，扔进一个簸箕里面。最后，拿出报纸的一角，包了六个。

虽然烫得手捏不稳，仍然往嘴里塞："好吃！太好吃了！"是真好吃，不是饿极了才觉得好吃，不过，这猪圈门上揉捏的甜甜圈，只有饿极了才会吃。

这只是开胃甜点，还得找餐厅。路过一道门，被逮着买了门票，给了一张小地图。过了门终于见到一家餐馆，冲进去，有啥来啥。厨师照例是先买菜再烧菜，不到 40 分钟不肯上菜。

拿起地图，看透了每一个单词，不会的查翻译软件，反正有的是时间，肚子也没那么饿了。

"英国人这样评价这个传奇小镇：'就算整个尼泊尔都不在了，只要还有巴克塔普尔，就值得你飞越半个地球来看它。'"我读给鸽子听，大眼瞪小眼之后，又看了一遍："你觉得是这样吗？"

"我看不是这样。"

"那怎么才能这样？"

鸽子不说话了。

"传奇小镇。那就找传奇。"

"如果没有传奇呢？"鸽子问，"我看很难有……"她撇撇嘴。

"那我们就制造传奇。"

鸽子两眼放光："我看……行。"末了，又不自信："我们行吗？"

我把头歪到不能歪的地步，眼睛斜到口歪斜的角度："也不看俺是干啥的，俺可是在拉萨开过‘拉萨传奇’，古筝都能搬到纳木错上弹……”

鸽子忙过来按摩。

“这儿……这儿。”

“老大，咱明天干啥？”

“待会儿先把港妞儿、印度哥、锡兰奶茶鼓捣来再说，上演传奇大戏，没他们怎么成。”

“高见。”

9月27日 中国烧烤

喜马拉雅山下，喜马拉雅旅馆，一群传奇人士在商讨改变巴德岗的重大传奇历史事件：“今天吃什么？”

许多提议，提起来又放下，许多畅想，想了想否决了。

“烧烤。”

“神呐！炭从何来？”

“买。”

“烧烤架何来？”

“自制。”

“这个能自制吗？”

“我可是北京人。”内蒙古妞儿鸽子在北京待了才三年，就以北京人自居，但是北京人能隔空烧烤？

“砖。这是一座砖砌的小城，不愁没砖。”

我们围成一团，“北京小妞，你不是要拆了城墙做烧烤架吧？”

鸽子不屑地说：“用得着拆城？满大街都是砖。咱们上午去的55扇窗宫，里面国王洗澡的地方，你们注意到没？”我们集体摇头，特别整齐：“一堆砖。”

港姐儿睁大眼睛：“大摇大摆地拎着砖就走？”

“这个交给印度哥。”

印度哥委屈地说：“我难道用嘴叼？”

鸽子踹了他一脚：“得多拿点儿，男人有劲儿。”

“可是……我实在想象不出砖如何变成烧烤架。”

“只要有砖，交给我吧。我可是北京人，烧烤轻车熟路。”

我总觉得，内蒙古人的身份更适合做烧烤。

分工合作，分头行动。

踩着石头铺就的土黄色的老路，顶着烈日找木炭和竹签，没有这两样，即使满城都是砖，也做不成烧烤。

一边用手机把“竹签”这个单词和图片给老板看，一边跳大神似的表演手语，结果，老板拿出一把做笤帚的竹子递过来，软得像荧光棒一样。

再找一家，老板拿出一把竹签，刚要欣喜若狂，另一边就像绳子一样下坠，立即像泄了气的皮球。找了一条街，都是这种竹子。

终于有老板拿出根根直立的铁棍，那种粗壮，穿的肉块起码得烤上一天。

沮丧极了：“尼泊尔人不吃烧烤吗？”

“看样子不吃。即使吃，肯定不是用签子串的。”

又问到一家，这个女孩儿特别热情，说带我们去找，走两步，又回头抱了一个女孩。

好奇地问大女孩小女孩是谁？她笑着说是她姐姐的孩子，笑容与小女孩一样天真无邪。

走了一段路，竟然发现路边晒着木炭，成群结队的木炭。哇，空中立即呈现一串串儿烤得香喷喷的羊肉串，用舌头舔了舔嘴唇，立即上前询价。这是一家裁缝店，人家是自己用的。

请女孩给做翻译，我们愿意出重金购买。对方开价 150 卢比。

啊！尼泊尔人实在是太厚道了，不理解重金的含义。“200 卢比。”老板立即笑成喜马拉雅山上的月，开心地去屋里拿袋子装。

鸽子捏了我一把：“土豪，干吗加价？”

“宝贝，200 卢比才 12 块钱，这一大堆木炭，不是明抢吗？”

“也是。这在国内得 100 块。”

美滋滋地背着木炭，因为过于廉价而忽略了它的重量，仿佛背的是一袋金子。

竹签，竹签，竹签……心中祈祷着。

尼泊尔的九月，温度并不高，但在正午前后，晴天时，日头还是很毒辣的。女孩七拐八弯地把我们带到了她哥哥的店铺——木材厂，满地堆放着粗得像眼镜蛇头般的木头——我们只想烤肉，不想盖神庙。

对方问鸽子要多少木头，鸽子剧烈地摇头，她姐夫笑得像花儿一样。

我连忙说："你得点头，尼泊尔人摇头 yes，点头 no，原来不是传说？"

鸽子的头僵硬了："那我到底是摇头还是点头？"

"你点头试试。"她姐夫带我们去看更粗的木头。

我赶紧手舞足蹈地解释，竹签不是木头，这根木头能做一火车皮竹签，这不仅是高射炮打蚊子——大材小用的问题，而是买不到这么巨大的肉，即使买了，也穿不进去，穿进去没有个把星期也烤不熟，我们是否能够活到肉烤好的时刻，不一定。这还用解释，这是木材店，盖房子的，穿烤肉的竹签不在这里。

实在不行，就只能买那种竹篾了。

买肉、买酒、买菜、洗菜，五个人在楼顶忙得不亦乐乎。近处是尼亚塔波拉庙，远处是杜巴广场，再远处是喜马拉雅山脉。

几位中国游客在旅馆点了菜拿到顶楼来吃，屡屡被我们的创意折服："怎么想的，你们！"所有的辛苦都化解在旁人的艳羡当中了，原来，虚荣还有慰藉疲惫的功效。

鸽子先把四块砖横放在地上，两边各自立了四块砖，一个有模有样的烧烤台横空出世，她把木炭铺在砖上，想办法生火，我与锡兰奶茶串串儿，港姐洗菜。

我捏着吃软饭的竹篾，还没等穿，它就软了，满心惆怅："天哪！这得有一指禅的功夫才能穿得过去呀。"

印度哥一边对着木炭煽风点火，一边对我煽风点火："要不，你先去练练？"

我眉毛一扬，把竹篾一扔："等着啊，我去少林寺，先走一步。"

印度哥忙撇下木炭，揪住我的裤腿儿：“别，女神，等着吃烤肉呢。”

急中生智，三根合为一根，终于成功地串了一串，众人先狂呼了一番。不过吃个烤肉，至于这么费劲。

港姐洗完菜，只是看戏，等到 8 点，看戏还没上演，实在耐不住饿，拿着大蒲扇拼命地煽风点火，瞬间火势旺盛起来。肉在砖上噼里啪啦作响。

我跑下楼，从厨房借来盐、油和洗洁精。老板在走廊上柔声询问我们在做什么？我热烈地回应：“烤肉。”见他没反应：“BBQ。你地明白？”

老板顿时僵成木炭，帅气的脸上结了冰霜，但面对木已成舟的结局，无奈地说：“Just once, ok？”

我能不 OK 吗？先烤了再说。想让我们再烤一次，也是不能了，用一指禅串肉容易吗？

先烤蘑菇，烤一串儿吃一串儿，“嗯，嗯，好吃，好吃，没吃过这么好吃的肉。”

“那是蘑菇。怎么比肉还好吃？”

“饿叽歪了呗。”

“鸡翅，快，先烤鸡翅。”

“太好吃了！这是我平生吃过最好吃的鸡翅。”

随之而来的对白大致相同：“这是我平生吃过最好吃的羊肉串儿！”

“这是我平生喝过的最好喝的啤酒！”

我翻翻白眼：“这是我平生穿过的最难穿的羊肉串儿！手指头都

麻了！”

一人一瓶尼泊尔啤酒，也没有杯子倒，打开对瓶吹。北方人也就算了，一个江南女孩儿，一个广东女孩，也对瓶吹起来，出了国门，不论南北，只论国内外。

还有我，更可怕，摆明不喝啤酒，拿起一瓶红酒，对瓶吹，真是……可惜酒了，好容易淘到的一瓶澳大利亚红酒。

一群中国人，在尼泊尔的楼顶，吃着中国烧烤，抡瓶狂饮。这要是举瓶邀明月，明月就得醉成月牙儿了。

串、烤、吃、喝、笑、侃到无力说话的地步，大家打着手势收拾残局。此时才知处女座的魅力，锡兰奶茶神奇地变出一把刷子，倒了点洗衣粉，瞬间就把油腻腻的桌子刷得光可鉴人，所有的垃圾及未用完的炭装进一个大袋子，地面用拖把刷、刷、刷。

“打扫的比服务员还干净！”

“没看见服务员打扫过呀。”

“这活干得像刷了漆一样。”

“得收小费。”

“十串烤肉。”

“你串？”

“海灯法师穿。”

“还不累是吧？”

“干活。”

瞬间，人声皆无，只有风声，水声，拖布声。

少顷，鸦雀无声。楼顶，空无一人。

远方，喜马拉雅，无言地入眠。

9 月 28 日　壶变锅

如果喜欢巴德岗古老的建筑与宗教文化，住上一个月也不嫌烦；如果不喜欢，半天就没地儿逛了。总共就这么大的地儿，俩小时就逛完了。

没关系，只要有人，只要有扑克，就可以斗地主。

昨儿个用一指禅穿肉串，累着了，又吹了风，稍有感冒的前兆，便自去睡了一觉。

晚上 7 点醒时，他们三个人一副扑克斗，鸽子已经负 100 了。

我揉揉惺忪睡眼："卢比还是人民币呀？"

鸽子沮丧地："人民币！"

"啊！这还了得，你基本没赢过吧。"

鸽子委屈地："基本上，赢也是小赢，输都是大输。"

"闪开！我替你捞本。"捞到 8 点多，只负 100 卢比："你玩吧，我去吃个夜宵。"

下楼右拐就是杜巴广场，站在那里惊叹不已：空空如也，漆黑一片，该关的都关了，不该关的也关了。只看见尼亚塔波拉庙黑魆魆的身影，几个尼泊尔人围了两个圈儿，打着手鼓唱着歌，在神像下祈祷、神聊。我看了看他们，他们看了看我。

最终买了小店儿最后一袋牛奶，当作晚餐，才一转身，小店立即上了门板。

心虚地看看时间：20∶50，还是不放心，看看纪年：2014。我也没穿越呀，怎么觉得像 1904。

回去后沮丧地对仨人说：什么都没有，全关门了。他们齐刷刷地点着同情的头："放那儿，大王。"

"我决定到露台慰藉下受伤的心灵，它将永远为我敞开。"

五分钟后就从狭窄而陡峭的楼梯下来："下雨了。巴德岗再小，难道没有容身之处？没个吃饭的地儿？"

三个人笑得前仆后继。

"我们提供真正的疗伤妙法——食疗。"

我狠狠嗅了几下："怎么一股方便面味？"

"嗯，差不多了，该打鸡蛋了。"港姐说。

印度哥掀开壶盖。

我瞪大眼睛："Oh my God! 我的水壶！它是用来烧水的，不是用来煮面的。"

鸽子嘿嘿笑着："我会给你洗干净的，比买时还干净！别忘了我是处女座。"

"你是处女座，又不是神女座，你敢保证，烧水后一点面味儿都没有？"

我狠狠地闻了几下："味儿还挺足！好了没有？"

"蛋好了，就好了。"

"蛋好了没有。"

"你问蛋。"

“我问你。”

“那我问问蛋。”

“你贫不贫哪，北京人！”

印度哥不乐意了：“要说贫，得是我们天津卫，相声大师都是我们那儿的，那是靠嘴皮子吃饭的……”

“你的嘴既然是用来贫的，就不用吃面了。”

他立即闭嘴。

我拿了一个玻璃杯，柔情蜜意地对处女座厨师说：“先来点儿汤。”下意识舔舔嘴唇。

“面是我的！”女王说。

“蛋清归我。”

“蛋黄归我。”

“哇噻！这是我平生吃过的最好吃的面。”

“能换句对白吗？俗！”

“喜马拉雅山麓，加德满都谷地，巴克塔布尔古城，月上柳梢头，打完扑克后，纤纤濯玉手，皎皎雪山月……”

我文不下去了，再不抢面就没了：民以食为天，午饭还没吃呢。

实在是狼多面少，又煮了三锅才罢休。房间里只剩下喝汤声和抢面声。

9月29日　水壶煲汤

黄昏时分，坐在楼顶看杜巴广场，以及它身后的喜马拉雅山。许多时候，远在天边的神圣近在眼前时，会觉得人生很神奇，旅行很神奇。我也很神奇，是我带领我自己亲见了这个神奇的世界，神奇的人生。

我用神奇的眼睛看着神奇的喜马拉雅，那颗移动的亮点，是星星还是天神之眼？我见过那样的眼睛，在尼泊尔，那洞穿一切、淡漠世间、连接宇宙的眼睛。像弯弯的倒悬的月牙儿，黑色的月。那是智慧的眼。

露台上唯一的灯灭了，有人急匆匆地打开露台上的门，又急匆匆地打开一堆铁，噪声立刻搅扰了灵魂的安宁。我怏怏不快地下楼，鸡汤该好了。却发现汤在老板手中，而且，他比我还不开心。不知道为什么，他要没收电水壶。可我们好不容易发明了用水壶煲鸡汤，好不容易摆脱实在吃不下去的尼餐。

鸽子站在那里束手无策，其实，她比老板还强壮，文不行，还可以动武呀，笨笨。我处变不惊地先道歉，一再保证，信誓旦旦再也不煲汤了，老板这才放下壶，下楼了。

“什么情况？”

“好像……因为这壶，整个旅馆的电鼓了。”

“难怪……”原来那堆铁是发电机。

“现在怎么办？”鸽子等待我的决策。

“什么怎么办？喝汤。”端着壶进了房间，反锁上门，又搬了凳子倚在门上，喝了一口。

“这是我平生所遇最美的鸡汤。”

“这是我平生付出代价最大的鸡汤。明天还煲。”

“啊？”

“笨，非等到停电啊，午饭就煲，插上门。没有鸡汤活不下去了。”

“你刚才发过誓。”

“有吗？”

“有。”鸽子郑重地点点头。

“女人，告诉过你无数遍：别相信誓言！那就是普通对白。”

两个小时前，我俩刚把两只鸡腿、一块生姜放入热水壶，刚插上插销，停电了！鸽子出去抽闷烟。我盯着水壶看，舔了舔嘴唇，想象着从冷水变成鸡汤的美好结局，又舔了舔嘴唇。

拿出手机，发了朋友圈：每天 6 点必停电！尼泊尔人做饭不用电吗？突然灵光乍现：为什么会有 WiFi？兴奋至极时，鸽子从外面走进来，我们双目交会，异口同声说：我知道哪有电了！我们冲进走廊，寻找插路由器的电源，竟然在与天花板相接的地方，固定在墙上。

鸽子拔下路由器的插头，竟有一只壁虎从后面爬出来。“还插吗？”

“当然！”在尼泊尔，多么难以接受的事情都接受了，何况一只壁虎？睡在天花板上的插座刚好在一个单人间的小阳台上，水壶，不，锅，坐落在露台上既惬意又隐秘。

在热水壶煲鸡汤的时刻，我就到露台上写行记，赏喜马拉雅，赏着赏着，就出现上面那一幕。

但是，尼餐，我的天哪，实在是被咖喱鸡给弄得没有食欲，再也吃不下任何尼泊尔餐了。真不是所有的美食一定是当地做得好，在拉萨时，总是去雪域餐厅吃尼泊尔餐，人家做得精致、精巧、精雅，特别秀色可餐。到了尼泊尔，吃真正的尼泊尔人做的尼餐，那真是……考验耐力、承受力、抗饿能力，首先，没有个把小时，别想吃饭；其次，卫生条件，只保证菜里没有活物；再次，那些配料……

今晨在杜巴广场最高的寺庙上喝早餐，鸽子打开桌子上的糖罐，我恰巧瞄到，立即捂上眼："快合上！"白糖已经变成红糖，还没变完整，正在发酵，成色不匀。我俩在奶茶里捞了半天，担心奶也有问题，茶也是发霉的，还好。

怏怏地勉强喝了几口。"没想到，在巴德岗，最大的挑战竟然是吃。怎么办？"我问鸽子。

"自己做。"她说。

"啊！还买锅呀？"

"热水壶呀。"

"壶能煲汤？"

"昨天不是煮面了嘛。"

"鸡能放下吗？"

"您请好吧。"

9月30日　尼式卖鸡法

吃完早饭就去买鸡腿儿，防止黄昏停电，跟壁虎抢插销，回头再把电鼓了。

杜巴入口处就有一家卖鸡的，老板不大懂英语，我便用手指了指鸡腿儿，又竖起一个胜利的手势，比画了要“两个鸡腿儿”的意思，又张开双臂：还得是大个儿的。

他点点头，操刀慢吞吞地割下一只鸡腿儿，然后在两排乖乖趴着的鸡中找了另外一只肥鸡，割下了一只肥硕的鸡腿儿。

“啊，还可以这样卖呀。两只鸡腿才十块钱人民币。”老板那样真诚地看着我，问我满意不。我不是满意，我是奇异。会不会亏得倾家荡产，想了想，也没什么家产可倾，便拎着两只异父异母的鸡腿儿，回去煲汤。

为了减少愧疚感，在旅馆餐厅点了尼泊尔厨师做的半吊子中国菜：清炒土豆丝和番茄炒蛋，外加一瓶红酒，两个人吃到汗流浃背，幸福不已。倒在床上。

“还想回国吗？”

“有鸡汤喝，可以暂时不回了。”

“那么廉价，而且拣最肥的腿割，从两只整鸡上割两只腿，你说，剩下的部分咋整？……”

一会儿便响起了呼噜声。

吃饱了就睡，天经地义。

若没有鸡汤，真是无法挨到签证结束。

10月1日　幼稚的欺骗

谁说淳朴简单的人不会骗人，尼泊尔人也在学习骗人，只是技术特别低级。他们自以为很高明，演得活灵活现，我们乐不可支，憋了半天，实在憋不住，扭头笑够了，再看他演，毕竟人家很努力。功力不够那是传统与社会的问题，不怪他。他们见天儿地坐在神庙前发呆，想跟从小看《三国演义》《水浒传》的我们玩心眼儿，那真是搞笑死了。

我看着这个尼泊尔男人，用手缝我的鞋子，一针一线，在杜巴广场一边，缝得不错。鞋子也不错，但架不住我穿着它又转山，又徒步，又越野，刚下冈仁波齐，又上珠穆朗玛，才从喜马拉雅山下来，就这才坏了一个小口儿，这双才一千多的户外登山鞋够扛造吧。

我瞧着常喝咖啡的那家咖啡厅前堆积了很多人，许是又在演节目？问这位尼泊尔大叔好没，他笑着说："马上就好。"他熟练地用粗的像铁杵的针扎刺着鞋帮，然后一拉一拽，再扎再拉再拽，然后封口。"好了。"他说。"500卢比。"

哇，你当我新来的！500卢比能吃一天。"真的？"他特别认真地点头，表示很不容易。那是没有喝茶、发呆容易。

他极尽可能表现出公平合理的模样，心中的信仰却在打他的小鼓，使得他的眼球滴溜溜直转。

他旁边几位邻居斜睨着他，他大概不常宰客，适逢今天有兴趣。我也刚好有兴趣，陪他表演被骗，已经住了八天，天天路过他身边，他敢拿我开涮，这是骗人大忌。

我表示不相信，他表示是最低价。

我像母亲在看一个要驴的孩子一样拿出一沓钞票，用手弹着。他脸红了，装作迷眼了，一直揉。旁边的尼泊尔大姐推了他一把，摆摆手："别听他的。"正义地从我手里拿了张100卢比给了他，并摆手让我走。

其实50卢比也可以。

他用手捂住脸，也不知是表演羞涩还是表演亏大了。大姐又拧了他一把，他跟我说Byebye。我跟他说Namaste，双手合十。他把脸藏起来。

我呵呵笑着去神庙前看热闹了。

10月2日　宰牲节

这些天特别热闹，从晚上6点开始，街道上锣鼓喧天、全民同欢，直敲到晚上10点作罢。第二天4点又开始敲。大概到第四五天的光景，敲锣打鼓的频率和人数剧增，几乎每五分钟就有一支队伍经过。

本来就没多少人，全上街敲鼓吹奏去了。被敲得实在寝食难安，才知道，尼泊尔在过一年一度最隆重的宰牲节。

什么意思？宰个牲口还用过节？

凌晨4点，锣鼓声又响起来。到顶楼呼吸纯净的空气，但见万家灯火，星光点点。街上竟已人头攒动、热闹非凡，有不少人在杜巴广场进香祈祷了。

早市已经开始，新鲜且寥落的蔬菜摆在潮湿的地上，手扶拖拉机载着装鸡的笼子来到市场。老阿妈已经煮好了热气腾腾的奶茶，慰藉碰上早起拜祭的人们。

“Namaste（那马斯忒）！”互道问候，捧着热热的奶茶同巴克塔布尔一起开启新的一天。

每位拜祭的尼泊尔妇女手中都托着个圆圆的铜托盘，里面摆放着分隔五六个小圆的器皿，装满了颜料、花瓣、五谷杂粮。她们往每一处佛龛撒着粮食和花瓣、涂抹着红色的颜料，我则厚颜无耻地见缝插针拍她们。

转到杜巴广场中心，更是人流如织，声震寰宇。人们围着国家艺术馆门口的毗瑟挐人面狮身像纳辛哈，争相添油添火，扔花瓣谷物，虔诚地触摸基座，用头触碰它的躯体。

进出金门的人络绎不绝，下意识跟进去，才发现这座55扇窗宫，白昼，属于游人，晨昏，属于信徒。

人们排队等待进入印度庙，庙门口有人在敲锣打鼓，门口有一处方台，上面撒满谷粒，中有一朵艳丽的燃烧着的小花，火点燃了它，它又点燃了无数火焰，唯有妇女们低头取火。

我不敢进，心下暗暗谋划：明晨穿着旁遮比混入其中。但是又不敢，听说会有180头牲口同时被宰杀，我可是天生晕血。万一真晕倒了，他们会把我送到哪儿……

站在神庙门前写微博，只听到里面清脆的一声，白昼一直紧闭的门开了，人们进去朝拜。

把奶茶放在一处水泥台上拍照，一个妇女拿着畸形的水壶扔进圆形的水泥台中打水，原来是井！尼泊尔人崇尚不规则形状吗？连国旗都是不方不圆的两个叠加的三角形。好歹井口是圆的。

鸽子也早早起来到广场觅食，或落在庙门，或蹲在地上，或四处飞翔。转角时，突觉头上热热的，继而臭臭的，“天哪！死臭烂鸽子。”

飞奔回去，从头洗到脚指头，用光了一瓶洗发水，头发都快洗掉了，那股味道还没掉。狠命喷迪奥香水，最终不敌鸽屎的味道，那味道缠绕了我一整天，真是的……香水还得改进。

10月4日　还是宰牲节

早晨，又进入马拉国王的宫殿。人们排队进入印度庙，我站在门口瞄了一眼，几只牛被杀死在地上，人们围着尸体狂欢和奏乐。胃里翻江倒海，眼前星光灿烂，身体摇摇欲坠，立即逃跑。

门外的广场上围了一个大圈，一排警察坐在庙前的休息区。圈儿里有两个男人坐在地上祷告，不停地用红花涂满手与额头。一个维持秩序的警察邀请外国游客进入主席台，游客们纷纷走上前台，大肆拍照，只有我婉谢了，便于逃跑。杀牲口有什么可拍的，更何况，我还晕血。

几头待宰的牛羊，不安地等待着生命的非正常结束。两个男子祷告完毕后来到圈子中心。地上铺了一块方毯，立了一根柱子，放

了三把廓尔喀刀，几个椰子。男人继续祷告，然后有另外两个男人前来助阵。一个男人拿起椰子，放在一块板上，挥手示意远处白塔旁的两个持枪警察，两声枪响的同时，椰子裂成两瓣。

一头幼年的小羊被牵进场中央，祷告的男子喂它粮食，拿红花和红色的颜料涂抹它的头和脊梁，然后，它被牵到另外一个男人面前，男人手起刀落，小羊头颅落地，头颅被男人扔到地上，尸身被拖到场边人群前。

当献祭的动物头身分离的一瞬，我将头扭向一边。围观的群众中有许多小孩和婴儿，身边瘦弱的女孩用手捂住了眼睛。

看不下去了，离开。

下午，习惯到杜巴广场最高的塔顶喝奶茶。正往楼上走时，侍者在下楼说道：“因为宰牲节，4 点就关门。”

因为宰牲节，已经严重破坏了巴德岗的宁静，现在，连喝茶也要受限了。遥望杜巴广场，想写行记，但被敲锣打鼓声吵得实在没了兴致，只好看他们敲鼓。

年轻人的鼓敲得震耳欲聋，边敲边扭。年纪大些的敲得稳重，透心地欢畅。老年妇女们着一身大红色纱丽，围坐一圈，唱歌；老年男人们打着手鼓。人们的额头眉心处都点了红色的点，脖子上缠着红白相间的绳子。

不停地有游街的队伍，一边行走，一边吹笛子、敲锣，一队队，一列列，人们欢声笑语，手舞足蹈，快乐无比。

印度教徒认为用牲禽供奉印度女神伽德希密将会消灭鬼怪，带来繁荣，信徒们欣欣然地从好几英里外的地方赶着自家的牲禽前往神庙。据说宰牲节期间，整个尼泊尔会有 20 多万头牲畜被宰杀。

真是奇怪，当众斩首动物，满城鲜血，四处哀号，会引来的是鬼怪吧。至于繁荣，跟尼泊尔是没有半点瓜葛的，这里落后得不可想象，人们却依然在唱歌、跳舞、发呆、过节、宰杀牲口。

一年三百六十五天，三百天在过节，哎哟，繁荣……

10 月 5 日　楼顶上斗风筝

今天将是在巴克塔普尔的最后一天，不知不觉已待九天，在这座两个小时就转完的寺庙小城，竟然转了九天，在这个楼顶露台望山也望了九天。

喜马拉雅，你该认识我了吧，日日，对视；天天，相守；时时，亲近；刻刻，相随。我还从来没有如此对待一个男人，我不黏男人，我喜欢自由，独处才有自由，自由才会思考，思考才不白活。我的愿望如此卑劣，不纠结如何成为人，为何成为“我”，只奋力不让此生虚度，顺应本性生活。

在喜马拉雅旅舍的屋顶，看喜马拉雅山下小城，小得能够看到全城的屋顶。

每一天，尤其清晨与黄昏，一定会站在屋顶看雪山、看蓝天、看宗教、看红尘，看整个巴克塔普尔。看日升日落，看清明黄昏，看月牙儿升起，看星辰渐密，看时光流逝，看一天从身边溜走。看着看着，忘记自己，忘记一切，只有天、地、山、空。

成片成片砖红色的建筑鳞次栉比地排列着，屹立了几个世纪的尼亚塔波拉庙映入眼帘，远处绿色的树木及连绵不断的喜马拉雅山脉尽在视线之中。隔壁的尼泊尔妇女正在楼顶晾衣服，几个孩子在楼顶上放风筝；身后楼顶上几个尼泊尔男人在打扑克。几个孩子放风筝，在楼顶上，尤为珍贵。

风筝忽高忽低，忽隐忽现，究竟是人在控制风筝，还是风筝在控制人?

我看他们，他们看我。我拍他们，他们拍我。究竟，谁是谁的风景，谁是谁的模特?

他们向我招手致意，热烈邀请我过去，仿佛我只是一个尼泊尔的邻家女孩。

去就去。他们告诉我下楼，一个十岁左右的男孩已经在等我，一看到我，就飞奔出去。

我跟随他拐到一条小路，从一个很窄的门走进去，然后上了一道很窄很陡很古老的楼梯，我需要低下头，才能拐上另一道楼梯，楼梯右边分别是厨房、卧室、客厅，可那分明很像……牛棚。

拐了三道拐，来到楼顶，大概有七八个人，四个人在玩扑克，满地的卢比；三个人加上两个小人儿在放风筝。每个人的额头上都点了寓意吉祥和节日氛围的红点，点的并不均匀，似是随性一抹。

寒暄之后，看他们放风筝。Nezor 拿着一个大大的线轴，遥控着风筝，卷几下，放几下，等一会儿。

“你在等什么？”

“等风来。”

我踩踩用铁皮铺就的简陋屋顶，竟然能够承受这么多人。

“没问题的。”Nezor 打消了我的疑虑。我微笑着点点头。

“风！风来了！”我暗笑着：我已经来了，我就在这里，在你身边，但我不刮风，我虽是风，却是修行的像水一样安然的风。

但是，风筝却需要风才能飞起，Nezor 迅速放线，风筝飘摇在天。远处的风筝鼓足马力，扶摇直上，迅速缠绕着另一只风筝。

Nezor 紧张地摇动线轴，左右拉扯着，只见到一只风筝摇摇欲坠，最终还是跌落云端，落入谷底。众人一齐鼓掌。

Nezor 笑着看着我：“我赢了！”噢，我什么都没看出来。

“你想试试吗？”哪有我不想尝试的，我接过线轴，学着他的样子，控制风筝，人家是收放自如，我却是乱放乱收。风筝卡在对面屋顶的栏杆上，男主人正在看热闹，便呵呵笑着，不紧不慢地走过去，慢条斯理地把风筝取下来，送上天空，一阵风来，风筝飘摇而上。

“你真聪明！”

“谢……”字刚说了一半，只见风筝一头栽下云端，落向未知的角落。众人哈哈大笑。

“你输了。”我的风筝被剪断了，不知对手是谁，如何做到，甚至都不知道自己输了。

Nezor一边缠绕着一只新的风筝，一边轻描淡写地说：“不用放在心上。Sometimes, we win, Sometimes, we lose. It's life!”——有时候，我们赢了，有时候，我们会输，这就是人生。

我很想把他的原话写下来，因为，那让我记忆至深，而且，是我听过的最美妙的英文。像诗，像哲理，有思想，有智慧。

尼泊尔大男孩Nezor，过着极简的乡村生活，却说出了在都市生活多年也未必讲得出的话语。

有时候，朴素的生活中会诞生朴素的道理。

Nezor 的姐姐端来香喷喷的奶茶，妈妈端上来一个托盘，盘子里放了好几样食物。Nezor 说："这是我们的食物，我们每天都吃这个，尝试一下。"他热情地介绍了一遍，这个听不大懂，大致有咖喱土豆，有可以干吃的粮食，外形像麦片，颜色却像大米，还有几种不像肉的烤肉。

象征性地吃了一块，只说自己刚刚吃过。玩了一会儿，Nezor 饿了，很快把它们吃光了。他已经 24 岁了，却像个孩子一样，饿了就吃，吃饱了就玩，玩累了再吃。他的哥哥 32 岁，有三个孩子，却带着孩子在屋顶斗风筝。

这是尼泊尔人的一天，或许是一生。

真想做只风筝，飞翔在单纯的喜马拉雅的天空。

直玩到夕阳西下，才依依不舍地离去。一边下着低矮的碰头的楼梯，一边遗憾：为什么缘分开始于离别之际？

10 月 6 日　田园生活

一早，给 Nezor 打电话，想邀请他吃早餐，却关机了。而我根本找不到他家，房子大同小异，那道门窄的似乎不存在。

在旅馆点了早餐，便去小店买袋鲜牛奶，自制奶茶。竟然有人喊我的名字，惊奇地发现竟是昨天一起放风筝的男孩。

孩子带我又穿过一条小巷，拐了一个小弯，进入一道窄门，站在一栋小楼前。“Nezor，”孩子在下面大声疾呼：“风来了。”

一样狭窄的楼梯，房间里也仅有一张床、简陋的柜子，电视里放着印度电影，一会儿清晰，一会儿模糊，纯英文对白，没有字幕。难怪这里的孩子和老人都会讲一点英文。

孩子换了台，出现央视新闻，熟悉的中国播音员却说着尼泊尔话，令人忍俊不禁。Nezor 不好意思地下楼，没料到我会来做客。我说请他一起去用早餐，他婉拒了。

说话间，姐姐已经端来了热气腾腾的奶茶和一碟饼干。“这是我们的早餐。”

盛情难却，端起奶茶，品饮了一口，真诚地赞美：“这是尼泊尔最好喝的奶茶！”

姐姐像一个 20 出头的女子，依然漂亮、苗条，还有少女般的羞涩，而她有两个孩子，大儿子已经八岁，就是带我来的孩子。

Nezor 洗漱的时刻，我先告辞，叫上鸽子和细雨一起买了好几只风筝，以补偿昨日被剪断的那只。

尼泊尔的风筝很便宜，制作相当简单，不过一个十字架的骨干，粘了一块花纸，售价 20 卢比，一块多人民币，有一只 100 卢比，我很喜欢，便买下来。

路遇一个卖充气玩具的二八大自行车，想给 Nezor 的外甥、侄子们买几个玩具。挑选时，一个四岁的小女孩用一双清澈如水的大眼睛恳求我给买一个，她妈妈就站在旁边。我便买两个妹妹送给她。

嘻嘻哈哈地搂着玩具和风筝，随 Nezor 一起又上窄梯，站在楼顶，放风筝。这楼梯对于强壮的鸽子很有挑战性，她往那里一站，头就已经到了楼顶，身躯塞满了整个楼梯，还好，没卡住。

Nezor 昨天穿的是件黑色背心，露着胳膊上的刺青，今天穿了件红色衬衫，一条牛仔裤和白色的球鞋，文气了许多。

仍然有几个男人在玩扑克，几个男人在发呆，几个男人在放风筝。

Nezor 的嫂子端着托盘上了屋顶，她微笑着对我们说："Namaste！"递给每人一杯奶茶，热情地与我们合影。

我举起风筝，熟练地放飞，它越飞越高，我越开心，就像母亲看着孩子越走越远但却越来越好一样开心。

"放手。"Nezor 指挥着我。

那只最漂亮的风筝似乎被缠住了，Nezor 赶快接过来，拼命拽着，直到风筝又自由飘荡。

一阵欢呼，他成功地弄断了别人的风筝。

不一会儿，远处的屋顶一阵欢呼，我们的风筝被剪断了。

从清晨玩到正午，从正午玩到黄昏，才依依不舍地作别，赶回加德满都。

此次一别，许是片刻，许是永远。

旅途中的离别，尤为频繁；每一次偶遇，注定离别。但不会为了宿命，而不去相遇，就像不会为了死，而不生。从遇见到离别的过程，就是相识；从生到死的过程，就是人生。

真正的旅行，就是享受这个过程。真正的人生，也应如此。

我要在这个过程中缔造幸福、快乐、自由的人生。

10月8日　偷渡者

想到祸害了尼泊尔一个月，即将离开，临走前还得再祸害一次，便回泰米尔找了个酒吧，折腾到半夜。

全靠世界各地的人跑泰米尔折腾，不然，尼泊尔得穷成什么样，连我这个出生在穷乡僻壤的人都看不上，若非这一群助我祸害尼泊尔的神奇驴友们，我到达加都的当天就要离开，绝无可能住上一个月。

喝多了酒，自然要跳舞，一跳舞，我自然收不住，又吸引了几个追随者，其中一个法国人邀请我今晚再跳，跳就跳，谁怕谁？唯有一怕，变成现实了——迷失。

我在泰米尔乱转，也找不到昨晚那个吧，我干这种糗事已经习以为常，知道自己的缺点，却从不留后手。再转一圈儿，找不到，走人。

“美丽的姑娘，你在寻找什么？可否上来一坐？”

我抬头一看，二楼站着一个男子，因为背对灯光，所以，看不清他的脸，分不清中外。这种说法，绝对不是出自汉族男人之口，但他用词精准，说中文很顺，有些奇怪的味道，又不像外国男人。

“你是藏族人？”

“是的，姑娘怎么知道？”

我淡然一笑：“口音。还有判断。”

“我是洛桑，姑娘见多识广，想必一定知道康巴汉了。”

“自然。藏区的‘吉卜赛人’游牧到尼泊尔了？”

“‘我骑在马上无忧无虑，宝座上的头人可曾享受？我漂泊无定浪迹天涯，蓝天大地便是我家。'"

洛桑在楼上唱起来，我在楼下倾听鼓掌。

"姑娘在找什么？"

我脸红了："一家酒吧，昨晚和人约好。"

"名字？"

"忘了。"

"没拿名片？"

"拿了，丢了。"

洛桑呵呵一笑："上来喝一杯吧，这也是酒吧。我朋友的。"

旅人不同于常人，有一种独特的心境和穿透力，使得平常的邂逅变得不同寻常。这是个有故事的人，我一眼就能看出。

我们临窗而坐，就在他刚才站过的地方。

"白酒？红酒？"

"红酒。"

"你红我白。"

"好。"

老早就听说过康巴汉子长相英武、肩宽步阔、脸如墨玉、极其阳刚，果然真实不虚。只是两次入藏，都未得见，却在尼泊尔偶遇。

"听闻康巴汉子有三宝：头饰、护身符和刀子。你有哪样？"

洛桑笑了，笑过之后，有些悲凉，"我什么都没有：护照、身份证，我回不了中国！"

"啊！那……你怎么来的？"

"翻越喜马拉雅山。我 16 岁时。"

看他的年纪，也有近二十年了，“这是偷渡吧！”

“算是吧……我太小了，跟着一群人，他们说山那边是另一个国度，很好玩。”

“啊！嗯……你们……翻越了多久？”

“大概一个多月，从日喀则出发时，还有四十几个人，到尼泊尔只剩下二十几个活的……”

“死了吗？”即使是白酒也压不住我的震惊，这故事比酒烈。

“冻死的，饿死的，病死的，被狼群逮去的，被警察抓回去几个……”

“那你……没想过跟警察回去？”

“我太小了，什么都不懂，也不敢回。只是觉得好玩……”

我们碰杯，干杯，又满上。洛桑重重心事，“现在想回，回不了。”

这么重大的问题，我可解决不了，“你再跟我讲讲当时的故事？”这简直可以拍部电影。正说着，他的朋友带了一个外籍朋友来，他们用英语交流了几句，就走了。

“你做旅行社的生意？”

“是的。明天，我带这批外籍朋友去博卡拉飞翔。”洛桑指的是坐滑翔伞，藏族人常常有些异于汉族的表达，我已经见怪不怪，洛桑说的已算不错了。

喝下一杯酒，洛桑又说道：“我的故事长着呢！”

“我喜欢听故事，越长越好。”

“只是太长时间了，不记得多少。”

“那还记得家吗？记得爸妈吗？”

“家不太记得了……前几年，我托人跟爸妈联系上了，我常常给他们打电话，还有我妹妹，只是回不去。”

这种回不去的方式，第一次听说，不知该如何劝慰。

他的朋友上来一盘薯条，没有番茄酱，洛桑把芝士酸奶推到我面前，“蘸这个，好吃。”

“薯条配酸奶？”

洛桑补充道：“芝士酸奶。”

芝士酸奶也是酸奶，味道相当独特，不一会儿就把一盒芝士酸奶蘸光了，洛桑又去拿了一盒。

“待会儿去酒吧跳舞吧。”

“太晚了，我该回去了。”

“不过才 11 点。”

“明天一起去博卡拉飞吧。”

“我去过了。而且，后天签证到期，必须得走了。”

“一个月？”

“是，本来只签了半个月。又在尼泊尔补签半个月。”

洛桑沮丧地说：“虽然有缘，但缘分很浅。”

“多大的佛缘，能让我们在泰米尔相遇……”

“加我微信，好吗？”

“好。即使我们不再相见，还可以一直相联。”

“下次来尼泊尔，一定来看我。”

“一定。”

“我不能回中国，你要来尼泊尔看我。”

我轻轻咬了下嘴唇："如果我来尼泊尔，一定来看你。"

我不确定我是否会来。能够确定的是我并不喜欢尼泊尔，主观上不想再来，不来，便是永别。如果他能回国，即使在阿里，我也能飞来看他。他用一种决绝的方式告别了祖国，我无计可施。

10月9日　巴友来加

离开巴克塔普尔时，Nezor 承诺一定会到加都看我。

这几天，我们一直用尼泊尔的微信——Viber 联络，得知我明天一早要走，他晚上 7 点开着摩托车到加都来送我。

本来刚好用完尼泊尔手机卡，但为了联系他，特意充值 100 卢比。在成都饭店门口与他重逢后，带他去中华面馆吃中餐，因为他没吃过。

他问放在碗上的两根棍是什么，又问怎么用。他摆弄着两根棍，先是交叉，然后垂直，最后才想到平行，但他用握剑的手法拿筷子，凭我俩的半吊子英语，今天晚上他别想学会，学会了不用还是白学，那就用叉子吧。

我把烤羊肉和烤羊腰用筷子撸下来，他用叉子叉着吃，还叉了半天，心里真不是滋味儿。他又去叉花生，我觉得头痛如裂："你可以用勺子……"

他恍然大悟，用勺子去舀花生……可叹，我又点了手工面。两个人望着面大眼瞪小眼：这可怎么办？想起《西游记》里孙悟空吃面，我用叉子卷着面条，绕了几圈，递给他。

他已经崩溃了：“中国的食物这么复杂。”我也几近崩溃，没吃过这么蹩脚的饭。我平生第一次吃西餐也没这么夸张，外国人比中国人笨得不是一星半点儿。

“好吃吗？”

“好吃。”

“中国的餐具也太独特了吧。”

“可是，好用啊。筷子可以吃汤以外的一切食物。”

Nezor 摆弄着两根棍，别说夹食物，简直拿都拿不稳，也不知道该拿在筷子的什么位置，终于拿好了，还没等夹，就掉了一根。“不好用。”

懊悔不迭，本来想带他尝鲜儿，他却让我尝了鲜儿：我小时候第一次学用筷子没这么不可理喻呀。

饭后，我们在泰米尔闲逛，畅聊。

晚上 10 点，他骑上摩托车，作别。又是离别，旅途中的离别不同于生活的是，离别多是永别。

再见，朋友。

某年某月某日，也许，我会再到巴德塔普尔的楼顶找你，与你和你的孩子一起斗风筝。

等风来。

融合的越南

火焰与冰山的碰撞

（2016）

4月24日　西街

曾跟团来过桂林和阳朔，在西街口，导游说：这就是闻名天下的西街，因为老外而洋味十足。从这头到那头，不过十分钟，上车。几个外国妞儿，穿着比基尼，坐在室外的咖啡座上，在2000年初，还是有些骇人的。印象中，当时的西街只是低窄的小房屋，零星的咖啡厅和飞扬的秋千椅。

一直想故地重游，却忙于生计和周游世界，竟拖延这么久。再会时，她已不是她，我也不是我。

在许多个国家，体验了许多老外的生活后，西街已经不算什么了。浓妆艳抹，似曾相识，失却本色，像极了丽江的四方街。

不能被精装修的是阳朔的山，一如从前，精巧、孱弱、妩媚、婉约，叫山恐委屈了山，叫土堆又委屈了阳朔。

阳朔的山，像画壁，像屏风，像客厅墙上的巨幅画像，散漫分离，连绵不绝，一直在你身边，无论走到哪儿，一抬头，哎哟，她伸出纤纤玉手，戴着绿色的手套，油油地，缓缓地，向你招摇："来吧，来呀……”我被它催眠了，走过去。走过去，却是商铺。

在国际青旅门外的木椅上，阅读、小憩、发呆。不经意间，飘了满眼湿润。收回思绪，烟雨蒙蒙，遮天蔽日。

世人皆知烟雨江南，却不知烟雨漓江，也似水柔情。

黄昏驾着金色马车，款款而来，点亮了西街，骚动了人心。泰戈尔说：静悄悄的黑夜具有母亲的美丽，而吵闹的白天具有孩子的美丽。西街却恰恰相反，喧嚣宿醉的夜像孩子的多变，安静雅致的白天则像母亲的沉稳。

在阳朔、南宁住了两日，终于登上到越南河内的国际列车。上去就想下来，如果不是出国，这样的绿皮火车已多年无缘，仅留存于小时候的记忆里。

咣当，咣当，库嚓，库嚓，慢慢地，慢慢地，慢慢地蹭到一个缓慢的国度。如果有高铁，会吓坏他们。

10 点半，停留在中国边检，所有人下车，办理出关手续。一个半小时。

零点前后，绿皮火车停靠在河内边检，两个小时。

越方人员用流利的中文向每一个人收 10 元手续费，大多数人都交纳了，不交的人会被滞留在座位上留到最后放行，个别人会被叫到小房间。

上铺的女孩儿被叫进去了，隔了一会儿，她出来说：她今天在越南大使馆办理了加急签证，Visa 开始日期是明天——29 号，而她在今天乘车出境，出境章是 28 号。按照规则，她需要回中国，重新买票，重新入境，重新盖章。

“那怎么办？”我们替她焦急，她优哉地说：“只花 100 块人民币就搞定。”旁边下铺说：“腐败原来也能方便大众啊。如果照章办事，你要花的不只是 100 块钱，还有时间，还有安全，深更半夜的，上哪儿住去？”

100 元人民币相当于 33 万越南盾，能吃 13 碗越南米粉——13 天的早餐，好处挺漫长。

排队兑换了 300 元人民币，就是一百万越南盾！立即变成越南的“百万富翁”了。头一回，兜里揣着百万巨资，先别管是不是人民币，就这数字就挺让人飘的。

哇噻，兜里揣着上百万的感觉！如果是人民币！！哇噻，哇噻……要不，再换 3000，变成真正的千万富翁！

4 月 29 日　河内

凌晨 6 点半，国际列车“咣当”一声，很有质感地停下。出国旅行，不新鲜；坐火车出国，还是第一次，那股子新鲜感是压制不住的。

在卧铺上睡一觉，睁开眼，却是另一个国度。很是神奇。

赶紧下车，却恍若穿越回四十年前的中国，新中国成立初期的人的状态，我是来拍片子的吗？

瞬间体验到了知青下乡的感受，先进与落后的差异汹涌惨烈地横亘眼前，陋俗平庸的气息拍打着脸颊，无法想象在这里生活，却不得不继续生活。

坐着公交车到了还剑湖旁，有许多人在此锻炼、看报、闲坐，母亲带着孩子玩耍。拖着皮箱找三十六古街，一个正在跑步的男人停在我们面前："是中国来的吗？"

"是的。"

"你们要去哪儿？"

"三十六古街。"

"从这里往前走，那条路左拐，再右拐。"

他穿着白色的背心，军绿色裤子，就是《父母的爱情》里面的装扮。他跑步的姿势也很"文革"。瞬间变成红色年代的人，走在激情燃烧的岁月。

没订旅馆，满街瞎找，合适的满员，有空房的太贵。

河内人起来好早，街道上已经车水马龙，尽是摩托车。许多人坐在路边，一个小方桌，一张塑料凳，呲溜呲溜地吃着米粉，不停往碗里添加生蔬菜与调料。

这一切引起了我的好奇，一扫国际列车半夜两次关口检查没有睡好的疲倦，赶快入住河内最古老的房子，吃河内古老的食物，与老河内人一样领略河内的古风。

三十六古街的房屋是奇特的，似越南的地形，都是狭长的，洋溢着浓郁的法式风格。进入一个窄小的前厅，上了螺旋形的楼梯，一圈儿又一圈儿，似是一条直线，进入房间，却出奇地深广。

这种建筑方式省地省空间，在寸土寸金的香港、新加坡倒是可以效仿。只是，总感觉不像给人住的。

房屋紧邻街道，都有室外阳台。许多扇狭长的门，街道也很狭窄，两幢楼之间的人似乎可以握手言欢。开着门，街道上的熙熙攘攘尽收耳底，关上门，瞬间安静，偶尔传来一两声摩托车的声音，“突”地一下，划过天际，消失在星球之外。

三十六古街是世界背包客聚集的地方，吃住、休闲、兑换货币、出行国内或国际都极为方便。古街很古老，但很上镜，随便一拍，发到朋友圈儿，引来无数艳羡，纷纷信誓旦旦定要亲来观看。

一边看着镜头里的河内，一边看着真实的河内，看了又看，还是照片好看。但那街道边吃米粉的百姓，满街的越南春卷、烧烤、炸虾饼，喝着滴漏咖啡发呆的人，那担着扁担、戴着被列为世界文化遗产的斗笠的越南女子，那透过树叶缝隙撒下的点点阳光，那与旧中国交通工具完全相反的客先死（客人坐在前面，司机在后面），那横冲直撞、腾挪灵巧的摩托车，还有那满街的中国字以及英文字母与汉语拼音拼凑的越南文字——你总觉得古怪：说是汉语拼音，但却没有一个拼写正确，并且还带着音调——却只有身临其境才能体会。

4 月 30 日　三十六古街

早起后，闲逛，找早餐。找来找去，还是被大街小巷的米粉征服，无论是坐在小塑料凳上，还是把大塑料凳当桌子，吃一碗街边的越南米粉，这是真正的越南味道。

店里面，粗陋的大风扇呼呼吹着，很多人排队。

三种粉，鸡肉、牛肉、猪肉，加上一点香菜和老汤，热气腾腾地摆在面前，等你着色。加入胡椒粉、辣椒圈，或辣椒酱，或特制的酸醋，别忘了青柠檬，多捏几瓣，这是东南亚特有的味道，酸鲜香辣。

大热的天儿，路边小桌儿，一碗热辣辣的米粉下肚，点燃了生命的火焰，激情的热浪汩汩奔涌，欲燃未燃。

有感于东南亚人的养生之法：热食发汗法，四季湿热，却大汗淋漓地吃热面汤、热米粉，少冰少凉少空调，每次吃完就像做了一次免费的汗蒸，通身舒坦。

越南人的降温之法是来一杯冰咖啡，“刺啦”熄灭肉身之火。

河内的红绿灯很少，摩托车很多，人们骑车技术超赞，见到斑马线也不减速，只轻轻一拐就能避开人群。

摩托车给这座正在发展中的城市带来了特别的声音和味道，既是简约的又是古朴的，还连接着现代，随时准备变成四个轮子。

人们的作息时间还很天然，入夜即睡，清晨即醒，不大有夜生活。世界背包客聚集地，没有嘈杂混乱的酒吧和迪厅。

安静，安宁，简洁，简单。

5 月 1 日　顺化香江的黄昏

昨晚 6 点半，河内出发，卧铺客车，睡了整晚，今晨 8 点到达顺化。虽然一双长腿伸不直，还是能够如风地入住，散步香江，漫游皇城。

江边小坐一会儿，回旅馆洗需要洗的一切，包括自己。

却听到街道上锣鼓喧天、人头攒动，赶忙放下手里的衣服，站在窗边儿，看到成群结队的艺术团队，就像小学时过六一一样。在衣服上蹭两下手，拿了单反和钥匙，忙不迭地下楼瞧热闹，就像农村妇女听到村儿里谁家又有了热闹一样。

艺术队边走边跳，哎哟，还是来自世界各国的，顺化的国际劳动节不可小觑呀。中东的肚皮舞、比利时的高跷、越南的舞狮子和麒麟、波兰的玛祖尔舞、韩国的剑舞和宫廷舞……

禁不住手舞足蹈，惹来越人观看。忘了这是越南，不是新西兰。

可是实在想跳，就一边拍一边扭着腰，嘴里哼着小曲儿，也不知道是哪国的小曲，反正自成一体，开心就好，谁管它。

追着拍摄了两条街。

江边看日落，华灯初上，一杯滴漏咖啡，陪伴《情人》。

5月2日　会安

越南没有正常的长途巴士吗？大白天的，从顺化上车去岘港，还是卧铺客车。躺着躺着就睡着了，醒来时，多坐了30公里。

睡眼蒙眬地望向窗外，“Where am I？”

更悲惨的是，三天之后我才知道，这30公里，被美国国家地理杂志评为一生中必须要去的五十个地方之一。

这个号称自由如风的家伙，要是在出发前做足功课，弄一份完整的行程，那还叫旅行？还配称自由？

必须下车。因为这是终点站。

我拎着皮箱站在车站。这皮箱也是不做功课的后果，这是我为了去欧洲买的顶级皮箱，原价四千多，却拖到越南。越南根本没有适合它走的路，连楼梯都是九转大肠，时常抱着它上楼，累得呼哧带喘，仍然不舍得扔掉，虽然满大街廉价的背包，但这一个皮箱，可以买下一条街的包。

总打无准备之战，就得乱战。

听旁边的中国背包客说这是会安古城。

噢，到会安了。会安是哪儿？岘港错过了吗？

一个会安女戴着斗笠，胳膊套着防晒巾，反围着纱巾，只露一双眼睛。这装备与我转山时一样。

她一见到未来的客户，两眼放光，拉下口罩，递上手里的图片，中、英、盲文杂糅，声称全新装修、独幢小楼、四星级标准，14 美金一天，摩托车 5 美金一天，做饭免费。若能入住，打车也免费。

我就跟她走了。

一路上令我极为惊讶，街道干净安静，一排排整齐的法风越式别墅崭新而规则，家家院子里都有花草树木、秋千摩托。这里看到了不一样的越南。

待进入女主人的家，真要发疯了，我也想有这样的独幢别墅！可是，在中国，真买不起！

毫无理财观念的我，账都不算，眼都不眨，就选择自我奋斗，自由如风。多可怕！多吃多少苦！苦的都不知何为苦，一点点快乐都觉很快乐。

这是一幢阔绰、宽敞又崭新的小楼，一楼、二楼有五间客房，每间都配有空调，设施像四星级酒店一样。一楼最里面的房间还连接着一个室外小阳台，一把大洋伞，一张小木桌，两把木椅，只要有 WiFi，就完美的可以开出花来。

绕墙有许多绿色植物，墙角供奉着一尊小佛。

我一见钟情，立即让它开花。

到旁边的别墅用了法式西餐，又回到自己的小楼，在院子里荡秋千。

为会安的豪富状态惊诧，哪里古呢？这样新！

这种中国平民梦寐以求、一生难得的别墅只是会安的普通民居，这一带都是类似的房子。

他们不仅住着崭新的豪宅，而且每天赚着美金，如果房间全满，一天可以有 100 美金入账，而一碗越南米粉还不到 3 块钱人民币，这不要人命吗！这得喝下一幢别墅的醋，才能释怀。

女主人悄悄嘱咐我：她收西方人 20 美金一天，千万不要与他们探讨价格。越南人竟然懂得按照世界各国贫富差距来制定价格，可她懂越南是贫还是富吗？

一个在越南工作过几年的朋友说越南是国贫民富，原是不懂，现在懂了；原是不信，现在信了。

会安人的早晨是从一杯滴漏咖啡开始的。他们不见得每天吃法棍，但却每天早晨都喝滴漏咖啡，即使是吃米粉。

米粉配滴漏咖啡，就像中国会馆配法式建筑一样，营造了越南独特的风味。

才早晨 5 点多，老人已经出来哄孩子了；刚过 7 点，女主人就要去车站拉客，夜班卧铺车该到了。

为了赚钱，女主人带着幼小的孩子住在院子里的小围屋，她的公婆及其他家人住在三楼的小阁楼上，风扇日夜在吹，他们就睡在地板上，我到楼顶晾衣服时，看到主人家的卧房。

我喜欢住民宿，可以零距离体验当地人的生活，有家的感觉，还有热水。是的，越南人不喝热水，许多 Hotel 甚至没有热水壶，他们只需要热水冲滴漏咖啡。

每日晨起后，喝一杯温开水，已经是我雷打不动的生存习惯，即使在海拔 6000 米的世界屋脊上，我也备着开水，何况是小小越南。

女主人承诺报销的车费变成了一杯滴漏咖啡。喝完咖啡，骑着自行车，去真正的古城游荡。

游荡了三天三夜。第一夜，我差点没找到住的民宿。所有的别墅都差不多，又没有规则而明显的路名、门牌号。有也记不住。完全凭感觉。

知道自己的缺点，每次出门会带着名片和地图。通常，名片会丢，地图会破。还是要凭感觉。

感觉总是感性的，所以，我总是迷失。但迷而不失，也就任由感觉失误。

迷失会有迷失的魅惑。还要理性地补充一句：在安全可控的范围内——迷失，迷失就是美的。

是因为迷失和嘴馋，我被滞留在秋盆河的一边，既不认路，天又下起了雨。那就再吃一顿，点了白玫瑰、甘蔗虾。

一盘白绿相间，一盘殷红虾圈。好吃，但白玫瑰太美，不舍得吃。拍了又拍，最终还是吃了，味道比颜值更美。闭着眼睛，摇头晃脑，吃也能吃出快乐来。

“Excuse me,” 我睁开眼睛，“Can you recommend some food for us？ Thank you very much.”（你能帮我推荐几道食品吗，非常感谢。）是一对白人老夫妇。

“Sure。”

我就推荐了刚才吃的会安米粉和炸馄饨，他们看到我这两道菜也秀色可餐，便也点了。点好了，一定要邀请我吃。推脱不过，又吃了一点。里外里，没出一个小时，已经吃了三顿晚饭了。让你再迷路。

老夫妇来自澳大利亚墨尔本，我说我去过墨尔本，外国大妈很开心，把炸馄饨推给我。勉强又夹了一个，再吃真坐不下了。我说去坐过蒸汽火车，去过最美的海滨公路大洋路，看过小企鹅回家。

外国大爷乐不可支，又给我叫了杯咖啡。我马上请他们说话，免得不停让我吃东西。他们说，儿子去悉尼上大学，于是老两口有空了，便开始周游世界，已经游了十个国家了。他们也是租了摩托车出来玩，没带伞。

我力邀他们来中国旅行。他们说一定会去，已在日程上。离开越南，就去海南，一路向北。我告诉他中国很大，比广阔的澳洲还大，得准备几个月。越南只有中国一个省那么大。

虽然老夫妇明显做过功课，还是有些惊讶，互相对望了一下：“要不，我们就多待一个月。”他们请我推荐最佳游览地。

我的爱国主义立即爆棚，告诉他们中国无处不美，都是最佳。若要推荐：西藏、长江三峡、九寨沟、神农架，对于来自发达国家的老外，必须外带北上广深，让他们看看比悉尼还繁华的地方。

两位长者听得非常入味，又叫了两瓶啤酒。我一看不妙，赶紧跑了。不能酒驾，我不认路，清醒时都找不着北，何况是醉时，别骑到岘港去了，于是连忙告辞。

临别不忘说：“Welcome to China！ You'll be amazed！”

5月6日　还是会安

但凡古城，有三个时刻一定要用心体会：清晨，黄昏和夜晚。清晨，古城像孩子，宁静、简单、古朴而原始，寻欢作乐的人还没有起来，商铺们尚未苏醒，古城本色，本真，本我。

上午的会安同样是安静的、典雅的，人迹罕至，最是适合悠游和细品的时刻。信步闲逛，漫无目的，逡巡徜徉，不做什么，就是惊艳、寻觅、体味那些不一样的瞬间、角落和色彩。

古城不大，“横三纵五”。穿行其间，时常会有“他乡遇故知”之感，满眼的石狮、对联、繁体字、彩色鸳鸯瓦，还有大红灯笼高高挂。

对联横批从右往左读，浓郁的中国风似曾相识，又分明是人生初见。

古城中的建筑，一半法式一半中式。

中式建筑当真是庭院深深深几许，门洞不宽，却是三进、四进甚至五进的院落，一环套一环，一屋连一屋，像九连环，有一种进来容易出去难的无力感。

在这样深的庭院中，想要争取自由，追逐梦想，恐怕不只杀出一条血路那么简单。

法式建筑多用艳黄色，搭配黑色、绿色或深蓝色的欧式门，鲜活、惹眼、明快，外墙则装饰着欧洲文艺复兴时期的人物塑像，颇具艺术价值。

城内还有不少有越南民族特色的优美建筑。无论什么样式的建筑，浑身上下布满了绿植与鲜花，总让人觉得生机盎然，妙趣横生，身心愉悦。

这是一个懂得生活的地方。

咖啡馆儿，临街一角，守着窗儿独坐，瞧着悠长、寂寞的古巷，戴着斗笠挑着扁担的越南人，在街角乘凉的三轮车夫，一条枯竭的河流，河上泊了许多自在的小船，船上清闲的渔夫，建筑外爬满的绿植和五色的花朵，墙边直立着的硕大的芭蕉叶，街边各种风格的店铺，偶尔飘过穿奥黛的少女，远处传来摩托车的声音……浓浓的越南的味道。

不禁让人想起文艺作品中的越南风情。于是下载了几部越南电影。

当代的三轮车夫应该比《恋恋三季》中的日子好过多了吧；越

南的女子也不用为了生存而出卖自己了吧；许多人可以买得起空调，无论多热的天，都能睡个好觉了。《情人》中的情人，也可以在空调房里享受毁灭而撕裂的情欲。

在这座拥有一千五百年历史的海港城市，体味着当年的繁华富庶，透过冰咖的香味儿，仿佛看到从中国商船卸下来锦缎、纸张、毛笔、银器、铜器、瓷器、陶器、金币、银锭……运回去的则是会安的胡椒、香料、鱼翅、燕窝、犀牛角、象牙、黄金等土特产。

贸易的繁华带动了当地的房地产市场，许多中国商人买房置地，留了下来。

整座会安城分为五个区，按照中国不同地区划分为福建帮、广东帮、潮州帮、海南帮和客家帮，建起了福建会馆、广肇会馆、潮州会馆、琼府会馆及作为五帮会馆首领的中华会馆。

这是东南亚华人的特点：传承与分裂，既坚守着儒家传统，将中华民族特色融入当地文化当中，又仍然存在着区域划分隔离的情况。

这些会馆的建筑风格、室内格局及家具物品，都是纯中国古典式。中华会馆里的万善堂还供奉着密密麻麻几十个牌位。

坐在拱门上小憩：每一个牌位代表着一个消逝的生命，一段被淹没的生命旅程，在他们的人生之旅中，发生过什么？抑或是什么都没有发生……

1999 年，会安古城被联合国教科文组织列入《世界遗产名录》。那一幢幢中国式古建筑仍静默地伫立着，写满了无数代中国移民的乡愁，还有那座被越南皇族取《论语》“有朋自远方来不亦乐乎”之意，将“日本桥”赐名“来远桥”的墨宝至今仍高悬于桥上。

会安是古代中国丝绸之路跨出国境后的第一站，曾是历史上著名的东方大港。港口城市往往因水而兴，又因水而废。

一个世纪繁华，一个世纪没落。

19 世纪末，终因河口港的水深不再适宜通航，加之河流淤塞，为骑摩托车不足一个小时路程的岘港所取代。

繁华逝去的无奈，却使它得以在后来动荡的岁月中，幸运地逃脱了兵火。

得与失，幸与灾，生与死，虽互为矛盾，却也可互为因果。

由此可见，逆境未必是祸，顺境未必是福；逆境可以转化为顺境，顺境中也会出现逆境。

无论顺境还是逆境，都会结束。顺境之时，无须自得；逆境之时，不要着急。

没有永久的逆境，正如没有永久的幸福一样。

人类所能做的是，加剧逆境的转化，延长顺境的存在，安住当下，使逆境之伤变得最小，苦难历程变得最短。在逆境中重生，在苦难中成长。

会安有三多：奥黛多、灯笼多、咖啡馆多。白天闲逛，拍拍照片，试试奥黛，喝喝咖啡，避开毒辣的日头，看杜拉斯的《情人》，吹着呼呼的风扇，等待日落后再出动，欣赏她入夜后的妩媚多姿。

会安似西湖一样，无时无刻不是美的。有些地方，夜晚更美；有些地方，晴天最美；有些地方，雨天更见风致。夜晚，灯笼隆重出场，点缀着整座古城更加魅惑与妖娆。

据说，每到农历十四、十五，会安将全城停电，家家户户挂上手工灯笼，在撩人的月色中，缅怀先祖。

灯笼尽燃的夜晚，会遇见万种风情的少妇，淡抹浓妆、深情款款地经过，有心似无心地一瞥，有意似无意地回眸，你已酥麻半边。待缓过神来，婀娜的曲线已经幻化为昏黄的夜灯，洒着淡淡的忧伤，却透着活色生香的迷醉。

欲问花落谁家，却无从开口，明知庸人自扰。那个带着时光味道的姑娘，穿着时光的锦袍，走在时光的隧道中，消失在时光的尽头，道声：珍重、珍重，侬去矣，君勿念。

你待在一旁，欲寻难寻，想追却不见。淡淡的白莲花香，沁人心脾，小巷幽径，佳人难觅。放轻松，闭上眼，深呼吸，敞开怀，用心感受——她无处不在，每一堵墙，每一扇窗，每一棵树，每一叶草，每一朵花——都能闻到她的气息，品到她的韵味。

众里寻他千百度，蓦然回首，那人却在古城深巷处。

5 月 9 日　岘港

你以为我错过了从岘港到会安的世界最美公路之一，就没办法了吗？在我这里，没有成不了的事，只有成不了事的人。

于是乎，今天，租了辆摩托车，回骑岘港。

可是我不会骑，连推都不会。推了几下，车不动。

女主人的父亲实在看不下去，帮我推出院子，打着火，交给我。

女主人问：“没骑过？”

“没有。我们都开车，四个轮子的那种。不是四轮拖拉机……”我已经被自己绕糊涂了，总怕她不懂。可人家根本也不想懂，她只想让我懂得怎么开摩托车。

她教我怎么打火、熄火、踩油门和刹车。

我踩了踩油门，就踩出去了。一踩踩到 30 公里之外的岘港。后面还带了一个女人。

如果我不是去过世界最美公路大洋路，如果我没见过马尔代夫

勾魂摄魄的海，如果我没看过新西兰的碧海蓝天，那么，从岘港到灵姑的路上应该是极美的。

岘港是著名的度假胜地，据说也是人生必去的多少个地方之一。于我，哪些地方必去，哪些书必读，哪些事必做，是自己定的，不是别人。

盲从他人违背自由意志的精神。

如同物质水平一样，风景也是不能攀比的。比了之后，好的也不好了，高的也低了。无论是海水质量还是风景质量，在见过太多绝美风景的眼中，岘港的美只是一般，它最大的意义是，我平生第一次，也是最后一次，骑着摩托车游览。

物质能够消解美也能烘托美，不到 300 块的软卧票，30 块的摩托车租金，30 块油钱，3 块钱一杯咖啡的风景，绝美。花费如此低廉的价格，看如此水准的海景，也只有越南了。

骑到山茶半岛附近，看到路边一个茅屋连着窝棚，有几个人在喝咖啡，在海边的巨石上拍照，便想停下来喝一杯。

但是，我只学了怎么开摩托车，还没学会怎么停车。这是一个小斜坡，我踩着油门上去，又踩刹车，后面的人反应奇慢，既不下车，也不用脚踩地平衡，我支撑不了整辆车外加一个人的重量，倒了下去，她却抬脚就跑了，扶都没扶。

摩托车重重地压在我身上。我侧翻在地。

窝棚里冲出两个越南男人，扶起摩托车和我。“啊……噢……”被压的右腿有轻微麻木感，裸露之处蹭破了皮，肉色的皮肤立即变得紫青。同伴扶我坐下，问我要紧吗？我深深喘了一口气：“四杯咖啡，我请他们。”

越南男人说什么也不要，我与同伴一人两杯。

放眼望去，山茶半岛的另一边，观音慈悲地平视着众生。

腿隐隐作痛，浑身散得像咖啡粉。

“还能骑吗？”同伴问我。

我问她：“你能骑吗？”她的头摇得像拨浪鼓。

“你有办法把这个庞然大物弄回会安吗？”她的头摇得像闹钟响时的钟摆。

“能求你件事儿吗？”她的头点得像小鸡啄米。

“下次停车时，麻烦你用你的长腿踩地，帮忙支撑一下。”她又开始小鸡啄米。

把咖啡当酒，干了一杯，又拽过来一杯。

一直把自己当男人用，带女人出行，我更是个大男人。

“什么时候变回女人？也有男人能够帮我支撑一下摇摇欲坠的天空……”些许落寞，又干了一杯咖啡，往桌子上一蹾自我激励：“补天的可是女人！女人就是天！”

这年头，男人不像男人，女人就必须成为男人。我为何敢带领自己独游世界？对，就是这么给自己催眠的。

我半瘸着腿儿，把摩托车拖到公路上：“走！出发！”

5月10日　芽庄

看着越南狭长的地图，下一站去芽庄。于是，上了卧铺客车，睡到芽庄，到站后被同伴揪醒。

清晨4点，半眯睡眼，扯着皮箱来到海边，先看日出，再找住处。

天边是摩卡咖啡加了玫瑰粉的颜色，柳絮般的云彩，懒洋洋地贴在上面，若即若离，似有似无。天边的树还穿着睡衣，同我一样，正在醒来。

不少人在海泳和准备海泳，有人在海边跑步。沙滩软绵绵的，怎么跑呢……

天空淡蓝了许多，咖红不变，但因为背景色彩的变化，显得些许不同，像赭红了。这红的范围不断扩大，殃及所有物质。

世界变成了红色。红是浓烈的初恋，火热的洞房，红是不管后果、只负责过程的醇厚。红，绽放自我，留与他人说。

太阳，是红色的。你爱或不爱，我都是红色。

清晨5点，街灯灭了，把光独留给红。于是，红就红得更加灿烂。海水在慢慢涨潮，慢慢涨潮。浪花，涨潮时呼啸而来，退潮时温婉柔情。红色映射着海中若干个晃动着的脑袋，脑袋也是红的了。

光又亮了些，才看清，那不是树，是山，被淡淡的轻雾隔离了，远远看上去像树。陪伴天空与大海的永远是山。山海是亘古不变的经典。

海水亲吻我的脚指头了，像小鱼一样舔着肉肉，做足底按摩，却不用付钱。

天又亮了些，光淡漠了红，使它变成橘色。

沙滩上，人越来越多，已经有不少人把自己埋入沙子里。

群山中一处殷红，疑心那就是日出之处，瞄准了它，等待见证奇迹的时刻。

红，越来越裂，越来越宽。一个红色的亮晶晶的宝石淡然露出昂贵一角，也不通知你，继而展露半边身姿，耀了满眼，预备展示全部的惊奇。

没承想，另一半出来后，这一半又藏入云层。再一抬头，一个火热的红球挂在天边，在海线中投出一条磅礴的星光大道，金灿灿，明晃晃，留给眼睛的是许多星星，太阳镜需要登场了。

这条金丝带正对着我，似乎联系起了太阳与人类，是生命的一部分。

人类永远如向日葵一样向着太阳。有太阳的地方，就有一切。

芽庄的海里，一整天都泡满了各种人，划分的标志不是肤色，而是时间。

早晨4点到7点，泡的是越南人；上午泡的是白种人，肌肤已经被灼热的阳光变成烧煳了的卷子，像刚冲泡的咖啡；下午，前半晌儿仍是白人，后半晌儿和黄昏后，则是黄种人。

日光浴是极好的，物极会不会必反？上午，我躺在太阳伞下，遥看白人在海里的各种狂欢。

已感可在头顶点蜡烛、在胳膊上煎蛋，来了两个身材颀长的白人情侣，偏偏把躺椅拉到毒日头底下，互相涂满了油，女子趴在躺椅上，摘下胸衣，仅留一条苟延残喘的三角裤在丰硕的臀间，有胜于无。

按捺不住好奇心，百度一下："白人为什么喜欢日光浴"，不禁笑出声来："白人中的贵族，才会经常出去度假，于是特意把皮肤晒成古铜色，以彰显自己去度假了。"

原来虚荣不是国人的专利，这与那些拼命拍照片购物的人有异曲同工之妙。

5月12日　大叻

现实的生活就像是一家医院，每个人都疲于更换自己的病床。有人喜欢靠近暖气片的病床，有人喜欢靠窗。

——阿兰·德波顿

而我压根儿就不想生活在医院里。医护人员却想方设法绑我回去。我一直在战斗。累了，就去旅行，独自一人。

战斗，总有成败。败时，也会独行。

来越南就是失败的表现。

不然，我应该在英国乡村夏洛蒂家族的庄园，在法国的左岸喝咖啡，在荷兰的梵·高故居，在西班牙塞万提斯写《堂吉诃德》的旅馆……

牵着我的豪奢皮箱。其价格可以周游整个越南。

从芽庄到大叻仅四个小时，却一直向上，向上。大叻处于海拔1500米的高山上，据说是越南的避暑胜地。

缓缓地启程，纠结着离开。似离又不离，似走又非走。一种淡淡的忧伤的牵扯，一股暖暖的深情的纠缠。

没有绝对的离开和到达。离开，是为了到达；到达，终将离开。

人生不过是在二者之间，走走、停停、看看。想快乐就快乐吧，想留就留下点什么吧，不然，来不及了。

同样，没有绝对的上与下。上山，是为了下山，下山，是为了上山。

到大叻，一路上山。空气越来越清凉。

仰视疯狂的房子（Crazy House），很惆怅，这是个什么东西？

说是城堡，应该被炮轰过的；说是迷宫，还很卡通；说是密林，没有一个是规则形状；说是建筑，又酷似一棵腐烂的大树。从哪儿下脚呢？

终于找到一个怪口，突出重围，却找不到来时的路。

这竟然是一家旅店！

高低起伏、参差嶙峋，缠绕交错的树屋，架在屋顶的楼梯，甚至还有八卦的图案，可以栖息在长颈鹿的肚子里，或在一张巨大的蜘蛛网里，没有一个房间是正常的，没有一条路是直的，房间里的布置是女巫策划谋杀白雪公主的感觉。

能睡着吗……

在这个忆苦思甜的国度，能有人设计出这样的东西，确实有点Crazy，而且是前总统的女儿设计的。

本是一个清凉的避暑胜地，这里的人却在避寒。24℃的天气，人们穿成了零下24℃，呢子大衣和貂毛厚外套。

满大街的羽绒服，使我感到忧伤。

"你说，我们要不要租件军大衣，这样'寒冷'。"

与偶遇的Z躲进春香湖的咖啡厅，捧着两杯滴漏浓咖。

窗外的细竹在风中摇曳，喇叭花像灯笼一样倒垂在扭曲纠错的树枝上，河岸边五彩的鲜花像雕塑一样静谧，河对岸山上的天主教堂露出灰色的塔尖和砖红色的塔体。教堂旁边是五彩斑斓的法式别墅区。

Z哈哈大笑，"大叻人crazy，你也crazy了吗？"

"入乡随俗嘛，不然，总觉得我们不近人情。"

"明明是北京的秋天，偏当作漠河的冬天，哎呀呀。"

"井蛙不可以语于海者，拘于虚也；夏虫不可以语于冰者，笃于时也。(《庄子 秋水》)"

"意思……"

"意思是'朝菌不知晦朔，蟪蛄不知春秋。'"

"说中国话。"

"你！"知他故意玩笑，两个人哈哈大笑。Z笑着："隐约听过，真不知其义。"

“原来只知其义，大叻人如此演绎，才知这是真理。”花园里盆景、秋千、小桥、绿树、鲜花、餐厅，一览整座湖。一群穿貂皮大衣的人中间，两个穿牛仔裤、长袖T恤的人，反而显得我们很古怪。

“这是一个Crazy的国家，也是一座Crazy的城市。”Z说。“你知道吗？上次我们在会安古城吃烧烤时，遇到的那对小情侣，还记得吗？”

“记得，记得，女孩儿很漂亮。”

“他们前两天骑摩托车来大叻，你猜怎么着？下坡时，男的没有刹车踩到底，速度太快，把后座的女孩儿生生甩了出去。摩托车当场报废。”

“啊！那人呢！”

“你说呢，肯定摔得不轻，万幸没有骨折，都是外伤。”

“阿弥陀佛。真是……”

“女孩儿心态还很好，安慰着男友，说破财免灾。人好就好。”

“千真万确。生命第一。”

餐厅里一会儿中文歌，一会儿法国歌，一会儿越南歌。

一只长尾巴松鼠跳到竹子中的石头上，待要细瞧，瞬间，没了踪影。

5 月 14 日　美奈

大叻惊骇了我，美奈惊艳了我。

海边豪华度假屋，才 14 美金一天，于是决定小住一周，休养生息。

长久的流浪，使我历练出一个本事，任何一段停泊生活，我都能够过得琳琅满目，岁月静好。

天涯何处不是家。

我在美奈的"家"守着海，推开房门，穿过活色生香的院子和垂涎欲滴的游泳池，走到海边，不过三分钟。

静享秀色可餐的晨食：法棍、煎蛋、培根、烤土豆，自然少不了滴漏咖啡。

餐后闲逛，买了瓶红酒，取了 300 万越南盾，用手指弹了两下，多瞧了几眼花花绿绿的票子，不再幻想这是人民币。

冲凉后，擎着红酒和红茶，移步海边，斜躺椅上，吹着海风，看海中人。

一个男人，在与海搏斗，与帆船斗。船还是昨日的船，人是否依旧？

突然间，船翻了，他倒在船上。他需要在剧烈震荡的海浪中立起帆船，然后站稳，继续前行。

他成功了，暂时。

没有人可以永久地征服海洋，人只能与之和谐相处。

他不厌其烦地摔倒、站立、前行，再摔倒、再站立、再前行。

又一只风帆飘荡在海边，柔情蜜意地前行，但仍不抵海的无情，帆船倒在海面上，人也倒在帆上。与男人不同的是，她努力了很久，却只能保持自己的平衡，拼尽全力，实在无法扶起帆船。

岸边躺椅上的人们都翘首期盼，为之加油喝彩，期待她能坚强启航。

因为这是一个女人，一个与男人一样顶天立地的女人！

她在超越女人的天性与力量，人们崇尚这种精神。

但某些时候，某些事情，单凭意志未必可以化解。她努力了千百回，还是不能在风浪中立起风帆。岸边游来一个男人，帮她立起帆船。她继续前行。

岸边人长舒一口气，放心地躺下，热烈地鼓掌。我举起高脚酒杯，透过红色的液体看着红色的她，遥祝：乘风破浪会有时，直挂云帆济沧海。

美奈是越南最大的海边度假胜地，也是世界风筝冲浪中心，许多欧洲、俄罗斯、美加的风筝冲浪客都会来这里挑战大海。

近年来，也出现了一些中国风筝冲浪组织，提供中文训练课程。

美奈的海浪头很大，因而，海边度假屋的躺椅、吊床，都建在很高的台子上，即便如此，一个巨浪打来，激起的浪花还是会飞溅到游人身上。

彼此会心一笑，擦擦手机、iPad，抹一把脸，继续看海。

同样是红色，茶和酒，感觉如此不同——

红茶，进入口腔，是滑润的，落入胃里，无声无息；红酒，沾染舌尖，是苦涩的，滑入胃中，激荡澎湃。

同样是生命，人与人完全不同。

厌倦适应各种不同，退回内心的世界，简单丰盛。

5月16日　日落

在 Joe' café 旁边租了摩托车，为了红沙丘。在这里不用怕迷路，沿长长的海边小路，一直向前就好。

能让我停下来的，除了美景就是美食，渔港则二者兼而有之。我把摩托车停在岸边，坐在石阶上，晃着脚丫子，瞧着那些可笑的船。

只有美奈的渔民会把大浴盆当作船，也只有美奈的海能飘荡着圆簸箕。筐一样的船，英文翻译得好：Basket Boat。就是盆和筐，反正不像船。多如牛毛的筐缀在海面上，还是很壮观的。

新鲜的海鲜，许多人在等，一见渔民停筐上来，便围上去。有人就地取材，就地烹饪，烧烤海鲜。

我一跃而下，流着口水点了几下，渔民纯朴地笑笑，立即把一些虾贝搁在火上。懒得跟越南人讲英文，反正他们的英文说得跟火星语似的。

吃完了，掏出几百万钞票，随他点，点哪张给哪张。

天空隐示太阳神的降落，匆忙骑上摩托车飞出去，如风一般。

看到那片蓝海边的红色，知道就是它了，非它莫属。将摩托车停在路边商店外，买了瓶水，走向沙丘。

脚踩在沙上，深陷，脱去鞋子，滚烫。“哎哟”一声，慌忙穿上，跋山涉水地爬着。

“每想你一次，天上飘落一粒沙，从此形成了撒哈拉。”想念不够多，不够长久，便形成了这片沙丘吗？思虽不远，但却真切，入骨十分，想得落泪，泪落尽了，便是血泪，于是，就有了红沙丘。

我站在沙丘尖儿上。回望碧海蓝天，这是真正的一半海水，一半火焰。

碧海，柔情似水；沙丘，热烈如火。沙与海的结合，撞出了如风。如风就是这样的性子，被拽着奔跑了二十年，她还是不甘，她有简单而磅礴的野心，像海一样。

三毛属于沙漠，如风属于海洋。

海是我前世的家园。生在旱地许多载，不知有海时便心系海，

初见海时便醉了心，我就知道，我会生活在海边。无论千山万水，无论海角天涯，我会回来。活着，会回来，死都会回到海边，守着你，爱你，享受你的爱。

沙山孤树直，碧海落日圆。我是那棵孤独的树，孤独地屹立人间。

几行红叶树，无数夕阳山。

大漠沙如雪，燕山月似钩。

平沙落日大荒西，陇上明星高复低。

想着那些写沙漠的诗句，胡乱篡改着：

无边沉沙簌簌下，不尽大海滔滔来。

落沙浩海天远大，澄沙一道日鲜明。

浮天海送无穷尽，带雨沙埋一半山。

“美女，一个人？”

我挥手制止。这样拙劣的搭讪，已听过无数遍。如此开头的男人，一定不是一个有思想的男人。

没思想的人不配打扰我的思想。

“这样美的落日……”

“走开。”眼睛丝毫没有离开那逐渐艳红而下沉的海上落日。

红沙、碧海、落日，只适合独自观瞻。或与有才情的人挥毫泼墨，对酒当歌，吟诗作文，一壶茶，一张琴，一海沙。

几千万年前，这里可能是一片汪洋。我来时，这里是沙漠。红色的沙漠。

5月17日　醉游

骑着摩托车去红沙丘看日落回来，在小镇上买了一些烤肉，一只烤鹌鹑。女孩儿给了我不少鱼腥草、青柠檬与蘸料。

渔村停靠着许多船只，停泊休息，金色的夕阳洒满整个海面，海是金色的，船是金色的，人都成了金色的了，渔网透着金色的光，网着自投罗网的鱼，分不清危险还是安全，见到诱惑就一头撞进来。

在金色的街道上一路驰骋，奔着金色的前方。

Joe' café 的夜晚纸醉金迷，沧桑的电吉他歌手唱着泣血的歌，老外们一杯啤酒坐穿整晚的沙发，不觥筹交错，不劝酒拼酒，不自诩酒文化，自斟自饮，一杯酒，逍遥一个晚上。

老外，喝酒，为了心；国人，喝酒，为了嘴。

回房间冲凉，捏着红酒和烤肉直奔海边。

对酒当歌，对海饕餮。

人生失意须尽欢，莫使金樽空对月。

举杯邀迷月，对影成离人。

今朝在世不称意，明朝散发斗风帆。

不多时，酒空心空意也空，这次第，怎一个爽字了得！

喝多了。

2 美金的烤肉，5 美金的红酒就把自己打发了。廉价的醉酒。

酒与人一样是生而平等的。10 块钱的二锅头和 2000 块的茅台一样醉人，醉，是一样的。不会存在2000块钱的酒就让人醉得优雅、高贵，10块钱的酒则让人醉得低级、贫穷。

醉就是醉，不分等级。

等级只在人的观念中，在无法填补的虚荣中。醉是平等的。

昔者帝女令仪狄作酒而美，进之禹，禹饮而甘之，遂疏仪狄，绝旨酒，曰："后世必有以酒亡其国者。"齐桓公夜半不嗛，易牙乃煎熬燔炙，和调五味而进之，桓公食之而饱，至旦不觉，曰："后必有以味亡其国者。"晋文公得南之威，三日不听朝，遂推南之威而远之，曰："后世必以色亡其国者。"

古人智慧，后人亡国皆因美酒、美食、美人，今人亡命也大抵如此，不过多了权力、财富、利益。

我是女人，美食、美酒、美人，奈我何？偶尔享之，醉于当下。

等待黎明前的决绝黑暗，黑得像地狱，痛不欲生；黑得像深海，深不可测；黑得像黑，无以描述。

我存在的价值是：把黑变成红，红得像日出，艳丽如酒；红得像日落，残阳如血；红得像热恋，黏稠浓烈。在红与黑的较量中，是内心力量的强大，内在小孩的成长。

躺在躺椅上，仰望星空，伸出长腿，直抵夜空：这是北斗星，这是中国星，这是新西兰星，这是如风星……

闭上眼睛，也能看到东西。我看到有些云一般的物质，在眼前，还嵌着一些游移的空心气泡，眼球动，气泡动。我还看到了子宫里的胎儿，蜷缩着透明的肉体，吸着母体的养料。

喝醉了，不是大哭就是大笑，大哭的时候居多。只有痛苦的时候才会想借酒消愁，酒醉后更痛苦，只有哭。哭过了还是苦。总是一个人哭。

挪回房间的路上，瞄见晶莹剔透、湛蓝如洗的游泳池，"扑通"跳了进去，水立即浸透了衣服，清凉地裹着孤独的自由。水漫过了眼泪，泪也是水了。

这就是我！可我是谁？我为什么是我？……谁知道呢？谁知道，告诉我，请你喝酒。

5月18日　日出

离开美奈的前一天，我看到了日出。

意外醒来，便到海边瞧瞧，早晨的海是什么样儿。

这一瞧，醉了眼。

"天接云涛连晓雾，星河欲转千帆舞。"

早晨的海温柔、贤淑，无声无息地涨潮。

偶尔，亲吻到岸边的巨石，发出轻微的呻吟。

渔民出海归来，海面上漂着一些椭圆形和长条形的剪影。

天空，呈现一个巨大的弧线，海天一线处，倒栽了厚重的云，墨色的，浅灰的，硬是被彩霞染红了背景，增添一抹柔情，似是世界尽头。

红沙丘的方向殷红一片，那里冉冉升起的是同一个太阳，没有情绪、没有感受的太阳。

太阳的光辉印染了整片天空，处处都是粉红色，连海面也是浅浅的粉色了，随着涨潮的海水的回流，微波荡漾，处变不惊。

早晨，是唯一真实、凉爽的时刻。

回房间拿浴巾的片刻，天大亮了，海边多了几个晃动的头颅。白沙丘处的天边血红一片。太阳上升的过程一定要有声有色、色彩斑斓，让世人都知道：我来了！来得热烈，走得灿烂。

红色的墨云中间，一抹闪耀的光芒，似是巨大的血钻。

大浴盆从眼前飘过，桨碰得盆沿咯咯作响。

一回首，那个巨大的火球跃出云层，燃烧了整片海。

太阳诞生了！每一天，太阳都诞生一次！每一次，都生得壮阔而浓烈！

5 月 20 日　西贡

我把西贡放在周游越南的最后一站，是因为太爱它。

十几年前，电影《情人》，为世人展开了一个苟且的恋情和阴郁的世界。

十年前，屡次想读完《情人》，却没来由的心生厌恶这个霍乱式的家庭关系，总也读不下去。

来越南，自然要去西贡，去看看那条制造法国少女和中国富二代艳遇的湄公河，看看他们昏天黑地幽会的闷热的屋子，站在门里，听听门外摩托车的声音。

西贡，似乎是滋生情欲的地方。

为了西贡，重读《情人》。在顺化皇城和会安古城，两个下午，两杯滴漏咖啡，终于读完了《情人》。

杜拉斯的魅力是她的语言，那具有穿透力的刀子一样的语言，像绳子一样捆绑着你，你越挣扎捆得越紧，绳子渗入肉里，鲜血淋漓。

这份不是爱情的爱情，充满了绝望、金钱和肉欲，却因为那个惊艳世界的开头，以及深情款款的收尾，勉强可以沾点儿爱情的光。

法国作家是随心所欲的，无论描写人生还是情欲，内心的隐痛还是青春的痛误，都是无所顾忌的，也不必担心写完之后的后果。

这使得杜拉斯的书写得尺度很大，言无不尽，少年时拿身体换钱的情人，中年时已婚有子后的情人，与情人之间的肉欲纠葛，尽能入文，还能获得国际声誉，这恐怕是中国文学要思考和宽容的地方——只有给文学自由，文学才能走向世界。

既向往西贡，又害怕西贡。

当前，把电影《情人》带给我的男孩儿，异样失踪。

生离之痛，与死别等同。有时，更痛于死别。

一个是渺茫的希望，一个是必然的绝望。那个希望，完全不能自控；这个绝望，放下即是希望。

泪如风落，心若刀绞。

他的存在，本为如风的自由，却夺去如风的自由。

为暂脱被缚之痛，才来到越南。却没想到，还是闯进了有他的地方。

西贡的夜晚很热闹。越晚越热闹。

街上人声鼎沸，歌声飘荡。英语、法语、越南语交织在摩托车声里，范五老街上人头攒动，咖啡馆儿一个紧挨着一个，却都坐满了人，更多的人喜欢坐在外面。

在越南，没有里外之分。除了高级酒店和商场，所有的餐馆儿、咖啡馆儿都敞开，似乎没有门。

坐在敞开的位置上，无论座位多么简陋，人们坐得很闲适；无论多么炎热，头顶的吊扇呼呼地吹着，一壶滴漏咖啡，滴着缓慢的时光，漏着深浓的痛苦。

我傲视着痛苦。痛就痛吧，痛完了，总是要好。

与命运作战，是我的宿命。我必须迎战。我不懂何为屈服。

人生走到低谷，低到不能再低，只能向上！

在西贡的街头吃第一碗米粉时，我在想，那些年，杜拉斯是否吃过？她是否会用筷子？她的中国情人教过她吗？

咖啡她是一定喝的，但不是滴漏咖啡，西方人是爱咖啡的，越南人发明了适合东方口味的滴漏咖啡。

信马由缰的闲逛，像模像样地拿了张 Map，瞅了两眼，折起来，不想束缚自由：Just go，anywhere。异国他乡的街头，随便哪个角落，我都能挖掘出风景。

蛮想寻觅杜拉斯的妈妈任校长的那所教会学校，她和中国情人吃中国菜的馆子，一起跳过的舞池，还有那个充满了情欲的屋子。

走累了，就坐下。

西贡街头，想闲坐，得能够忍受川流不息的摩托车从耳朵轧过的噪声。

星巴克的 logo 下，摩托车撕裂了天空，得意扬扬的咆哮而过，奶黄色红砖屋顶的法式建筑，街道路灯上挂的胡志明的头像，一星红旗和军绿色裤子，滴漏咖啡和卡布奇诺，法国女人的中国情人……

这古怪的一切，古怪的存在着。

我打量着西贡，最后一次。回味着越南的味道：极端，分裂。

比如西贡。

这是一个将法国风格与中国20世纪80年代的风格融合在一起的古怪地方：四处是奶黄色红砖屋顶的法式建筑，街道上挂着鲜红的国徽与一星红旗，满大街都是胡志明的头像。滴漏咖啡和星巴克，浓情的资本主义兼顾着热烈的社会主义，还有《情人》的光环罩着它的分裂与联合。

1975年之前，属于文艺，属于杜拉斯；之后，属于政治和胡志明。一座文艺范儿的城市名称换成一个国家领导人的名字，很有一种：梵·高一边绘画，一边吃着烧烤就大蒜；曹雪芹一边写《石头记》，一边喝咖啡吃蛋挞。

怎么都觉得分裂。

西贡人言谈之间，仍自称“Saigon（西贡）”。

越南的早餐是分裂的。一半东方，一半西方。

西式早餐是法棍：一根橄榄形的长长的面包，侧面切开，中间加入各种蔬菜、肉饼条或豆腐丝，再加些酱料。有的卷完了，还会在微波炉里烤一下，酥香。配上滴漏咖啡。一半沙漠，一半海洋。

无论是法棍还是咖啡，都是被异化的。

来自中国的米粉，大街小巷，四处可见。随粉备有一盘蔬菜：生菜、薄荷叶、鱼腥草、紫苏或绿豆芽儿，一碟儿红辣椒圈或青树椒，一小碟儿青柠檬，还有几样酱料：辣椒酱、酱油、鱼露、自制的蒜醋，等等。

最出彩的是青柠檬，加了，粉就活了。吃到嘴里，粉在舌尖上跳舞。

一碗米粉，就是一次汗蒸。越南人会立即喝一杯冰咖啡或免费冰茶，身子分裂为两半：一半是火焰，一半是冰山。

米粉是相同的，却因配料不同而不同，迷人的就是这份不同。吃了三十天米粉，没有一碗的味道是相同的。我一定会调出来不同的味道，每一碗。就像我用写作和旅行谱出不同的内容，每一天。

越南的文字也是分裂的。

一半像汉语拼音，但没有一个拼对的；一半像法语，标着音调。不伦不类，又和平共处。

英国殖民过的国家，都说了英语，或将英语作为第二母语。法国殖民过的国家，法国人却为它们创造了文字。

诡异的是，越南曾作为中国的领地和藩属国长达 2000 年，被法国奴役不过 200 年，却坚决摒弃了中国文字，启用法国人创造的文字……

去咖啡馆儿不能找“coffee”，而是“café”，但很多馆子没有蛋糕和甜点，只是纯咖啡馆儿。

说不清楚它的想法，就像说不清楚它反而攻打资助它的宗主国。严重分裂、极端国格。

越南的服饰，必然是分裂的：一个热带国家，举国上下却捂得跟个包子似的，长袖、长裤、帽子、口罩，只剩下一双眼睛，骑着喷着热气的摩托车。

大叻人则穿着羽绒服、棉帽子、毛裤、口罩，只剩下一双眼睛，骑着喷着热气的摩托车。

国服奥黛脱胎于清朝旗袍，后来整合了欧美文化，不中不西。

早期奥黛是长袖、高领，裙摆长到脚踝，并加上长裤。为了适应劳动及生活，全面改进，短袖或无袖、低领或无领、两侧高开到腰部，裙摆及膝，更像旗袍，但是配上长裤，怎么看都是分裂的。

5 月 27 日　湄公河

西贡街头，独坐，等车。去湄公河。

在湄公河边，杜拉斯，遇见了中国情人。

她的皮肤很白，是那种幼稚的、闷骚的白。

我的皮肤很黑，是那种暴晒的、黄种的黑。

无论我遇见谁，注定都是一场空。

游客们都静候在旅行社门边。其中一个黝黑强壮的男子，很是惹眼，不言即笑，不动却热。一个沉默的太阳。

来的不是车，是人。他带领我们一起走向另一个旅行社，接了几个人；然后是下一个旅行社，又接了几个人；一直走了好几个，才到巴士站。积聚了很多人，来自世界各地的人。

照例，我坐在副驾驶座上，背包放一旁。

独行者的专位。无论世界各地，我总在这个位置。

多数车的副驾驶座只有一个位置，这里却有两个。

但愿不要有人看到那多余的一个。

直到快开车时，有人来到我身旁，用英语问：“请问座位有人吗？”

我扭头一看，是“沉默的太阳”。我只能说：“没有。”

他坐下来。我不说话。望向窗外。

“你是中国人？”他用汉语问。

我斜睨着他：“当然！”

“太棒了，我喜欢中国。”

“你……”

他笑笑，阳光撒了一地，“我是马来西亚华人，我们是讲华语长大的。”

“噢！幸会！你的华语讲得很棒。只是港台腔很浓。”

他笑着，阳光洒落一地：“谢谢。”

行车途中，我不爱聊天，因为一直独行，无人可聊，所以没有这个习惯。因为他是华人，多说了几句，大约知道他也是一个周游世界的人，专职旅行中。

近两个小时的车程，才抵达湄公河码头。

弃车登船后，众人才鲜活起来，摄影的、自拍的。一切的关注和活动都围绕这条浑浊而燥热的湄公河。

河水静静地流动着，没有任何声音，宛如血液一般。水流的外面没有风。

浪奔浪流，万里滔滔江水永不休。

淘尽了世间事，混作滔滔一片潮流。

是喜是愁，浪里分不清欢笑悲忧。

成功失败，浪里看不出有未有。

湄公河的船上，放的是华语歌。我下意识跟着和，查理也一起唱，但他的粤语太地道了，简直是原版，反倒让我汗颜。

变成他来安慰我："你应该是中国北方人，不会讲粤语很正常。我们是客家人的后代，从小讲粤语长大。年轻人才会讲普通话，蛮多老人不大会讲。"

难怪，在马六甲偶遇的那位老华人乔治就几乎不大会说普通话。

"你的普通话也很棒。"

"谢谢。我在中国工作过几年。"这是一个有故事的人，且与中国有关。

船停靠在一个小岛，岛上有一个大窝棚，有人从树上摘椰子，打开，取出果肉，现场制作椰子糖。

桌子上放了一个茶壶，外面裹着椰子壳。我倒了杯茶水，品了一下，水竟然是热的。

一个伦敦女孩，倒了一杯茶，想一饮而尽，却被烫到了，她伸伸舌头，用手扇着风，自嘲地笑笑。

下起雨来，那种热带的雨，嘀嗒嘀嗒，并不湿人，只是恼人。

屋檐下，长了几棵热带果树，结着硕大的果实，认得的有波萝蜜、百香果、芒果、木瓜和椰子。想摘个果子玩，经过主人允许之后，我将手伸进雨帘，摘了一只火龙果。

想摘莲雾，有点远。我轻轻把脚伸出去，踩在一堆水植上。

"当心，这种热带河水，看起来浅，实则深。我来。"查理阻止了我，并伸出长手，摘了两个，全给了我。

午餐时分，沿着泥泞的小路踯躅向前，却有着超乎寻常的惊喜，一辆辆打扮得花枝招展的马车来接，众人分头乘坐，都觉得十分新鲜有趣儿。

这马，很像在黄河壶口瀑布时陕北大爷牵的那头驴，被潮热天气折磨得跟驴似的，只在坚定不移地踏地时才觉得这是一匹马。

这车，是20世纪旧中国新娘回门的车，金发的、红发的白人坐在其中，显得特别出离而另类。查理坐在我身旁。

午餐比较简单，一条炸鱼架在两根木桩上，几道越式蔬菜。六人一桌：两个英国女孩、一个俄罗斯女人、一个法国老男人、一个马来西亚大男人，还有如风。

仅有的两个男人很活跃，热烈地畅谈，淹没了吊扇的声音。得知查理是马来人，法国男人异常兴奋，那是他下一站的旅行地，不停地问东问西。

查理本来就活力四射，你不问，他还要滔滔不绝，你若问，他就是黄河水泛滥了。他极其热烈地介绍了自己的国家，在我的反复侧目之下，竟又热烈地介绍了他的祖宗国，从建国前说到建国后，从改革开放说到近年来的巨龙腾飞，法国男人一再点头，极其赞叹中国的发展。

如果椰子壳能罩住查理的脑袋，让他闭嘴就好了。这本应该是我说的！可是需要用英文，这么复杂磅礴的英文……我还是到河边去散散步。

临河有一个大食档，放了些木桌椅，河边停泊着一艘小船，河道很窄，沿河边是一些热带植物，深深地扎根于水里，不离不弃。

游人依次乘坐四人小船，船头和船尾各一个船夫。

小船安静地行进在湄公河上，只听到桨入水的声音。遇到低矮的石桥，低下头才勉强能过，茂密而无情的芭蕉叶时不时地扫在肩上，许多不知名的鸟欢唱着。

风很凉快，空气仍然是湿热的。河道很窄，对面时不时滑来一艘小船，两船擦肩而过。河岸两旁长长的叶子遮住了太阳，使船内相对清凉。

彻头彻尾的湄公河的味道。

“她和她的中国情人会来湄公河乘船吗？”我轻声自言自语。

“湄公河已经成就了他们的爱情，其他无关紧要。”

我惊望查理，“你也喜欢《情人》？”

查理点点头，“为了湄公河，特意重读了《情人》。”

Me too，但我在心里说。

“你没办法拥有中国情人了。”船行至水中央，查理不怀好意地笑着说。

“我没想过有情人。”我不屑一顾：“在中国，‘情人’不是一个好词儿。”

“因为，你就是中国情人。你只能做别人的中国情人。”

查理说完下一句话，我撩起河水铺头盖脸洒过去他也不躲，呵呵笑着，“真凉爽。”

“我是自由的情人。”

湄公河的水安静地流着。

查理又有了坏主意，表面安静了一会儿，却在琢磨着坏是否能够成为呈堂证供，又一枝长长芭蕉叶垂下来，我轻轻拨开。

查理突然问："你们汉语，有些……是多义的吧。"

"是。你很聪明。"

"那么，自由的情人就是——随心所欲的情人吗？"

我腾地站起来，小船立即斜到我这边，我打了个踉跄，他伸手抓住我。船主忙用极其蹩脚的英语说："Sit down, please！Dangerous."

"汉语还能词义互转，可以是名词，也可以是形容词。你地明白？"

虽然查理是个中国通，这次真难倒他了。

"自由可以是名词，可以是形容词。自由的风，自由的生活，自由的旅行，这里的'自由'都是形容词。Understand？"看我急了，查理忙点头。

"自由如风，自由无价，自由至上，这里的'自由'都是名词。Understand？"查理紧张地点头，怕点不好了，我又要让他过泼水节了。

"'自由的情人'里的'自由'是名词！我是自由的情人，意思是我是自由，我愿意给自由做情人，不给人做情人……"

查理眉头紧锁，琢磨了又琢磨，坚定地说："我明白了！"

我却迷茫了。

"难怪老外都说汉语最难学，他们学得明白才怪。我用了三十几年汉语，竟也糊涂了。"

但我得跟他解释得通，事关名声和原则，一不留神，还关乎更多内涵。

"这么说吧，换个词你就懂了，我是梦想的情人。"我稍微轻松了一下，用手若无其事地划着水。

“梦想的情人……梦想中的情人，男人一直梦想‘梦想的情人’。”

我一拍船舷，拉起他，要把他推下船去，他挣扎着求饶。

“你！”我还想求饶呢，本来简单的事儿弄得这么复杂。

我用水泼他：“你的汉语水平，比中国南方人还高百倍，有点诡异……”

查理得意地笑了：“我在台湾大学修习中文系，还在东莞工作过三年。”

我颓唐地坐下：“你赢了。早说啊……”

一个英语和粤语可以做我老师、汉语也不输给我的华人，很难对付。

“都是《情人》坏。没有情人，成不了杜拉斯。没有自由，也成不了如风。”我一努嘴，扭向湄公河。

“杜拉斯把湄公河写活了，让我们认识并不远万里来到湄公河。”

我赞许地点点头。一部不长的小说，能够做到这个境界，是成功的。

整个下午，我们在湄公河的小岛之间穿梭，每座小岛都有不同的节目，要么是看越南民族风情舞蹈，要么是在热带果园里摘果子，要么是在芭蕉叶下的茶桌上喝茶，听越南传统乐器表演，游人自主打赏。

无论做什么，查理总在我身边。总是在我出其不意冒出疯狂点子时，泼点冷水，或是在有不三思而后行的危险行动时，及时挽回。

我总是伸伸舌头，耸耸肩，由他。由己。旅途中不放，却收，可还有乐趣。

黄昏，湄公河边，分别的时刻。我回西贡，他留在湄公河。

“如风，不如留下，一起夜游湄公河。”

一路上，不计其数的单身男人邀请，我都是拒绝的。

这一次我真心想留下来。

低俗的旅伴会破坏整个旅行，他有才有趣，我却没有时间。

“我必须离开。签证明天到期。”

我穿越整个越南，从北到南。他要骑摩托车游遍越南，从南到北。

西贡是我最后一站，却是他的第一站。

无可言说的遗憾，从他眼中簌簌落入湄公河，“何时再见……”

我们都知道是不会再见的。生命的偶遇，仅此一次。

两个国家的人在旅途中，邂逅于第三个国家，已是上天的恩惠。

“随缘，随心，自在如风。”转身便走。

最怕离别。只因无缘再见。

“如风，”他叫道：“到马来做客。不然，我去中国找你。”

“流水是如此无情，它可以带走一切，无论是石头，还是教堂，甚至连整座城市都难以幸免。在大河的流水深处，正掀起一阵风暴，阵阵狂风相互厮打。”（杜拉斯《情人》）

时光更加无情，它带走的是人类的一切，包括绝美的遇见。

如果这是小说，我会写下比这更热血沸腾的对白，延展成无比瑰丽的爱情；如果是电影，女主人公该回身奔跑，两人深情拥吻，观众醉心欣赏。

但这是生活。真实的生活。我继续前行。

头也不回。

每年单调地重复着两个季节，夏季和非夏季。湄公河上升起旭日，照着河岸的稻谷，照着笔直的白色大路，大路横贯一望无尽的稻田，稻谷随风起伏。公路上，孩子和照看孩子的狗，在阳蓬下睡着。长街尽头，昏黄的防风灯的灯光，欢腾，歌唱，嬉笑。湄公河。这是个帆影点点的渔村，这是三角洲的头，大河的尾……

——杜拉斯《情人》

5月29日　在路上

离开湄公河的第二天，我必须离廾越南。

如果没有必须，我会遇见一个不一样的湄公河。

离开，原本义无反顾，此时，却有些许牵挂……

无所谓喜欢，无所谓讨厌。

我来了，我看见了，我走了。

清晨，一辆没有行李箱的大巴车，所有的行李堆放在车后面的几排座位上。

六个小时后，到达柬埔寨。

一个穿着金黄色僧袍的僧人，在人群中熠熠闪光。他很年轻，有头发，僧袍像尼泊尔的旁遮比一样裹在身上，露出一只胳膊。他站起来，将袍子重新裹了裹，随意搭在肩上，选了种舒服的坐姿。修行者的能量晕在空气中。

车上播放着《See you again》，之后是《广岛之恋》。

“回头凝望，我们携手走过漫长的旅程，谁会了解我们经历过怎样的旅程，谁会了解我们见证过怎样的美好，与你重逢之时，我会敞开心扉倾诉所有……”

会重逢吗？……

别了，斗笠；别了，滴漏咖啡；别了，越南米粉；别了，湄公河；别了，杜拉斯。

没有办柬埔寨签证的，在巴士上交钱办理，35美金。乘务员收了所有人的护照，出关时，打开倒扣在高台上，现办签证。一堆蓝色的、绿色的、嫣红的、红色的护照壳儿，我一眼能认出中国护照。

办好后，一个一个叫名字，一个一个放行。

刚上车，没走几步，又下车，一个人又收了全车的护照。

入了关，巴士等在柬埔寨的土地上，路边的巨幅海报从胡志明的头像变成了双手合十的曼妙少女，少女身后是吴哥窟。

五六个中国年轻人，从上车就聒噪着，聊天声满车都能听到，等待签证时也在聊着。一个男人拍照被制止，并被拿走手机，删除了照片，他身边的女人又拍。被制止后问：“不能拍吗？”

他们一直在说，从坐火车进入越南，一路上去哪儿了，发生了什么，爸妈说了什么，被晒黑了，云云。这是一群精神上没有断奶的不听话的孩子。

道路是原始的土路，而且异常狭窄，走到中途，天降暴雨，大到整个世界浸在水中。

简陋的大巴车艰难地前行，经历了出生的艰难历程，终于停在金边客运站。

我站在柬埔寨的暴雨中，拖着皮箱，独自一人。没订旅馆，该向何处去……

暴雨砸向炽热的土地，冲刷着难以磨灭的彷徨，悲伤逆流成河。

神秘吴哥窟
难以割舍的红尘
（2016）

5 月 30 日　暹粒

因为这场暴雨，因为雨中的金边像个垃圾场，不值得停留，我挤在客运站狭窄的办公室里，浑身滴着水，临时决定直接坐车到暹粒。

同样六个小时的雨夜跋涉。我累得像脱了壳的乌龟、没翅膀的凤凰，划拉划拉一堆散乱的骨肉，跟着那群中国背包客，拎着腿儿连滚带爬进了他们预定的下榻之处。

前台是一个中年男人，那安然的微笑直逼灵魂的淡泊，即使是一个修行者也很难达到。

只剩下一个没有空调的铺位。

累到无力眨眼，闭着眼上了楼，抱着皮箱。一个巨大的敞开的房间，数不清的上下铺，橙黄色的褥单、蚊帐，红色的浴巾，没有被子，两个巨大的电扇呼呼吹着。

闭着眼在公共浴室冲凉，却把自己冲精神了。下楼到对面的日式料理小店吃夜宵，只有长条木桌凳和合式椅，简洁、安静。

一碗 0.75 美金的蔬菜炒面，女子炒得很慢很用心，她似乎在与食物交谈，柔情蜜意地诉说、轻描淡写地搅拌。

吃起来是女子与面恋爱的味道。

深夜，偶尔开过的摩托车和背包客们的交谈，滑亮夜空。有夜半不睡的背包客，也有晨曦便起的人，暹粒的夜晚，有一种宗教带来的宁静，那是一种看不见却感受得到的强大的力量，直入内心深处，使心感到和平与幸福。

坐在阳台的藤椅上，将腿搭在木板上写日记，写到头快低进手机里了，今日红尘修行宣告终结。睡觉！

一头栽倒在橙色的帷幔中：睡觉也是修行。

凌晨才睡，清早就被吵醒，仔细分辨下，是寺院的唱诵声。

巨大的风扇呼呼吹着，吹的却是热风。整个房间都是黄色的，纱幔和床单也是黄色的，地板也是黄色的。仿佛这是寺院。

那纯正的袈裟黄十分耀眼，晃得我再也睡不着，便四处闲逛。

要了杯果汁，0.75 美金，我给了一美金，找了我 1000 柬埔寨瑞尔。这是一个并不发达但很聪明的小镇，消费竟都是使用美金，在取款机上取款，可以直接取美金，取款 250 美金以内，手续费 5 美金。没舍得取。看看有没有人民币兑换的地方。有华人的地方就有支付宝。

所有商铺都与越南一样，敞开着大门，头顶呼呼地吹着吊扇，东摇西晃，吹的仍然是热风。呼吸着炽热的空气，仿佛五脏六腑热气腾腾。当地人仍然穿着长袖长裤蹲在路边烹饪、售卖。突突车主半躺在车上，等待生意。这么热的天儿，竟然还能躺着一动不动。

虽然只有 33℃，体感却有 40℃，正午时分，热得只想钻进空调房间。

这个季节，似乎游客不多，因为闲置的突突车排起了长龙，遍布大街小巷的每个角落，走一路，被一路“Hello”问候着，他们多希望你能够眷顾一下他们的等待，可这种酷夏的午后，又能去哪儿呢？

商场和超市转个圈儿就到头了，但他们仍旧那样执着地等待，执着地热情地与你招呼，执着地在一天当中最热的时刻也仍然热守在小路旁。

暹粒的菜单一打开便流口水，这是亚洲人的口味，点了咖喱海鲜饭。等的工夫，有客来访，“嗡嗡嗡”，一抬头，却发觉路旁堆着成堆的垃圾，滋生着无数苍蝇。

暹粒的苍蝇还喜欢叮人，就落在你裸露的肌肤上面恶心你，一赶就走，待会儿还来。

在暹粒人眼中，一堆垃圾与一尊佛像没有区别，这是境界吗？应该赞扬吗？饭来了，先吃再说。

嗯，苍蝇不影响饭香。吃饱了，一抹嘴，隔壁就是旅馆。上楼，也不影响睡觉。

黄昏时分，骑着自行车，乱转，瞎转。

迷路，是家常便饭，迷得理所当然。坦然地问路，悠闲地掉头——地图丢了。一转身，淡蓝色的天幕上升起了一个圆圆的月亮，像是天帝的婚钻。

吴哥窟的石头反射着这银色的月光，该是怎样的忧郁和魅惑？

路边有家宾馆，写着 Angkor Wat Sunset：吴哥日落——好美的名字，美得会心一笑。

6月3日　骑行吴哥

在暹粒晃荡了两日，也歇得差不多了，突然想起所来为何，便骑着自行车去吴哥窟。

随心所欲是要付出代价的，如果我肯看看攻略，或问问佛般的前台，就会知道，去吴哥窟应该骑摩托车，而不是自行车。

干蹬也不到头，好容易骑到一个地方，已经脱了一层皮，被告知买票的地方要骑三公里，再回来。

傻了眼。

“走，我带你去。”门卫仗义地骑了摩托车带我去买票。好仁义，不过，收了车费，美金。

门票分为一天票、三天票、七天票，我选择了中庸之道。

如有神助，早晨飘了点小雨，一天都很凉快。

人生如梦，如梦之梦，是骑着自行车来吴哥窟。

似乎有点委屈这古代东方文明的四大奇迹（中国的长城，埃及的金字塔，印度尼西亚的婆罗浮屠和柬埔寨的吴哥。）之一。

其实是委屈了自己。我只是不说。

印度教认为，世界的中心在大海中的须弥山，那里居住着众神，环绕着四座小岛，日与月。柬埔寨人把这个想象中的宇宙格局，抽象为一个几何形状，固定为吴哥窟。

人类不停地在寻找着自己的位置，想象着宇宙的形状。每个人也在生活中寻找着自己的位置，想象着人生的意义。

我不仅在寻找这个意义，而且要活出这个意义。

吴哥窟的建筑分为三层：地狱、人间和天堂。完成它整整花费了 89 年的时光。而我骑观它，花费了三个小时。

一看到浮雕，必停留细观。

在吴哥寺的浮雕回廊，停留在宗教的奥秘里，行走在静谧的历史中，阅读着文学的立体书。

西面的浮雕是印度《罗摩衍那》中的情节，南面的浮雕是《摩诃婆罗多》中的故事，这是古代印度最引以为傲的两大史诗，被郑重而醒目地雕刻在信奉印度教的吴哥寺中。

人类创造了神话世界，又倾尽其能去探寻那个人类赋予的未知的世界，在人类创造的神话世界中，诸神之间的战争连绵不休，要么关乎权力，要么关乎财富，要么关乎美色，无怪于此。因为人类如此。

人类，以为是神创造了人类，其实，是人类创造了神。

人类必须将自己解释为他创，才能感到安全和些许慰藉，也免去探知人类的心灵这个更高深莫测、艰难晦涩的课题。

谜一样的国度，谜一样的微笑。

迷路了，来到一个空无一人的城堡，安静得只听到鸟鸣，鸟鸣

却令城堡更加安静。仿佛欧洲中世纪的古城堡，盯着漆黑的门，似乎能飞出几只吸血鬼来。

这些断壁残垣中湮没了多少情仇爱恨？多少王朝的背影隐藏于吴哥落日的余晖中，挥洒着无尽的黑夜、沧桑的悲凉！

坐在吴哥的碎石上看远处破碎的城堡，一种被岁月摧毁的绝美和哀婉，像蝴蝶一样环绕着周围。

这是一堆穿越千年的石头，创造它的王朝和人都消失了，穿越其中的游人，灵魂出窍的都会消失，只有石头不朽。

同样是石头，整齐的，是建筑；散落的，是废墟。废墟的存在，让人类感慨建筑的神奇，建筑的伟大，让人类惋惜废墟的悲哀。无论是何种形态，这里的时间只有一个时态：永恒！

残垣断壁的废墟是历史对于吴哥窟的伤害，突然觉得被人无端地深重伤害也没什么不可以原谅的，吴哥为历史所伤，依然如故，向世界展示着残缺的美、未知的殇。有些伤害，不可避免；有些伤害，不值得祭奠；有些伤害，换个角度，过段时间，根本不算伤害。所有的发生都是太极，旋转一下，就由黑变白，人生的磨难也都是易经，如梦一般，物极必反，大坏必然大好，大难必然迎来大福！

6 月 4 日　红尘，是割舍不下的吴哥窟

回到旅馆，洗完衣服和自己，躺在院子里的吊床上，头上一个吊扇，一盏吊灯，一棵未开花的树。似乎像铁树，弯曲的枝干，椭圆长条形的叶子。异国他乡的建筑和风景好认，植物和花儿实在太为难自己，毕竟不是百科全书。身后的墙壁边种植着青翠的小叶竹子。一个欧洲女子，一边抽着烟，一边看着书，晃着摇椅，吱嘎吱嘎。一个亚洲男子坐在木头长条凳子上，抹面霜，也可能是防晒霜，懒得问，无论抹什么，都是奇怪的。

路边的突突车突突地来、突突地走，摩托车嘟嘟地急驰而过。一个人背着大背包离开旅馆，即将启程或回程；一个人背着大背包刚刚到达。

来来往往，进进出出，是旅馆的特色。斜对面的日式面馆儿开了半扇门，露出招财猫的半个身子。一个人戴上头盔，从院子里推

出摩托车，一溜烟儿地开走了，等待了一个下午的酷热消散，终于可以去看清凉的世界了。

室内大厅里横七竖八躺着几个旅人，有看视频的，有看攻略的，有看电视的，各有各的世界，合起来是一个大世界。

一阵狂风袭来，吹起街上的沙土，刮入我放在院子里的杯中，赶紧就着些许灰尘一股脑喝光芒果汁，从吊床转移到秋千椅上，躲入镂空的小山洞。吴哥窟是不畏风沙的，风沙只会使它更坚固。

石头怕什么？林妹妹的泪？抑或也怕做梦？不在红尘，心系红尘，红尘历劫，出离红尘。这是石头的心愿，也是人生的历程。

出红尘容易，入红尘难。入红尘容易，了悟红尘难。痛红尘容易，笑红尘难。红尘，是割舍不下的吴哥窟，你要不要，它都存在着；你舍弃它，它也还在。

这就是我的旅行生活，其中的平淡而珍贵的一天：一早去看吴哥日出，午饭后午睡，睡醒后干了上面的事儿。现在躺在吊床上写作，观察人，观察世界——这个刚刚抵达的世界。夜幕降临，去夜市找食物，一杯扎啤，几串烧烤。11 点睡觉。没什么特别，只是比在家时更容易做到心无旁骛，疏离红尘，远离围城，活在当下，因为每一个时刻都无比珍贵，离开了，就是永远。所以遇见，分开了，一生难以再见。

一段时空交错的旅程。一些穿越千年的箴言。

6 月 5 日　吴哥日出

不到 6 点，吴哥寺里已等待了许多人。看过各种各样的日出：海上日出，沙漠日出，高原日出，雪山日出，但是，吴哥的日出是无可比拟的特立独行的日出。

空气中弥漫着浓浓的期许的味道。许多小贩在兜售书籍、丝巾等物，湖边铺满了油画：吴哥的寺庙、吴哥的日出和吴哥的微笑。

一个真实的童话世界。

神秘的历史弹奏着头脑中的琴弦，恍惚中：一位中国姑娘穿越回高棉王国，无法与高棉人沟通，便装作哑女，沉默反而带给她思想和智慧，她参与上演了一幕幕高棉宫斗事件，高棉的秘密像《盗墓笔记》和《藏地密码》一样漫长地展开。

好长的故事啊，一阵风吹醒了如风，却原来是一场如风梦游吴哥仙境。

摄影爱好者早已选好自己喜欢的位置，支上各种长长的炮筒。有人带着丰富的早餐，几个当地的孩子过来索要，一个女游客给了他们一盒水果和鸡蛋。

看吴哥的日出需要运气。所以用七天时间去触碰必然。

今日不得幸遇，便探访其他的奇迹。“啊！奇迹出现了，最顶端的塔尖儿开放了。”

仰视最高的中心塔，那象征着天堂的地方。

要求衣着包肩过膝，而且要肃穆虔诚。为了它，昨天特意穿着长裤，但中心塔没开放。

今天……我用手摸摸裸露的长腿，赶紧骑自行车到商铺处，买了一条长裤，特别柬埔寨。

一个暹粒姑娘在给另一个姑娘编麦穗辫子，从头顶细细编下来，像绽开一场美丽的烟花。我色眯眯地盯着，一时兴起："Can I?" 姑娘的头还没点到位，我已经坐下来，飘逸的长发被暹粒少女盘起，任由姑娘将它变成一棵开花的树。

这棵鸟语花香的树，鸟快做窝了我才舍得拆掉。

出来时，看到一个僧人拿着一个大盆，浇一个暹粒妇女。

他一盆一盆地浇，妇女像佛像一样坐着不动，只死死地拽着衣领，不要被浇落。她的力量稍微小点儿，一盆水下去，她的衣裙飘落，会是一个真正的维纳斯，有胳膊的。柬埔寨人应该不穿内衣……

她看到呆望她的我，甜美地笑笑。那笑容像初生的婴儿，无欲而纯净。水浇下来时，她就立即闭上眼。

我脸红了，受洗都能想到裸体！我要是男人，得有多色……我也需要浇浇。浇就能浇掉男人的色欲和女人的软弱吗？

神奇的不是水能冲洗罪恶，而是认为水能冲洗罪恶。

我郑重地站在中心塔下，望着那接近直角的陡峭的楼梯，全神贯注地向上，精进谨慎，每一阶，都爬得坚实有力，每一步，都走得刻骨铭心。

这里曾经掉下去一个贵妇，于是，她的丈夫修建了这座爱的栏杆。

五颜六色的肤色，多姿多彩的爬行，神圣宇宙的中心。

一个神奇而绝美的天堂，有光，有风，有空间，有征服，有超越。吴哥窟的全景尽收眼底：一浪高过一浪的石头阵，一层接似一层的石头城，一堆连着一堆的石头块。

6月6日　吴哥之劫

吴哥窟勾起了我去邮局邮寄的欲望，它特别适合在图书上存在，特别适合让别人在图片上结识它。在自己的办公室里，自己家里，打开信封，那出离世外的气质足以带来整天的愉悦，弄不好，会开心两三天。

绿色的栅栏，黄色的小楼，西式的风格，门楣上有柬文、中文和英文三国文字，中文写的是“柬埔寨邮件”，有些奇怪，我们来的是邮局，寄送的才是邮件。屋里是长长的木质柜台，摆满了即将成为邮件的邮票、明信片和首日封。

柜台后面站着一位中年妇女，戴着眼镜，使用的是一把槌戳，盖起戳来节奏轻快。她盖戳技术掌握得很好，戳的质量也很好，只是油墨淡了些。

一位男工作人员协助我选了明信片，我坐下来写地址。投入院子里那个萌呆的黄色邮筒，便骑上自行车回 Hotel。

出门右拐时，意外地听到身后一声尖叫：“啊”，不过白驹过隙的瞬间，还没来得及反应，自行车“咣当”一声被撞飞好远，我顺势向右倒下，重摔在地上，头撞在地面上，双腿被压在车下，右腿别在车子和身体下面，背包飞出去好远，太阳镜掉在几米开外的地方。

脑袋里闪过一个念头：“天哪！我不会残废吧！”便失去了知觉，意识飞离身躯。

也是一瞬间，我被一群人扶起来，右腿无法动弹，头颅变成铅球，重得支撑不起。

对于别人来说，刚才只是一刹那，对我来说却很长、很长，足足有一个小时，甚至一年。

灵魂竟然能够预知即将发生的车祸，清醒地知道肉身会摔倒受伤，它已经伸出双手，试图去扶住摇摇欲坠的肉体，却触碰不到，像是两个空间。

我清晰地感觉到这种感觉。从未有过的灵异的感觉。却感觉异常悲哀，因为不能自我拯救。

制造车祸的是骑着两辆摩托车的三个大孩子，眼球里映射出他们焦急而惭愧的神情，他们不过十几岁，也吓坏了。

邮局里的男工作人员冲出来，和他们一起把我半抱进刚才写字的椅子，然后拿出一瓶膏，交给女孩儿。

年纪稍大些的女孩，为我脱去鞋袜，跪在地上，用油膏涂抹着、按摩着我的腿。疼，好像应该疼，但是没有知觉。它受了伤，有疼的权力。可是它为什么不疼?

男孩飞快买来了创可贴，先用纸巾把我鲜血淋漓的左手擦干净，然后为我贴在虎口上，小女孩又买来了一大包冰块，敷在我的膝盖上。

刚才是像在地狱，现在是炼狱了，仿佛走进千年冰棺，那冰冷通过血管渗入血液，流遍全身，瞬间冰冻了五脏六腑，连眼球都冻住了，无法转动。

“啊……”我轻轻呻吟着，跪在地上的女孩儿紧张极了。我疼了，我笑了，笑得龇牙咧嘴，面目模糊。腿有感觉!

男孩带着我，自行车系在摩托车后面，大女孩带着小女孩，一路缓慢回了旅馆。他们把我半抱进厅里，我虚弱地半躺在沙发上。旅馆女主人马上过来询问原因，她建议我立即去看中国医生，看看腿是否骨折，是否需要治疗。

我眨眼应允着。

她立即联系了医生，然后，告诉三个孩子地址，他们又带我去了一家小院。

大女孩搀扶我进入医务室，我整条右腿都是直的，左腿一蹦一蹦地往前走。

一位老中医马上过来，听女孩儿说了情况，按了按我的腿："疼吗？"我点头。

他拿着小木棒，敲敲膝盖："疼吗？"我点头。

他又捏了捏脚踝，捏了能捏的地方，然后拍一下腿："去吧。没事。药都不用吃，养着就好了。你很强壮。"

"噢！"我和大女孩立即欢呼着，下意识地拥抱在一起，彼此都激动万分。

"冰敷一下。好好休养，旅行是不大行了。回国休养吧。"

"谢谢医生！谢谢！"

他们把我送回旅馆，我原本是住在二楼，楼梯很长很长，女主人立即与楼下房间的一位客人商量了一下，她搬去楼上，我住进了楼下。楼上是大通铺，楼下是空调房。

一起来的中国朋友，为我没有按照中国风格留下肇事者一笔钱而抱不平。我淡淡地笑笑："他们还是孩子，又不是故意的。而且，他们心怀愧疚，直面自己的过失，积极处理。再说也没有造成骨折。"他们安慰了我一番，各回自己的床位。

所有伤痛的到来，本身都带着疗愈的力量。

意外本身没办法伤害我们，也没有办法让我们痛苦和烦恼，若放不下，执着于失去，悲悯于变故，会让自己更受伤。

不过是一种体验，一种修行。交给时间，它会有办法疗愈任何悲痛。然后真真切切地活在当下——这是人类所能拥有的唯一的东西。

6月8日　再上吴哥

整整躺了12个小时。

左手重重撑床，右手轻轻扶腿，艰难地起来。头仍是蒙的，左边的头颅很炽热，眼眶很沉重，脖颈僵硬，胸腔有些窒息，左手仍有撕裂感，手指头肿胀着；右手神经紧绷，右上臂不能上举，右腿膝盖不灵活，不能自如弯曲。需要曲着腿躺下，扶着腿站立，直着腿走路。

无一处关节不痛，像淋了暴雨的机器人，人形还在，所有的零件却生了锈。

为机器上了些浓油，直着腿再上吴哥。

我看着那个树洞，梁朝伟在《花样年华》中，对着这个洞诉说秘密，然后以草封缄。我不追星，不随波逐流，但是，长久的人生之劫，迫使我堆积了许多秘密，我需要放下。在心里放下，多难的境界；在树洞放下，多么容易。他的秘密观众们都知道，我的秘密只有我知道。而我本不想知道。我想像婴儿一样纯净地活着，生活强迫我有秘密。

我不会说。我会写。我习惯用书写的方式与世界沟通。于是，我站在那个洞前，用手机写下了秘密。然后，删除。

阳光的重影中，立着一个高高瘦瘦的男人。“别人是说秘密，你却写秘密。”

我猛地抬头，惊异地怒视：“你看到了！”

“我看到了。”我正在思考对策，是文斗还是武斗。

“对不起，我没有看到你写的秘密，我只是看到你在写，我猜应该是秘密……”他怕我糊涂了，还想解释。

我挥挥手：“这些秘密……是你的了。”转身就走，却忘记，腿已经不是以前的腿，不能雷厉风行了。皱皱眉，抬着右腿僵直地走，我还没习惯残疾。

“你的腿！”

他想上来搀扶我。我摆摆手。

“你的腿……”

我淡淡地：“你觉得我是一直残疾，还是被撞的残疾？”

他坚定地说：“被撞的。”

我看着他的眼睛，询问他得此答案的原因。

“第一，残疾人不会这么问。第二，你还没习惯残疾。第三，真正的残疾人不会一个人登吴哥窟。”

我点点头，拖着那条直硬的腿，另一条腿就瘸着。“昨天去邮局，被摩托车撞了。”

“那你还来吴哥！”

我晃晃脑袋，不以为然：“我还活着。”

他想笑，却绷着，不知道合不合适笑。

“想笑却不敢笑的感觉，是不是很难受？”

他哈哈大笑着，不由分说挽着我的胳膊。我甩了两下，没甩开。他诡异地说了句：“你甩不掉我的。”

我的眼珠要翻出眼眶了，“你这样的人，在路上，遇到太多了。想找艳遇，还是瞧瞧别的吧。”我努努嘴：“那边那个，穿着花红柳绿，拍个照上蹿下跳的，是你们的目标。”

他的眼睛很深邃，眼神像吴哥窟一样幽远。“我想要一场灵魂的艳遇。”

我僵直了一下，“若我的腿好不了呢，真变成残疾呢？”

“是又如何？灵魂之爱与肉体无关。”

我瞧瞧吴哥，又瞧瞧他：“他叫吴哥，你叫什么？”

“我也叫吴哥。”

我斜瞄着他。

“我姓吴，比你大，你不应该叫我吴哥？”

我猛一甩手，还是没甩开：“原以为你是个雅人，却这么媚俗。”

他正经道：“我是开吴哥的玩笑，不敢取笑你。我叫吴若风，不想叫吴哥，可以叫我若风。”

我咬着嘴唇，遇到对手了，我才是风！

“笔名，真名？”

“真名。我妈取的，她生我之前梦见了风。”他亮了一下身份证。

他赢了，要改也是我改，可是，目前尚未发明比这个更切合我的天性与生活方式的名字。若风，如风……忍。

“你的名字呢？”

他追问了我一天，我躲了一天，用各种名字搪塞了一天，晚上分别时，他才知道我叫如风。

“哇！”

“你与众不同，从你的背影就能看出。我看着你写完你的秘密。”

如果有人肯给我机会，我爱他一定像吴哥窟一样坚固。但是，吴哥在一夜之间被离奇抛弃……

但吴哥还在。不是吗？爱还在。

“这个我就不跟你争辩了，被撞成这样，还来逛吴哥窟，不是与众不同，是与人不同。”

若风立在风中，看如风走进旅馆。“明天吴哥见。”

我艰难地挪着腿，笑容却不可抑制地盛开，心里很甜。末了，想起一句，回头一笑，他还在风中。

“与吴哥相约吴哥。”

“与如风相遇风中。”

他回了一句。能跟我针锋相对的人，这么多年，这是第一个。

终于忍不住，微笑满怀，转身而去，一步一踮，一瘸一拐。

“如风，”他叫道，我停下：“快点好！一起携手，周游世界。”

这是多少人的梦想：执子之手与子周游，这个吴哥，今晚还想不想让我睡觉了？睡是睡着了，梦中却插上翅膀，扶摇直上九万里。两只大鹏，如风飞翔。

6月9日　吴哥双劫

一醒来就不由自主地想笑，笑了一地甜蜜，看不见，摸不着，却被满满的甜蜜包裹着，走到哪里，甜就跟到哪里。很甜，就像嘴里一直含着不化的巧克力。

头发丝是甜的，舌尖上是甜的，笑出的泪花也是甜的，周身像涂满了蜜。

这甜浓的呀，再也见不得任何蜜糖，我已经变成了蜜糖，再甜就化了，化成糖水，回头自己捏个小糖人儿。

怎么那么甜呢？

就连那条无法弯曲的腿也暂时被蜜封了，也许，不是因为它，我还无法遇见他。它好时，我如风一样前进，就是因为它坏了，我才站在那里，静止地等待他的到来。

仅仅一面之缘，尚未揭开爱的面纱，竟甜成这样，若投身爱中，又当如何……

咯咯笑着，把腿搁在摩托车的一边，骑向吴哥。今日再见吴哥，会怎样呢……

“Why are you so happy？（你怎么总是这么开心？）”佛样儿的

女主人都忍不住了，前天我刚遇车祸，昨天哭丧着脸出去，回来时，就一直笑，笑到现在，比佛还佛：谁能在刚刚遇劫之后还笑？除了如风。

我呵呵笑着："Wow, Life, Sun, Air, Love.（生活、太阳、空气、爱）"我点着火就飞了，她更糊涂了。

去吴哥的路上，遇到几户茅舍，便停下来吃早餐。其实我根本不需要吃了，吃蜜糖就吃饱了。我只是借吃饭的机会去窥视暹粒人家而已。

搁昨天以前，我一定狠狠地拍摄，美美地写作，很可能靠在人家的茅房前，因为那是很特别的茅房。但是，今天，我眼里再没有了别的，只有吴哥，便赶快骑着摩托车奔向吴哥。

大概骑行了一刻钟左右，路旁的景色引起我拍摄的欲望，便把车停在路边，去拿挂在车把上的背包。却立即被冰封在那里。

包不见了！

立即顺着原路返回，一路找到吃早餐的人家，仔细询问并寻找，没有。

我拦住路过的中国游客的车子，说明情况，借手机打我的手机，关机。

我呆立在路边，很久，很久。

损失岂止惨重！——

iPhone6-Plus：5500元。

200美金，400元人民币；护照，身份证；三张银行卡，二张信用卡。

伊丽莎白雅顿唇膏、谭木匠梳子、香奈尔眉笔、DIOR唇彩、巴黎三城眼镜。

吴哥窟七日门票：72美金。

还有：

手机中随时写下的文章：无价。

吴若风的柬埔寨手机号码：无价。

没有门票，我无法进入吴哥窟。也将见不到吴哥。也许是永远。

我只有一个无可选择的选择。我需要钱，需要护照，否则，活不下去，异国他乡，独自一人。

立即回到旅馆，拿出锁在皮箱里的爱派，进入微信，跟哥哥哭诉不幸，但也只哭了几声：没时间，需要做的大事太多。

天大的重任是把自己安全送回国。哥立即汇给我5000块钱。

查询护照丢失办理方法。必须回金边办理，而且只能补办旅行证，必须直飞回国，不能旅行，回国后再补办正式护照。

骑摩托车到Lucy Mall对面的中国商店，支付宝转账后，兑换了300美金。找到那家旅行社，退掉从暹粒到四千美岛的巴士票，改定去金边的巴士票。

回旅馆后，咨询了暹粒警察局所在地，先要去警察局挂失护照，拿着挂失证明，才能回金边办理护照。

时间已近黄昏。

打了突突车，到了警察局门口，却犹豫着不敢进去。我再三追问是不是，司机说是。暹粒人有把乘客扔到半路加钱的陋习，已经被扔过两次了。所以才会赌气骑自行车去邮局和吴哥窟，结果遇到车祸。

可这不像警察局，很像贩毒所。

已经日落，天色昏黑，一盏若有若无的路灯晃荡着，灯旁无数飞虫和蚊子在转，一个狭窄的院落，一幅低矮的民房，里面幽深。

我咽了口唾沫，眼睛直勾勾地盯着门口，握紧拳头。无数次恨自己的性别，如果是男人，极端情况下，最多不过一死。

进还是不进？……

一个男人走出来，看我站在风里。

"你出了什么事？"他向我走来，我往后退。

他快步移近我，我看到了他身上的警服："我……我丢了护照……"

"需要记录，进来。"

虽然外表龌龊，里面还是警察局该有的感觉，一个不大的房间，严肃的环境，和两个穿警服的警察。

年纪大的警察问明了我的情况，让我把丢失背包的时间、地点、过程陈述了好几遍，他的口语和听力比我还差，我们只能凭借手语、眼神勉强沟通。然后他递给我一张白纸："写。"

"英语？"

他用很奇怪的目光看着我，那意思是："难道用汉语？谁给你翻译。"

在旅行中，需要写英语作文，迄今为止，那是唯一一次，必须最后一次。

都什么时候了，还要去思考英语单词和句法、主谓宾结构：

“This morning, when I have breakfast……”许多单词，只会读，不会拼，手机丢了，没有翻译软件，实在是抓耳挠腮，又脱一层皮。

两位警察也不着急，悠闲地看着我着急，抽着自在的烟。

好歹写完英语作文，立即上交。老警察看了一看，指着其中一个单词：“什么意思？”我看了好一会儿，没认出来，又看了上下文，告诉了他。

老警察用笔勾勒了一下，也不知道对不对。只要他认为对就行。

看完后，老警察告诉我要把背包里的东西写出来，我一边回忆一边拼写，只写会写的那些东西：iPhone、Card、Cash……

谢天谢地，总算合格。他慢吞吞地拉开抽屉，慢吞吞地拿出警察局的章，慢吞吞地在纸上盖，按了好几下，比阿 Q 按手印还认真。然后递给我。

“非常感谢！”

“不要丢了。”我已经在推摩托车了，他嘱咐了一句。

我丢失了太多东西。只有自己没丢过。谢天谢地！

立即坐夜班巴士前往金边。破旧的巴士，出汗的空调，陈旧的窗帘，窗外是一片黄沙，茅草和木板堆砌的吊脚楼，地上爬的孩子。

这样凄凉，还会再来吴哥吗？

吴哥！这才有功夫想起吴若风。

一声叹息，泪洒吴哥。

吴哥哭了吗？吴哥会哭吗……

6月10日　金边蜗居

一大早，便打突突车，来到毛泽东大道上的中国大使馆。大使馆还没开门。

我累瘫在门口，没有力气哭。

7:40，一位孕妇走到门口，刚要刷卡，看到狼狈不堪的我，心下明白几分，“你要做什么？”她柔声问。

我立即一跃而起：“您好！我的护照在暹粒丢了。我来补办护照。”

“是旅行证。”

“是，是，是的。”

“挂失证明有吗？”

“有，有！”

“照片。”

“还要照片吗？”

“当然。一寸照片三张。”她回身指着路的尽头：“拐角处有一家华人开的照相馆，你快去拍。先把资料给我，我给你拿进去。”

“谢谢！谢谢您！谢谢！”

女士太理解在异国他乡丢失护照的游客的心情了，和颜悦色地嘱咐我。

我如风一般飞到照相馆，虽然已经累得不成人样儿。照相馆刚刚开门，我冲进去，仿佛挤进时光隧道，与小时候的照相馆一模一样。

“笑一下。”我坐在白色背景前，咧了咧嘴。照相师皱了皱眉：“还是别笑了……把头发往耳后掖一下。”

如风一般飞回大使馆，办好各种手续，拿了一张回执单。打听好流程：先发 E-mail 回护照所在地派出所，等待核查回执，才能补办旅行证证明。然后拿着证明去柬埔寨移民局办理旅行证和 Visa，凭借这两样东西，才能回国。

刚要火速离开，找旅馆，订机票。那位年纪大些的北京阿姨提醒我：“闺女，别急着订机票，旅行证号码跟原来的护照不一样。”

这才恍然大悟：“啊……谢谢您！”

站在毛泽东大道上，迷茫。打开爱派上网（中国手机卡在爱派里），查旅馆资料：近，便宜，安全就行。

于是。我来到 Top Banana。

挨千刀的 Top Banana 竟然在楼顶！我给突突车司机两千瑞尔的小费，让他把皮箱给我拎上楼顶前台。但却只能由我拎上楼。楼梯很长，木质的，抱着腿上楼，经过一天一夜的奋战与折磨，腿更直了，更痛了。

一头扎进五美金的床位上，从白昼睡到黑夜，睡了个昏天黑地。

6 月 11 日　Top Banana

睁开眼，饿，累。

Top Banana 位于背包客聚集的金街上，楼下总是停着成排的突突车，下楼买吃的，脚还没沾地儿，几个车主围上来，有两个快打起来了。我只是去买碗米粉而已。

多出去一次就多一次被飞包的机会，我已经没包可飞了。

如果在夜幕降临时分到达，不会不被巴娜娜的魅力俘虏：宽大的空间，无序地摆放着四组藤椅沙发，黑红色的靠垫抱枕，大红色的细长落地灯，白色的墙壁上，黑色的涂鸦，一条魔幻的龙树，吊顶是巨大的灯泡及酒吧灯。靠街道的一边是一条长长的玻璃桌。

长长的吧台，敞开的空间，对面楼顶一览无余，楼顶上面就是天空。

我坐在玻璃桌前，喝着新鲜的 Free Beer，啃着烤鹌鹑，吹着夜风，看着街景，听着音乐，白人相伴。若活在当下，暂忘瘸腿、丢包的痛苦，相当惬意。

看街道，看摩托，看天空，看对面楼顶。一个楼顶一个世界。我身处这个世界，望着那个世界。那个世界里的人，也在张望着这个世界里的我。

再肮脏的城市都有舒服的角落，再落后的地方都有昂贵的享受。此时此刻，我觉得很享受。

金边比暹粒凉爽很多。淡蓝色的夜空，洁白的云漂移得很快，倏忽间，就更换了天幕，似是人为，似是神助。免费打赏人类的眼，点缀夜间的风景。

6月12日　第二日

一个上午，三个电话，打到中国大使馆。我只要一靠近吧台，服务员就知道我要用电话了。

“我们还没收到核查回复。要不你打电话问问国内。”

我立即微信哥哥，让他催促哈尔滨的户籍科。

下午，我又催哥，哥又催户籍科。国内说发了，国外就说没收到。哎呀呀，难道 E-mail 顺着 Internet，走到一半，就凭空消失？

只能等。

空等。

等 E-mail 能顺藤摸瓜摸到柬埔寨，千万别跑到阿根廷。

不是在公共空间，就是在房间。

喜欢住国际青年旅馆的人，都是喜欢自由的人，多是年轻人。

因为住宾馆，关上门，永远是面对自己。旅馆，却面对世界各地的人。

为此，宁愿牺牲舒适，住床位。

全世界的国际青年旅馆，一定会有风格各异、精彩纷呈的公共活动区域，设有公益书籍、游戏、免费茶咖，还有许多活动和主题之夜，大家可以自由自在地结交世界各地友人，既独立又联合，既冷清又热闹。来自五大洲、四大洋的地球人欢聚一起，或者一起打乒乓球，或者一起开 Party，或者一起欣赏 Free 音乐会。价格低廉，内容丰盛，空间舒适，交往自由，世界各地的行者云集于此，无论种族、年龄，在这里都是平等的、自在的。

在金边等待旅行证的五天里，虽然外事焦头烂额，但在这里还是过得摇曳多姿。

却原来，在国外，除了生命之外，最重要的，是护照。

6 月 13 日　第三日

给中国大使馆打完电话，就蜷缩在那圈儿大红色的沙发里，看电子书、写电子书。写到黄昏。

“你是中国人？”清脆婉转的声音，一抬头，一个充满阳光的欧洲男孩站在黄昏里。

我微笑着：“是啊。”

“听说你在等 visa？”

“是的。”

“我们一会儿在二楼喝酒，要不要一起？”

“为什么不？你的中文说得真好。”

“不太好啦。”

我呵呵一笑：“这句更好了，很中国。”

“谢谢。”

“我喜欢中国，喜欢汉语。所以，知道你是中国人，就找你学汉语。”

“中国值得世界喜欢，汉语也值得所有人学习。内涵极深，文化极厚。”

他哈哈大笑：“哇噢，你们中国人好像不大这样自信。”

“必须自信。我们没有资格不自信。以后你会遇到更多自信的中国人。”那一瞬间，我在想，如果腿不瘸，我能飘到天上去。但是，无论身在何方，无论跟任何一个国家的人对话，我都要他感受得到我的中国自信。

“说得太好了。我喜欢你。我叫哥伦布，来自芝加哥。”

“我是如风，来自……”每当跟世界友人们介绍我从哪里来时，自己先一头雾水，我生活过那么多座城市，说哪一座呢？

哥伦布是一位22岁的大学生，在西安、北京旅行过三个月，学中文学了八年。聊起中国的文化和美食，他滔滔不绝。我们半中半英地闲谈，喝着加了可乐的杰克丹尼。

“我喜欢吃睡觉，你呢？”

“啊？”我眼珠子一转，立即心领神会，对于老外，学中文，最难的应该是四声音阶的区分；对于中国人，学英语，最难的是将音标说得婉转曲折。

“你是说水饺吧。”我用食指和拇指比画了一下，做了个“吃”的动作，“面包着馅的小面包？”

“对，对。”我便教他读“水饺”和“睡觉”，并说这二者区别极大，在音义上。喝了一口杰克丹尼，突然觉得，相同的发音表达了生命两大本能：吃与睡。汉语真神奇！

“对不起，我的中文不太好。”

“No problem. Me too, My English 也不太好。”

哥伦布哈哈笑着，又给我添了点酒，然后在手机里找着什么，点开来：“我喜欢听邓丽君的《甜蜜蜜》，你呢？”

说喜欢是我的义务，虽然我在国内时并不太听邓丽君，但她的影响力确实不可小觑。

我们一起哼起来，哥伦布唱歌时，中文发音特别标准。

“如风，唱首中文歌给我，好吗？”

我点点头，“除了邓丽君，还想听谁的？”

“我和你，在一起……”

“还是邓丽君吧……”刘欢的歌没唱过。难度太高。

“明月几时有？把酒问青天。不知天上宫阙，今夕是何年。我欲乘风归去，又恐琼楼玉宇，高处不胜寒。起舞弄清影，何似在人间。”

哥伦布鼓掌，“这个，也听过，只是觉得歌词有点怪，很短。”

我笑着：“不是怪，这是中文的经典诗词，中国古代的大诗人的著名作品。”

一起闲聊的还有一个加拿大男孩，一个荷兰男孩及一个西班牙女孩。一会儿，那个加拿大男孩拿出一支像烟一样的东西，一人吸了一口，递给我，我问这是什么。

“大妈。”

“啊？”基于哥伦布的水准和风格，我立即明白了，这就是传说中的大麻。我婉言谢绝了，以夜深为借口，回房间躲避。

睡前百度了大麻的危害和后果：“抽大麻可以带来片刻的快乐和幸福感……”按掉手机，深深地呼吸着，人们喜欢唾手可得的快乐。

我要持久的幸福与当下的快乐，这是最难的。

但是得到了，也是最稳固的。

在吴哥经历双劫，等同在红尘中炼心。

吴哥……终于想起吴哥……他在哪里……我又在哪里……前世，我们曾有过怎样的波折，有了今生吴哥的匆匆一瞥……

6 月 14 日　第四日

在这个国际大杂烩（其实就是青旅，我喜欢这样乱叫），什么稀奇古怪的人都有。这不，我来四天三夜了，邻床的那个菲律宾女孩几乎没出过门，除了去洗手间，连床都没下过！也不见她吃饭，只见到她喝茶，吃水果和零食，每次开门进来，就看到她半靠在墙上看手机，连晚上睡觉都是这个姿势。

她的床一半用来放书籍和零食，小半放衣服，她就夹在中间横着睡，多亏她个子矮小。她的晚上也不是晚上，我 1 点半醒来，她的手机是亮的；3 点半醒来，脸上还是鬼火一片；早晨 6 点起床时，她刚睡。

这还不算，她怕热怕的骇人，不仅将空调开到 18 度以下，还将一个立地风扇对着自己 24 小时狂吹！起初是摇头，我哪里经受得住这种酷刑，请她将风扇固定。眼看着她连吹了三天三夜，真怕她得了什么怪病，身还是心……

就这么降温、阴宅，还黑得跟炭似的，没日没夜的看手机，也不给自己弄个 iPad，省省眼睛。真是诡异。

本想挨到她走，没想到她把我挨走了……

几年来，吃过多少个国家的多少个大杂烩，这道诡异的菜是头一次见。菲律宾口味实在是诡异，她要是小说家，准能写出长篇大作。

而我这道纯正的中国菜，则乖巧地日出而作，日落而息。天一亮，就挪下楼去，吃份米粉或者面包煎蛋，再挪到休闲大厅，看街道、看电话。

时间一到，我就立即起身打电话，只要看到我来了，吧台后面的男孩便知趣地将电话往外推推。我照例先点头致意，然后毫不客气地拨打。要么是中国大使馆，要么是中国的派出所，两边催促，两边都不急，独留我一人在金边的一处屋顶干着急。

还瘸着腿儿，唉，这可怜的人……屋漏偏逢连夜雨，漏船又遭打头风。可我自己就是风，对着吹吧。

6月15日　移民局

如果今天还没有消息，我要暴动了！我要让整个世界不安宁！

谢天谢地，中午时终于接到电话，可以去拿资料了！成功避免第三次世界大战。

如风般收拾东西，退房；如风般刮到中国大使馆，拎着皮箱；如风般取了资料，得到旅行证号码；如风般订下今晚的机票，在去移民局的路上，这钱够北京直接飞到纽约。如果再蜗居下去，就是太阳也会得抑郁症，躲进日全食。

如风般飞到移民局，飞的是心，实际上，突突车的速度不比我骑自行车快多少，如果我没有受伤的话，跑步更快。

资料交给工作人员，30美金。“三天。”对方不咸不淡，说了句斯里兰卡味儿的英语。

“什么！”我霍地站起来，眼珠儿滴溜溜转了一下，发现不是自己的地盘，赶忙坐下，急得浑身筛糠一样：老天，别考验我的定力，那是在精神上，现实中，我天性跟孙悟空差不多，我就是没他那本事，不然一个跟头翻回去。

“如果你再给我30美金，你就可以在三个小时内拿到旅行证。”她慢条斯理地说。

心里一声“呸”，早说呀，天朝来人，什么没见过，立即拍给她三张10美金的票子。直接要钱就得了，废什么话，装什么天真，这要是在东北，先抽你一嘴巴再给钱（当然，也只是动动嘴儿）。

三个小时，足够吃顿丰盛的晚餐。柬埔寨没有一处合理之处，唯有移民局就在机场旁边，拿了证立即直奔机场，这是为了方便就近驱散违法滞留人员吗……但是方便了我用餐，除了再吃一碗柬埔寨的饭，喝杯越南滴漏咖啡。

旅行，是散心的，唯有此次旅行，是窝心。瞄着炽热的空气包裹着的脏乱的街道，如果没有吴哥窟，我永远不会来柬埔寨。

吴哥窟……我用手指敲打着桌面，原本敲得不紧不慢，突然之间一拳敲在桌子上。小伙子立即跑过来："有什么可以帮助你的？"

你可以代我去一趟吴哥窟找吴哥吗？我知道，他不懂，故意说给空气听。

"不，谢谢。等一下，麻烦你，可以借我手机用一下吗？"

"当然。"

"万分感谢！"

我拨到那家暹粒旅馆，"嗨，您好。您还记得我吗？那个受伤的中国姑娘。"

"当然，您现在感觉怎么样？"

"好多了，谢谢。"

"顺便说一下，有人来找你。"

"真的吗？是谁？"

"男人，一个中国男人。"

我咬了下唇，闭上眼。

"他天天都来。他留下了号码。"

"请马上告诉我！"

我记下号码，是这个号码，柬埔寨的号码。

我打过去，没有人接。

6月16日　永别吴哥

九死一生，一波三折，终于回到祖国。

此时此刻，坐在楼顶上。无论哪里的楼顶，只要在中国，我就是安全的。

这里有我的一切。即使我失去一切，我也能活着，也能得到想要的一切。这是我的国，我的家。

这个时代，对“国家”有概念和感觉，一定是在国外有了历险的体验，丢失护照的经历。

满天的凤尾云，夕阳依偎着晚霞，贴着冰冷的躺椅，冰冷的泪水流入心间。

我不习惯流泪。

最后一次想他。最后一次记得他。夕阳落下之后，他是他，我是我。如果，没有书写的习惯，他就永远消失。

昨天，不，前天，不记得了……离开柬埔寨的最后一瞬间，我鼓起勇气，跟一个柬埔寨人借了手机，拨打了吴哥的号码。

只是碰运气，通就通，不通则罢。虽然通了，也是白通。

心灵的永别。

喂……

如风！你在哪里？快告诉我。

飞机上。

去哪儿的飞机？

回国。

回到哪里？

目前是广州。未来，不知道。我不属于任何地方。我只是一阵风。

我走遍了吴哥窟的每个角落，翻遍了暹粒的每家旅馆，疯了一样去找你！只是想见你。你怎么了？发生了那么大的事，为什么不告诉我？为什么不找我？我和你一起承担。

谢谢……泪水流到嘴角，我咬着唇。有男人帮我一起承担……我还用得着把自己当男人吗？

如风，拜托，别走。在金边等我，我马上回来。

我丢了一切。我必须走。我没钱买机票了。

我有钱。

我只有旅行证，只能回国，哪儿也去不了。

在中国等我。

我闭上眼，我不等人。我从不等人，我却在等着另一个人，被迫，遥遥无期。他无讯息，我便无自由……

我不等……我没资格等……

为什么？你的地址！

我的世界正在末日，我的生活一片废墟，像吴哥窟一样，我不得不离开它。没有一座城市属于我，我自己都不知道会生活在哪里。

只要在中国!

一定会在中国!

我找遍中国，也要找到你。

我苦涩地笑笑：到书中找吧。

如风！让我爱你……微信……

自由如风。

空姐已经站在我身边微笑了好一会儿，等着我关机。飞机已经在滑行。

我被迫关上一段尚未开启的奇缘。

总是遇见，总是错过，没有一次这样惨烈。

真爱难觅，却在最不合时宜的时候流星般划过……

没来得及加微信。

我们太自信!

相信第二大一定会在吴哥重遇。

我们相信自己，却忘记怀疑命运。

当命运伸出魔爪，再坚强的生命也会破碎。

我已经被破碎过无数次。

所要做的只是——活着。

像个女超人一样活着。

活着，本身就是修行。

还会去吴哥窟吗?

也许……何时，不确定……

能够确定的是，我永别了吴哥。

闲适的南洋

传承与凝聚的血脉

（2017）

1月16日　搬家的流浪

收拾行李，又要搬家了。

不想搬，也不知道该往哪儿搬，山南水北，搬来搬去，心累了。17年，八座城市，十几个家，该停留了。

与其搬家，不如旅行。只有旅行，是心甘情愿的搬家。

心已安住，只需找个位置搁置身，好办，只是需要点时间……可能一月，可能一年。

不想周游列国了，只想待在一个地方，待满签证所能允许的时间。

找个温暖的地方过年，不用复杂的签证资料，不用说英语，不用吃汉堡和牛排，说走就走。

翻看旅行日记，看到湄公河，想起查理和查理的临别留言："到马来做客。不然，我去中国找你。"

马来西亚符合上述所有条件。半年过去了，查理可还记得我？

我发微信给他，他热烈回复："嗨，如风，快过小年了，来我家过年吧。”

“你们也过小年？”

“当然。华人村只过中国年。”

“我很好奇，华人如何过中国年。”

“很隆重的，你可以写进书里。”

“你知道了？”

“你的朋友圈，《特立独行》。”

我笑笑：“你家可方便？”

“当然方便。我妹妹出嫁后，她的房间一直空着，你就住她的房间，住多久都行。”

“只能一个月。”

“可以多次免签入境，飞出去再飞回来。”

一个月足矣。只要过了年，新年一定有新的人生。

马上办理电子签证，打印好，晚上10点，从青岛飞往吉隆坡，须经他国转机。我选择了喜爱的新加坡。

1月19日　马六甲

凌晨5点半，到达新加坡机场。

新加坡是我喜欢的国家，樟宜机场也是我爱的机场之一，豪华阔绰舒适。在按摩椅上按摩了一下，闲逛了一会儿，登机。11:30到达吉隆坡。

我们应该能认出彼此。

“好久不见。”

“近来可好？”

“很好，谢谢。”我兑换了些马币，便与查理去找他的堂哥，我们驱车去马六甲。

“你一直念念不忘马六甲，我们第一站去那儿。”

“谢谢。”

马六甲是我心头的小挂念，上次来马来西亚，对其一见倾心，信誓旦旦要从圣诞节住到元旦，却因为单次入境签，坐车到新加坡

逛了一圈儿，回来时被拒入境。这次跟查理提过要看看马六甲。

一阵非自然的凉意袭来，“开冷空调了？”

查理笑着：“马来西亚只有冷气，没有暖气。”

“可此时是青岛最冷的季节，”我又打了个寒战，“请把空调关了，开窗户好吗？”

“好的，不过，一会儿你会热的。”

“我需要适应一下，青岛虽非冰天雪地，但也是要穿大衣和长皮靴的，突然之间穿着短袖吹冷空调……”

马六甲还是那个马六甲，鸡场街也还是鸡场街。看到榴莲冰激凌，便买了三个，一边咬着一个，一边递给他们两个。

“你不冷了？”查理问。

“冷？这大热天儿的。”我穿了一件长袖T恤，擦擦头上的汗。

查理呵呵笑着，“北方的姑娘比南方的姑娘有趣，直爽。”

我大口咬着榴莲冰激凌，心想，你慢慢习惯，我这还收着呢，有你受的，我与南方姑娘唯一的相同之处就是头发长。

吃了顿海南鸡饭，不正宗，倒还不如国内做的，查理说：“马六甲我不熟，回头带你去怡保吃正宗的芽菜鸡。”

“芽菜鸡，好奇怪的名字。”

在鸡场街找了一家旅馆，便到地理学家咖啡馆儿喝咖啡，在国内说好了，若来马六甲，一定要来地理学家咖啡馆儿，我请喝咖啡。我们坐在“热带雨林”中，喝着白咖啡，我把书递给他：“不好看，随便翻翻。”

他一边翻一边说：“《特立独行》，都出书了还不好看？”

“不好看。近几年，游记书太多，有人去趟西藏也写本书，去个印度也写本书。”

“《徐霞客游记》不是很有名？”

“完全不可同日而语，《徐霞客游记》不只是游记，还是一本地理学著作，徐霞客考察了许多地理地貌，对水文、气象、地质等都有记载，还更正了先前的长江之源，严格意义上说，那是地质学家的旅行。我们只是瞎玩，去些国家就写本游记，实在惭愧。别动！”

查理的马来气质，配上地理学家咖啡馆儿的小资情调，加上手里的书，倒是一幅难得的画面。我拍了几张。

“听你这么说，我一定好好研读一下《徐霞客游记》。我最想去的地方是中国的西藏，他去过吗？”

“他计划过要去，三求于丽江木土司，却被三拒，不知何故，他仅去了长江之源金沙江和云南大理。”

“若他那时去西藏，一定更加厉害。”

“是，那会在文学家、旅行家、地理学家之后，再加上一个探险家。即使现在，去阿里都会一波三折，何况明朝。”

“阿里是我梦想中的梦想。”查理的口水都要流到咖啡里了。

我笑笑：“我代你实现了。”

“《转山》是阿里吗？”

“是，神山冈仁波齐。”

“感觉？”

“妙不可言。”我喝了一口咖啡，“你不觉得，我们在马六甲的地理学家咖啡馆儿谈论中国的地理学家，妙不可言吗？”

查理郑重地点点头，“一般的人，都因《夏日么么茶》而来地理学家咖啡馆儿，只有你来不仅不是，还谈徐霞客。”

“哎，拜托，是你先提起来的。”

查理嘿嘿一乐：“谁知道你了解那么多。”

“不了解《徐霞客游记》不配称作家，更何况，他到过的所有地方我都到过，而我到过的地方他却未曾到过。”

“除了作家，你还是行者。”

我摆摆手：“成为一个真正的作家，路途还很遥远，不过，行者，我就勉为其难了。”

“这就是我邀请你来我家过年的原因，你是一个智慧的行者。”

“这也是我来你家过年的原因，你是台大的高才生，地道的中国通，如果不是出生在大马，说你是广东人或台湾人，也是可信的。”

“这个我就不客气了，我们本来就是广东人的后裔。”

“你的粤语说得真是正宗，我是除了‘嘿呀嘿呀’，什么都不会，指不定会让老外迷惑我俩谁是中国人。”

“你那个‘是的’，说的也很正宗。”

“取笑我。我在广州生活过一年，总是听他们打电话时这样说。”

尽管如此，查理的堂哥说的粤语不仅听起来像藏语，就连他的粤语版的普通话也需要查理翻译。他就在拍《夏日么么茶》的热浪岛做厨师。看得出来，他憨厚老实，无论我们聊什么，他听得懂听不懂都认真听，我们笑他就陪着笑。

“早点回去休息吧，你坐了半天的飞机，半天的车，很辛苦，明天要开一天车，才能到家。”

“好。”

晚安，马六甲。

1 月 20 日　怡保的小年

早上 9 点，到马六甲一家老店吃了炒河粉，喝白咖啡，拍了一组的照片：我拿我的书，很配马六甲。

然后我们驱车去一个叫波留申的海边，那是查理堂哥最想去的地方。他们对话时都用我听不懂的粤语，搞得我像外国人。不对，我本来就是外国人，也不对，粤语是我的国家的方言，可这俩外国人说得如此地道，我一句也听不懂……有点糊涂……难得糊涂。

这片海域岂止让人失望，简直没必要去。三个人怅然若失，查理便用手机查了一家有名的餐厅，车子停在路边，餐厅装饰非常简陋，室外摆了些桌椅，吹着巨大的吊扇。我们喝着茶，等着肉骨茶。

桌上摆着酱油、碎红椒和蒜蓉，查理一边调制一边问我："能吃辣吗？"我点点头，他便多放了些碎红椒，把调料碟儿放到我面前。

"谢谢。"

肉骨茶上来后，先喝了一口汤，"大马的肉骨茶与新加坡的肉骨茶很不相同。"我品了一品："药材味儿更浓。"

"是的。肉骨茶本是马来华人发明的。下南洋时期，来谋生的华人都是出苦力的，不耐大马的炎热高温气候，需要大量进补，便发明了用猪骨炖药材的方法，都是一些普通的药材：当归、川芎、肉桂，再加上胡椒。就发展成风靡东南亚的肉骨茶，新加坡的胡椒味更浓些，药材味淡些。"

"嗯，是，而且汤很清澈淡香，没这么浓厚。所配的茶具也要高档些。"

"是，我也有在新加坡吃过，是很不同。"

饭后，驱车回吉隆坡。下午，停在双子塔旁边。我仰望着它："上次来这里是夜晚，这次是白天。"

"韵味各有不同吧。"

"是。"

"要去天桥上走走吗？"

"为何不？"

"我堂哥恐高，我陪他在下面等你。"

“这……我就不上天桥了，上去了，也看不到泽塔琼斯滑下来的通道，就到楼下商场里逛逛吧。”

查理哈哈大笑，“一部《偷天陷阱》让双子塔有了世界知名度。”

“是。我就是从这部电影里知道吉隆坡的。”

一进门，就听到热闹非凡的锣鼓声，我们走到栏杆处，看地下中庭处，正在表演中国武术。

商场里挂着红灯笼和条幅，用英文写着“中国年快乐！”

“你还想转转吗？”

“怎么？”

“不转，我们就早点开车回怡保，今天开始到除夕，都会很堵车。”

“商场没什么转的，走吧。”

没想到真的很堵，半个小时也没开出双子塔旁边的公路，查理堂哥便把车开到一条小路，查理说了些什么，他们停在路边。“这里有很好吃的椰浆饭，我上学时常吃。”一个路边的小档口，简陋的桌椅，吃椰浆饭要用手拿，找了一圈儿没找到洗手处，便用湿巾擦了擦。

四处看着，看到一排用竹叶包裹着的细长的小棍，不等我问，查理说：“这是糯米乌当，要不要尝一下？”不知是英语，还是马来语，翻译成“乌当”，这两个字很拗口，即使是南方人也说不来，查理说起来就像一个西方人。

我笑着：“好的，一个足矣。”

不一会儿，椰浆饭也上来了。打开班兰叶，奶白的椰浆饭露出来，一股浓浓的椰子清香散发开来，味道着实地道。

吃完继续前行，还是堵车，查理指着路牌上吉隆坡的英文字母：“是泥泞的河口的意思，这里曾经是个烂泥塘。”

“是吗？现在蜕变如此，像深圳。”

“我在东莞工作时去过深圳，非常棒的城市。”

“是的，我在深圳生活过两年。”突然发现一样山南海北地搬家的好处，跟谁都能有瓜葛，论上老乡，虽然没啥好处，但多了不少谈资。这不，我这个假广东人跟这个真正的广东人的后裔谈起广东来，也是有共同话题的。

“那我一定要带你去怡保吃芽菜鸡了，广州人口味最刁，但只要他们来霹雳州，一定会到怡保吃芽菜鸡。许多明星也会来，比如大马的女婿刘德华，马来国际巨星杨紫琼。”

“是吗？听你这么说，我一定要吃了。我喜欢看杨紫琼的打戏，她一直有特别的气质，原来也是马来华裔啊。”

“是的。她很厉害的，还被授予拿督。”

“拿督？好像听说新近嫁到马来的女演员胡静的老公被授予拿督。女性也可以？”

“可以，拿督在以前是官职，现在只是一种终身荣誉，奖励给对大马有突出贡献的人。如果男性被授予拿督，他的妻子就是拿汀，相当于旧时的‘一品诰命夫人’。如果女性被授予拿督，她的丈夫却不受封。”

“噢，查理，你知道的可真多啊。”

“平时喜欢上网乱看。你知道吗？杨紫琼是胡静老公的前女友，因为家庭阻挠，所以分手。却先后成为拿督。”

“是吗，不过，我向来不在意这些明星轶事、绯闻，实在没有时间浪费在这上面，他们的婚丧嫁娶与我们这些普通人的幸福和快乐毫无干系。”

车子停在一条小巷，“那边不好停车，我们走过去，不过两条小街。”

“权当散步。”

拐进一条不起眼的街道，两旁都是马来式的旧建筑，街道两边外面都摆放着桌椅，街道尽处饭馆牌子上写着“芽菜鸡”。“这家最好吃。”我们坐下来，查理用马来语跟服务员说了几句。

菜很快就上来，极其普通的盘子，装着切好的鸡肉，上面铺了一层饱满的豆芽。

“芽菜鸡是这么个意思啊。”我笑着夹了一块鸡肉，放入口中，“嗯！噢！哇！”

“怎么样？”查理问。

“名不虚传，这么好吃的鸡肉难怪会让人趋之若鹜。吃起来是幸福的感觉，两日的舟车劳顿顿时烟消云散。”

“到底是作家，说话就是有水平。”我哪有工夫跟他谦虚，只管吃芽菜鸡，真是好吃得紧。不一会儿，一盘芽菜鸡就被我吃光了。

“初次吃上海的白斩鸡和广东的白切鸡时，已经觉得鲜嫩无比了，怡保的芽菜鸡却更胜一筹，嫩到无极。”

查理堂哥说了一句，查理翻译给我：“我堂哥说你是美食家。”我笑着：“哪敢，我不过一介平民，没有工夫和金钱去讲究吃喝，但是有机会多品尝异国的味道，我也是不放过的，定要用心细品。”

查理意味深长地说：“你是那类难得的中国人，会活在当下，会享受生活。其他中国人活得太匆忙了，总是追逐许多浮华之物，为未来而活。”

“英雄所见略同。我属于觉醒得较早的那一类。为了工作和钱，我年纪轻轻浑身是毛病，简直不知开心为何物，转而去追逐梦想，自由旅行，老早就在叔本华人生哲学中懂得属于我们的唯有当下，但真正能够做到活在当下，又花了十年时间。”

服务员又端上来一碗河粉，我叫道：“已经饱了！查理你浪费了。”

“你尝尝，这是芽菜鸡的伴侣——沙河粉。”

我挑了一筷子，“嗯！软糯如粉。实在好吃到无话可说。”顷刻间，我就一扫而光。“我们还来吃的噢。”

查理堂哥捧腹大笑，说了几句，查理笑容可掬地翻译：“我堂哥说你好可爱，这顿刚吃完，就预约下一顿。”

我脸红了：“我一向自我，不懂掩饰，信口开河，你们别介意。”

查理笑着：“说哪里话，我在广东工作过好几年呢，知道北方女孩与南方女孩很是不同。”

“是，问题在于，我没那个心肠先三思不同在哪里，而后行出相同。”

查理抚掌大笑：“作家真是会咬文嚼字。走了，回家。我妈妈已经等了很久了。”

一个小时后，车子开进一个安详的小村庄，人家并不多，房子都建得很阔绰，层楼叠榭，鳞次栉比，院子宽大，无一例外地，院中或门口都敬着神，烧着很旺的香火，有的敬观音，有的敬佛祖，有的敬印度神。

查理家的房子更大些，院子可停四辆车，一角摆着神龛，供着观音。

进屋前，要把鞋子脱在外边，地面很清凉、很洁净。

迎面是一个肃穆的神龛，上面摆放着供品和关公，下面立着观音菩萨，照例放着供品，神龛上面贴着两个“福”字。

一个宽敞的客厅，三面巨大的落地窗，全敞开着，门边间隔着贵妃榻，窗下摆放几把藤椅，对面窗下是一排酒红色的沙发，沙发旁是一张桌子，查理父母一边纳凉，一边看电视，看的是华文频道。

查理为我们介绍完，我忙问伯父伯母好，递上礼物：上好的普洱茶饼与琅琊台酒。

“噢，酒与茶在马来都是非常珍贵的，但我们不喝，只有查理和他的朋友喝。”伯母说。马来只产极少的茶，品质也不高；而且举国戒酒，进口的酒关税很高，价格非常离谱。

查理母亲带我到她女儿出嫁前的房间。

走廊两边各有三间卧室，卧室连着极其宽敞的厨房兼餐厅，一道通往后院的门，紧闭的纱帘与前门正对。门边有两间洗手间，紧挨着，只有一间安装了热水器。

查理一边教我如何使用，一边说：“只有我妹妹的孩子们回来洗澡才会用热水，我们终年都用凉水。其实不凉。”

我用手试了一下，“确实不凉，但确实没用这么不凉的凉水洗过澡，更别提洗头发了，所以还是需要热水。”

“你是客人，按你的习惯来。洗个热水澡，早点睡觉，晚安。”

“晚安。谢谢你两天来热情周到的照顾。”

“你来，就是贵客。我带来的朋友，我爸爸妈妈一向热情招待的。”

“谢谢你。麻烦伯父伯母了。你也累了，早点休息。晚安。”

“晚安。中国北方姑娘。”

我放着温水，究竟是华裔，虽然中文很好，遣词造句依然有点怪诞，我得习惯。

“小年快乐！晚安！”

1月21日　拉茶和榴莲

早起洗漱后，查理正坐在客厅里看《星洲日报》。

互道早安。

“早。睡得好吗？”

“谢谢，很好。”

查理满面春风地说：“换衣服，我们去吃早餐吧。”

我出来时，查理已经开动了摩托车，心里惊诧着：吃早饭还开车？

他开到一个食铺，很多人在吃早餐，盯着我们看，尤其是我。查理一一打了招呼，向大家介绍了中国朋友，我则点头微笑致意，眼睛却瞄着后厨。

查理点了拉茶、烤面包和煎蛋。

“我可以看吗？拉茶……”

“当然可以，都是兄弟。”

女主人把泡好的红茶袋放在不锈钢杯子中，加满热水，然后，把杯子里的茶水倒入一个容器，像调酒师一样上下翻滚，剧烈晃动，然后加入牛奶，再如此混合，倒入杯中。

在马来西亚的第一个早晨，端着马来人刚刚调制的马来拉茶，没喝就先醉了。放在桌上后，迫不及待地啜了一口，沁人的茶香从口腔直到肺腑，说不出的快乐滋味。

查理问：“怎么样？”

“香软绵滑，像手摸丝绸的感觉。”

他满足而体贴地询问："要不要再来一杯？"

"要。"结果我喝了三杯拉茶，胃里再搁不下别的东西了。

查理笑个不停，我面前放着两只空杯，正在端起第三杯拉茶，"北方女孩都是这么豪爽吗？"

又喝了一大口："得看有多北，中国太大了，北方也有好几个。广东人认为青岛就是北方，而对于华北来说，它不过是中原，对于东北来说，中原又变成南方了。"

"大国就是有趣。"

"如果你来中国最北的城市哈尔滨，我算是腼腆、优雅的了。"

"好哇，有机会到哈尔滨去过年。"

我舔了舔嘴唇儿，"呃，那对你挑战很大。你不仅没见过雪，还没见过冬天，更别提零下30℃的严寒了。"

"我只知道零上30℃的炎热。"

回到查理家，查理摆放摩托车，我打量查理家的房子：灰瓦黄墙，屋檐很宽，门外面也有一个宽大的门檐，客厅外面的窗户呈半圆形，玻璃都是镜子，洁净锃亮，前院后院都连着，前院停车晾衣乘凉，后院是厨房、洗衣房，都有遮阳棚。

我打算洗衣服，伯母说洗衣机有点问题，我便在院子旁边的水龙头处手洗，那是伯母平时洗菜的地方，排水沟很深，洗完了直接把水倒进去，很像小时村儿里的女人们在河边洗衣服。

"如风，你看这是什么？"我用手捋捋头发，把长发塞到耳后。

"啊！"抬眼瞧了一下，"我的心肝宝贝呀。"心里狂叫着，立即狂奔过去，甩着一手的水："榴莲！"

“我爸爸听说你爱吃榴莲，一大早去榴莲园碰运气，现在本不是榴莲的产季，但是竟然意外发现了三个，你很有口福噢。”

“哇！谢谢伯父！”

伯父身材极其瘦弱矮小，但却善良谦和，笑眯眯地为我剥开榴莲，递给我。我惊喜地接过来，连声感谢，让了一圈儿。

查理哈哈大笑：“我们家种榴莲，不稀罕这个，你吃吧。你来得不是时候，若是榴莲成熟的季节，管保你吃个够。”

“噢，那我就不客气了。”我岂止是不会客气，而且不会虚伪，一口气全吃光了。

伯父见状，笑着摇头，说了几句客家话，去开摩托车了。

查理呵呵笑着：“我爸爸说你一次吃太多，本来给你三天吃光的……他怕你上火，去榴莲园看看，有没有山竹。”

我的脸“腾”一下红了，上次在西马闺密家体验过一次榴莲吃多的严重后果，如凤凰浴火一般，一天冲了六回凉，泡在水里出不来，吃一堑，竟然不长一智，这堑白吃了。都是榴莲惹的祸。

我正在院子里晾衣服时，伯父回来了，说了几句话，便剥山竹，他说的话我根本听不懂，而表达稍微复杂一点的意思，即使勉强讲普通话，也还是听不懂。

查理大声翻译着：“你好福气，这个季节，竟然还能捡了一小堆山竹。多吃几个，中和一下。”

伯父乐不可支地已为我剥好了几粒山竹：“都吃了，不然，太热了，你会不舒服。”

山竹虽然不大，却是可以扑灭火焰山的芭蕉扇。我一口气吃了五六个，胃里汩汩喷涌的火渐渐平息了。

上午是相对凉快的时刻，于是搬出来一把藤椅，在院子里纳凉。

中午，查理妈妈做了白切鸡、花生猪脚汤，手艺棒得比东南亚馆子的菜还好吃。

饭后，在村儿里散步。

华人村的房子不拘一格，外墙和瓦片的颜色也不相同，门洞和房檐有的呈菱形，有的是圆形，有的是四方形。

每户人家的房前屋后都长满热带绿植，村边的小路及周边的山间都长着橡胶树、榴莲树、木瓜树和椰子树，以及许多不知名的热带果树。

散步后，回查理家喝茶、聊天、乘凉，迎接丰富的晚餐，然后，还是喝茶、聊天、乘凉，外加看天空。

大过年的，需要纳凉，实在怪异。

1 月 22 日　热带年

往年春节前后的马来西亚一向很热，大都三十几度。而我来的这几天却每天都下些雨，昨晚下了一夜的雨，非常凉快。我穿上长袖、长裤、袜子，因为没有可以在屋子里穿的拖鞋，他家的拖鞋是到院子里才穿的，就拿袜子当拖鞋，但查理家还是一如既往的短袖、短裤，看到我穿成这样，都笑着问：“你是怕冷还是怕热？”

没想过这个问题，只觉得凉爽怡人，似乎应该这样穿。“我刚从冬天过来，不能马上入暑，得从春天过渡一下。”

我从不光脚在大理石地面上走，即使是盛夏。如今大正月的，光脚踩石头，实在觉得凉。头两天，被大家引为笑谈，一看我穿着袜子在屋里走路，便指着我的脚笑一笑，很快就见怪不怪了。

我出门时却脱掉袜子，穿凉鞋；脱掉长袖、长裤穿裙子，这就跟在江南过冬天一样，进屋穿衣服，出门儿脱衣服。他们又要笑，笑了两天，也就不笑了。

我本来是他们生活的旁观者，现在成了介入者。介入就要有声有色，有模有样，做点什么好呢？找了半天，却发觉，我能做的就是什么也不做，陪着他们发呆，与他们一样，饭后，找个阴凉的角落，往藤椅里一塌，偶尔会睡着。

1 月 23 日　点睛仪式

一大早，刚洗漱好到院子里纳凉，查理就对我说：“你准备一下，我带你去看点睛仪式。”

“点经仪式？点经还要仪式。”

“要的，很隆重。保管你感兴趣。”

“点经书？什么教？巫族的？”

查理捧腹大笑：“点睛仪式，眼睛的‘睛’。”

我睁大眼睛：“点眼睛！点谁的眼睛？”

查理笑得不能自已，“去了你就知道了。餐桌上有早餐。”

我心急地说："我可以不用吃。"

"人家还没开始。"

"这还有点……点——睛，是什么奇怪的东东啊。"我嘟囔着。

出发前，看到堂哥的车子停在院子里，知道这个仪式要走得远一点。上了车，才发现还有一对带着宝宝的小夫妻，查理介绍道："这是我的铁哥们，姓梁，在台湾做医生；这是他太太，安妮，他们第一次带宝贝回家过年，星仔。"互相打了招呼，我便黏住星仔不放了，我俩亲热了一路。他还不到两岁，会说几个零星的汉字，那足以交流了，我们全靠嘴和心。

他那奶声奶气的台湾腔，真是要命，恨不得亲他亲到骨子里，很快，他就离不开我了，我也离不开他了。

车子开进一所学校，直接停在校里的篮球场。下车时，安妮好说歹说不让星仔缠着我。

"这是我们的母校。"查理给我介绍了一下学校的格局。

"为什么叫独中呢？"

"马来西亚压制华人，没有官方的华文学校，国立中学都是马来语，每周只有一节华文课。于是，华人们自筹资金，创办民间学校，学习华语，传承中华文化，所以叫作华文独中。"

"噢！那点睛仪式是……"

"待会儿你就看到了。我们毕业后回母校都会捐款，而且每年从初一到初六，会到霹雳州所有华人村和企业，舞狮拜年募捐，资助办学，到时候，你会看到的。"

"会到你们家？"

“当然。红包随意给，100 也好，1000 也好。”

“这真是太特立独行，太励志了！”

“你说到特立独行，我想到《特立独行》了。”查理回车上拿了一本送给梁医生和太太，安妮吃惊地说：“你是作家啊。”便把孩子塞到怀里，自己翻起书来，我拍了几张照片，发朋友圈。

一会儿，锣鼓声响起来，几只狮子在场内舞动，台下摆了些桌椅。我们走进去坐下。

查理到前面去说了什么，招手叫我，“如风，你想不想醒狮点睛？”

我的头点得比狮子快，“可是我不会呀。”

查理哈哈大笑：“你注意听，让你点哪里就点哪里。捐款 2000 元以上才有资格点睛，梁医生的名额让给你。”

“才 2000 元……”幸亏声音不大，除了我没人听见。

我被邀请到一头狮子身边，一个女生为我扎上彩带，然后给我一支毛笔和一盒颜料。广播中喊道：“华文独中醒狮点睛仪式正式开始！”

鼓掌声、锣鼓声、狮铃声：“一点天庭，福星高照，国泰民安。”

我拿着笔四处看，女生忙告诉我点额头，噢，明白了，于是我饱蘸红墨，点了一下。

“二点眼睛，眼观六路，鹏程万里。

三点嘴巴，口吃团圆，大吉大利。

四点双耳，耳听八方，左右逢源。

五点脊梁，钢筋铁骨，顶天立地。

六点头尾，六六大顺，逆流而上顺到尾。”

在舞动的狮子身上准确地点出，并不容易，最后一笔，我从头滑到尾，直把笔滑断了半边。

点睛仪式后，查理、梁医生和老师们叙旧，我和安妮陪星仔玩。驱车至一家餐馆，梁医生请诸位老师吃饭。老师们的华语说得都很港台腔，几十年的教学给了他们特殊的教师气质，“看到你们这样出息，真是开心。”

大家以茶代酒，“更重要的是，我们华裔要说华文，读汉字，学中华文化。”最年长的老师说。

星仔一直调皮，安妮哄不赢：“爹地，抱星仔。”梁医生便把星仔从婴儿座里抱到怀里，查理给诸位老师们倒茶、夹菜。

1月26日　除夕前夜

除夕前一天，刚刚吃完早餐回来，屋里多了一个人，查理跟我介绍，说是他的大弟弟。我一边点头致意，一边琢磨："还有二弟弟？"

是的，下午时分，二弟弟冒了出来。家里有一个不善言谈的三弟弟，偶尔跟我说几句客家味的普通话，如果那是普通话的话。尽管他说的极其努力，但不经过查理翻译我根本听不懂。

查理竟然有四个兄弟，我若早知道，就不会来过年了，本是为了热闹，可人家根本不缺少热闹，反而把我吓着了。这还没结束，晚饭前夕，小弟弟从吉隆坡堵了一整天的车才开回家。这堵车，我倒是见识过，小年那天，我们开车去怡保就花了比平时多两倍的时间。

五个儿子！我的天哪！

晚饭时，看着这一圈儿的兄弟，那种恍惚隔世感真是无可描述，在国内，只有爷爷辈的人才会如此人丁兴旺吧，但查理没比我大几岁呀，不计划生育很古怪。

我是站也不是，坐也不是，夹菜也不是，尴尬也不是，一伸筷子，一群人在夹菜，马上缩回手来。

看到这么多人，已经吓饱了，但又不好让人家以为饭菜不合口味，只得在异样的感觉中吃着熟悉而又陌生的菜。

查理还有个妹妹，明天带着丈夫与孩子回来过年，这我早知道，我住的就是她的房间，那这桌子都坐不下了，我好想去厨房吃，但他们肯定不会让我去。

那能不能不吃呢？不能，查理妈妈烧的饭太好吃了。

我一边吃，一边偷偷瞄着这成群结队的兄弟，如果80以后的人有这么多兄弟姐妹，我们会怎样？中国会怎样？单说我，便先不知在兄弟姐妹中怎样存活，与他们竞争邀宠，还是友好合作？选择跟哪一个更好呢？跟姐妹好还是兄弟好？好是因为脾气相投，还是目标相同？受了某个兄弟的毒打会不会找另一个兄弟打回来？如果姐姐或妹妹比自己长得美，会不会加重自卑？跟哪一个姐妹讲知心话儿呢？……

这真不是哲学和智慧能够攻克的幼稚命题，纯属亲身经验，我们失去了经验的机会。当然，这种经验也不见得多么美好。我这才明白，为什么房子里要有两个洗手间，做饭要用东北农村的那种大锅了。

查理家兄弟姐妹没我想得这么"复杂"，人家相处得恬静而单纯，脑袋也简单善良。查理的弟弟们都偏内向，二弟弟稍微活跃一点，大家吃完饭就各干各的，有看电视的，有玩手机的，有发呆的，有闲聊的。查理四弟拿回几盒录像带放入录像机里，看到我经过，邀请我一起观看。

这经年不见的物件能放什么呢？竟然是20世纪80年代的香港片，这是我上中学时，男生们在录像厅里看的片子，20年后又在马来华人家的客厅里重温。温就温吧，吃人嘴短，但很快就温不下去了，除了查理，没人了解中国国情，这种粤语无字幕版老电影，除了广东人，没人能听懂。

我悄悄地一点点往门边蹭，蹭到门口，撒腿就溜，不如听鸟唱歌。

查理的大弟弟、二弟弟都在新加坡做工，三弟弟帮助父亲在家里种植榴莲，小弟弟在吉隆坡做工，妹妹嫁人后，夫妻二人到新加坡暂居、做工。查理比较复杂些，在台北读大学，在广东东莞工作过几年，还差一点“嫁”给广东乡下的一个富婆，但那个富婆离异带着一双儿女，来家里准备办各种手续拿跨国结婚证时，查理妈妈很不高兴，后来，不知什么原因，没有结成。

更诡异的是，一家五兄弟全部单身，连他的堂哥也没有结婚。

我这个反传统的家伙反而用中式传统替查理妈妈着急了，我很着急她的不着急。看她独自在外面洗碗，我从未如此八卦却很八卦地说：“伯母，该找一个媳妇儿了，这样就有烧饭的了，不用您自己忙活了。”

她用很生涩的国语说：“没有办法呀，没缘分……”

真坚强啊！这要换做中国母亲，活不下去了，这年没法过了，中国母亲终年的工作定是：逼婚、催育，五个儿子都三四十岁了，不结婚，她会以死相逼，不然，街坊邻居的眼光和口水会让她生不如死。

但查理妈妈和五兄弟都很淡定，吃饭很淡定，发呆很淡定，又过一年还是很淡定。

四弟弟正在忙活买酒、买菜、摆点心，把桌子放在院子里，晚上，他和同学们要聚会。在中国，这种情况应该会躲着同学，因为大家都有Baby了，同学都离了一圈儿婚了，他还没结婚。但在这里，却不受“不孝有三，无后为大”的统治——太远，手伸不到，又是异国。至少查理家没有，也没有看到查理妈妈的亲友和邻居跑过来问：你家哪个儿子有女朋友啦？该结婚啦。多大了？我家孙子都十岁了……

他们怎么不问呢？真神奇。

晚上的聚会就在院子里，几个桌子，一堆啤酒与食物，一群人。我在房间里隔窗看着他们热闹，一直闹到午夜才散去。没有拼酒，没有打牌，大家只是热情地聊天，用粤语或客家话。如此温婉的聚会，也可以聚，挺好。

看着看着，就躺回床上，睡着了。

1月27日　除夕

除夕之夜，查理家像往常一样晚餐，菜肴与往常一样丰富，并不会过多。

查理妈妈另外炸了虾饼，橱柜里有各种酥饼点心，大家平常地吃着平常的饭，像平常一样各发各的呆，喜欢看电视的搜搜节目。

有一个节目，是我最向往的：午夜敬神。

村儿里家家院子里都有一个神龛，有的放在院子一角，有的在院子外面的马路边，房子大的人家，入门处设置一个辉煌的神龛，查理家供奉的是关老爷，关老爷面前摆放着酒，香炉、烛台，灿烂的柜子下面还有很大的空当，一样摆放着香炉、烛台。

春节的供品尤为丰厚，下面摆不下，又多放了一个桌子，有水果、点心、肉类（整鸡、烧猪肉）、蔬菜、黏糕，蔬菜放的自然是生菜，“生财”的美好意愿四海皆准。关老爷再威武，能吃下这么多吗……

查理妈妈提前折了好多纸钱，折成冰激凌蛋卷状，我瞧着热闹，也要折，等我学会了，人家也折完了。

11点，这个放满供品的桌子被搬到院子里，午夜一到，查理妈妈就燃香拜祭，此时用的蜡烛红灿灿的，很粗壮，蜡烛前面还放了一沓红包，还会有一根粗如铁柱、华丽奢靡的大蜡烛燃放在院子中的神龛旁边，神龛里早已斟满美酒，点上了小蜡烛。

查理妈妈先敬天、敬神，然后，年轻人们一个接一个拜神。轮到我，查理笑着说：“如风，许一个愿望，然后拿一个红包。神会赐福给你。”虽然无功不受禄，但不得不入乡随俗。

然后除夕就结束了。

各回各房，安眠。

少有打麻将、打扑克、喝酒猜拳的。国内大多城市禁燃，小时候那种噼里啪啦彻夜不停的爆竹声，在马来华人村重新上演。

猪肉和酒，两样东西在大马极贵，烧猪肉100块（人民币）一斤，一瓶啤酒要三四十块（人民币），在这里，喝啤酒像在国内喝咖啡一样金贵。

我便想：如果国内的啤酒50块钱一瓶，就不会见到路边醉倒的男人、酒驾的司机。

马来人把吃饭与喝酒分开，吃饭时只喝饮料和咖啡，饭后再喝酒。年轻人一人一瓶啤酒闲聊，就像法餐的饭后甜点，中餐饭后喝茶一样。

1月28日 恭喜发财

初一早晨，我靠在床上看电子书。有人来敲门，是查理妹妹，她递给我一个利是包："恭喜发财！"

"噢……"铺天盖地的利是包真是让我尴尬了一个春节，查理家的长辈来发倒是没什么，同辈的人也发，他的同学也要发，甚至邻居也来发，现在妹妹也发了。

不收，会伤了风俗与好彩头，收了又无功不受禄，这可怎么还？

马来华人承袭了广东的风俗，已婚者为未婚者派发利是包，哪怕单身单到40岁，已婚的弟弟、妹妹也要为你发利是包。

查理家是利是包的重灾区，五个帅气善良的儿子皆待字闺中，红包雨铺天盖地。大年初一之后，亲友、邻居们手拿一沓利是包来查理家发，包括客人。发时还用粤语说："恭喜发财。"

当第一个利是包递到我面前时，我吓了一跳，想往后躲，查理摆摆手："你要拿的，我们的风俗。为了福气、喜气。"由不得不收，先为了查理的面子收着，回头再还给查理。

私下里打开红包，原来都是5块、10块，还有2块的，与我们几千、几百的红包完全不同，亏欠之心立时淡了许多。再有利是包，就大大方方地接受，受时，回敬一句“恭喜发财”，还是粤语版的。

中午，查理家团圆餐，桌子中央摆着一道五颜六色的菜，摆得整齐好看。查理跟我说了句粤语，他忘记了说普通话，我尚未来得及问，只听妹妹说一句什么，众人便用筷子一齐挑乱那道菜，边挑边说一堆粤语，我只听得懂“恭喜发财”。

着实惊了一小下，好好的一道菜，被挑成乱麻，大家还挑得这样开心，毫无章法，发生了什么？这要是在山东老家，这样子挑菜，准会被斥责没规矩，被罚到角落里吃饭。

挑完，他们齐刷刷地夹着那道菜，我还在发愣，查理才顾及我，轻声说：“不好意思，没见过吧？”我拼命摇头。

“这叫捞鱼生，是南洋一带的华人风俗，为了吉祥如意，祈求来年好运。”

这样祈求，真是大开眼界，“那你们刚才在说什么呢？”

“捞啊！发啊！越捞越红！捞起！就是捞喜，捞到风生水起，一年好过一年！鱼生捞得越高，来年就会赚得越多。”

“噢……”

“你尝尝。”

既然这道菜能够带来财富，必须要尝，尝了一口再不想吃第二口，味道腥、咸、怪。

恭喜发财的招数真多，而且奇特。

1月29日　初二纳凉

午饭后，除了二位老人，全体驱车到一处天然园林避暑戏水，老二和老三抬着一个放满冰块、啤酒和饮料的箱子，向园子走去。

“这棵树，至少也有上百年了吧。”查理指着门口的参天大树。

“椰子树？”我问。

“不是，我也说不上是什么树。”

公园里有一条清澈的小溪，有许多人在里面游泳戏水，多是马来人，没人穿游泳衣，马来女人依然戴着头巾、穿着长袍，在水里陪孩子玩儿水。

空气很清凉，水也很凉，踩在水里，很清爽。小溪尽头有一个天然的小瀑布，从山上垂下来，在阳光的折射下，飘逸着许多水珠，带着色彩的线条。查理妹妹的两个孩子穿着游泳衣，在水里玩得异常兴奋，大人们反倒累了，坐在树荫下喝啤酒。

玩到下午4点来钟，驱车回家的路上，停在一个简陋的茅棚旁边。

正在小憩的我微睁双眼：“到家了？”

“没，带你去吃正宗的Laksa，马来人做的，他家熬的鱼汤特别鲜。”

“又吃？”

除了玩，天天只剩下吃了。一天吃五六顿。

因我不喜吃酸，所以不喜欢亚参叻沙面，但这个马来人熬的汤的酸味却天然浓鲜，再加入红辣椒圈儿，煎炸的蒜米，很入味。吃完大汗淋漓。

老三和老四一人吃了两碗。

“你要再来一碗吗？”查理问我。

“可以只加点汤吗？一碗太多了。”

“才二块钱一碗，很便宜的。”查理叫道：“老板，再来两碗。”

初二晚上，查理妹妹在镇上请客，因为她过生日。不到6点，查理家就空了，都开车去了镇子，我和查理最后离开和到达。

饭店里排满了人，需要提前预订。菜肴确实好吃，是变异的粤菜，加了许多香辛料、咖啡叶、柠檬草，吃起来就是东南亚的味道。

是什么样的力量使得人能够日复一日、年复一年地做着同样的事，吃着同样的饭，过着同样的生活。不同的地方是孩子一年一年长大，接二连三出生，他们一样没时间思考这个问题，时间都用来迎战孩子们的生长。

1月30日　初三舞狮募捐

上午，老远就听到舞狮的声音，等了几天，终于来了。我跑到院子里，舞狮队伍还没到查理家，我便沿着喧嚣声跑到村头。

今天特别热，学生们在一户人家的院子里歇脚，喝水、喝茶、乘凉、吃点心，我站在对面的树荫里肆无忌惮地看他们、拍他们，他们准备走，我也跟着走。

舞狮的男生把狮头、狮身套在身上，两个男生抬着鼓，一个男

生在后面敲，旁边还有敲锣的，一个女生吹着口哨引领、指挥，其他学生尾随其后。在迎接瑞狮吉舞之前，院子外都事先埋伏好鞭炮，看到狮子来了，先点燃，一阵噼里啪啦。

难怪一早就看到查理爸爸在门外放了一排长鞭炮。我自告奋勇，多少年没点过炮仗了？大过年穿着短袖、短裤放炮仗是平生第一次，脸颊上流淌的汗水不知是因为热还是紧张，点了一支香，对准炮捻点燃，我“嗷”的一声，先跑了，却发觉鞭炮没响。

大家乐不可支，连不苟言笑的查理妈妈都笑出了声。来不及尴尬，赶紧再点，舞狮进门前，得让鞭炮齐鸣。看到炮捻着了，我才捂着耳朵往院子里跑，狮子随后就进了门，在院子里先舞动两下，再到车里象征性地蹭两下玻璃、方向盘，然后对着房门口金狮狂舞。

查理家老二站在门口，递给引狮人一个红包，女生发给他一面小锦旗，然后舞狮登堂入室，在神龛前舞动、敬神。

“我上学时，舞了六年。”查理在我耳边说。“我一直是狮头的角色。”

“这大热的天儿，即使不累晕，也是要热晕的。”

“没办法。为了传承华人的身份。”

狮子舞完之后，便去下一家了。

1月31日 查理同学的台湾太太

村儿里人有两种命运，一是考入台湾大学，二是做工。台大毕业后也有两种命运：留下或回国，或到第三国发展（少数）。梁医生就选择留在台湾，医生这个职业使他从高、穷、帅变成高、富、帅，并且娶了台北的女孩做太太，这是不得了的功绩。台北的女孩不比北京和上海的女孩儿好娶多少，能够抱得台北美人归的男人才华外加财富都要实力雄厚。一个台北女孩能够下嫁给马来乡下人，有诸多委屈和不适应。

安妮在婆家根本待不住，天天拎着酒瓶抱着一岁的Baby找查理玩儿，现在又多了一个我，她更少待在家里了。

“如果没有你们，我真不知道这几天怎么过？”

“你婆婆很好啊。”

“很无聊啊。”

我们一见如故，一谈倾心，她给我讲台北女孩儿的生活和她自己的故事，尤其是与梁医生的故事，不只浪漫无极，而且令所有的女孩羡慕无穷。

“我们一恋爱就背上背包去周游世界。游了大约一年多……欧洲、美洲、大洋洲、非洲……真的都有游到耶。”

“哇！羡慕到爆！”

“擦擦口水。”

“有吗？流出来了？我以为泪往心里流呢？”我们笑作一团。

“你最喜欢哪个国家？”

“嗯，法国，意大利，新西兰都不错噢。”

她最爱新西兰的葡萄酒，我开心地与她一起碰杯：“Me too。在新西兰，我去哪儿都在背包里装一瓶酒，吃饭时喝上几口，有时，没杯子就对瓶吹，好多老外拍我。”

“对他们来说，你是老外。”

“我知道，但我总觉得，中国之外的人才是老外。”

“大国主义啊。”

“必须对咱们的国家自信嘛。台北好玩吗。”

“还好啦，有好多好吃的，很贵，房子更贵。”

“这个我已经没感觉了，你知道内地的房子有多贵吗？”

“这里的东西好便宜噢，只是无聊到爆耶。”

“你是怎么和梁医生认识的？”

“在一个朋友的生日 Party 上。”

“一见钟情吗？”

“差不多吧，他对我是。他那个时候比现在瘦 30 斤，你看他现在……”

“现在也还好，他个子高嘛，看不出来胖。男人在 40 岁时也会有生理发福期。我的同学们一个个跟吹了气的皮球似的，曾经的无影人都变成龙猫了。”

“你好会讲话噢。”

“你多讲讲你们的浪漫旅行。”

“浪漫什么呀，一路上，我们总吵架。”

“旅行中还吵架？”想起钱钟书先生的话：夫妻结婚前最好同游一次，就能看出二人是否适合做夫妻。

但他们最终还是做了夫妻，“那是因为……”安妮凑近我小声说：“本来说好了，回台北分手，没想到……最后一次中彩了……有了星仔……所以，我们就结婚喽。”

“梁医生真是一个负责任的人！”

“这倒是。”

星仔在沙发上爬来爬去，实在爬的不耐烦了，到地上爬。

“星仔不乖噢。”

“妈咪，我想到外面去玩噢。”

于是，我们就抱他到外面，一面看他在院子里玩，一面听安妮闲聊。她真能聊，前世今生都聊出来了。聊到吃饭的时间就回婆家吃饭，吃完立即过来。

“这里无聊透顶，什么玩的都没有。一个破村子。”

“好啦，不过是过年应几天景。挺恬淡的乡村生活呀。”

“你不过是做几天客，而我要回来一辈子。”

“值得呀，梁医生又高又帅又负责任，医生在台北收入应该很高吧。”

“那倒是……星仔，回来啦。”

“妈咪，我要吃琵琶鸭哟。”

“好唔，明天叫查理叔叔带我们去怡保吃，好唔好？”

“好棒耶。”

梁医生最爱家乡的美食，说在台北不大容易吃得到，即便有既贵又不正宗。这三天，查理带着他们吃遍了整个怡保：椰浆饭、琵琶鸭、盐焗鸡、肉骨茶、马来西亚臭豆、芽菜鸡沙河粉……

安妮唯一忘记来串门儿的那个下午，我散步却散到了她婆婆家门口。一个长得很像梁医生的男人站在门口，我多瞧了几眼，被他瞧见了，窘迫得简直要变内向了，但还是要外向地解释一下：“你好。我只是散步……路过……不过，你长得很像……梁医生哎。”

他呵呵笑着，笑起来很帅气：“噢，你是查理的中国朋友吧。我是梁医生的哥哥，这就是梁医生家。”

“啊……呃……好巧……”这村子也太小了吧！

“那……我找安妮，她今天下午没来查理家做客，我来拜访她。”

“请进。安妮在里面。”

安妮婆家的格局与查理家完全一样，很容易就找到了她，又被她抓住聊了一个下午，直到晚餐时光。我也弄不清是台北女孩儿能聊，还是只有安妮善聊，她看上去性格内向，柔情万种，说起话来，真像到喜马拉雅山徒步——无穷无尽。我外向开朗，但却习惯了与屏幕聊天，与人交谈除了必要的客套以及礼貌作答之外，简直无话可说。如今却被安妮强行打开话匣子，与她聊了整个假期！虽然也只有五天时间，聊得我快合上电脑去演小品了。她的爱情故事太多了，而且丝毫不避讳，光恋爱经历就给我讲了五个！我已经记不清了，只记得她前任很多，台北生活压力不大吗？这么多时间谈恋爱。

在安妮与先生离开的前一刻，我们还一起吃早餐，村口的印度食档有一款被做成圣诞树的印度飞饼是我俩的最爱。浇上了雪白的炼乳，活脱脱是冬天的使者，我们一起掰着吃，把宝贝给撂在一旁，他只好在桌子底下追猫玩儿。吃到梁医生叫的车来接，我们才依依不舍地作别，从此，不是异国他乡，而是海峡两岸。

2月1日　华人村

利民加地是华人村，有极少量的印度人居住在此，做些食铺的小生意。查理称马来人为巫族，他们有自己聚居的村落，宗教、传统、习俗、语言、服饰、文化、生活习惯完全不同，因而需要隔山居住，隔村分治。

这种现状使马来华人很有语言天赋，拿查理来讲，他会讲马来语、英语、印度语、粤语和闽南语。我觉得他太神奇了，反正我除了北京话，什么都学不会，在杭州住了八年，会说的杭州话不超过三个词，听也听不懂。

村子不大，上百户人家，但家家都是别墅小洋楼，有些建造得很华丽。家家都供奉神龛，村里还有观音庙，我散步时路过，大年初一烧的是像石笋一样的高香，呛得我迷了路，打电话给查理来接，顺道去村口吃了碗炒粉。

村里人不做早餐，都是到村里的食铺和档口吃，或买回家一些咖央角、椰浆饭、印度飞饼。我问伯母为什么不做早餐，她说早晨没时间，可我看不出他们有什么事情可做。村子虽然不大，竟然有三个这样的食铺：两个大的，一个小的，全年无休，总有人在做工，总有早餐可以吃。

马来西亚有三个春节：马来西亚的春节、印度的春节以及中国的春节。“春节”这种说法自然是我们的，马来人和印度人一年中也有他们最隆重的类似于春节的节日，有他们自己的庆祝方式，他们庆祝时，华人们也跟着看热闹和享受假期，相当于过春节了。

当查理骑着摩托车带我穿过我散步过但不敢往深处走的林间小路，上山穿越到另外一个马来聚居村时，我才知道华侨、马来人和印度人是分居分治的，会有少数人在他族村儿里做生意，大半也是开个食铺，但都奉行着自己民族的文化、传统、语言与风俗。

“大马是一个多民族、多元文化国家，主要民族有三大族，巫族、华族、印度族，伊斯兰教为国教，之前是不通婚的，现在放开了，我们也不敢娶马来姑娘，因为要改变信仰，与他们生活在一起。我们做不到。”查理缓慢地骑着摩托车，对我说。

“我们与马来人都分开居住的，所有的习惯都不相同，唯有一点：进门脱鞋，赤脚。马来人吃的东西我们也吃不惯，他们用手抓。

你看，这几幢房子是马来人比较原始的住宅。他们喜欢居住在树林中，以草木为房，依水而生。”我们在看马来人的时候，马来人也在看我们。这种感觉很怪异。

“我上高中时，旁边的马来中学有个巫族女生，很喜欢我。一定要嫁给我，但是，我明确地告诉她我不能娶她。”

“为什么？不同的种族之间可以通婚呐。而且有不少中国富商都娶了马来女子，生的孩子叫作‘娘惹峇峇’。”

“那是从前。现在的政策规定，若娶马来太太，要信终身仰伊斯兰教。”

今天吃早餐时碰到梁医生，我问了特别幼稚的问题：“想过回中国吗？”他正在吃炒粉，稍微愣了一下：“没有。亲人都在这里，我们三代人都生活在这里，习惯了。”虽然，他们保持着中国的所有特征：外貌、语言、文化、传统、饮食。

他们回不去，也无法前进，只能活在当下。日子一分为二，做工与休闲，而他们做工时也很休闲，晚上吃饱了就坐在院子里发呆。

除了吉隆坡之外，生活没有节奏，没有压力，兄弟姐妹之间也很和睦，少有争夺家产、彼此折磨的家斗，不如来杯咖啡，打个盹儿来得愉悦。懒散一旦变成习惯，连脑筋和心机都懒得动了，钩心斗角的事儿劳心伤神。

查理家五子都三四十岁了，人很简单，活得也很简单。大年初四，三子一个人拎着行李回新加坡，除了我的目送之外，未见有其他逢场作戏的拥抱与眼泪。

这种简单让心很轻闲。

2月3日　奇臭的橡胶和榴莲园

吃完早餐回去的路上，一股奇臭扑面而来，我捏住鼻子，身旁一辆敞口货车经过，车厢里拉满了白色的绒球。

“那就是橡胶。我带你去马来村的路边都是橡胶树，橡胶树上放着的小桶是用来割胶用的。我们家原来种植橡胶树，十年前改种榴莲。”

“白色的汁液变成黑色的轮胎……大自然真神奇！可是橡胶竟然这么臭！”我还是屏住呼吸，“你们怎么受得了？”

“没办法，为了赚钱。”

“种橡胶赚钱吗？”

“还好，要看收胶人的价格。我小时候还割过胶，现在橡胶价格很低，人手也少。我们都到国外上学、工作，很少回来。”

“马来西亚好奇怪，橡胶也臭，榴莲也臭，臭完了却都是好的。我平生第一次吃榴莲也是捂着鼻子吃的。”

我们回到客厅喝茶，听查理讲他割胶的历史。

午饭后，“我想看……榴莲园。”

查理正推摩托车，“就知道，走吧。我都好几年没看过我家的园子了，大学在台北，毕业后在内地。我要先问我爸爸在哪里。”

当我们刚刚到达半山，伯父还是不放心，追了过来。

伯父停下摩托车，熟练地打开园子门，不远处有条大黑狗：“那是野狗，他二弟弟非要养，狗可以看园子。现在没有榴莲吃，6、7月份榴莲节时最旺。哪，这些高大的树就是榴莲树。”

“那，前两天，您带回的那几个榴莲呢？”

“你是福星，这个园子残存的几粒，都为你而落。”

我放眼望去，又抬头眼巴巴地：“还有得落吗？”

查理笑个不停：“贪婪的家伙。”

“我们以为马来是热带国家，终年都有榴莲吃呢。反正，中国是终年都有榴莲卖，只是很贵。”

“那些矮小的呢？”

“山竹树。”

“有榴莲的地方就会有山竹。两者相生相克，相依共存。”

园子里有口井，还有一个小棚子，就是古人向往的田园生活的样子，恬静安然。“树这么高，榴莲长得又像刺猬，怎么采摘呢？”我到处找梯子。

伯父呵呵笑着：“在这里喝茶聊天，等它自己落下。”

查理说：“瓜熟蒂落。”

“再运到中国，来得及吗？”

“应该可以。那棵是猫山王，它的生长周期最长，也最难成活。”

“难怪它最贵！榴莲树要生长几年？”

“差不多七八年，猫山王树一定要八年以上才行。”

“那么久！”

“嗯，像人的生命一样，也要十几岁才能长大。橡胶也一样，要七八年的时间。”

“哇，噢，哎……”也不知道该说啥了。

路两旁都是高大、瘦弱的橡胶树、榴莲树、椰子树，以及矮小孱弱的山竹树，山竹树都生长在榴莲树的间隙，平衡着它巨大的热量，维系着人类的健康。食物相生相克，生长时却相依相偎，很像少年派与老虎，他既需要虎的陪伴，又要时刻提防它的进攻。

当一口气吃下几个榴莲时，全世界最想念的就是山竹。

2月4日　华人村的早餐

查理特别热情，每天都变着花样儿带我吃不同的食物，看不同的东西，我告诉他不必费心："我生活着你们的生活就好。"

查理祥和地一笑："所以，你就得知道我们的生活。"

早餐有时候吃中餐，有时候吃印度餐。印度飞饼极其好吃，我总是痴痴地看他们现场制作，黑皮肤的印度厨师把一面巨大的煎饼立成金字塔状，又淋上奶油，吃时鲜脆无比，特别有层次感，我总是从塔尖儿开始吃，从上吃到下，一直吃到饼塔坍塌，直至消失。

查理不仅感慨我的好胃口，还感慨我的不择食，"啧，啧，到底是周游世界的人，吃什么都跟吃家里饭一样香。"

我吮吸着手指头，好浓的脆饼和芝士的香味儿："我以天下为家，走哪儿吃哪儿。"

查理妈妈手艺特别好，每餐饭都荤素搭配，还煲汤。看得出，这是广东客家人的饮食习惯，好在我南北通吃，偏好南方养生健康的烹饪方法，每次都能喝上两碗。

除了用压力锅煲汤，煎炒烹炸都在后院的厨房，他们也使用北方农村那种大锅，炎热终年陪伴着他们，但丝毫不影响他们烧饭的乐趣与喝汤的习惯。

这种热若是搁在中国，人们一定更愿意吃凉拌菜、凉面，喝冰饮，不动火、不炒菜最好。所以，他们虽然不在明里讲养生，却很是养生，我是特别佩服。

虽然不用做早餐，但是查理妈妈每天起来很早，大概 6 点左右起来，冲个凉，烧一大壶开水，倒入凉水壶，供一大家子喝上一整天。然后在后院儿的厨房里准备午餐，洗洗衣服，溜达溜达，直到查理爸爸买早餐回来。

吃完早餐，查理妈妈就收拾房间，拖全屋的地板，虽然地面已经光可鉴人，但她每天都要再拖一遍，因为大家都席地而坐、光脚走路。

这就该做午饭了，午饭很丰盛，查理妈妈会换着花样做，蒸鱼头、烧鱼、鱼汤，都很新鲜，他们是广东人的后裔，承袭了粤菜的鲜、淡、嫩、滑的特色。

饭菜的做法自然是以中式为主，偶尔掺杂些许马来做法，偶尔还会有点印度菜的感觉，餐桌上的主角依然是鸡、鱼、猪肉，做法与中国百姓家不大相同。

鸡肉多是白切鸡，一碗喷香的调料，配上豆芽，“烧猪肉是大马的特色菜，不便宜噢，要 50 马币一斤。你尝尝。”查理说。马来人不吃的东西一定非常昂贵，在马来西亚贵的最离谱的就是酒与猪肉。我夹了一小块瘦肉，便不再光顾，一股烤乳猪的味道，很是好吃。这种吃法，身材已经不保，再吃肉，真是没法儿见人了。就这，我已经下定决心，先满足胃再满足眼睛——回青岛再减肥。不然怎么办呢？顿顿有这么好吃的菜。下次过年去欧洲，一准儿减肥。

饭后洗完餐具，下午会有一会儿的空闲，查理妈妈要么睡个午觉，要么看电视。查理爸爸则坐在门边的躺椅上乘凉、发呆，呆着呆着就打起了盹儿，打了一会儿就睡着了。

晚餐还是那么丰盛，餐后，查理妈妈洗了碗后再洗自己，然后躺在贵妃榻上看电视，华文频道。看一会儿就回房睡觉了。

查理妈妈的一天就是一生。

2月5日　查理的中学同学们

查理的日子过得也十分从容淡定，他大概7点起来，洗漱好等着我出去吃早餐。餐后，我在村里散步，他回家学习、喝茶或看《星洲日报》。有次散步回来，他在看录像带，看我回来，他说这位老师讲得很好。我瞄了一眼，是时代光华，百度了一下，说是2000年前后盛行的培训课程，我从没听过。录像的质量已经很落后了，课程的内容更加落后于当前时代的思潮与发展，但查理说如果这些理念用于马来西亚的企业，会使它们进步很多。

午饭后，他也会发呆、午睡，午睡后喝茶，或与同学聚会。

查理的同学很多，知道他回来，纷纷邀约或来访，春节期间的任务就变成了访友与会客。因我也是客，查理陪客时也要带上我这个客人。

这一天，中午刚刚吃了一顿丰盛的大餐，下午 3 点，“如风，我们去镇上吧，我同学请吃饭。”

“啊！这个时间……是请吃茶？”

查理笑笑：“我这个同学很有钱，很忙，越到年底越忙，刚忙完。他要请我们吃大虾捞面和狗仔焖鸭，还有马来风光。”

查理知道我好奇心重，故意“引诱”我，他成功了：“‘马来风光’？是什么？”

“先保密。去了你就知道喽。”

半个小时后到达镇上一家百年老字号。

马来西亚的食档都差不多，全敞开的大门，简陋的桌椅，呼呼作响的吊扇，档口不间歇营业及提供正餐，一整天都有吃的。我已经习惯这种风格，却无法习惯下午再来一顿正餐。

但查理和他同学却吃得很香，我只是象征性地尝了尝马来风光，便来一壶茶，陪他们闲坐。

查理的同学是做殡葬业的，所以我问了一个有的放矢的问题：“马来西亚人怎么看待死亡？”他同学赞赏这个问题很有深度，并认真地回答：“不说巫族和印度族，他们与我们完全不同，我做的也是华人的生意。华人对死亡是忌讳很深的，不说‘死’字，都要用仙逝、升天之类的替代。以前都是土葬，但现在义山墓地已满，大家也渐渐地接受火葬了，也有少数想要海葬的。人们还是选择隆重的丧葬仪式，来慰藉生者的沉痛与思念，安抚死者的灵魂。如果没有这些仪式，会担心死魂灵不得安宁……”

饭后驱车回查理家，在沙发上或地上落座后，查理拿出我带来的琅琊台酒，小心翼翼地拧开口，往两只小杯中注满，瞄了我一眼，我连忙摇头，表示从不喝白酒。“太香了。你尝尝，来自中国青岛的白酒。”两人碰杯后，饮了一口，纷纷说好。

东南亚人吃饭与喝酒是分开的，都很专注，吃饭就是纯粹的吃饭，不喝酒，不聊天，不谈感情，不拉关系。吃完饭后再换个档口喝咖啡或者换个酒吧喝酒，关系好的可以在家里喝酒，看着他们空口喝着白酒，但不必担心，两盅之后就转为喝茶了。

也许，这是习惯，也许是因为酒价高昂，华人惜酒如金。因为巫族戒酒，因而酒税极高，酒价也高得离谱，相对于马国的消费来说，比如，吃份饭只需要 5 马币，罐装啤酒 5—10 马币，一小瓶啤酒要 20 马币，红酒要七八十马币，还是极其普通的，在网上 20 块就能买到。所以，查理和朋友们喝任何酒都跟喝茅台似的，从来不拼酒。

晚餐，查理妈妈仍然煲了精致的汤，烧了三道菜，查理还是能吃下去，我喝了小半碗汤。饭后，在院子里乘凉喝茶，晚上 9 点，查理在院子里的芒果树下找到我：“如风，走，我同学请吃饭。”

“啊！……”看着查理热情又真诚的邀请，实在没好意思把“我可以不去吗”说出口。只是奇怪，他们怎么能随心所欲地吃正餐，从清晨到夜半。

驱车到一个镇上，已是晚上 10 点，大食档里却人声鼎沸、熙熙攘攘，许多人吃完饭也不回家，叫了一杯冰咖啡，在这里闲坐、纳凉、看电视、凑热闹，地上放着成堆的碗盘，旁边一个大洗衣盆，里面全是沫儿，有人蹲在地上用无法描述的抹布在清洗。

查理兴致很高，带我去档口选食物，我只选了杯白咖啡。他选了粿角、亚参叻沙、巴都茅沙嗲烤肉、喳咋。我瞠目结舌地看着它们竟然能被全部消灭，一日五餐的前提是每餐都像早餐一样简约，但查理却能够做到每餐都如午餐一样丰盛，而且还能吃光。

他的同学从台湾回来过新年，明早要飞菲律宾，因而赶着见一面。我们坐在路边，吃完饭，查理和同学又要了两瓶啤酒，聊他们一起转机去埃及的往事。

那大概是十年前了，查理订了两张极其廉价的机票，但却转机转得稀里哗啦，在机场地上睡了两夜，包括迪拜机场一夜，第三天才到达埃及。到时，他们已经快没人形了。

我问:“看金字塔的感觉如何？”

查理说:“埃及是一个必须要去，去了却不想再去的地方。”

“就像爱情，”查理同学说:“没有时想有，有时也不过如此。”

“哈哈……”

虽然聊到夜半，晚上仍然辗转反侧，索性起来吹凉风，看星星。这种吃法的直接后果是回国时多带了八斤脂肪。

前两天，查理带我去江沙镇看他同学的新居，他同学是记者，摄影技术超赞，还获过奖，江沙镇政府宣传册上的照片就是他拍摄的。一进他的小别墅的门，墙上的书架就放着几册影集，我打开来，他指给我看。

晚餐时，摄影师说 :“附近有三家好吃的馆子，一是马来餐，二是印度餐，华餐相对是最不好吃的，你们吃什么？”大家选了马来餐，步行过去大概十分钟。

餐厅在树林当中，天然敞开的，东南亚的餐厅和食铺大致都是如此，总是与天地接触，使得他们生活闲适，心思相对简单。

每一张餐桌上面都有一个茅草顶，虽然是晚上 8 点多，吃饭的人还是很多，大多是马来人。左边烟雾缭绕地烧烤，我翘首期盼马来式烤羊肉串儿什么样儿，“我知道你在想什么，不要尝试马来烧烤，我们都不吃。因为他们一定要把肉烤焦了才吃。”

查理已经了解我好奇的天性，提醒我，反而使我更好奇了，特意跑到烧烤炉子前观看，他们看我，我看烤肉，肉已经熟了，但还在烤着，厨师翻了几块肉，已经烤煳了，漆黑一片，一如他的肤色。

我回位置上，“我说的没错吧。”

“烤煳的肉是有毒的吧，至少对健康不好。”

查理撇撇嘴，“所以，我很少吃马来餐。我给你要了拉茶。”

“一定不要加糖。”摄影师得意地说：“了解，已经说了。”

我喝了口拉茶，被甜得发腻：“你确定？”

摄影师把他的吸管拿过来，喝了一口，不置可否地：“你明白马来人为什么身材健硕了吧。多糖、多肉、不运动。是没加糖，但是加了炼乳。”

马来服务员走过来铺了一张一次性桌布，又走过来，把海鲜饭倒在桌面上。我们面面相觑：“这样吃？”还有更挑战的，什么餐具都没有：手抓。

“从技术和习惯方面……我要工具，哪怕叉子。”我反抗。

查理去拿来叉子：“说实话，我也是第一次吃……倒在桌子上的饭。”

“哇噢，我超级幸运，你生在这里40年，我们同时第一次吃——手抓桌上饭。”

“他们偷工减料了，实际上应该铺在椰树叶子上，又环保、又干净，而且带着一股子大自然的味道。”

“向往！可以要叶子吗？”

“算了吧，有叶子，还用桌布？”

“其实，这种简易塑料桌布，遇高温，是有毒的。马来人把好好的食物全部往有毒的方向制作……好生奇怪……”

“所以，他们又黑又胖。”

“哈哈，你！虽是华裔，也是马来人噢。这样说自己同胞啊。看样子，华族与马来族极少通婚。”

“极少。反正，我们村没有，我的亲朋好友们都没有娶马来太太的。要求很苛刻，要改信伊斯兰教，改用穆斯林的风俗生活。”

“咦，那不是可以娶四个老婆？”

“哎哟，一个都搞不定。要有钱才可以娶，而且很烦啊。”

我大笑：“算你明白。还四个，三个老婆就可以上演《大红灯笼高高挂》，让你永无宁日。”

“这里的白咖啡还不错。”查理说。

“是吗？”我把吸管插到他的杯子里，喝了一口，阴险地笑着，堂而皇之地掠夺了过来，把我的拉茶搁到他面前。

他不置可否地摇摇头：“这是中国风格。”

“非也。是如风风格。”

“我就知道……‘非也’是什么风格？”

仿佛有个小锤子砸了我一下，终于抓住查理的软肋了："甘其食，美其服，安其居，乐其俗，邻国相望，鸡犬之声相闻，民至老死，不相往来。"

"古文我不行的，不过，这好像是《老子》。"

"你已经很厉害了。你知道吗？如果中马发生战争，你这种人会最先被间谍杀掉噢。"

"为什么？"

"因为，你是中国通。这桌布饭，还是挺好吃的。"大家一起在桌子上找饭吃，真是古怪，若是用手抓，就是抢饭了。

与查理最后的晚餐，是名副其实的手抓桌上的饭。

2月7日　华人之城——槟城

在槟城有一片古城中心，如果住在古城，吃在古城，游在古城，不出两天，你会恍惚地以为你是民国人，生活在中国的民国时代，低头看看手机，抬头看看祠堂，有种穿越感。

古城自然不大，但总有那么多奇迹需要挖掘，无论是排着长队的小吃摊儿，还是不经意间偶遇的壁画，或是那非常中式的观音庙，海上的小木屋。徜徉着，踯躅着，感慨着：这里的中国元素比国内任何一个地方都要多。多不是因为国内没有，而是国内皆偏地域特色，穿行在古街巷里，你总能第一时间知道这是上海的老弄堂，还是北京的老胡同，或是广州的上下九，平遥的古城，那浓重的当地味道劈头盖脸地罩住你，使你无法挣脱。槟城则是宏大的，东西南北中风格杂糅、特色兼具。

略微仔细品味，自然还是闽南风格更重，潮汕味道更浓，毕竟是槟城的祖先，那满口的闽粤话，满街的福建虾仔面，转角便是广式早茶。所有铺面都临街，大半敞开，特别天然，不宽的街道上总摆着几张婉约的小桌，无论点什么，也是够放了。坐在门口，抬头望望街巷，低头看看吃客，总疑心是在广州吃早茶，但这低矮的屋子，简陋的桌椅，老式的笼屉，传统的味道，简单的茶具，便是广州老街巷的老茶馆儿也极少有了。

饭后，照例毫无目的地闲逛，又路过那条小巷，仍然排了很长的队，一些简陋廉价的桌凳摆在狭长的夹道中，服务员往来穿梭，十分忙碌。无论何时经过都是如此，不禁引起了我的好奇，明天偏要等一回。于是，明早，真的来等早餐，队伍排在那头，我偏站在这头。

站了一会儿，一位老者说，“随便找个位置，你可以坐下等。”原来大家都是拼桌的，一个极小的圆桌，似乎只能摆一套袖珍版的工夫茶，却可以坐四个人。偷偷瞄了瞄旁边的桌子，有一种特别的烤面包，港式奶茶，还有一种特别的水煮蛋，盛在玻璃杯里，嗯，就吃这些吧。等了一刻钟，服务员才来，他不会英语，我也不会老式粤语，马来语就别做梦了，尴尬在咖啡飘香的空气中晕开来，老先生用马来语翻译给他听，我点头致谢。老先生笑笑，就走了。

一位气质优雅的女士坐下来，立刻有服务员来，她用老式粤语说了两句，服务员立即为她端来咖啡、面包。这里善待本地顾客，我等了一刻钟，才有东西吃。我和女士搭讪，她淡淡地一笑：“那不奇怪，我每天都来吃早餐，差不多有十年了。”震惊不只看到蜘蛛侠当街阻止劫掠，还有这句话，以及这句话透出来的力量：十年都在一个地方吃早餐！十年不变的早餐摊儿！十年不变的住址！十年不变的习惯！十年不变的味道！而这十年，中国日新月异，一日千里，这种街巷一定拆了盖高楼大厦了，即使偶有极特别的老街巷不拆，年轻人也是要搬走的，去过真正的都市生活。那些老城都只剩下老人和孩子。

女士差不多三十多岁，那种优雅是古城的古色古香以及轻闲无度的生活造就的，她缓慢地说话，缓慢地喝咖啡，缓慢地用纤细的手指揪一块面包，缓慢地丢入口中，缓慢地嚼着。来了一位先生，她跟他说了几句马来话，他坐下来。您父亲？她缓慢地说：不是，我先生。偷偷斜睨了先生一眼，看上去似乎大了十几二十岁。

她为先生点了惯常吃的那几样，两个人坐着，安静地吃着，我却躁动不安。“你们不着急吗？不急着去上班吗？”我看了下手机：9∶50。

“我们不上班。”

那钱从哪里来，这话是断然问不出口的，怎么养孩子更是不合时宜，在这里，就是发呆、闲逛、吃早点，饭后再发呆、闲逛。如果我问她你们为什么能够这样轻闲，她懂我的言外之意吗？她了解中国的压力、急躁和速度吗？闲适是她们的生活方式，闲不下来的人可以过来找闲，急惯了，表面不急，心里却急。我急她的闲，她却丝毫不懂我的急。

“那么着急，干什么？”

我已经算是国内最不急的极少数人了，旅个游，看个书，写个文章，喝个茶，但面对这种骨子里的闲，还是羞愧难当。又点了一份港式鸳鸯，为了与她共坐，我已经吃完一会儿了，她才喝了几口咖啡。

“您的孩子……”

“在国外生活。”她披着一件透明的蕾丝披肩，雅致渗入那浓浓的女人味儿中，不用浓妆艳抹，便千娇百媚。她先生吃完，说了两句，先走了，她仍在慢慢地吃。我想问的好多，却不知该不该问，而她的国语也说得极其缓慢，好在会说。

十年在同一个地方吃早餐，为此，我陪了她近一个小时，直到她起身要走，我才走了。步伐变得缓慢了，“那么着急，干什么？”她的声音回荡在我耳边。好吧，那就享受这种不急吧——国内稀缺资源。本身不急的人一出门，就看到全城着急，街道上车子堵得人很着急，着急的人却堵在路上。早晨堵一次，黄昏堵一次，中间堵在写字楼，周末堵在商场和补课教室。不急的在哪儿？在古城，在山区，在从前，在槟城。

遂决定不急着赶路，在这里闲半月，过过慢生活。已经在查理家悠闲了半月，再在槟城闲半月，就该走了，去泰国再悠闲一月。在国外流浪，胜于在国内搬家。

早晨起来慢悠悠地闲逛，偶遇哪个有点感觉的小店或小摊儿，用吃一顿晚餐的时间享受早餐，慢吞吞地吃，慢吞吞地起身，慢吞吞地溜达，看到墙上的立体壁画，慢吞吞地想方设法拍上一番。看不看不管，基本上不看，没时间，但此时此刻，我却有大把的时间去消耗，先拍了再说，与壁画的亲昵会让时间过得稍快。拍了两条街，该吃午饭了，你瞧，我用人家签合同、整理文件、打客户电话的时间，在槟城拍无用的壁画。

2月8日 如风的壁画

槟城的壁画甚至比槟城著名，不知道槟城的也有可能看到过几张人与壁画的合影。不大的古城中竟然隐藏了近百幅壁画，近半壁画都是立体的：门是可以开的，窗户是可以关的，老式自行车是可以骑的，秋千是可以坐的，篮球架是可以投篮的，牛奶盒子是真的……无论谁来，无论来自哪个国度，见到了总会喜笑颜开，嘻嘻哈哈地自创几张照片。

有几幅最著名，被印在T恤上、背包上、锦旗上，被大量传播在网上，许多游客会专为壁画而来，拿着一张完整的壁画地图，处心积虑地寻找。许多壁画隐藏得很深，明明就在它附近，却找了几天也找不到，明天接着找，迷路了，迷就迷吧，再迷也是古城，一扭头：咦！找了几天的壁画就在这面墙的尽头，迷失是有回报的。

开心地跑过去，狠狠地拍够了，再在壁画地图上打一个勾：又搞定一个。

排着长队的，一定是那几幅世界著名的壁画：姐弟骑车。

那辆老式二八自行车自然是真的，游客们或坐或推或骑。我瞧了几天，把我的书《特立独行》放在车筐里，狠狠地拍了几张。它在时，也不耽误别人拍，于是，我连同世界各地的人一起拍下来，

心里还美滋滋的，《特立独行》的姐弟骑车照，世界绝版。

你不定什么时候会遇上哪张壁画，遇上了，爱它就好。有时候，你会发现李小龙，跟着他一起打两拳；有时候，碰上老人与海，就划两下船；有时候，看到男孩骑着摩托车，你也“突突”两下；有时候，经过一片大的停车场，一抬头，哎哟，整墙的壁画山一样压过来。有功夫女孩，有坐洋车的老人，姐弟打篮球，兄妹荡秋千……

艺术原来可以这样亲民，除了心服口服，你无可选择。

为了拍姐弟打篮球，我跟狗斗智斗勇，最终还是我有勇有谋。偶然经过那条巷子，发现了这幅壁画，还没拍，先跳起来用手够篮筐，那是真实的篮筐，真实的高度，这么轻易就够到了，早知道，年轻时去打 NBA。NBA 有女的吗？不知道，管它呢。

四处找“篮球”，在地上找了几块硬石头，玩投篮，我哪里会？就是觉得好玩，这一扔石头不要紧，从巷子深处跑出来一条狗，冲我直叫。

我很生气：“叫什么，又不是投你，我‘投篮’呢。”

它还叫，“听不懂，”马来西亚的狗，世界著名城市，也应该学英文：“Stop! You understand？”

它还是不懂：“我是有底线的！别指望我跟你说马来语，你走还是不走？不走，我走。”

到巷口猫了半天，看狗跑远了，便风一样地跟进去，请路人帮着拍几下是跳着拍，假装投篮，不，是真投篮，只是进不进不管，技术不管，只管拍。一看照片：天呐，穿着裙子投篮，估计NBA没干过这事儿。

2月9日　闲人的闲适

本来闲适的小镇，加上闲适的壁画，更增添了闲适的风韵，闲到无事可做，闲到闲就是生活真谛，闲到不晓得除了闲还能做什么。太闲了！

这种闲适，是我们举国震惊的：我们忙得没有时间闲，我们在拼命赚钱，我们在积攒财富，为了老时的闲适。到老了发觉，老有老的任务，要么带孙子，要么生病、住院，一生难得闲适，一生活在未来，失却当下。

我可不傻，在这方面。他们说我傻，是因为我不忙活他们忙活的事儿，我不为未来忙活。唯一属于我们的只有当下，只有当未来变成当下，才真正为我们所拥有，他们所幻想的未来的一切：等我退休了周游世界；等我老了开始学画画；等孩子上大学了，我再学琴……等着吧，这只是他们年轻时没有能力实践的借口。他们却习惯于把无聊的人生说得冠冕堂皇，把自己说得无私，而像我这种为了理想和自由而活的人，都是自私的人。

我这个自私的人，见天儿地在槟城闲逛，闲到找一幅壁画找上一天，这个过分的闲人，不回家忙活孩子忙活赚钱，真是白活了。

陪伴这种闲适生活的，自然是大街小巷的美食，而且价格极其便宜，夜间排档更加琳琅满目，摆满了几条街、半座城，持续到夜半、凌晨。吃够了，还有街边的酒吧，会玩会乐的欧美人，他们总能发明许多玩法，一玩玩到天明，而且绝对又嗨又天然。上午是睡眠时间，于他们来说，古城最是安静。夜里，古城上了浓妆，不同的魅惑，不同的味道。

好多糕饼店，特产店：榴莲饼、白咖啡、清凉油……慢悠悠地选几样儿，带回国去，却失了味道，不如当下吃，却只恨一日三餐只有一个胃，哪里吃得过来。可恨不能遍尝，那还是买吧，不仅自己吃，还能给亲友吃。可叹他们未见槟城的味道，吃不出点心的味道，一定会边吃边说："没什么特别的呀……"

其特别之处是那年那刻去了槟城，偶然发现这家点心店，心生欢喜，选了两样，漂洋过海带回来。真正的味道，在味道之外。

槟城有一种中国当代稀缺的味道，那就是安静、简单、闲适。

槟城没有节奏，人们不缺时间，不急着赶路，不挤公交车上班，也不会吃着早茶时还想换一座大房子，也没有人大声聊天说又被老爸老妈逼婚、逼育，你会觉得他们是放养的同胞，周身流淌着自由的血液，他们是宽松的，无论是城还是人，松到那种你会怀疑他们的生存目的——只是生活，悠闲自在地生活，没有别的吗？可是生活还需要别的吗？我们确实为生活加了太多别的味道，使生活变成了过日子，仅剩柴米油盐、家长里短。

2月10日　要命的美食

在槟城寻遇美食与寻遇壁画是同等重要的事情，除了吃和玩，还有什么更重要的事情，在这里？娘惹糕、炒粿条、肉骨茶、潮州煎蕊、咖喱面、麻滋、印度炒面、亚参叻沙、蚝煎……每日的重要工作就是品尝一样新鲜的美食，拍一张新壁画。任务好重啊，因为只有一个胃，而美食足够吃上一年……

这一天，看到观音庙的香火还是那样旺盛，感慨着想着：吃点啥好呢？旁边那家福建虾面虽然好吃，已经吃了两回了。人力车在我旁边稍停，问我要不要："谢谢，no。"只有走和折磨壁画这两种体力活动了，若连走也省了，这生活就不是闲适，而是懒惰了。

就享受这种随性乱转，转哪儿吃哪儿，转哪儿玩哪儿，反正转来转去，总会转回来，没准儿还能转出点什么名堂。呀！这不，名堂来了：冰火榴莲。

不吃它我这一天都过不下去。冲进店铺，厅堂很大，桌椅很多，点完后，我看着他做。只见他从冰柜里拿出三块四方的榴莲饼，立即扔到滚烫的油锅里炸，只翻了个个儿就拿出来，一边递给我一边叮嘱："马上吃哦。"

"不烫嘴吗？"

厨师笑着摇摇头，这边，我已经扔了一块进嘴里了："哇！"酥脆的外皮里面裹着冰凉的榴莲芯，当真是冰火二重天的感觉。

就像在正午的阿里，既要穿着厚厚的冲锋衣裤，又被晒得直冒油。喝了一口新鲜的榴莲拿铁，再开一个榴莲爆浆挞，酥皮下面满满的都是榴莲，不愧是榴莲产地，舍得下手。漫天漫地的榴莲香味，香的我每天都要来吃一次。找不着的时候，多找半个小时也会来吃。

2月11日　元宵节的牙齿

今天可是正月十五，还没等我琢磨怎么过一个特立独行的元宵节时，牙齿已经帮我选择了。我喝了一杯红茶，吃了一块芝士饼干，竟然硌掉了一颗牙。饼干硌掉牙，跟鸡蛋打碎石头一样，不可思议，但当前者变成现实，就没空讲理了，先补牙，不然没得吃。没有美食，闲适的生活就变成了忍饥挨饿的悲惨世界。

终于发现了比吃和玩更重要的事情：先把相关器官、物件补好。多亏我英明，住在爱情巷华人旅馆，不用牙齿露着风还被迫说着露风的糟烂英语。赶忙到前台跟华人老板打听了牙科诊所的位置，一定要华人诊所，不然，钻着牙齿，补着药，我可没心情琢磨英文句法。人在下意识中喊叫出来的一定是母语。

“隔两条巷子就有一家老字号的诊所，只是不知元宵节是否营业，你去碰碰运气。”

绕着老城区转了几个弯儿，心下还要祈祷大夫能够慈悲为怀，在这样闲适的元宵节肯开门。

不是两条巷子吗？我已经转了六条巷子了。没关系，槟城不大，再转两条，就逛了一遍了，准能找到。“哇！运气不赖，营业！”

赶紧冲进去，却需要等待，排在第三号。四处打量着，墙上挂着诊所的历史：八十，心立即肃然起敬，起初还怀疑马国是否会补牙，现在觉得这颗坏牙是有福的，它会受到甚至比中国更温馨、周到的服务，更老牌的技术填补。

我疑心这长条椅子的年岁比我大太多，于是毕恭毕敬地坐在上面，不敢乱动，这是爷爷椅子。椅子一头放着一堆杂志，顺手拎了两本：繁体字，层叠的各种图片，在演民国的影视剧中才有的杂志，搁在我手里，不知该怎么看。

“你是中国来的吧。”旁边的华人阿姨问。

我马上放下杂志，点头哈腰地说：“是。”

“中国好啊！中国好，我们才好。”

另一位阿姨说：“是啊，你不晓得，槟城原来很乱的。马来人统治，偏向巫族，到处都有偷窃、抢劫，晚上我们都不敢外出的，自从来了华人首长，一切都好了。”

“是啊，这里就变成了华人的天堂了。”

“是啊，是啊，我们华人首长很厉害的，多亏了他，我们的日子才好过。”

“哎，小姑娘……”

“嗯……”

“你还不知道吧，今晚有隆重的庙会，还有拜龙王仪式，你一定能看到华人首长。”

“我一定去！在哪里？”

“庙会就在观音庙旁边，祭天仪式在姓周桥，很多人的。”

“是的，世界各地的人。华人庙会，你早点去啊。”

“嗯嗯！”

“槟城现在又安全又热闹，晚上去看庙会，你不用担心的。”

我把头点得像拨浪鼓，华人庙会，必须要去，就算拔了满口牙——看庙会也不用牙啊。

这颗牙齿是为华人庙会掉的，不是两位阿姨告诉我，向来不看攻略的我哪里会知道。这颗牙齿立即得到我的崇拜，美美地舔了舔牙洞，这是一个智慧的牙洞。

补牙室与外面隔了道紧闭的门，只有一扇小窗户，里面喊“请下一位进来”时，门才会开。

我走进去，躺在牙科诊所特有的躺椅上，一堆电钻、磨刀等复杂的器械横亘在头上。心下打鼓：补法跟国内一样吧，马来西亚的钻头钻中国的牙齿时不会水土不服、互相排斥吧……

牙医是位年轻窈窕的女士，虽然戴着口罩，但从长长的睫毛和温柔的声音可以分辨出：这一定是个美丽的女子。

“你好，哪颗牙不舒服了？”

极少有的温柔出现在补牙的时刻，我温柔地张开嘴，温柔地指向里面那颗下牙：“好奇怪的，今早吃颗饼干就碎掉了。”

她笑笑：“牙酥了，巧了。张嘴……别动啊……不疼的……很快的……”她的国语说得很好，好到我以为是在广州旧巷补牙。

中国的牙齿里装上马来西亚的牙粉和石膏，多么神奇啊，今天的收获。心里还美滋滋地琢磨：我若是男人，可以幻想更多，这个马来西亚美人儿距离我不到三厘米，一双纤纤玉手在我脸上滑来滑去，纤细柔媚的手指伸进我的口腔，悄悄地享受快感也未可知。

“好了，咬合，舒服吗……有点点高么？稍等……”她拿一张磨砂纸磨了磨补过的牙，又拿钻头轻轻钻了几下：“现在呢……一点点……ok，稍等……”

我若是男人，会希望多坏几颗牙齿，占满她一天的时间，然后等她下班，请她一起去庙会，然后夜宵，泡吧喝酒，没准儿，能一亲芳泽……补个牙都在想着如何泡妞，这要是个男人，得有多少妞遭殃，感谢上苍。

“补好了。谢谢您。60马币。”我恭敬地递给旁边的老板娘，互相说：“谢谢。”然后走出这家已有80年历史的牙科诊所，来到已有几百年历史的街巷上，去寻找同样古老的庙会，参加罕见的全民祭天仪式。

2月11日　华人庙会

不大的古城里，竟有十几家宗祠，各大宗祠活动不同。游客可以取一张所有宗祠的宣传彩页，参观完一个宗祠的活动，盖上一个章，既有成就感，又有趣味性，集齐所有印章，会有神秘礼物。

但在人山人海中，走遍所有的宗祠与会馆并不容易。

台山宁阳会馆，教大家做糕点，并免费试吃，吃的一定是自己亲手制作的，吃白食不可以。他们就是要你亲自体验这个过程，这是真正的意义所在。

李氏宗祠，展览了《本草纲目》《老子》《闽南五山李氏大宗祠简介》等书籍，展示了古时熬制中药的所有容器：做药丸机、手刨片机……免费发放凉茶，免费义诊。

陈氏宗祠，让游客听一句台山话，听出来有奖。每个工作人员手里拿着一部插着耳机的手机，让参观者倾听，桌子上摆了一堆卡片，选择相应的内容。

我连续听了六遍："tui dui mei jiang ban, tui zou mei zou lu." 按照字数，我摸了那张"在哪儿跌倒，在哪儿爬起。"笃定正确，我可是在广州待过的人。

工作人员和颜悦色地摇摇头，递给我正确答案：陪儿女长大，陪父母变老。我的天哪！有种崩溃之感，打从女娲补天之日起，我的祖宗就是中国人，竟然听不懂中国话，也不能太离奇，没一个字对，意义相差十万八千里。等会儿，这是中国话吗？

严肃地看着布告上的介绍：台山话：清末鸦片战争以后，民间发

生饥荒的次数增加，贫穷程度已难以形容，到处有穷人和乞丐，上百万的广东和福建人为了改善生活，都兴起赴外当劳工的意向。很多福建人选择在东南亚与他们在明朝时期已定居海外的前辈学习和工作，广东人也有不少；广东省的台山有最多人移居海外。

好吧，就算台山话是中国方言的一种，也是只有台山才能听得懂的奇怪的话，跟梵语似的。你赢了，我也没输。这种阿拉伯语，是因你们太穷，离开中国太早，没机会学说普通话导致的，我原谅你了。

在国内，我虽然天南海北地生活，甚至在深圳待过两年，广州一年，也没觉着广东人多么不得了，在中国历史上，也就从虎门销烟开始，才知道有广州，从前都是流放官员犯人的地方。

先前听钱钟书先生说："中国只有三个半人：两广算一个人，湖南算一个，江浙算一个，山东算半个。"还嗤之以鼻，虽是大学者，毕竟是南方人，两广算什么，广西简直就对中原和北方毫无影响，山东得算一个呀。如今畅游东南亚，来到槟城过年，逛文化庙会，才设身处地感受到广东人对东南亚的巨大影响，几乎可以说广东人参与创造了整个东南亚丰富的文化。

槟城保留的原汁原味的中华文化、建筑及风俗已远超闽南本身，确实是不折不扣的华人之城。

伍氏宗祠前展览了一排罕见、别致、可爱的老爷车，穿着旗袍的女人使车更加靓丽。

刘氏会馆前在上演桃园三结义：刀枪剑戟，你来我往，好不热闹；还有在街上表演中国古典乐器演奏会；大街上到处是片场、欢场，人山人海，挥汗如雨，世界各地的游客会集于此处领略中华文化。

梅氏宗祠外面，舞动着百家姓长龙，他们是这么玩的：先在桌子上选择自己的姓氏，然后，到长长的巨龙身上找到姓氏的位置，再用手机拍照，拿给工作人员看，便会被盖上梅氏宗祠的章，我刚刚盖完，门外又舞起了长龙，热闹非凡。

王氏宗祠，要求游客写一句励志阳光话语，就可以得到一个糖果，小孩子会有一个小玩具。我立即写下："凤凰涅槃！逆境重生！"然后将糖放入口中，甜入心头。那个可爱的小玩具随手送给了旁边的孩子。

叶氏宗祠：折金纸；宾福社：请火仪式；中山会馆：杏仁制作；梅氏会馆：古琴艺术；伍氏家庙：打金亲体验；潮州会馆：潮

剧脸谱……

宗祠、家庙：在改朝换代、迎接民主文明的时期曾有过许多滞后的负面力量，并且为了共性戕害人性，尤其残压女性，我向来最是厌恶。但不得不承认，在几千年历史中，却承担了凝聚家族力量、传承传统文化的作用。

如今却在华人之城的华人庙会上发现，它们延续了中华文化，凝聚了海外侨民，使华侨即使生活在异国他乡，也仍然与中华文化紧密联结，保持着炎黄子孙的特性与本色。

在伍氏家庙里，我初次认识了伟大的伍连德，在别人体验打金的时刻，我跟随着一个戴着牙套的女学生，认真地听她讲解挂在墙上的真实历史与中华骄傲：原来，中国历史上第一位诺贝尔奖提名者是马来

华人伍连德，时间是1935年。他就出生于槟城，成为英国剑桥大学的第一位中国医科学生，学成后回归故里，提倡女子教育，主张男子剪发，反对赌博和吸鸦片，创立文学会，提倡青少年从事体力劳动……

1919年，哈尔滨闹霍乱，次年闹鼠疫，伍先生毅然前去，拯救了无数生命，并在其后几年，创办了哈尔滨医科大学，筹办了北京协和医院。

1927年获得日内瓦国际联盟卫生组织（今WHO前身）授予“鼠疫专家”称号。

伍先生晚年定居怡保，但仍眷念为之奋斗一生的祖国。他在1959年出版的自传《鼠疫斗士》一书序言中写道：“我曾将大半生奉献给古老的中国，从清朝末年到民国建立，直到国民党统治崩溃，往事在我脑海里记忆犹新。新中国政府的成立，使这个伟大的国家永远幸福繁荣……”

我热血澎湃、激动不已，丝毫没觉得身在异国他乡，反而比在中国更像中国。中国的都市已经失去了打造文化庙会的兴趣，摩天大厦、商业地产是商人政客的目标。但是，这种中华文化的集中展示，真正能使炎黄子孙为中华文化的深厚影响震撼与感动，世界各地的人都来参观，亲身体验，穿上汉服，写几个毛笔字，或是穿上算命先生的服装，在百家姓馆里了解百家姓的起源与文化。

华人说着普通话，唱着华文歌，庆祝华人的新年。真心骄傲与自豪！这是中华文化博大精深及深厚凝聚力之处，即使他们脱离祖宗和家国一个多世纪，即使他们在海外受尽磨难，母亲脆弱沦陷之时无暇顾及他们，他们也丝毫不抱怨，建立宗祠庙宇，自建华人学校，坚持学习华文，讲华语，延续华人姓氏及华人传统。无论他们取得什么样的成就，他们跪拜的永远是中国的祖先。

我，一个渺小的华夏民族的子孙，坐在熙熙攘攘、热闹非凡的庙会的一角，感受着这一切，不知天高地厚地描绘着这一切，感恩之情激情澎湃，眼角湿润了。

华人太勤奋、太优秀，中华文化太有同化力和感染力，难怪马来人把华人列为二等公民，不是歧视，而是害怕，他们担心放开政策，华人就会取得政权中的主要职位，主导整个大马。他们不懂，中华文化是花香蜂自来，坚强地散发着迷人而持久的香气，不主动招手，但不怕你不来闻暗香。

我一直待到庙会结束，手机没电才离开，已是深夜，仍然热闹非凡。在基督教堂对面，临时搭建的简易露台上，上演着文艺晚会，已到尾声，主持人请庙会的总组织者上台，竟是一位女士，她很谦

卑地感恩各界华人对庙会的支持，并且请上百位穿着中国红 T 恤的志愿者上台，一起合影留念。

这位女士说 ：“要把文化庙会办成槟城的名片，让世界各地的人到槟城过年。”

多好的愿望！是不是应该在中国的西安、北京或者广州，我们理应有比马来西亚槟城更有文化、更有影响力的庙会，这并不难，只是我们的焦点还没转移到软实力上面，能够让世界折服的，不仅是硬件建设、GDP 指标，中华文化的继承、宣扬、展示与体验，让世界各地的人来到中国的每座城市，每个角落都能够沐浴到中华文化的魅力，才是更大的强盛。

没有浸润文化的经济是物欲的，没有民族特色的建筑是冰冷的，不以文化为导向的社会必会浮躁、肤浅。

文化是中华民族的魂，必须深入每个炎黄子孙的骨髓 ；文化是华夏大地的根，只有根基深厚，中国这棵大树才能枝繁叶茂、健康强壮，为世界华人遮风挡雨。

海外华人之所以是华人，不是因为他祖上是中国人，他长着中国人的面孔，而是因为他说的是华语，吃的是米饭，姓的是百家姓，无论是身在何方，始终知道根在中国。如果说散居在地球各个角落的海外华人像风筝一样，连续祖国的那根线就是文化，也只有中华文化才有力量使得他们虽世代生活在异国他乡，也仍是华夏子孙的一员。

槟城的华人庙会使我大开眼界，激发了我作为中国人的强烈自信和齐天自豪感，久久不能平静。这样的庙会，应该在中国。每一个中国人，每年的元宵节，都应该参加这样的庙会……

毛里求斯

野性与自由的呼喊

（2016）

11 月 10 日　飞机上

在长途飞行中，只有一件事情可做，吃和睡。8 个小时：两个小时吃，其他的时间用来睡，刚好挨过。醒来之后却没到，好奇怪，飞机不会堵机啊。叫来空姐，她甜美地望着我说："您没加上时差，许多客人都是这样弄晕的。四个小时时差，所以，飞行总共是 12 个小时。"

啊！ 12 个小时，我可是按 8 小时做心理准备的，这个时间可以飞到欧洲或大洋洲了。我是哪根筋不对，想去非洲度假呢？继续睡。

在 12 个小时的夜间飞行之后，需要什么样的美景才能慰藉呢？

满心期待出了机场，抬头看天：阴天。天空竟然是灰蓝色：失望。然后，寻找非洲的感觉：没有。进了一辆出租车，把酒店地址出示给司机。

司机穿着白色衬衫和西裤，彬彬有礼地接过行李，放入后备厢，为我打开车门。一路上，热心地介绍毛里求斯的现状、宗教及风景，他递给我一张 16 开的硬纸版，是毛里求斯的地图，看上去真像上帝的一滴巨大的眼泪。

“这是 SSR 国际机场，”他指着东南角的飞机的图标，“我们现在在这里，”他划了一条直线，“我们要往西南角的五星级度假酒店去。”在眼泪的脖颈处，他指着一个西北角的红圈：“这是我们的首都，路易港。”

三个地方刚好成三角形。

实话实说，这一路上，真没风景，除了一望无际的庄稼林。没风景就没兴致，也懒得问，但一直是这种植物，便只好问：“这些是什么？”

“甘蔗。”

“怎么到处都是甘蔗林呢？”

司机自豪地说：“制糖业是我们的支柱产业，有甘蔗，才可以制糖。”

暗灰色的天空下，黑紫色的甘蔗林及静谧的山野小镇如何慰藉已经看惯美景的眼睛，于是，又半昏半睡。

毛里求斯与想象中的非洲完全不同，既没有一望无际的原始草原，也没有成群结队的野生动物，更没有畸形惨状的难民和饥童。很恬静、很精致的小镇，像是非洲的世外桃源。

11 月 11 日

上飞机时，是 10 号，下飞机时，便是 11 号，而且比北京早四个小时迎接每一天。

半梦半醒中，有人跟我打招呼。我不愿意醒，阴天中的甘蔗林不好看。司机把车停在酒店门口，两位侍者打开车门，把还没完全清醒的我搀下车，并围绕着我，“欢迎来到毛里求斯！”

我强睁开眼：“怎么了？”两位非洲侍者仍然像木桩一样钉在门边，到酒店了。

“噢，终于到了。我需要好好睡一觉。”

两位侍者拿着行李箱，走进一片绿林中。一个侍者边比画带跳舞地说了一堆，我相信他说的是英语，我也相信只有他自己和同事能听得懂。我们走到廊桥下的沙发椅，我跌坐里面，走来一个华人，“您好！欢迎您！不好意思，您的房间还没打扫，您可以先用餐。餐后，赠送您水疗、桑拿和按摩服务。”

我一边看时间，一边说：“好的，刚好 12 点，该用午餐了。”手机尚未反应过来。

侍者笑着说：“现在是毛里求斯时间 8 点，刚好用早餐，您这边请。”反正是用餐时间，管它什么餐，吃就是了。

我边走边问：“听口音，你是广东人？还是香港人？”

“我是香港人。这几天，有任何需要，您直接找我就好。”

一片湛蓝色的游泳池，早餐就在水池旁边，黑白方格的地板，纯木质的餐厅，半敞开的门窗，柔风轻拂脸庞，风景已经秀色可餐，再去拿了些热带水果和特别的点心，赏着非洲的景，吃着非洲的美食，却总觉得这不像非洲。

餐后在水池边荡着秋千椅，消化一刻钟，房间还没好，便由侍者带着去做水疗，我不常进这些人造奢华之所，但我知其环境、设施是奢华的，躺在浴池里，身后暗流涌动，不时从某个洞里喷出一股水来，按摩得很是舒服。

直舒服到快睡着了，披上浴巾到旁边的房间，年轻的女侍者递上水果和茶，撩起纱幔，请我趴下。她那双弹奏钢琴般的手在我的背上滑过，用点点精油在我身上弹奏作曲，我很快睡在无形的乐曲中。

醒来后，披衣出了水疗室，问了下房间，还没收拾好。这速度！你让我自己收拾，早都收拾完了，都可以歪在阳台上睡觉、看海了。

北京人用晚餐了，我才进房间，相当不错，打开所有落地折叠玻璃窗，趴在床上，面朝大海，心暖花开。从阳台上一直走到海边，海水微凉。有些疲累，便想在躺椅上吹风，却无太阳可晒。

侍者立即为我铺上浴巾，又递给我一条浴巾，斟上一杯冰饮。换了一杯不加冰的橙汁，刚按摩完不适宜吃冰。盖着浴巾，在躺椅上又睡去。

醒来后斜睨海天一线，夜幕低垂，海风摇曳，天边浅浅的嫣红，映射得海水像被挑染一般，随心所欲地渲染世间应有尽有的红色。一对欧洲的小情侣，在我眼皮子底下打情骂俏，使原本阴郁的海显得多情。直到感觉有些饥饿，便回房间穿上晚礼服式的长裙，一路摇曳到餐厅，点了几样亚洲美食，独享海的浪漫。

11月12日

清晨，早早地打开窗帘，躺在床上看日出，太阳在快要离开地平线时踢开了乌云，亮了一海金色，晃动着、晃动着，晃出了今生，不再想前世。贴近海平面是一条长长的粉红色线条，像女神晨跑时划出的弧度，随着太阳的腾飞，整个海面金光闪闪，光芒四射。

自在地伸了个自在的懒腰，自在地起床，两匹马优雅地踏着白色沙子，在海边漫步。

去过不少海岛度假，在海边骑马还未遇见过，一定要骑！立即打电话预定。早餐后，便奔到酒店旁边的马厩选择马和马术帽。老板递给我一顶帽子，我瞧了瞧，像马夫，皱皱眉，“要那顶。”

“干吗那顶？这不是很好？”

我摇头，“就要那顶！”

这是贵族帽，男人戴上像绅士，女人戴上像淑女。不给我心怡的帽子，马我都不骑了。

戴上贵族帽，不待人搀扶，便起身上马。我属马，马属于我，从小我就这么想，生平第一次骑马，在草原上，我便自己上马，跃马狂奔。我们心意相通。

走向沙滩，需要过一小段公路，当马一踏上沙滩，我就兴奋起来，当马贴近海边，我自由地叫了起来。

碧海蓝天，椰林绿影，水清沙白，马踏浪花，悠闲自得在白色的沙滩上，右边是海天相接的蓝色，左边是无边无垠的白色，就是自在，就是浪漫。我与马的浪漫。

浪漫的忘记拍照，直到牵马人主动要求，我在马上做尽各种姿势：傲视蓝天，自由飞翔，亲贴马颈，双手抱膀，想要站在马背上，被阻止了。我递给他一美元小费，还想站，小时候看的电影中侠女们是可以站在飞奔的马背上的，一袭红色斗篷。这马不过是散步，而且在海边，即使倒在沙滩上也毫发无损。

我用两个食指搭在一起，他还是摇头，十美金站一下都不行，不是有钱能使鬼推磨吗？再多我不干了，坐着更自在。

非洲马童问："是回马房，还是回房间？"骑马骑到阳台下，跳马就跳回自己的小别墅，实在是罕有的昂贵浪漫，不体验一下还是如风吗？

“回房间。”

“好的。”这有一个新问题：哪个是我的别墅，都长得差不多，只有号码，我要是记得我的别墅号码，那就不是我了。

骑马找别墅，白色沙滩上，这种事儿也不是正常人能干得出来的，“哇，就是这里。”看到了阳台上的中国红的比基尼。

非洲马童想停在海边，我让他靠近别墅，近到不到再近，近到我可以直接跳在阳台，跳下去后拍拍手，递给他一美金小费，回房间换上比基尼，就走到海里——这片刚刚骑过马的海，畅游一番。

游累了，便起身回房间，抖落一地浪花。煮一杯咖啡，端到阳台上，躺在贵妃榻上，开始百度。

这个在家不查资料、离家临时抱佛脚的习惯是难改了，我从不根据资料和攻略旅行，但这个不非洲的非洲岛国实在让我好奇，我来此，是算准了这里肯定没有战争、动乱、贫穷、饥饿，但怎么也没想到竟有蓝天大海、奢华酒店、上乘享受。这是马尔代夫的享受，甚至连马尔代夫都没有、刚刚却享受过的享受：海边骑马。

“毛里求斯是非洲少有的富国之一，人均 GDP 竟然达到 9600 多美元。”我一边查资料，一边自言自语：“啊，比中国还富裕，难怪……”

“距离非洲还有 2200 公里。”

“那么远，难怪……”

“距离马达加斯加 800 公里。”

“啊，这么近！我要顺道去马达加斯加！去看看狮子亚力克斯、斑马马蒂们流浪过的地方，人家能从纽约中央公园开始游历，我离得这么近了，不去没有天理。”

刚从沙发椅上弹起来，又瘫下去，“回去的机票已经定好，难得勤快一次。”不是勤快，是懒惰，我把旅行和度假分得很清：前者就是背包流浪，吃苦、探险；后者就是海岛别墅，奢靡、享受。

既是享受，吃什么、住什么还要自己操心？付出的代价不过是一周相当于那一月甚至三月的花销而已。张弛有度嘛，不能总是住陌生人打呼噜打得跟霹雳似的多人间，老这么苛刻自己，会讨厌旅行的。

问题来了，若是取消机票，只退税费。这人，是不是有点过分，才来毛里求斯两天，就想去马达加斯加，吃着碗里望着锅里，也不能白吃啊，先把碗里吃干净再说，不然，什么都捞不着。

换上一袭曳地红色长裙，一路飘摇着去法国餐厅享受晚餐。

虽然毛里求斯已经超乎想象，终究比不上马尔代夫和新西兰，有一样儿是比得过的，这里的酒店包含免费晚餐，而且不是简单同一的自助餐，分为几个单独的餐厅提前预约，今晚我享受法餐。

香煎鹅肝非常地道，爆烤蜗牛也还不错，一道又一道，丰盛得跟自助餐一样。吃完一份甜点后，我用餐巾擦下嘴，准备去海滩。

“请您稍等，女士。”我歪着头瞧着侍者。

“还有一份甜品，味道很不错，请您享用。”

未免太惊喜了吧，就算还有两份我也能塞下，已经吃到身心舒畅，难道非要让我有飞的感觉？

看着活色生香的不知名的点心，还真是想飞，那也得吃完了再飞。海边有许多人玩高空跳伞，飞来飞去，但我此刻只想在大地上享受，不想上天。可是，这份甜品，“嗯……真是……完美。”那份意外的知足和满足，像飞一样。

11月13日　微缩版的肯尼亚

再完美的酒店也是酒店，享受的是人的创造和服务，我要去看大自然，非洲的大草原，即使没有波澜壮阔的动物大迁徙，几只动物总能看见吧，狮子、斑马什么的。

逮着香港侍者问，他回答：“项目挺多的，有 Cacela，高空跳伞，看野生海豚……”

“真是野生的？不是圈在大鱼缸里的？”

香港侍者笑着说：“野生的，单独的快艇载您到海豚聚集区，有许多野生海豚，您会浮潜吗？可以潜入海中追逐海豚，如果您愿意的话。”

“哇！自然会。”口水都快流下来了。“好，就要这个。”

“我帮您预订，这是额外的付费项目，200 美金。”

“好。我想看看非洲的感觉，有那样的地方吗？”

“有，Cacela 公园。”

“公园不去，我要去草原。”

香港侍者耐心地解释：“就是非洲草原，虽不如坦桑尼亚那种一望无际的原始草原，但也能看到不少野生动物，可以近距离触摸斑马、鸵鸟，还可‘与狮同行’，中国游客们都喜欢选择这个。”

把我当成一般中国游客，是对我欣赏美的品位及方式的侮辱，他们存在的最大好处就是：他们去的地方我绝不去，他们玩的我也绝不玩，层次、深度完全不同，他们代我屏蔽了大多数走马观花和无关乎心灵享受的景点。能够同行的狮子已经失去野性，有何乐趣可言？

看我莫名地情绪低落下来，香港侍者又说："这是超大野生动物园，号称'微缩版的肯尼亚'，可以开四驱车横亘草原。"

我立即来了兴致："自己开吗？"

"如果您会开车，也有司机。还有观光车。"

"我当然自己开，不会现学就会。"

"自己驱车是最贵的，300美金。"我点一下头。"我帮您预订，今天您想先玩哪一项？"

我看看天空，头两天阴天，今日晴空万里，明日又不知如何。野外开车需要好天气，潜入海中则不必管天色了，"今天开车，明天看海豚。"

"可以开车纵横草原，越野狂奔吗？"

香港侍者笑着说："有向导开车指引，不然会迷路，公园是非常大的。"

迷路，我就不谦虚了，有路的地方还迷呢，何况没路。迷路时，电子导航让我更加迷乱，有人工导航最保险。

"好。需要什么特别装备吗？"

"只要不穿长裙、吊带就好，注意防晒和安全。祝您心情愉快！"

出租车把我带到Cacela公园门口，取票进入后，等待观光车到来时，我注意身边的岩石，是火山岩，这里曾经火山喷发过吗？

一辆敞开的观光车开来，那满身的斑马纹让我笑出声来，真是有趣，坐在移动的斑马车上，行进在非洲小草原上。很快就开到四驱车基地，开车的下来，不开车的继续坐车观光。三个黑人教练很酷，皮肤是黑色的，还穿统一的黑 T 恤，又戴着墨镜，不张嘴是找不出白色了，不是白天也看不出五官，其中一个人，顺着头顶编了十多股辫子，就是惯常看到的那种辫子，搁在他头上，跟非洲草原一样狂野。

每一个教练负责教一个游人，教我的就是辫子教练。他把四驱车开出来，四驱车跟他一样狂野，红色车身，越野车型，只有钢架，全部敞开，轮子很宽，底盘很高。

辫子教练让我坐在副驾驶上，教我怎么启动、停止、转弯，并自己开了一段路，然后换位置，让我开。试开的这段路跟开卡丁车是一样的，路两旁钉着硕大的轮胎保护着，我没当回事儿，拐弯时却撞到右边的轮胎，便肃然起来，正经地开了两圈儿，直到辫子教练说“Ok”。

“啊！天哪……上帝呀……”耳旁传来一系列的惊叹声，扭头望过去，真有人把四驱车当碰碰车了，左碰右碰，一路碰过来。旁观者都哈哈大笑。

女司机满脸通红，不是窘的，是吓的，“这可怎么办？”

教练说，“没关系，多开几圈儿。”

她又开了三圈儿，好多了，只是碰碰车改蹭蹭车了。

教练说，“可以了，草原宽广，随便你蹭。只要掌握方向、刹车就行。”

女子为难地说：“我自己倒勉强可以开，只是我老公压根儿不会开车……”还有比我更没脑子的女人，自己开车水平差，男人不会开车，还报名开四驱车。

好戏开场了。

她老公走过来，惋惜地说：“没想到四驱车这么难开，老婆，你自己去玩吧，我在这里等你。”

“老公，我想和你一起看草原，摸鸵鸟脖子。”两个人互相抚摸着对方的手背，寻找办法。

一看这个黏糊糊的样子，就知道是新婚夫妇。估计他们的英语也不大好，没法跟教练深度交流。

我走过去，“你们来度蜜月？”

女子看到我，欣喜若狂，“是的，我们在毛里求斯举行婚礼，度蜜月。我们英语不好，刚才教练说什么，也不知道。”

我向她转述了一下，她“噢”了一声，又说：“我很想老公也看看非洲草原的模样……”

我摇摇头：“你们呀……南方人？”

“杭州……”

“君子有成人之美，你不介意我带你老公吧。”

杭州女孩惊喜极了：“姐姐可以？”

“我可是十年的老司机了，让你老公坐稳，安全自负。这种车，这种地方，速度不会快，就这四个结实厚重的轮子，想翻车都难。再说了，全敞开的，即使要翻车，跳车你总会吧。”

“太好了！我相信你，不会有问题，也谢谢你，有任何问题我自负。我叫思远。”老婆没说话，老公先发话了。我等着老婆表态，如果她不愿意，老公愿意也不行。

“当然不介意！谢谢姐姐。”

我戴上头盔，对老公说：“上来吧。”

又对老婆说：“你跟紧了啊。”

走了两步，又加了一句：“看你这水平……咱俩的距离不会很近，若我先到，让你老公在终点等你。我先走。”

“嗯，嗯。”

向导带领六辆四驱车一路前行，刚出发时，我很兴奋，开着车，唱着歌儿，遇到低洼、泥坑，我故意冲进去，车轮抬起的一瞬间，我欢呼了一声。向导回头说：“请安静，谢谢。”无理的要求，虽然不是肯尼亚，也是非洲啊，在草原上开四驱车越野，还带着一个陌生男人，怎么安静得了？

更何况，向导也没打算让我们开卡丁车，遇到上、下坡及沼泽、河流，他为了让游人体验刺激，率先开进去。我是没刺激还找刺激呢，更何况是官方允许的刺激？下坡时故意开足马力，冲进水渠，“哇噢！”没刺激，又掉头重开了一次。反正我这速度，如果不是怕迷路，早就超过向导了。

向导又回头说：“请不要叫。”是怕吵到野生动物？既是野生的，这点叫喊声有什么大不了，哪个野兽的叫声不比这可怕？我不理他，该叫还得叫，下意识的，想开怀大叫时难道还要有意识的控制？开什么玩笑，那不如躺沙发上看走进非洲的纪录片。

一路叫嚣着冲过原野，越过沟壑，停在一只巨硕无比的象龟身边。这个陌生男人，一路不肯叫，看到象龟倒叫了一声："啊！这么大的乌龟。"

他这一叫倒提醒我了：咦，车上原来还有别人啊。他什么时候上车的……他围着象龟拍了很多照片，我则去抚摸斑马的脖子，搂着它亲它。但凡是马，我就爱，当然除了丑陋的河马。人都是好色的嘛。

向导驱车带领我们到草原最高点休息，我站在所谓的山顶，俯瞰着整个公园，虽然还是没有非洲的感觉，但这车还是很好玩，围着它拍了几张照片。拍车不好玩，还是开车好玩。

再开之前，我提醒杭州男人：“刚才还好？不害怕吧。”

他呵呵笑着：“坐车还怕？还是男人不。”

知道就好，“接下来，我要玩一些惊险的游戏，找最恶劣的地势，这种越野驱动车，不真正越野，实在无趣。”

他略微顿了一下，赶忙把头盔的带子系紧，双手紧握钢架，“只要……不危险，我顶得住。”

“怎么可能？我找的是刺激，不是危险。”

一脚油门踩到底，车子漂移向前。马上就超过向导的车时，便踩下油门。瞄一眼旁边的大山坡，斜插上去，方向盘打到底，最快速度左拐冲下来。打了圈儿，又转开上去。

“哈哈！刺激！”又转了一个大圈儿。这种随意转圈儿，无论转多大的圈儿都可以的感觉实在是太宽广了。我就接连转了三个大圈儿，转够了，狂踩油门，追向导。

爽到无极，哪管谁坐在旁边，哪管他脑门儿上都是汗，双手紧握栏杆。这种转法儿，他连跳车也不敢。谁让他坐我的车，我不能因为他人的存在而压抑自己的天性，这笔买卖不划算，在家如此，旅行更是如此。

如果他是我老公，早就开始制止了，可是他是别人的老公，我是帮他的忙，他不仅没有权力，而且只字不敢提，如果他在他老婆的车上，估计两个人会半途而废，两个小时内，我压根儿没见过他老婆的车。

没有我，他知道什么是狂野非洲？不狂野，来非洲干吗？

前面出现自出发以来最大的沙丘和河流，挑战来了，我喝一声：

“坐稳喽。”一头扎进沙丘，前轮半陷进去，软的，后退，转弯儿，俯冲，乒乓，溅起一圈儿浪花，冲开一个大水环，在水环中杀出重围，冲上山坡。下坡时又加足油，呼啸而下。

到了基地，我拿下头盔，已经下车了，杭州男人还坐在车里，双腿还哆嗦着。

我无言地笑着，“等你老婆来，我先走了。”

“敢问……您是做什么工作的？”

“这……”我要是说作家、编辑之类的，他除了哆嗦之外，还会有惊诧，回头侮辱了作家文雅、贞静的职业特性，便撒了个善意的谎言：“健身教练。”

“难怪……”

我走了好远，回头一看，他还坐在车里。

11 月 14 日　闲适的路易港

的士司机在门口等候，一见我来了，微笑着迎上来：“感觉怎么样？”

“太棒了。”便坐进车里，胳膊有些颤动，知道自己累了。倒在椅背上，准备小憩。

司机却递给我地图，“从这里开回酒店一个半小时，但是开到首都路易港只要半小时，要去吗？”确实有点累，琢磨着，司机又指了指酒店的位置，划了个巨大的三角形：“如果刻意从酒店去路易港，大概两个小时。”

想想还有两天时间，再小的国家，首都也是要看看的，便说：“噢，去。”

“好的。”

其实，晚上回到房间，靠在阳台上呼吸着海风，才回过味儿来，这一天的行程差不多周游了大半个毛里求斯。一个国家，小成这样，真是不习惯，不过是觉得在一座城市的郊区和市中心转了转。难怪我一直把毛里求斯当成一座城市，实际上，它的国土面积比深圳还小 10 平方公里。

去路易港的路上，经过的小镇，看出了毛里求斯平民的生活。路遇一个超市，便让司机停下来，去参观一下。司机笑着说：“旁边有一个很大的集贸市场，此地的百姓最爱逛这里，你不如去买点东西。”

“好啊，一起参观，麻烦你等一下。”司机的车费是付过的，但来路易港需要单付，才多加 20 美金，却转了半个国家，相当便宜。

这市场，哎哟喂，还买东西，逛我都嫌浪费时间，散步都没心情，相当于一个很小的夜市，这些面料和衣服都是国内 20 世纪 80 年代的水准和风格，买回去擦地都嫌不吸水，穿在身上，除非生活在没电、没路的山村一辈子不进城。

从酒店来市场的感觉，就像从巴黎来到尼泊尔，瞄了几眼赶紧钻进超市。

这一点，一直让自己奇怪，我特别能感同身受他人的苦难，看到别人受苦，就像释迦牟尼当太子时一样，仿佛自己在受苦。但特别厌恶贫穷落后之所，偏爱民主、文明的发达之地。

在我看来，这是主动选择与被动忍受的巨大区别。

贫穷，除却某些极端客观因素，完全由主观造成：不进取、不改变、不创造、不动脑子才会穷成那样，退一万步说，那么极端恶劣的客观环境，为什么生活了几十年都不出来？出来，就有路，在家，就是穷。

苦难，不分贫富，是生命的附带品，也有太多亿万富翁治不了的疾病。苦难，基于人类，在某些方面是平等的。

但毛里求斯这些小城、小镇，并非尼泊尔式的贫穷，只是与五星级酒店差别过大，给我造成混淆的感觉。走进超市就明白了，这差不多是国内三线城市的水准，而尼泊尔，连首都都比不上中国的乡镇。

超市在商场里，但商场的店铺都锁着门，否则我一定会去这家手工裁缝店，摸摸那些鲜亮的沙丽。司机事先提醒过我了，毛里求斯周日全国放假，商场多不开门，但这家超市是开门的。就这样，也能把人均GDP弄得比中国高，这让恨不得把工作日都乘以两倍的勤奋的国人情何以堪？

买点什么呢？总得留点纪念，拿起一瓶红酒，产地写着南非，价格十分便宜，带回去品尝一下。

拎着两瓶酒上了车。这个人就是这么古怪，生平并不爱酒，走哪儿都要拎着酒，自己干的好事儿，你跟谁讲理去？

车子开进一处繁华、静雅的海港，我知道这一定是路易港了。车子停下来，司机说："这是蔻丹广场，您可以闲逛、购物，祝您愉快。"

如此富庶、安宁之地，才有心情散步，这倒有点首都的样子了。

天高云淡，海边停着一些游艇，云彩挂在桅杆上，这很像青岛的五四广场，虽不如五四广场恢宏壮阔，却也不失海港风致。同样的建筑，矗立在碧海蓝天下，就多些许不可言说的味道，这是海滨城市独有的魅惑与魔力。

随性闲逛着，一对小恋人坐在台阶上窃窃私语，正对着清静的海，我正举着手机拍着，他们进入我的镜头。

“嗨，”跟他们打了招呼，“可以拍你们吗？”

他们羞涩地看着我，“好的。”拍了两张，拿给他们看，他们说很好。

逛累了，坐下来，喝杯路易港的咖啡，吹吹印度洋的风。喝完后，出发回酒店。

11 月 14 日　土著婚礼

从路易港回酒店的路上，正半梦半醒着，忽然发现路边一个简陋的棚子，门口站了好多盛装的人，女人穿着沙丽，男人穿的衣服很像印度服，包裹着头巾，但能看出来，一定是节日才有的盛装。

“等等，请停一下。这是做什么？”

“噢，婚礼。”

“真的！我要去看看。”说时已经推门下车，由不得司机不答应。

我站在棚子门口东张西望，寻找毛里求斯的新娘子，路遇当地人的婚礼，不探查一番有违本性。一个年轻的男人看到我说：“嗨，你好。请跟我进来吧，这是我姐姐的婚礼。”没想到，他的英文这么好，更没想到，他会邀请我进去。

“我可以吗？”

“当然可以。”来不及思虑毛里求斯的礼节，外国人可否参观，陌生人是否适合，需不需要准备红包，这半下午的，举行婚礼好奇怪，既不像中国北方，要 8 点日出时迎接新娘，吃午宴；也不像中国南方，白天接新娘，外出拍照赏景，吃晚宴。现在还不到 5 点，太阳还没落山。

我随新娘弟弟进了帐篷，里面坐满了五颜六色的人，艳丽夺目的沙丽，女人的脸本不需要装饰就浓艳无比：浓黑的眉毛，深陷的眼窝，庞大的眼睛，高挺的鼻梁，性感的嘴唇。再加上浓妆，夸张的首饰，壮硕的块头，个个儿像刚从戏台上下来或等待唱戏的角色；男人们穿着彩色过膝的长袍，纯色的紧身裤子，挂着彩色的飘带。

脑门上点着红色，那是植物红，不是化学红。这红，我见过，尼泊尔宰牲节期间，他们也喜欢在额头中间点红，不规则的形状是随心一抹，不讲章法，不像古代女子眉心处的红点一定圆得像满月。冲这同样风格的纱丽、长袍和红点，应该是印度教徒的婚礼了。

没想到，在把印度教视为国教的尼泊尔住了一个月，周游了整个国家都没有遇见过婚礼，却在毛里求斯遇到了，这里只有一半人信仰印度教，而我只在这里度假五天。偶遇仅凭缘分，不凭时间空间。

弟弟将我带到台前，热情地介绍给新郎的父母。父亲双手合十：“你好！”我惊喜地同样回礼。

“欢迎你参加我儿子的婚礼。”

“这是我的荣幸！祝贺您！”

所有人当中，只有拿着话筒的主持人穿着西裤、白衬衫和坎肩儿，我为他们拍照，他们不仅很配合，拍完后，又拉来新娘内弟一起拍。

新郎和新娘坐在帐篷最里面，二人被包裹得严严实实，除了手脚和脸露着，里外都穿了好几层。新娘的头饰上垂下五条珠链，额头上的汗不停地渗出，新郎的头上裹着印式帽子，帽子很高、很厚，也垂着链子，但只垂到额头，新郎在不停地擦汗。

一个女性长者坐在新娘旁边，一位男性长者走到台前，为他们

撒花、祝福，一直在说着什么，我听不见，听见了也听不懂，但一定是祝福。好多祝福，好多流程，一会儿，向二人身上撒花絮，一会儿扔彩纸，一会儿描红。看了半个小时，他盘坐了半个小时，也不知道要干什么、想干什么，似乎没有下来的意思。

新娘和新郎全程像木偶一样坐着，没有笑容。尤其是新娘，一动不动，像是演戏，新郎只在不停地擦汗。

新郎内弟凑近我，请我进后面的厨房："请随我们一起用晚宴吧，您想吃什么？"我不想吃什么，只想看看他们吃什么，有了尼泊尔的经验，印度教徒们的吃食哪有我今晚预定的五星级酒店的印度餐厅雅致？

更重要的是，不知他们有什么规则、章程和忌讳，天下哪有白吃的晚餐？耶稣就是吃了最后的晚餐才升天的，婚礼虽不存在这种危险，我怕一不注意会影响国容。

无论什么罪名加给如风，我只当如风般飘过，丝毫不在意，但他们若加给中国人，说中国人不懂礼数，白吃白喝，那可是大事。于是赶快告辞。

直到走近印度餐厅，被火红的餐巾、火红的蜡烛、火红的椅子惊艳时，心里还在惦记印度教徒的婚礼，是否应该留下来吃婚宴，没准儿会有什么神奇的事情发生。我最好这一口，万千美食，上等美酒，也比不上偶遇的神奇。

旅途中，能与神奇的地球媲美的，只有神奇的偶遇，世间千般滋味、万种风情，尽在其中。风景是静止的，奇迹是变幻的，一如变幻莫测的人生，生命的极大乐趣便在这变幻之中。

11 月 15 日　没有自由，万般精彩皆枉然

今天，穿着比基尼去吃早餐，当然，外面套了一条非洲的裙子。前天在海滩漫步时，一个穿着花里胡哨、拿了一堆花里胡哨的饰品和裙子的非洲女人向我兜售。好不容易挑了一条不那么花哨、不碍眼的裙子，在这里穿一周就送给非洲服务员吧。

早餐后，带着潜水服、呼吸管，走到海边，登上属于我的快艇，向海豚湾出发。我就住在西海岸，所以很快就到达，到时已有两艘快艇和一艘双体帆船，船长杰克把船停下，示意我等待。

平生最厌恶等待，因为等待的主动权不在我手中，等待的结果也不在我意料之中，而我迄今为止全力以赴的，就是让我的一生牢牢掌控在自己手中，无论是自由和梦想，还是婚姻与爱情，不允许他人和意外的介入。若有，不愿对我俯首称臣的话，我会请它离开。任何人，任何事。自由至上。

如此安静地等待过的，只在墨尔本的菲利普岛，等待小企鹅回家。那是黄昏，这是清晨；那是太平洋，这是印度洋；那是企鹅岛，这是海豚湾；那里，有世界上最小的企鹅，这里有世界上最多的宽吻海豚；小企鹅回家，须在夜深人静没有人为灯光之时；小海豚觅食，却在每天清晨的浅海处。

同样是大海，同样是初冬，同样是等待，人等待生物，仅为惊鸿一瞥。

像一缕喷泉射出来，一只海豚划了一个优美的弧线，跃出水面，又潜入海中。又一只海豚浮了上来，紧接着一群海豚跳出水面。没

有狂野的叫声，没有喧嚣的骚动，生怕吵着这美丽的小东西。

它们美得简直令人窒息，皮肤像丝绸般光洁，色泽像黎明的天幕，通体诱人的淡蓝，叫声像婴儿一样讨人欢心，三三两两，时隐时现，柔美的身姿腾挪在海上，滑润的脊背贴伏在水面，实在醉人心魂，我直愣在那儿，怔怔地欣赏着掉落凡间的精灵，飘落人世的洛神。

我要去追逐美，赶忙扯下裙子，套上潜水服，杰克船长又递给我浮潜袜和潜水镜，我便跳入海中。海豚成群结队在我身边游过，我伸手去触摸它们，哪里摸得到。它们悠然自在地游着，像天边云、云端月、月中仙一样，倏忽间就游到海底深处，我便向海底游去，看看养育了世间最美精灵的世界的模样。

可我无法追赶。我跃出海面，拿下呼吸管，大口呼吸着，就像宽吻海豚，也要出来换气。身后又一群小精灵跃出海面，当它们不再跳跃时，我便给杰克一个手势，一头扎进海中，追逐它们。

“我置身于温润如奶、柔顺如丝的水中，周围有海豚做我的客人。我遇到过千种不同的动物，目睹过千般绝妙的事物……然而——没有你，我做了什么都是失落。有了你，我做什么都是收获。为了有你一分钟的相伴，我愿把这一切都放弃，为你的笑语，你的声音，你的眼睛……”（《没有你，万般精彩皆枉然》）我明白达雷尔如此爱生物的原因了，如果爱了，怎舍得不爱；如果能够与之相伴，怎舍得离开！

已然体力不支，依旧奋力拼搏，只为能够多看你一眼：

我见过千种动物的万种风情，却无一种可抵你优雅的倩影；

我见过无数风景的绝美娇容，却无一处可比你天仙的姿态；

我见过日出日落的各种色彩，却无一色可比你淡然的蓝色；

……

我爬进快艇，躺在船板上，无力呼吸，闭上眼，仍是那美不胜收的姿态，无与伦比的感受。

“一个没有鸟、没有森林、没有各式各样大大小小动物的世界，我宁愿不要活在其中。”达雷尔是这样想的。

人们却活成那个样子：忙，忙得没时间听鸟鸣，没时间在森林里漫步，没时间去亲近大大小小的动物。

一个没有自由、没有梦想、没有为了自由和梦想而忙碌的人间，我宁愿不要活在其中。如风是这样想的。

奇怪的是，人们的忙碌与自由和梦想无关。

能够起身后，我还想潜水追海豚，杰克阻止了我：“不，不，你已经筋疲力尽，你不能再下去了。”

“求求你，最后一次。”杰克摇摇头。

“这样，我拉着你的手游泳，好吗？”杰克勉强地点点头。对于酒店客人的安全，比客人的任何要求都重要，于他来说。客人，多半平生初见海豚，不舍其美，他是理解的，但必须制止过度的疯狂。

我灌下一瓶矿泉水，把瓶子一扔，跳入海中。早知道你如此绝美，我带着氧气瓶和葡萄糖，追你一天！我用转山的力量去追你！用最浓的情感去爱你！

那一天，我跨越东西两半球，只为瞥见你的绝美；

那一月，我飞越千山与万水，只为触摸你的肌肤；

那一刻，我在海中鱼般浮潜，只为贴着你的温暖；

那一世，我转山转水转海洋，只为途中与你相见。

……

乘船回酒店，上岸后看到自己的腿部有一处严重的蹭伤，也许是蹭在珊瑚上，也许是船舷上，但不重要，为了海豚，受再大的伤，我也愿意。

同样之于自由。别说受伤，只要活着，有一口气，我就会追逐自由——

我要能够周游世界的自由；

我要能够追逐梦想的自由；

我要能够掌控人生的自由；

我要能够享受生命的自由；

我要能够自由创造的自由；

我要能够表达灵魂的自由；

我要我的肉体，像出生一样健全，像山一样康壮，像树一样挺拔，像水一样柔软；

我要我的心灵，像宇宙一样空荡，无亏欠于人，无怨恨于己，无俗事纷扰，无尘世疯忙，仅有太阳闪耀，月亮清幽，星系成河；

我要我的灵魂，澄澈透明，智慧空灵，能够带领自己冲破人世间所有逆境，支撑起痛不欲生的苦难，熬得住凤凰浴火的苦楚，经得住涅槃重生的荣耀。

我要身心灵的自由。只有身心灵都自由，才拥有真正的自由。

人世间，

没有自由，万般精彩皆枉然。

图书在版编目（CIP）数据

流浪趁芳华 / 如风著 . -- 北京 : 中国文史出版社 , 2019.12

ISBN 978-7-5205-1926-7

Ⅰ . ①流… Ⅱ . ①如… Ⅲ . ①散文集—中国—当代 Ⅳ . ① I267

中国版本图书馆 CIP 数据核字 (2019) 第 301080 号

流浪
趁
芳华

责任编辑：梁　洁　　美术编辑：飞　羊

出版发行：中国文史出版社

社　址：北京市海淀区西八里庄路 69 号　邮编：100142

电　话：010-81136606　81136602　81136603（发行部）

传　真：010-81136655

印　装：北京温林源印刷有限公司

经　销：全国新华书店

开　本：880mm × 1270mm　1/32

印　张：15.375　字数：350 千字

版　次：2021 年 8 月 北京第 1 版

印　次：2021 年 8 月 第 1 次印刷

定　价：48.00 元
